요트 만드는 일을 사랑하고
그 요트를 아꼈던 '그랜드파' 존.
내 할아버지는 아무리 바빠도
낚시에 우리를 꼭 데려갔다.

존 할아버지와
에디 할머니의 결혼식 날.

남편과 나는 사진 속 아기에게 큰 꿈을 갖고 있었다.

제이콥은 몇 시간이고 빛과 그림자 놀이에 열중했다.

사진을 찍는 순간에도 제이콥의 관심을 사과에 비친 빛의 그
림자에서 떼어놓을 수 없었다.

우리 집에는 시리얼 박스가 남아나지 않았다. 하지만 제이콥이 부피를 계산하는 중이라는 걸 어찌 알았겠는가!

우리는 첫 돌이 되기도 전에 웨슬리를 영영 떠나보내는 줄 알았다.

제이콥이 면봉으로 카펫 위에 만든 정교한 문양. 이런 문양을 통해 아이의 마음을 살짝 엿볼 수 있었다.

'치료는 지겨워.' 하지만 리틀 라이트는 달랐다.

발가락으로 비눗방울을 톡톡 치며 둘러앉기 놀이를 잘해낸 리틀 라이트의 아이들. 끔찍이도 좋아하는 체크무늬 남방을 입은 오른쪽 아이가 제이콥.

제이콥(오른쪽)은 크리스토퍼를 만남으로써 이전에는 경험하지 못한 진
정한 유대감에 대해 알게 되었다.

첫 번째 멘토였던 IUPUI의 펠 교수님과 함께 있는 모습. 교수님 덕분에 나는 제이콥에게서 과학자의 면모를 찾을 수 있었다.

우등 대학에서 동급생들과 함께 '집에서처럼 편안하게' 방정식을 풀고 있는 제이콥(맨 왼쪽).

파이팅 무스의 집인 유명한 바넷 아카데미에서 한때를 보내는 제이콥과 이고르. 사진 속 장미
는 남편의 선물이다.

논문 발표를 하고 있는 제이콥. 정장을 입으니 더 작아
보인다.

$$\sum_{n=1}^{\infty} a_n \quad \text{divergent if} \int_1^\infty f(x)dx \text{ is divergent}$$
$$a_n = f(x)$$
$$\text{and} \sum_{n=1}^{\infty} a_n \quad \text{convergent if} \int_1^\infty f(x)dx \text{ is convergent}$$
$$a_n$$

크라이슬러 빌딩이 보이는 유리창에 대고 방정식을 푸는 제이콥.

할 일이 아무리 많아도 놀 시간은 항상 있는 법. 이러라고 형제들이 있는 것 아닌가!
가족 해먹에 모여 있는 제이콥과 웨슬리 그리고 이선(오른쪽부터).

제이콥,
안 녕?

제이콥,

자폐증 천재 아들의
꿈을 되찾아준
엄마의 희망 수업

안녕?

크리스틴 바넷 지음
이경아 옮김

알에이치코리아

나는 지금 어느 대학의 물리학 강의실 뒤에 앉아 있다. 학생들은 삼삼오오 모여서 널찍한 강의실 벽에 늘어선 화이트보드를 마주하고 그날의 방정식과 한바탕 씨름을 하는 중이다.

방정식의 실마리는 좀처럼 잡히지 않는다. 학생들은 화이트보드에 적은 풀이를 몇 번이고 지운다. 같은 조 학생들끼리 해법을 놓고 옥신각신할 즈음, 교실 앞쪽에서 교수님과 가벼운 잡담을 나누는 아이가 눈에 들어온다. 이제 아홉 살인 내 아들이다. 강의실 안의 좌절 수위가 점점 높아진다. 마침내 내 아들이 의자를 끌고 화이트보드로 다가간다. 그러곤 의자에 올라가 발끝으로 선 채 팔을 한껏 들어 올린다.

학생들은 그 방정식을 그날 난생처음 푼다. 그건 내 아들도 마찬가지다. 하지만 아들은 한 번도 멈칫거리지 않고 문제를 끝까지 푼다. 마커펜 끝에서 수식들이 빠른 속도로 술술 풀려나온다. 이윽고 강의실의 모든 학생이 풀이를 멈추고 야구 모자를 뒤로 쓴 꼬마를 바라본다. 아들은 사람들이 입을 벌린 채 자신을 지켜보고 있다는 사실도 모른다. 화이트보드를 날아다니는 숫자와 기호에 흠뻑 빠져들었기 때문이다. 숫자와 기호가 믿을 수 없는 속도로 화이트보드를 채운다. 다섯 줄이 열 줄이 되고 열다섯 줄이 되더니, 어느새 바로 옆 조의 화이트보드로 옮겨간다.

곧이어 아이는 자기 팀원들과 이야기를 나눈다. 이것저것 손으로 가리키며 설명하고 간간이 질문을 던지기도 한다. 영락없이 학생을 지도하는 교사의 모습이다. 머리를 한 갈래로 땋은 여학생이 진지한 표정을 지으며 아들 쪽으로 다가간다. 물론 아들의 설명을 더 잘 듣기 위해서다. 어깨가 구부정한 남학생 한 명도 아들 가까이 다가가서는 이제야 알겠다는 듯 연신 고개를 끄덕인다.

몇 분 만에 강의실에 있던 학생이 모두 아들 주변에 몰려든다. 아들은 방정식의 해법을 모두에게 설명하며 신이 나서 발끝으로 깡충깡충 뛰기도 한다. 턱수염을 기른 학생이 질문을 한다. 교수님을 슬쩍 보니, 만면에 미소를 머금은 채 벽에 몸을 기대고 있다.

까다로운 부분이 해결되자 학생들은 다시 조별로 모여 마커펜을 부지런히 놀리며 문제를 풀기 시작한다. 학생들의 몸짓에서는 여전히 긴장감이 감돈다. 그 교실에서 내 아들만큼 방정식을 좋아하는 사람은 없다.

수업이 끝나고 학생들이 교실을 빠져나간다. 내 아들도 클래스메이트와 새로 나온 NBA 비디오 게임을 사고 싶다는 이야기를 나누며 마커펜을 주섬주섬 챙긴다. 둘이 계단을 올라 내 쪽으로 올 무렵, 교수님이 다가와 손을 내민다.

"바넷 부인, 제이콥이 이 강의를 들어서 얼마나 기쁜지 꼭 말씀드리고 싶었습니다. 제이콥은 단연 최고입니다. 다른 학생들은 자신이 몇 수나 뒤처지는 이런 상황에 익숙하지 않을 겁니다. 솔직히 말씀드리면, 저도 제이콥을 따라갈 수 있을지 자신이 없습니다!"

나는 교수님을 따라 웃음을 터뜨리며 이렇게 대답했다.

"세상에, 지금 교수님은 제 인생을 한 줄로 요약해주셨어요."

내 이름은 크리스틴 바넷이다. 그리고 내 아들 제이콥은 수학과 과학의 신동으로 알려졌다. 제이콥은 여덟 살에 수학과 천문학, 물리학 과목에서 단과 대학 수준의 강의를 청강하기 시작했고 이듬해에는 종합 대학에 정식으로 입학했다. 그리고 얼마 후 상대성 이론 분야에서 독자적인 연구를 하기 시작했다. 우리 집 창문마다 붙여놓은 거대한 화이트보드는 아들이 휘갈겨 쓴 방정식들로 넘쳐나기 일쑤였다. 나는 무엇을 어떻게 도와야 좋을지 알 수 없었다. 그래서 제이콥에게 자신의 연구 내용을 보여줄 만한 사람이 있는지 물어보았다. 나는 제이콥이 알려준 유명한 물리학자에게 연락을 취했고, 그분은 연구의 시작 부분을 흔쾌히 검토해주기로 했다. 그리고 얼마 후 제이콥이 정말 독창적인 이론을 연구하고 있으며, 그것을 입증한다면 노벨상도 꿈꿔볼 수 있다고 말해주었다.

제이콥은 열두 살 되던 해 여름, 자신이 다니던 대학 물리학과의 유급 연구원으로 채용되었다. 제이콥이 태어나 처음으로 얻은 직업이었다. 연구를 시작한 지 3주 만에 제이콥은 격자 이론에서 미해결로 남아 있던 난제를 풀었고, 얼마 후에는 일류 저널에서 그 연구 결과를 게재했다.

그 일이 있기 몇 달 전, 그러니까 그해 봄 우리가 사는 지역의 어느일간지에 남편 마이클과 내가 설립해 운영하는 작은 자선 단체에 관한 기사가 조그맣게 실렸다. 그런데 생각지도 못한 일이 벌어졌다. 그기사를 보고 더 유력한 신문에서 제이콥에 대한 이야기를 다룬 것이다. 정신을 차려보니 방송국 스태프들이 우리 집 마당에 카메라를 설치하고 있었다. 영화사와 방송국 토크쇼 관계자, 전국적인 언론 매체, 연예인 에이전시, 출판사, 일류 대학에서 전화가 걸려오기 시작했다. 기자와 프로듀서들은 어떻게든 제이콥과 인터뷰를 하려고 애썼다.

나는 너무나 당황스러웠다. 솔직히 말해서 당시만 해도 남편과 나는 왜 사람들이 우리 제이콥한테 관심을 갖는지 영문을 몰랐다. 물론제이콥이 똑똑한 아이라는 사실은 알고 있었다. 수학과 과학 분야에서 재능이 출중하다는 것도 알고 있었다. 게다가 아무리 똑똑한 제이콥이라도 그 나이에 대학생이 된다는 건 결코 '평범한' 일이 아니었다. 하지만 남편과 나는 공부와 상관없이 제이콥이 거둔 다른 성과에더 주목했다. 이를테면 야구 시합에서 타율이 썩 괜찮다거나 우리 집지하실에서 또래 친구들과 어울려 '헤일로: 리치 Halo: Reach' 게임을 하고 영화를 본다는 사실에 더 주목했다. (이 얘기를 했다는 걸 알면 제이콥이 날 죽이려 들겠지만) 처음으로 여자 친구를 사귄 일도 빼놓을 수 없다.

제이콥에 관해서만큼은 남들에게 평범한 일이 우리 눈에는 그 무엇보다 특별하다. 그래서 언론의 갑작스러운 관심에 우리는 당황할 수밖에 없었다. 우리는 기자들과 인터뷰를 하고 그들이 쓴 우리 이야기를 읽거나 들은 후에야 비로소 상황을 제대로 이해할 수 있었다. 요컨대 언론의 화려한 조명을 받고 나서야 제이콥과 함께한 우리의 삶이 그동안 변해왔다는 사실을 깨달은 것이다.

제이콥의 비범한 정신은 도저히 파헤칠 수 없다는 점에서 더 뛰어나다는 사실을 기자들은 이해하지 못했다. 언론이 우리 집에 들이닥칠 때만 해도 우리는 제이콥이 두 살 무렵 자폐증이라는 진단을 받았다는 사실에 짓눌린 채 살고 있었다. 우리는 생기 넘치고 조숙했던 아이가 점점 말문을 닫고 자신만의 세계로 빠져드는 모습을 무기력하게 지켜봐야만 했다. 아이의 예후는 암울한 상태에서 가망 없는 수준으로 곤두박질쳤다. 세 살 무렵, 제이콥이 열여섯 살이 되면 자기 신발 끈을 맬 수 있으리라는 희망을 치료 전문가들이 목표로 세울 정도였다.

이 책은 우리가 그런 암울한 상황에서 어떻게 여기까지 올 수 있었는지 보여주는 이야기다. 아울러 비범한 아들을 둔 어머니가 걸어

온 길이기도 하다. 하지만 내게는 부모가 마음을 열고 모든 아이들의 진정한 잠재력을 찾아내는 법을 배울 때 비로소 만날 수 있는 놀라운 가능성과 희망의 힘에 관한 이야기이기도 하다.

차례

불가능을 가능으로 바꾼 마이클과
안 될 거라는 말을 들은 모든 사람에게
이 책을 바칩니다.

1부

서 서 히
무너져가는
일   상

가까이 있어도 멀리 있는

"어머님, 등원길에 제이콥에게 주신 알파벳 카드에 대해 드릴 말씀이
있어요."

　제이콥의 특수교육 선생님이 한 달에 한 번 가정 방문을 하는 날
이었다. 제이콥과 나는 선생님을 거실에서 맞이했다. 제이콥은 알록
달록한 알파벳 카드를 무엇보다 좋아했다. 다른 아이들이 곰 인형이
나 폭신한 담요를 해지거나 올이 풀릴 때까지 끼고 사는 것처럼 제이
콥은 이 카드를 몸에서 떼놓지 않았다. 그 카드는 내가 장을 보는 마
트의 계산대에서 팔았다. 다른 아이들이 엄마의 쇼핑 카트에 시리얼
이나 사탕을 슬그머니 던져 넣을 때, 내 카트에는 제이콥이 유독 좋
아하는 알파벳 카드 팩이 몇 개나 들어 있곤 했다. 나는 그걸 넣은 기
억도 없는데 말이다.

"어머, 제가 카드를 쥐 보낸 게 아니에요. 얘가 집을 나갈 때 가져 갔나봐요. 셔츠를 입힐 때도 카드를 억지로 손에서 떼어놓아야 해요. 잘 때도 손에서 놓지 않을 정도예요!"

제이콥의 선생님은 불편한 듯 소파에서 몸을 움직였다.

"어머님, 제 생각에는 제이콥에 대한 기대치를 바꾸셔야 할 것 같 습니다. 학교에서 진행하는 프로그램은 실생활 기술 습득을 목표로 합니다. 지금은 제이콥이 언젠가는 혼자 옷을 입도록 가르치는 데 집 중하고 있고요."

선생님의 목소리는 상냥했지만 결연한 의지가 느껴졌다.

"오, 물론 저도 그건 알아요. 집에서도 그런 기술을 가르치고 있어 요. 하지만 얘가 카드를 워낙 좋아해서……."

"죄송합니다, 어머님. 제가 드리고 싶은 말씀은 제이콥의 경우 알 파벳을 걱정하는 게 부질없다는 겁니다."

나는 그제야 비로소 선생님이 무슨 말을 하려는 건지 알아차렸다. 선생님은 내가 상처 받지 않기를 바라는 한편, 실생활 기술 프로그램 의 목적을 명확하게 이해해주길 바란 것이다. 제이콥에게 알파벳 공 부는 아직 이르다는 얘기가 아니었다. 제이콥에 대해서라면 알파벳 을 걱정할 필요조차 없다는 말이었다. 왜냐하면 제이콥이 글을 읽을 수 있을 거라고 생각하지 않았기 때문이다.

충격으로 점철된 1년이었지만, 그때만큼 충격적인 순간은 없었다. 그 무렵 제이콥은 자폐 진단을 받았다. 나는 제이콥이 언젠가는 보통 아이들과 같은 발달 단계를 거칠 거라는 기대를 완전히 접었다. 1년 동안 우리는 뻥 뚫린 구멍 같은, 자폐증이라는 음울하고도 불확실한 세계와 마주하기 위해 한 발씩 앞으로 나아갔다. 나는 읽기와 말하기 같은 능력이 제이콥에게서 사라지는 모습을 우두커니 지켜보기만 했다. 하지만 누가 됐든 고작 세 살밖에 안 된 아이가 가진 가능성의 문을 닫아버리도록, 자폐아인지 아닌지 결정하도록 내버려둘 생각은 없었다.

역설적이게도 나는 제이콥이 글을 읽을 수 있으리라 기대하지 않았다. 하지만 누군가가 그 애에게 거는 우리 기대치의 한계를 정하도록 내버려둘 마음의 준비도 되어 있지 않았다. 너무나 낮은 한계라면 더 말할 것도 없었다. 그날 아침 나는 제이콥의 선생님이 미래로 난 아이의 문을 쾅 닫아버린 것만 같았다.

명색이 부모로서 전문가의 조언을 정면으로 거부하려면 얼마나 겁이 나는지 모른다. 하지만 나는 제이콥이 특수교육을 계속 받다가는 그 아이와 이어진 끈을 완전히 놓쳐버릴 거라는 예감이 들었다. 그래서 직감을 믿기로 마음먹었다. 희망을 버리는 대신 껴안기로 말이다. 선생님과 학교의 치료사들에게 기대치나 교육법을 바꾸라고 설득하기 위해 내 시간과 열정을 바칠 마음은 눈곱만큼도 없었다. 시스템에 반기를 들고 싶지도 않았고 '제이콥한테는 이게 옳은 일'이라는 내 생각을 남에게 강요할 마음도 없었다. 변호사와 전문가를 고용해 필요한 서비스를 받도록 하기보다 그 노력을 곧장 제이콥에게 쏟아붓기로 했다. 아이가 잠재력을 한껏 발휘할 수 있는 일이라면 뭐든 하고 싶었다. 뭐든 말이다.

다시 말해, 내 인생에서 가장 무시무시한 결심을 했다. 전문가는 말할 것도 없고 남편의 뜻에도 반하는 결심이었다. 그날 나는 제이콥의 열정에 불을 지피겠다고 마음먹었다. 어쩌면 아이는 자기가 아끼는 알파벳 카드로 글자를 배우려 했을지도 모른다. 물론 아닐 수도 있었다. 어느 쪽이든 아이 손에서 카드를 빼앗기보다 원하는 만큼 갖고 놀게 해줄 작정이었다.

그런 결심을 하기 3년 전, 나는 곧 엄마가 된다는 사실을 확인하고 환희에 휩싸였다. 그때가 스물네 살이었는데, 가장 오래된 기억을 떠올려봐도 나는 늘 엄마 역할을 연습하고 있었다.

어릴 때조차 나는 (물론 내 주위 사람들도) 아이들이 내 미래에서 특별한 위치를 차지할 거라고 생각했다. 가족들 사이에서 내 별명은 항상 '피리 부는 사람'이었다. 그도 그럴 것이 어딜 가든 아이들이 새로운 모험을 잔뜩 기대하며 내 뒤만 졸졸 따라다녔기 때문이다. 내가 열한 살 때 남동생 벤저민이 태어났는데, 벤 역시 내 뒤만 졸졸 따라다녔다. 열세 살이 되자 동네에서 베이비시터 아르바이트를 시작했고, 열네 살에는 교회에서 주일 학교를 맡았다. 대학에 들어간 후 학비를 벌기 위해 입주 보모가 되기로 했을 때도 사람들은 전혀 놀라지 않았다. 결혼을 한 뒤에는 평소의 꿈이던 어린이집을 열었다. 평생 아이들과 함께 지냈으므로 결혼하자마자 서둘러 내 아이를 갖고 싶은 건 당연한 일이었다.

하지만 제이콥이 태어나기까지는 험난한 여정이 기다리고 있었다.

나는 젊은 산모였지만 임신 초기부터 아슬아슬한 상태였다. 자간전 증子癎前症으로 혈압이 위험할 정도로 치솟았다. 이 증상은 산모에게 흔히 발생하는데, 산모와 태아 모두 위험할 수도 있다. 나는 어떻게든 배 속의 아기를 지키고 싶어 어머니에게 어린이집 운영을 도와달라고 부탁했다. 하지만 계속 유산 기미가 있어 점점 버티기 힘들었다. 급기야 의료진은 내 상태를 너무 걱정한 나머지 유산을 막기 위해 약물 치료를 병행하며 무조건 안정을 취하도록 했다. 나는 임신 기간 동안 아홉 번이나 입원을 했다.

예정일을 3주 앞두고 또다시 급히 병원으로 향했다. 이번 진통은 되돌릴 수 없었다. 급박한 상황이 이어지자 결과를 장담하기 어려웠다. 당시 상황을 떠올릴 때면 머릿속에서 몇 가지 장면이 만화경처럼 획획 넘어간다. 병실에 잰걸음으로 들어왔다 나가는 사람들, 끊임없이 울리는 경보음, 내 주위에 모인 의사와 간호사의 얼굴이 긴장으로 점점 굳어가는 모습 등. 남편은 지금도 그날을 떠올리며 내가 얼마나 강인해질 수 있는지 똑똑히 깨달았다고 말한다. 당시 나는 까맣게 몰랐지만 내 주치의는 남편을 따로 불러 분만을 제대로 못할 수도 있으니 마음의 준비를 하라고 했다. 다시 말해, 아내와 아기 둘 중 한 명하고만 집에 돌아가거나 아예 혼자 돌아갈지도 모른다는 얘기였다.

내 기억 속에는 온갖 소음과 산통, 약물, 두려움으로 정신이 몽롱한 가운데 문득 마이클이 다가와 손을 꼭 잡으며 내 눈을 들여다보던 모습이 또렷하게 남아 있다. 그는 트랙터 빔Tractor Beam(공상과학 영화에서 빛으로 사람을 끌어당기는 장비)처럼 내 주의력을, 아니 내 존재 자체를 한데로 끌어 모았다. 모든 게 정신없이 돌아갔지만 그 순간의 기억만큼은 선명하다. 주위의 온통 소란스러운 일들이 일순 멈추고, 카메라 한 대가 우리를 클로즈업해서 잡고 있는 것 같았다. 내 눈에는 마이클밖에 들어오지 않았다. 마이클은 그 어느 때보다 강인하고 확고한 목소리로 내게 말을 걸었다.

"크리스, 지금 이 순간 두 목숨이 아니라 세 목숨이 걸려 있어. 우리는 이 어려움을 잘 헤쳐 나갈 거야. 그래야만 해."

나는 남편이 그 얘기를 소리 내어 말했는지 눈빛으로만 말했는지 지금도 잘 모르겠다. 하지만 이 다급한 메시지는 안개처럼 내 의식을 흐리게 만든 두려움과 산통을 뚫고 그대로 전해졌다. 남편은 나를 향한 사랑이 끝없다는 사실을 알리고, 그 사랑을 통해 힘을 그러모으게 하려고 애썼다. 남편은 자신이 이뤄낸 삶을 선택할 힘이 내게 있다고 철석같이 믿는 것 같았다. 남편은 나와 태어날 아이에게 평생 마르지 않는 강인함과 행복의 원천이 되겠노라 약속했다. 그 모습에 왠지 덜컥 겁이 났다. 그 순간 남편은 무시무시한 태풍과 맞닥뜨린 배의 선장이 되어 내가 온 정신을 집중해 살아남을 수 있도록 진두지휘를 했다. 그리고 마침내 나는 살아남았다.

비몽사몽의 순간, 남편이 평생 매일 집으로 싱싱한 꽃다발을 보내주겠다고 한 말도 들은 것 같았다. 마이클은 내가 꽃을 얼마나 좋아하는지 잘 알았다. 하지만 아주 특별한 경우가 아니면 꽃집에서 파는 근사한 꽃다발은 우리 형편에 엄두도 못 냈다. 그런데도 이튿날 사랑스러운 아기를 품에 안고 있는 내게 남편은 아름다운 장미꽃 한 다발을 선물해주었다. 그렇게 아름다운 장미는 평생 처음이었다. 그날 이후 13년이라는 세월이 흘렀건만 남편은 지금도 매주 싱싱한 꽃다발을 내게 보내준다.

우리는 운 좋은 가족이었다. 행복한 기적이 일어났으니 말이다. 당시에는 그런 사실을 몰랐다. 하지만 우리 가족이 시련을 통해 시험을 받거나 엄청난 어려움을 이겨낸 것은 그때가 처음도 마지막도 아니었다. 로맨스 소설이 아니고서야 사람들은 사랑만 있으면 뭐든 할 수 있다는 이야기를 진지하게 여기지 않을 것이다. 하지만 남편과 나는 그런 사랑을 한다. 설령 의견이 맞지 않을 때라도 사랑은 거친 물결에 흔들리는 우리를 단단하게 지탱해준다. 그날 내가 산고를 이기며 제이콥을 무사히 낳고, 그 후로도 온갖 기적이 이어진 것은 마이클의 사랑 덕분이라는 사실을 나는 마음속 깊이 알고 있다.

퇴원을 하면서 마이클과 나는 원하는 것을 모두 얻었다고 생각했다. 갓 태어난 아기를 품에 안은 부부라면 누구나 그렇겠지만 우리가 세상에서 가장 행복한 가족이라는 걸 믿어 의심치 않았다.

우리는 갓난아기를 품에 안고 집으로 돌아가는 길에 주택 담보 대출 서류에 최종 서명을 했다. 난생처음 집을 구입하는 순간이었다. 내 가족의 영웅인 존 헨리 할아버지에게서 약간 도움을 받아 우리는 인디애나의 노동 계층이 모여 사는 교외의 어느 동네 막다른 골목 아담한 집으로 이사했다. 그리고 어린이집을 열었다.

마이클은 솜털이 보송보송한 제이콥의 머리를 보며 활짝 웃었다. 그 모습을 보자 문득 우리의 만남은 순전히 뜻밖의 행운이었다는 생각이 들었다. 처음에는 이게 무슨 악연인가 싶을 정도였다는 사실을 떠올리면 더욱 그러하다.

마이클과 나는 대학에서 처음 만났다. '우연한 만남'처럼 보였지만 실은 참견쟁이 동생 스테파니가 계획한 것이었다. 나는 꿈에도 몰랐는데, 동생은 내심 나를 위해 중매쟁이가 되기로 마음먹었던 것 같다. 중매쟁이라니 얼토당토않은 말이었다. 나는 그 무렵 남자한테 전혀 관심이 없었다. 더 정확히 말하면, 마침내 릭이라는 멋진 남자와 공식적인 약혼을 앞두고 들떠 있었다. 릭은 꿈에 그리던 왕자님이었다. 함께 있으면 너무나 행복했다. 나는 그렇게 둘이 함께 오래오래 행복하게 살고 싶었다.

그런데 스테파니는 공개 연설 수업 때 알게 된 남학생과 나에 대해 뭔가 '느낌'이 왔던 모양이다. 동생 눈에는 그 남학생이 그냥 멋진 정도가 아니라 끝내주게 멋진 사람이었다. 요컨대 내 영혼의 동반자로 손색이 없다고 생각했다. 그래서 나 몰래 계획을 짜기 시작했다.

어느 날 오후, 동생은 마침내 계획을 실행에 옮겼다. 나는 릭과 데이트를 하려고 동생의 파우더 룸에서 몸단장을 하느라 정신이 없었다. 최소 20개가 넘는 립스틱과 여덟 켤레의 구두를 앞에 놓고 고심했다. 마침내 파우더 룸에서 나왔을 때, 내 앞엔 릭이 아니라 낯선 남자가 서 있었다. 그 코딱지만 한 원룸 아파트에서 동생은 말도 안 되는 핑계를 대며 내게 마이클 바넷을 소개했다.

생각지도 못한 손님 때문에 당황한 나는 설명을 구하는 눈빛을 동생에게 보냈다. 스테파니는 나를 옆으로 끌고 가더니 목소리를 잔뜩 낮춘 채 변명을 늘어놓았다. 도무지 말이 안 되는 소리였다. 우리가 만나지 않으면 안 될 인연인 것 같아 그를 집으로 초대했다는 것이었다. 심지어 나 몰래 릭에게 전화해 데이트를 취소해야겠다며 사과까지 했다는 얘기를 듣는 순간, 말문이 막혔다.

처음에는 너무나 어처구니가 없어 머릿속이 하얘지는 것 같았다. 그러다 이윽고 동생이 나름 사랑의 큐피드가 되려 한다는 생각이 들었다. 아무래도 동생이 제정신이 아닌 것 같았다. 남자 친구의 프러포즈를 오매불망 기다리는 사람한테 중매라니?

나는 화가 났다. 스테파니도 나도 남자 친구를 사귄 경험이 많지 않았다. 솔직히 나는 대학에 들어가 처음으로 데이트라는 걸 해봤을 정도였다. 우리는 어릴 때부터 거짓말을 하거나 남을 속이지 말라고 배웠다. 동생한테 고래고래 소리를 지르고 집에서 뛰쳐나가고 싶었지만 예의를 지켜야 했기에 차마 그러지 못했다. 동생도 내심 그런 점을 노렸을 것이다.

나는 그 남학생에게 손을 내밀어 악수를 청했다. 그도 나처럼 동생의 계획에 감쪽같이 넘어간 게 분명했다. 우리 세 사람은 거실에 자리를 잡고 앉았다.

어색하기 짝이 없는 대화가 시작되었지만, 나는 거의 관심을 기울이지 않았다. 그러다 문득 그 남학생을 쳐다보았다. 처음으로 자세히 말이다. 가장 먼저 거꾸로 쓴 야구 모자와 반짝이는 눈동자, 우스꽝스러운 염소수염이 눈에 들어왔다. 느긋하면서 꾀죄죄한 모습을 보니 별 볼일 없는 사람 같았다. 항상 깍듯하고 부티 흐르는 남자 친구와 얼마나 다른지 말로 표현할 수조차 없었다.

동생은 왜 우리를 이어주려 했을까? 나는 대를 이어 검소하고 단순한 삶을 영위하는 집안에서 자란 시골 아가씨에 불과했다. 릭은 그런 내게 완전히 다른 세상이 있다는 사실을 일깨워주었다. 이를테면 펜트하우스나 자동차 서비스, 스키 휴가, 근사한 레스토랑, 미술 전시회 개막식 같은 것 말이다. 물론 그런 것들이 중요하다는 얘기는 아니다. 동생이 그날 브래드 피트를 데려다놓았다 해도 나는 화가 났을 것이다. 동생이 내 인간관계를 존중하지 않았다는 사실은 변함이 없을 테니 말이다. 부스스한 남학생과 멋쟁이 남자 친구를 비교하면 할수록 동생의 꿍꿍이속이 궁금할 따름이었다.

잠시 후 동생은 좁아터진 아파트에서 어떻게든 단둘이 이야기할 만한 곳으로 말없이 앉아 있는 나를 끌고 갔다. 그러더니 이렇게 타일렀다. "언니, 무슨 매너가 이 모양이야? 나한테 소리치고 싶으면 나중에 실컷 해. 하지만 저 사람한테는 제대로 이야기도 하고 예의를 지켜야 할 것 아냐!" 동생 말이 옳았다. 나는 얼굴이 확 달아올랐다. 처음 보는 사람에게, 그것도 손님에게 무례를 범하다니 안 될 말이었다. 우리는 태어나면서부터 부모님과 조부모님 그리고 우리가 자랐던 끈끈한 공동체로부터 예의 바르고 품위 있게 행동하라는 가르침을 받았다. 그런데 나는 시종일관 얼음장처럼 냉랭하게만 굴었다.

나는 무안한 기색으로 자리로 돌아가 마이클에게 사과부터 했다. 사귀는 남자 친구가 있다고 털어놓은 후, 동생이 이런 자리를 만들

줄은 꿈에도 몰랐다고 말했다. 마이클한테 화가 난 게 아니라 우리
두 사람을 이런 상황에 몰아넣은 동생에게 화가 난 거라는 해명도 덧
붙였다. 이렇게 속내를 털어놓자 어처구니없는 상황에 절로 웃음이
터졌다. 우리는 동생이 어쩌면 이렇게 뻔뻔스러울 수 있느냐며 오히
려 감탄했다. 마침내 실내를 답답하게 채운 긴장이 스르르 풀어지며
우리는 편안하게 이야기를 시작했다. 마이클은 자신이 듣는 수업이
며 영화 대본으로 구상하고 있는 아이디어를 들려주었다.

그제야 나는 동생이 내게 보여주고 싶었던 게 뭔지 알 것 같았다.
자신의 시나리오에 대해 말하는 마이클에게서 그때까지 내가 만난
어느 누구한테서도 볼 수 없던 열정과 의욕이 느껴졌다. 마치 나를
보는 것 같았다! 배 속이 울렁거리고 머리가 아찔했다. 아주 잠깐이
지만 어떤 예감이 들었다. 내 미래가 계획대로 되지 않을 것만 같은
예감. 어쩌면 릭과 결혼하지 않을지도 모른다는 예감. 릭은 너무나
멋진 남자였지만 우리의 관계는 그렇게 끝나버렸다. 내가 선택하고
말고 할 문제가 아니었다. 마이클 바넷이라는 남자를 안 지 한 시간
도 안 되었지만, 도저히 설명할 수 없을 만큼 강한 확신이 들었다. 내
가 그와 평생을 함께할 것이라는 사실을 깨달았다.

마이클과 나는 차를 타고 어느 카페로 가서 밤새도록 이야기를 나
누었다. 빤한 소리로 들리겠지만 그때 우리는 헤어졌던 사람과 다시
만난 기분이었다. 마이클과 함께 있으니 마치 집으로 돌아온 것만 같
았다. 3주 후 우리는 약혼을 하고, 그로부터 3개월 후 결혼식을 올렸
다. 그리고 다시 16년이 흐른 후에도 나는 마이클과 처음 만난 그날

밤 뜨악했던 것만큼이나 그가 내 곁에 있는 것이 당연하게 느껴진다.

다른 식구들은 마이클에게 금세 마음을 열지 않았다. 정확히 말하면, 번갯불에 콩 구워 먹듯 이뤄진 우리의 연애와 결혼에 마음을 열지 않았다. 참한 우리 딸이 어쩌다 저렇게 되었을까? 가족의 반응은 대체로 이런 식이었다. 우리를 맺어준 스테파니조차 다른 식구들만큼 놀라고 걱정했다. 우리를 만나게 해주고 싶었던 것은 사실이지만 사귄 지 몇 주 만에 어떻게 서로를 평생의 동반자로 확신했는지 이해할 수 없었기 때문이다. 남들이 보기에 우린 너무 달랐다. 우리가 생각해도 우린 너무 달랐다. 나는 깊은 정신적 뿌리를 바탕으로 사랑하는 가족의 품 안에서 곱게 자란 시골 아가씨였다. 반면 마이클은 시카고 빈민가에서 평탄치 않은 어린 시절을 보낸 도시 청년이었다.

나는 동네 마트에 갈 때조차 몸단장을 하지 않으면 집 밖으로 한 걸음도 나가지 않았다. 그런데 마이클은 가죽 재킷을 입고도 튀든 말든 겉모습 따위는 개의치 않았다. 고향집에 대한 자부심도 내게는 중요했다. 내가 어릴 때만 해도 우리 집 부엌에서는 키친타월이나 종이 냅킨보다 살아 있는 닭을 더 자주 볼 수 있었다. 이런 상황은 지금도 크게 다르지 않다. 마이클은 내가 살아온 세상이 아주 낯설었을 것이다. 그는 대충 있는 대로 먹으며 자랐다. 그것도 식탁에서 제대로 먹은 적이 없었다. 그런 것들이 마이클에게 끊임없는 농담거리를 마련해주었다.

마이클의 날카로운 재치와 예리하고 비꼬는 듯한 유머 감각은 분명 우리 가족의 심기를 건드리기에 충분했다. 하지만 날 웃게 만드는 능력은—특히 상황이 어려울 때 (혹은 우리가 서로를 살짝 진지하게 바라보기 시작했을 무렵)—그를 사랑하지 않을 수 없게끔 만들었다.

내 가족은 너나없이 우리의 관계를 강경하게 반대했다. 단 한 사람만 빼고 말이다. 내 할아버지 존 헨리는 마이클의 장점을 알아보고 이내 마음에 들어 하셨다. 내가 언제나 가장 중요하게 생각한 것은 할아버지의 의견이었다. 그러므로 할아버지가 "네 마음이 향하는 곳을 나는 믿고 있으니 너도 그렇게 해야 한다"고 말씀해주셨을 때 온 세상이 내 편이 된 것만 같았다.

마이클과 함께하는 삶은 어떤 의문도 제기할 수 없는 내 운명이자 확신이었다. 하지만 우리 사랑이 결실을 이루기까지 내게도 고통이 있었다. 그것은 내가 어렸을 때부터 다닌 교회와의 결별이었다. 내 부모님과 조부모님은 물론 먼 옛날부터 우리 가족이 다닌 교회와 말이다.

나는 아미시Amish 교도였다. 농촌에서 수레를 끄는 아미시가 아니라 도시 아미시 교도였다. 내 조부모님 시대의 수많은 아미시 교도들처럼 조부모님 또한 현대적인 변화를 받아들이면서도 동시에 대대로 내려오는 전통과 신념을 굳게 지켰다. 그렇게 아미시 교도로서 새로운 질서의 일부가 되어—이런 경향을 '뉴 아미시'라고도 한다—믿음과 공동체를 유지하면서 현대적인 생활을 받아들였다. 우리는 평범하게 옷을 입고 편리하게 현대식으로 살며 공립학교를 다녔다. 그러면서도 교회는 주일의 의무에 그치지 않았다. 교회는 우리의 일상을 짜는 실 바로 그 자체였다.

아미시 교파에서는 자신이 다니는 교회의 신자와 결혼하지 않을 경우 그 교회에서 나가야 한다. 사랑하는 존 할아버지도 연애결혼을 하신 후 교회에서 나와야 했다. (할머니도 아미시 교도였지만 다른 공동체에 속했기 때문이다.) 내 아버지는 아미시 교도가 아니었다. 하지만 청혼할 때 어머니가 다니던 교회에 나가기 시작했고, 그 덕분에 어머니는 그곳에서 나오지 않아도 되었다.

내게 너무나 소중한 전통과 결별해야 한다는 상상만으로도 힘들었지만, 아미시 교도의 중매결혼 풍습만큼은 마음에 안 들었다. 내게도 선 자리가 수없이 들어왔지만 아버지는 (어머니의 불만에도 불구하고) 번번이 마다했다. 아버지는 중매결혼을 탐탁지 않게 여겼다. 그래서 당신의 딸들한테도 중매결혼을 시키고 싶어 하지 않았다. 나는 교회와 아미시 교도의 삶의 방식을 사랑했다. 하지만 마이클과 결혼하지 못하고 교회에 남아야 한다면 내가 떠날 수밖에 달리 선택의 여지가 없었다.

남자아이

제이콥은 여느 아이들처럼 사랑스러운 호기심덩어리였다. 말이 매우 빨랐으며 "안녕!"의 힘을 일찌감치 깨달았다. 스테파니는 식당에만 가면 제이콥이 지나가는 사람들에게 태양처럼 환한 미소를 지으며 손을 흔들어 그들의 마음을 단숨에 사로잡는 모습을 보고 늘 웃음을 터뜨렸다. 제이콥은 인형을 몹시 좋아했다. 인형들 사이에 몸을 숨기고 있다가 들킬 때마다 신이 나서 꺄꺄 소리를 질렀다.

나는 마이클의 상냥한 면모를 잘 알고 있었다. 하지만 그런 나조차도 헌신적으로 아이를 돌보는 그의 모습이 신기했다. 그 무렵 남편은 타깃Target(미국의 대형 슈퍼마켓 체인점)에서 장시간 일을 했다. 2교대나 밤샘 근무를 한 날에도 남편은 어디서 힘이 솟는지 거실 바닥에 잔뜩 쌓아놓은 쿠션 위에서 제이콥과 WWF 스타일로 레슬링을 하며 놀았다. 제이콥은 아기였을 때 제 아빠와 케이크 조각 '나누는' 놀이를 제일 좋아했다. 말이 나누는 것이지 대개는 제이콥이 케이크를 제 아빠 얼굴에 덕지덕지 발라주고, 제 아빠가 양손으로 게걸스럽게 케이크를 먹어치우는 모습을 보며 자지러지게 웃는 놀이였다.

나는 제이콥을 낳고 일주일도 채 안 되어 내가 운영하는 어린이집의 문을 다시 열었다. 한시바삐 일을 하고 싶었다. 그만큼 아이들을 돌보는 일이 좋았다. 한편으로는 산후 조리 기간이 길어지면 할 일이 없어질까봐 걱정스럽기도 했다. 나를 믿고 아이를 맡기는 부모들을 실망시키고 싶지도 않았다. 때로는 아침 6시에 제이콥을 데리고 어린이집으로 출근해 저녁 7시까지 일했다. 아이들은 실물 크기의 아기 인형으로 놀이를 하듯 제이콥과 함께 놀았다. 제이콥에게 이런저런 옷을 입히고, 노래를 불러주고, 손바닥을 맞부딪치며 노는 놀이를 가르쳐주었다. 특히 제이콥에 대한 여자아이들의 소유욕이 얼마나 큰지 볼 때마다 웃음이 터졌다. "제이콥을 봐주는 수고비를 줘야 할까봐요." 어느 날 저녁에는 어떤 여자아이가 '자신의' 아기인 제이콥을 내게 돌려주려 하지 않는 바람에 그 아이 엄마에게 내가 이런 농담을 할 정도였다.

제이콥이 상당히 영리하다는 사실을 짐작할 만한 초기 징후가 몇 가지 있었다. 아이는 걸음마를 떼기도 전에 알파벳을 익혔다. 그뿐만 아니라 처음부터 혹은 거꾸로 암송하는 걸 좋아했다. 돌이 되자 '고양이'와 '강아지' 같은 짧은 단어를 말했다. 10개월 무렵에는 소파 팔걸이를 붙잡고 일어서서는 좋아하는 CD를 컴퓨터에 끼우곤 했다.

닥터 수스의 《모자 속의 고양이The Cat in the Hat》가 들어 있는 CD였다. 제이콥은 단어 위에서 통통 튀어 오르는 작고 노란 공을 따라 정말 글자를 읽는 것처럼 보였다.

어느 날 밤이었다. 제이콥을 재우러 간 남편이 아이의 방 문가에 서 있는 모습을 보았다. 남편이 손가락을 입술에 붙이고는 몸짓으로 날 불렀다. 나는 남편 옆에 서서 아들의 말소리에 귀를 기울였다. 아이는 아기 침대에 누워서 졸린 목소리로 혼잣말을 하고 있었다. 그런데 아이의 말소리가 일본어처럼 들리는 것 아닌가. 우리는 제이콥이 제 DVD를 죄다 외웠다는 사실을 잘 알고 있었다. DVD를 볼 때면 리모컨으로 언어 설정을 이리저리 바꾸는 모습도 보았다. 하지만 영어뿐 아니라 스페인어와 일본어 더빙도 거의 다 외웠다니 너무 놀라 입이 다물어지지 않았다.

우리는 제이콥의 몸놀림이 정확하고 정교한 모습에도 감탄했다. 그 시기의 남자 아기들은 대부분 미니어처 고질라처럼 어기적거리며 돌아다닌다. 하지만 제이콥은 달랐다. 제이콥은 커피숍에 가면 조용히 앉아서 성냥갑만 한 미니어처 자동차들을 완벽하게 일직선으로 세웠다. 게다가 손가락을 이용해 자동차의 간격을 일정하게 띄웠다. 수천 개나 되는 면봉을 카펫 위에 일렬로 이어서 방바닥을 가득 메우는, 미로 같은 정교한 도안을 만들 줄도 알았다. 하지만 제이콥이 또래 아기들에 비해 더 똑똑한 것 같다는 자부심에 가슴이 벅차오를 때도 우리는 원래 부모는 자기 아기가 세상에서 제일 잘난 것처럼 착각하는 법이라는 사실을 잊지 않았다.

그런데 제이콥이 14개월 되었을 무렵 서서히 변화가 나타나기 시작했다. 처음의 변화는 사소해서 우리도 쉽게 그 이유를 생각해낼 수 있었다. 일단 예전보다 말수와 웃음기가 줄어든 것 같았다. 그럴 때면 우리는 짜증이 났거나 피곤하거나 치아가 나는 모양이라고 생각했다. 그해에 제이콥은 꽤 성가시고 고통스러운 귓병을 자주 앓았다. 내가 간질여도 한껏 웃지 않거나 까꿍 놀이를 할 때도 집중하지 않으면 귓병 때문이려니 넘겨짚었다. 더 이상 아빠와 레슬링을 하려 들지도 않았다. 전에는 만사를 제쳐놓고 그 놀이를 하려던 아이가 말이다. 제이콥은 그런 놀이를 할 기분이 아니었다. 그렇게 일주일이 지나고 2주일이 흘렀다. 제이콥은 갈수록 집중하거나 호기심을 보이거나 행복해하는 모습을 잃었다. 마치 딴사람이 되어버린 것 같았다.

그래도 예전에 관심을 가졌던 몇 가지에는 여전히 흥미를 보였다. 아이는 변함없이 빛과 그림자와 기하학적인 모양에 매료되었다. 하지만 그런 것에 빠진 모습이 내 눈에는 전과 다르게 보였다.

이를테면 제이콥은 아주 어렸을 때 격자무늬를 무척 좋아했다. 그 무렵 우리 이불보는 격자무늬였다. 그렇다 보니 귀가 아플 때면 달랠 수 있는 게 그 이불뿐이었다. 엄마라면 아기와 외출할 때 아기를 달랠 물건을 꼭 챙기는 법인데, 내 경우는 격자무늬가 들어간 물건이 거기에 해당했다. 그런데 돌이 지나 뒤집기를 할 무렵 제이콥은 격자무늬를 겨우 몇 센티미터 앞에 놓고 수많은 선을 뚫어져라 바라보았다. 내버려두면 언제까지고 그렇게 보기만 했다. 어떤 때는 벽에 비친 햇살에 집중하기도 했다. 온 정신을 집중하느라 몸에 잔뜩 힘을 주거나 등을 대고 누워서는 손을 앞뒤로 흔들어 빛이 통과할 때마다 벽에 생기는 그림자를 유심히 바라보았다. 나는 제이콥이 어릴 때부터 독립적이라는 사실을 늘 자랑스러워했다. 하지만 달라진 모습은 독립심과는 전혀 관계가 없어 보였다. 마치 내 눈에 보이지 않는 뭔가가 아이를 집어삼킨 것만 같았다.

제이콥은 어린이집에서 아이들의 사랑을 듬뿍 받는 '동생'이었다. 아이들과 함께하는 시간을 제이콥도 몹시 즐거워했다. 첫 해에는 아이들이 핑거 페인팅을 하면 같이하고, 프리즈 댄스를 하면 흥겹게 몸을 흔들며 놀았다. 아이들이 낮잠을 자고 간식을 먹으면 제이콥도 따라 자고 이유식을 먹었다. 그런데 이제는 아이들을 따라 기어 다니는 시간보다 멍하니 그림자를 바라보고 있을 때가 더 많았다. 아이들이 아무리 같이 놀자고 해도 무시하기 일쑤였다.

마이클은 내가 쓸데없는 걱정을 한다고 달랬다. 아이들은 원래 자신만의 발달 단계에 따라 크는 거라면서 말이다. "여보, 제이콥은 괜찮아. 지금이 어떤 상황이든 다 그러면서 크는 거야." 남편은 나와 제이콥을 꼭 안고 이렇게 말하며 제이콥의 배를 간질였다. 아이는 좋아서 꺄꺄거리며 웃음을 터뜨렸다.

그런데 제이콥이 유아기를 거치면서 살짝 신경 쓰이는 단계에 도달한 게 아니라는 사실을 가족 중 가장 먼저 알아차린 사람은 내 어머니였다. 그때는 미처 몰랐지만 완벽하게만 보였던 우리의 세계가 가장자리부터 서서히 무너지고 있었다.

뭔가 잘못되고 있어

나는 인디애나 주 중부에서 자랐다. 우리 집은 농장이 들어선 시골과 꽤 가까웠다. 심지어 뒷마당에는 염소나 수탉처럼 농장에서 키우는 가축도 돌아다녔다. 봄이면 어머니는 농장에서 갓 태어난 새 한 마리를 빌려왔다. 어린 시절 내가 제일 좋아했던 우리 집만의 전통이었다. 나는 매년 단 하루밖에 없는 그날을 손꼽아 기다렸다. 그랬기에 제이콥에게도 이런 즐거움을 알려주고 싶어 몸이 근질거렸다.

제이콥이 태어나 두 번째 맞은 봄에 농장에서 빌려온 사랑스러운 아기 새는 오리였다. 생후 14개월로 접어든 제이콥은 식탁에 앉아서 (공작용) 판지마다 동그라미를 수백 개나 그려 넣고 있었다. 원들은 아름다웠지만 동시에 기묘하기도 했다. 돌을 갓 지난 아기의 그림이라기보다 건축가의 노트 가장자리에서나 볼 수 있을 법한 낙서에 더 가까웠다.

어머니가 고리버들 바구니에서 새끼 오리를 감싸 쥐고 조심스럽게 꺼내는 순간, 내 가슴은 기대감으로 잔뜩 부풀어 올랐다. 어머니는 그런 나를 보고 웃으며 손가락을 입술에 대고는 제이콥 뒤로 살그머니 돌아갔다. 그리고 복슬복슬한 공 같은 새끼 오리를 제이콥이 동그라미를 그리고 있는 판지 위에 살며시 내려놓았다.

그런데 제이콥은 우리가 기대했던 반응을 끝끝내 보여주지 않았다. 바로 코앞에서 새끼 오리가 뒤뚱거리고 있는 모습을 보고도 즐거워하지 않았다. 오히려 손가락 하나로 오리를 종이 위에서 밀어냈다. 제이콥은 동그라미를 그리는 손을 멈추지 않았다.

어머니가 내 눈을 바라보았다. 표정에는 두려움이 깃들어 있었다. "크리스, 아무래도 제이콥을 병원에 데리고 가야 할 것 같아."

담당 소아과 의사는 일단 청각 테스트부터 했다. 그 무렵 제이콥은 우리가 불러도 제대로 반응을 보이지 않았기 때문이다. 하지만 청각은 정상이었다. 아무래도 제이콥을 발달 전문가에게 보여야 할 때가 된 것 같다는 의견에 아무도 토를 달지 않았다. 소아과 의사는 '퍼스트 스텝스First Steps'를 알아보라고 알려주었다. 퍼스트 스텝스는 국가가 운영하는 '초기 개입 프로그램Early Intervention Program'으로서 발달 장애를 보이는 3세 미만 유아를 대상으로 평가와 치료를 지원한다.

초기 평가 결과, 발달 장애가 상당하다는 사실이 확인되었다. 그러자 퍼스트 스텝스에서는 집으로 매주 언어치료사를 보내 제이콥이 치료를 받을 수 있게끔 했다. 이렇게 치료를 시작했지만 제이콥이 소리를 내는 횟수는 점점 줄어들었다. 시간이 갈수록 아이는 자신만의 고요한 세계로 빠져들었다. 언어치료사는 치료 횟수를 일주일에 3회로 늘렸다. 퍼스트 스텝스에서 제공하는 최대치였다. 오래지 않아 발달치료사도 제이콥의 치료에 합류했다. 우리는 주방에 수업 공간을 마련해 체크를 했다. 나는 수업 시간을 잊지 않으려고 벽에 거는 커다란 달력을 장만했다. 그 무렵 제이콥은 거의 말문을 닫았다.

마이클은 치료사들이 매일같이 우리 집을 드나들어도 신경 쓰지 않았다. 하지만 둘이 있을 때는 내가 취한 조치가 지나친 것 같다며 속마음을 털어놓았다. 이런 치료 행위는 우리 시대의 현상이자 과잉 반응이라는 것이었다. "아이들은 저마다 자라는 속도가 달라, 여보. 당신도 그렇게 말했잖아. 얼마 전까지만 해도 이런 일에 아무도 이렇게 요란을 떨지 않았어. 제이콥이 지금 어떤 상황이라 해도 다 그러면서 크는 거야." 하지만 남편도 정부가 아이의 발달 속도를 높이기 위해 다양한 서비스를 제공해주는 것까지 마다하지는 않았다. 그러면서도 이렇게까지 하지 않더라도 제이콥은 괜찮아질 거라고 확신했다.

나도 제이콥의 치료를 전담하는 팀이 있다는 사실에 전보다 더 희망적으로 상황을 보게 되었다. 내가 입주 보모를 하던 시절 맡았던 아이 한 명도 초기 언어 장애가 있었다. 그 아이는 언어 치료를 조금 받자 금세 놀랍도록 상태가 호전되었다. 내가 직접 목격한 사례도 있으니 우리도 전문가들의 도움을 받아 인내심을 가지고 제이콥을 계속 격려하면 조만간 예전 같은 모습으로 돌아올 것 같았다.

내가 긍정적인 생각을 하게 된 데에는 다른 이유도 있었다. 내가 운영하는 어린이집 '에이콘 힐 아카데미'가 날로 번창했기 때문이다. 에이콘 힐은 흔히 보는 어린이집과 달랐다. 연극으로 치면 공연 준비에 여념이 없는 무대 뒤라고나 할까. 아이들의 창의력에 불을 지피기 위해 적당한 공예품 가게에서 필요한 교구를 구입하기에는 늘 자금 사정이 빠듯했다. 그래서 나는 갖가지 방법을 동원해 교구로 쓸 만한 재료를 구하려고 늘 촉각을 곤두세웠다. 그런 방법은 생각지도 못한 곳에서 툭툭 튀어나왔다. 가령 냉장고 포장 상자가 길거리에 나와 있을 때 그걸 대신 치워주겠다고 하면 사람들은 기꺼이 그 상자를 내주었다.

얼마 지나지 않아 동네 몇몇 가게에서 나를 위해 버리는 물건을 상자에 모아두기 시작했다. 내게는 그 상자들이 보물이나 다름없었다. 카펫 가게는 네모나게 자른 카펫 샘플을 모아주었다. 페인트 가게는 낡은 벽지 묶음을 모아주었다. 기껏 주문을 받아 특별한 색을 만들어두었는데 손님이 찾아가지 않아 남은 페인트라든가 망가진 붓도 주었다. 우리는 항상 특별한 계획이나 모험을 벌이곤 했다. 예를 들어, 거대한 벽화를 그리거나 방만 한 체스판(이것도 기증받은 물품이다!)에서 체스를 두었다. 아이들은 커다란 체스 말을 움직이기 위해 조를 짜야만 했다.

학부모들은 아이들이 머리부터 발끝까지 페인트 범벅이 되어도 우리가 냉장고 상자 여러 개로 종일 만든, 거대하면서도 정교한 성을 보고 나면 아이들의 행색에 신경을 쓰지 않았다. 아이들이 자부심으로 환하게 웃으면서 부모의 손을 잡아끌며 여러 방으로 나뉜 알록달록한 성을 구경시켜줄 때는 엉망이 된 옷을 눈감아주었다.

여기에 더욱 경사스러운 일이 생겼다. 내가 둘째를 가진 것이다. 마이클은 좋아서 어쩔 줄을 몰랐다. 아이들로 가득한 집을 만들겠다는 우리의 꿈이 이루어지려는 순간이었다.

그때는 미처 몰랐지만 일이 술술 풀리며 기쁨으로 충만했던 그 시기에 우리는 태풍의 눈 한가운데 들어가 있는 것이나 마찬가지였다. 우리가 이름을 붙일 수도, 이해할 수도 없었던 제이콥의 변화는 몇 주 후 다른 아이의 생일 파티 때 무거운 짐이 되어 나를 불쑥 덮쳤다.

책이나 TV에서 보고 좋아하게 된 캐릭터와 실제로 만나는 것만큼 어린아이들이 흥분하는 일도 없다. 우리 이웃에서 열었던 '빨갛고 큰 개 클리포드' 생일 파티도 예외가 아니었다. 커다랗고 빨간 개가 방에 들어오자 그 자리에 모인 아이들은 좋아서 난리도 아니었다. 마이클은 그 모습을 보더니 마이클 잭슨이 쇼핑몰에 나타난 것 같다고 농담을 했다.

아이들은 거대한 붉은 개한테서 눈을 떼지 못했다. 그런데 한 아이만은 예외였다. 내 아들 제이콥은 집에서 가져온 알파벳 책만 뚫어져라 바라볼 뿐이었다. 우리는 아이의 주의를 돌리려 했다. "저길 봐, 제이콥. 클리포드가 왔어!" 하지만 제이콥은 고개도 들지 않았다. 사방에서 아이들이 꽥꽥거리고, 바닥에 묶어놓은 풍선들이 천장에 둥둥 떠 있고, 곳곳에 커다란 사탕 그릇이 놓여 있었다. 심지어 키가 180센티미터나 되는 남자가 붉은 털이 복슬복슬한 개 옷을 입고 있었다. 그러나 제이콥은 철자 K의 세계에 완전히 몰입했다.

나는 점점 불안해졌다. "제이콥이 방 안을 잘 볼 수 있게 목말을 태워줘봐." 내가 재촉하자 마이클은 아이를 냉큼 어깨에 태우고 풀쩍 풀쩍 뛰며 클리포드의 생일 노래를 따라 부르기까지 했다. 하지만 제이콥은 알파벳 책을 다시 펼쳐 아빠 머리 위에 올려놓았다. 마지막으로 아이의 주의를 끌기 위해 마이클은 제이콥의 손가락을 살며시 벌려 풍선 하나를 쥐여주었다. 제이콥은 손에 쥔 붉은 리본을 내려다보더니 고개를 들고 헬륨을 넣어 빵빵한 반짝이는 풍선을 보았다. 하지만 그것도 잠깐 이내 책에 얼굴을 파묻었다. 그러곤 천천히 손가락을 펼쳐 리본을 놓아버렸다. 나는 풍선이 천장을 향해 두둥실 올라가는 동안 멀거니 서서 진지한 표정으로 말없이 알파벳 책만 들여다보는 제이콥을 바라보았다. 문득 어머니의 말이 옳았다는 생각이 들었다. 내 아들이 뭔가 잘못되고 있었다.

퍼스트 스텝스는 여전히 집으로 치료사들을 보내주었다. 우리는 오는 치료사들을 막지는 않았다. 하지만 생일 파티 이후 낙관적인 기분은 그날 집으로 가져온 풍선처럼 납작하게 쪼그라들고 말았다. 그런 치료로 제이콥에게 일어나는 변화를 되돌릴 수 있다는 확신마저도 희미해졌다. 아이는 점점 더 자신의 세계에 빠져들었고, 그 무엇도 그 상황을 막을 수 없을 것 같았다.

치료를 받는 한 시간 동안 제이콥은 단 한마디도 하지 않았다. 아예 아무 소리도 내지 않았다. 때로는 우리 중 누군가가 말했던 구절을 앵무새처럼 따라 하거나 노랫가락을 흥얼거리기도 했다. 그러나 진정한 의사소통은 이루어지지 않았다. 대화를 나누는 시늉을 하거나 "안녕" 같은 간단한 인사나 쿠키를 달라는 말조차 아이에게서 자취를 감추었다.

지금 생각해보면, 당시 제이콥의 모습은 책에 나오는 자폐 증세 그대로였다. 서서히 언어 능력에 변화가 생기고, 시선을 맞추지 않고, 우리나 치료사와 이야기를 하지 않았다. 하지만 그때는 1999년이었다. 미국 공영방송사인 PBS가 자폐를 특집 방송으로 다루기도 전이고, 우리가 모종의 유행병과 싸우고 있다는 사실을 아무도 깨닫지 못하던 때였다. 1999년에 일반인이 생각하는 자폐증은 단 한 가지 모습뿐이었다. 영화 〈레인 맨〉에서 더스틴 호프먼이 연기한 모습 말이다. 하지만 나는 제이콥과 그 영화에서 더스틴 호프먼이 연기한 등장인물 사이에 비슷한 점을 전혀 찾을 수 없었다.

그때까지도 제이콥의 변화를 뭐라고 불러야 할지조차 몰랐지만, 마음 깊은 곳에서는 상황이 무척 심각하다는 사실을 인정하기 시작했다. 하지만 아무리 힘들어도 우리 가족을 특별하게 만들어주는 우리만의 전통을 계속 유지해야 한다는 생각만큼은 변함이 없었다.

우리 집안만의 전통 가운데서도 나는 조부모님 댁에서 일요일마다 함께하는 저녁 시간을 가장 중요하게 여겼다. 어머니는 회사에서 회계 업무를 담당했기 때문에 뉴욕 출장이나 집을 비우는 시간이 많았다. 그래서 우리는 어릴 때 길 건너편에 사는 조부모님과 많은 시간을 보냈다. 할아버지는 원기왕성하고 놀라운 괴짜 발명가였는데, 우리와 함께 노는 시간을 그 무엇보다 좋아했다. 할아버지는 주위 사람들의 삶을 끝없이 이어지는 정교한 모험의 연속으로 바꿔주었다.

그랜드파 존 헨리는 정말 대단한 분이었다. 기계공이자 엔지니어에 발명가였고, 공예가에 목수이기도 했다. 할아버지는 제2차 세계대전 때 미 해군에서 복무하고 고향인 오하이오 주 맨스필드로 돌아온 후 부친 뒤를 이어 웨스팅하우스의 공구 및 주형 공장에서 기계공으로 근무하기 시작했다. 본업인 공장일 외에도 건축업 자격증을 따서 상업용과 주거용 건물을 짓기도 했다. 지역 신문에 미국의 '하면 된다' 정신의 화신으로 대서특필되기도 했다. 미국을 위대한 나라로 만든 낙천주의와 진취적 정신을 바탕으로 자수성가한 산증인으로서 말이다. 하지만 할아버지가 진짜 성공을 거둔 것은 그 후였다.

할아버지는 웨스팅하우스 공장에서 근무할 때 가열 냉각 공정이 매우 비효율적이라는 사실을 눈여겨보았다. 강철에 구멍을 내려면 공구가 강철을 뚫고 들어갈 수 있을 정도로 가열해서 부드럽게 만들어야 했다. 그런데 가열한 강철을 냉각하면 정확하게 뚫어놓은 구멍의 모양이 망가져 작업을 처음부터 새로 해야 하는 일이 자주 발생했다. 이런 상황은 세계 어디를 가든 강철로 작업하는 사람이라면 모두가 겪는 일이었다. 할아버지의 성격을 생각해보면 그런 상황에 어지간히 짜증이 났을 것이다.

할아버지가 주머니에 늘 넣고 다니는 물건이 있었다. 바로 수첩이었다. 그 수첩에는 할아버지가 구상 중인 프로젝트와 각종 아이디어, 설계도가 빼곡했다. 앞서 말한 강철 문제의 돌파구를 찾을 때까지 할아버지는 얼마나 오랫동안 얼마나 많은 수첩을 썼을까. 각고의 노력 끝에 할아버지와 할아버지의 동업자는 마침내 새로운 공구 일습과 단단한 강철에 구멍을 뚫을 수 있는 공정을 개발했다. 강철 산업에 일대 혁명을 몰고 온 기술이었다.

자동차 업체인 포드사가 그랜드파 존의 발명에 눈독을 들였다. 그리고 두 분으로부터 그 기술에 대한 비배타적 권리를 사들였다. 두 분은 이후에도 여러 대기업에 그 기술을 판매했다. 그 결과 오늘날 도로를 달리는 자동차에서 주방의 토스트기에 이르기까지 모두 할아버지가 발명한 혁신 기술을 적용하고 있다.

포드는 할아버지의 인생을 바꿔놓았다. 그랜드파 존은 맨스필드의 기계 작업장에서 곧장 미시건 주 디어본에 있는 '글래스 하우스(포드의 전 세계 본사 건물로, 1956년 헨리 포드 소유의 땅에 콘크리트와 유리만으로 지은 건물)'로 자리를 옮겼다. 책임자 자리에 오른 후에도 할아버지가 제일 좋아한 곳은 기계 작업장이었다. 결국 회사는 할아버지에게 인디애나폴리스로 옮겨 포드에서 가장 큰 공장의 공구 및 금형 부문 책임자 자리를 맡아달라고 제안했다. 이런 연유로 할아버지는 (훗날 우리도) 인디애나폴리스에 정착하게 되었다.

발명품을 판매한 돈과 포드에서 일흔이 될 때까지 맡은 높은 직책 덕분에 그랜드파 존은 거부가 되었다. 하지만 평생 한 번도 으리으리한 저택을 구입하거나 세계 여행을 하지 않았다. 그랜드파 존은 할머니와 함께 디어본에서 옮겨와 살았던, 인디애나폴리스의 동쪽 지역에 있는 단층 벽돌집에서 평생을 보냈다. 할머니는 지금도 그 집에서 살고 있다.

넉넉한 형편 덕분에 할아버지는 편하게 5년간 휴직을 하고 필요할 때마다 내 부모님을 도와 스테파니와 나를 돌보았다. 그때마다 그랜드파 존은 우리 자매를 순수한 매혹의 세계로 인도했다. 그 당시 우리가 알았던 어른들 가운데 창의성과 에너지로 우리를 따라올 사람은 할아버지뿐이었다. 할아버지와 함께 있으면 우리는 머릿속으로 상상한 온갖 것들을 발을 딛고 선 땅처럼 구체적인 놀잇감으로 만들어낼 수 있었다.

그랜드파 존은 '뭐든' 만들 수 있었다. 우리 자매를 돌보는 와중에도 짬짬이 마음을 빼앗긴 프로젝트를 함께 진행했다. 할아버지가 당신에게 허락한 유일한 사치라면 근처에 있는 땅을 구입해 인디애나의 뉴 아미시 공동체를 위한 교회를 지은 것이었다. 할아버지는 그 교회를 거의 손수 지었다. 그랜드파 존은 헛간을 짓는 등 목공일을 직접 하는 집안 분위기에서 성장했다. 게다가 건축업 자격증도 땄다. 그러니 할아버지 성격에 새 교회의 신도석 하나까지 모두 손수 만들기로 작정한 건 당연한 일이었다. 지붕을 지탱할 통나무 들보를 사포질하거나 광택제를 바르는 일꾼들의 솜씨가 당신 기준에 못 미치면 할아버지는 언니나 나 같은 꼬맹이를 포함한 온 가족을 동원해 작업을 직접 다시 했다. 할아버지는 거의 매일같이 작업 현장에 나갔다. 우리를 데리고 가는 날도 많았다. 할아버지가 작업 계획에 대해 사람들과 이런저런 협의를 하는 동안 우리는 축축한 톱밥과 버려진 나사를 모아 작은 모형을 만들었다. 할아버지가 볼일을 끝내면 우리는 교회 부지에 있는 호수로 나가 할아버지가 직접 만든 배를 타고 크래피와 블루길을 낚았다.

건축 현장에 가지 않을 때면 우리는 할아버지의 어수선하기 짝이 없는 차고 작업장에서 놀았다. 작업장이라고 하면 다른 아이들은 산타클로스의 작업장을 떠올릴지도 모르지만, 나는 진짜 작업장에서 자랐다. 차고의 튼튼한 받침대에는 향긋한 목재가 쌓여 있었는데, 할아버지는 이런 재료로 새로 태어날 손자손녀나 그 아이들의 인형한테 줄 요람을 만들었다. 그곳에는 망치와 쇠줄며 손잡이에 윤이 반들반들 날 정도로 오랫동안 사용한 잡다한 공구들이 벽에 걸려 있었다. 할아버지가 직접 만든 오크나무 서랍장의 반짝이는 청동 손잡이를 당겨 열면 나사와 나사받이며 온갖 크기와 용도의 볼트가 수도 없이 나왔다. 할아버지가 손수 만든 수납장에는 래커와 페인트, 붓과 숫돌, 끌 등 상상을 현실로 바꿔줄 물건이 뭐든 있었다.

그랜드파 존과 분주한 하루를 보내고 나면 언니와 나는 늘 에디 할머니의 깔끔한 주방에서 놀았다. 그랜드파 존이 자유분방한 사고방식의 소유자였다면 할머니는 약간 엄격했다. 할머니는 늦여름이면 곡물과 장과류를 저장하고 피클을 담갔는데, 그때마다 우리한테 그 일을 거들게 했다. 가을에는 옐로 트랜스페어런트Yellow Transparent와 로디Lodi 사과로 향료를 넣은 애플 소스를 잔뜩 만들어 커다란 통 여러 개에 가득 채웠다. 겨울밤에는 땅콩 캔디나 캐러멜 콘을 만들고 기온이 영하로 떨어지는 날이면 기다란 엿을 만들었다.

저녁을 먹은 후 우리는 조부모님 댁 거실에서 하루를 마무리했다. 그곳에서 체다 치즈나 애플파이 또는 에디 할머니의 레퍼토리 중에서도 맛이 끝내주는 독일식 쿠키와 빵을 먹었다. 할머니가 즐겨 해준 음식 중에는 스테파니와 내가 '무릎 보호대'라고 부르던 쿠키도 있었다. 설탕과 시나몬을 점점이 뿌린 잔뜩 부풀어 오른 커다란 패스트리 쿠키였는데, 우리는 이 과자를 유난히 좋아했다. 여름이면 할머니가 손수 만든 바닐라 아이스크림에 갓 따온 딸기를 넣어 먹었다. 그리고 겨울이면 할머니는 미리 저장해뒀던 복숭아를 우리 그릇에 듬뿍 담아주곤 했다.

이 거실에서 할머니는 엉켜버린 색색의 실타래를 참을성 있게 풀며 우리에게 퀼트와 자수를 가르쳐주었다. 일요일에는 온 가족이 저녁을 먹기 위해 모였다. 그럴 때면 우리는 할아버지가 직접 만들어 사포질하고 얼굴이 비칠 정도로 반들반들 윤을 낸 식탁에 둘러앉았다. 식탁에는 자리마다 개인 식탁보와 냅킨이 놓여 있었는데, 우리 집안 여자들이 직접 수를 놓은 것들이었다. 그 식탁에는 언제나 애정과 품위가 있었다. 그리고 사랑이 있었다.

조부모님과의 관계가 얼마나 각별했는지 떠올리면 제이콥을 그분들 곁에서 키우고 싶은 마음이 드는 건 당연한 일이었다. 그래서 매주 일요일마다 우리 세 식구는 내 어린 시절처럼 그분들과 함께 저녁을 먹었다.

마이클도 나만큼 일요일 저녁을 좋아했다. 남편은 나를 만나기 전까지만 해도 추운 겨울날 고기와 파이를 굽는 향긋한 냄새로 가득한 훈훈한 집으로 돌아오는 것이 얼마나 근사한 일인지 몰랐다. 마이클은 수제 밀랍 양초를 밝힌 식탁에서 감사 기도를 드린 적이 한 번도 없었다. 친지들이 모여서 음식이 식기 전 식탁에 내려고 분주히 움직이며 서로 농담을 나눈 적도 없었다. 나는 마이클을 이런 화목한 분위기에 기꺼이 동참시킨 게 그에게 준 최고의 선물 가운데 하나라는 걸 알았다.

이 저녁 모임을 마음껏 즐긴 사람은 마이클 혼자가 아니었다. 식성이 까다로운 제이콥은 증조할머니가 만든 사과 파이 한 조각을 꿀꺽 해치웠다. 그것도 큼지막한 조각으로 말이다. 우리가 말리지 않으면 한 조각을 더 먹었다. 제이콥은 언니와 내가 어렸을 때 그랜드파 존이 미래의 손자손녀들을 위해 만들어둔 아름다운 나무 장난감들을 좋아해 늘 가지고 놀았다. 내가 제일 좋아했던 마블 런Marble Run을 제이콥도 가장 좋아했다. 나는 제이콥이 크면 그랜드파 존과 함께 차고의 작업대에 앉아 머리를 맞대고 할아버지의 수첩을 들여다보는 모습을 볼 수 있으리라 기대했다.

어느 일요일 저녁, 마이클이 직장에서 연락을 받고 나가는 바람에 제이콥과 나만 저녁을 먹으러 갔다. 할아버지는 늘 문가에서 우리를 반겨주었는데, 그날은 할아버지의 모습이 보이지 않았다. 나는 할아버지가 새로운 프로젝트를 마무리하는 중이거나 씻는 중인가보다 생각했다. 할머니는 할아버지가 기계기름과 나무 가루를 비누로 박박 씻어내고 당신이 늘 다림질해서 단정하게 개어놓은 부드러운 플란넬 셔츠로 갈아입기 전에는 식탁에 얼씬도 못하게 했기 때문이다. 이윽고 할아버지가 식탁의 상석으로 나왔을 때 나는 놀라서 할 말을 잃었다. 할아버지는 휠체어에 앉아 있었다.

그 일이 있기 전해에 할아버지는 경미한 뇌졸중을 몇 차례 겪었다.

우리는 할아버지의 건강이 서서히 악화하는 모습을 무기력하게 지켜봐야 했다. 아무리 그렇다 해도 할아버지가 일어설 수도 없을 정도로 쇠약해졌다니, 나는 큰 충격을 받았다. 가슴이 미어지는 것 같았다. 그런데 할아버지가 휠체어에 숨은 공학 기술에 대해 벤에게 자랑스럽게 들려주는 모습을 보자 여전하시구나 싶었다.

그날 저녁 모두의 관심을 하나로 집중시킨 흥미로운 사건이 있었다. 할아버지의 작업 요법 치료사는 할아버지에게 점토를 꽉 쥐는 연습을 시켰다. 마비된 손의 힘을 되찾기 위해서였다. 할아버지가 그 점토를 가져오자 제이콥의 눈이 휘둥그레졌다. 그러더니 놀랍게도 짧은 노래를 흥얼거리는 것 아닌가. "지금 부르는 노래가 뭐니?" 할머니가 깜짝 놀라며 내게 물었다. 그도 그럴 것이 저녁마다 모인 이후 제이콥이 처음으로 소리를 냈기 때문이다. 나는 미소를 지으며 노래를 따라 불렀다. "뱀을 만들어. 뱀을 만들어." 그건 제이콥의 작업 요법 치료사가 알려준 대로, 할아버지 것과 똑같은 점토를 제이콥이 밀어서 늘리도록 격려할 때 마이클과 내가 부르던 노래였다.

하지만 들뜬 기분은 오래가지 않았다. 그날 밤 제이콥을 카시트에 앉히는데, 어머니가 내게 신문기사를 건넸다. 그 기사에는 아주 어린 아이가 자폐증일 경우 어떤 증상을 보이는지 나와 있었다. 기사를 읽는 순간 가슴이 철렁했다. 체크리스트에 나온 행동들이 대부분 익숙했기 때문이다. 집으로 향하던 나는 길가에 차를 세워야만 했다. 눈물이 앞을 가려 길이 보이지 않았기 때문이다.

저항

부모라면 쇼핑을 하다가 잠시 물건에 한눈을 판 경험이 있을 것이다. '어머, 이 원피스 귀엽네. 내 치수가 있을까?' 이렇게 생각하는 순간 고개를 돌려보면 아이의 모습이 보이지 않는다. 마치 허공 속으로 펑 하고 사라진 것처럼 말이다. 허겁지겁 아이 이름을 큰 소리로 외치며 찾기 시작할 때 목덜미를 할퀴어대는 공포가 점점 강해지는 것 같은 느낌. 아이가 자폐증이라는 컴컴한 우물 속으로 사라지는 모습을 지켜볼 때 바로 이런 느낌이 든다. 옷장 속에서 아이의 작은 얼굴이 불쑥 튀어나오는 순간 부모가 느낀 공포는 순식간에 사라지지만, 자폐증의 경우 부모가 느끼는 무력감과 절망은 짧게는 몇 년 혹은 평생을 갈 수도 있다.

그런데 마이클은 절망하지도 무기력에 빠지지도 않았다. 여전히 웅크리고 있는 어둠을 밀어내며 그림처럼 완벽했던 우리의 삶을 지키기 위해 격렬하게 저항했다. 결국 이 모든 싸움은 그의 작은 친구이자 아들인 제이콥을 위한 것이었으니까. 그래서 당시 제이콥의 치료사였던 보건 전문가가 제이콥에 대해 '자폐증'이라는 말을 입에 담자 남편은 그 사람을 그 자리에서 해고해버렸다. 지금도 그 일을 생각하면 낯이 뜨겁지만 그건 부모들의 일반적인 반응이기도 하다.

하지만 그로부터 몇 주가 흐르자 제이콥이 우리로부터 점점 멀어지고 있다는 사실이 뚜렷해졌다. 2000년 10월 퍼스트 스텝스의 직원이 우리 집으로 와서 정식으로 평가를 했다.

그 전날 밤, 나는 정신적으로 만신창이가 되어 있었다. 마이클은 힘이 되어달라며 내 동생 벤을 집으로 불렀다. 벤은 언제나 괴상망측한 계획으로 가득 찬 아이였다. 이를테면 손님방을 요가 스튜디오로 바꿔버리고, 육포를 만들겠다며 집 안에 고기를 빈틈없이 펼쳐놓기도 했다. 이렇게 기발하고 농담을 잘하는 벤조차도 제이콥의 평가일에는 침울한 표정을 감추지 못했다. 이 세상 누구도 내게 미소를 선사할 수 없었다.

평가를 하기 위해 찾아온 치료사 스테파니 웨스트콧과 악수를 하는 순간, 나는 우리 세계의 모든 것이 앞으로 몇 시간에 달려 있다는 예감이 강하게 들었다. 그녀의 평가 결과에 따라 우리의 행복이 온전히 지켜질 수도, 훨씬 더 먼 황무지로 내팽개쳐질 수도 있었다. 그 황무지의 풍경이 얼마나 황량할지 우리 눈에는 너무나 잘 보였다. 손이 어찌나 심하게 떨리던지 마이클이 꼭 쥐어줘야 멈출 정도였다.

아침나절이 되자 급기야 몸이 여기저기 아파왔다. 진단 결과가 얼마나 심각할지 확인하기 위해 따로 뭘 할 필요도 없었다. 평가 내내 스테파니가 말을 걸어도 제이콥은 거의 반응을 보이지 않았다. 눈조차 맞추려 하지 않았다. 아이는 원을 가리키려고도, 모형 끼우기 장난감에 별을 넣으려고도, 탑에 고리를 끼우려고도 하지 않았다. 물체를 모양이나 색깔별로 골라내려고도 하지 않았다. 혼자 있을 때는 그런 놀이를 하며 수많은 시간을 보내면서 말이다. 스테파니와 함께 〈거미가 줄을 타고〉 노래도 부르지 않고, 거미가 어떻게 주전자 주둥이를 기어오르는지 손가락으로 보여주려고도 하지 않았다.

제이콥이 알파벳을 암송하자 내 가슴은 기대감으로 부풀어 올랐다. 하지만 스테파니는 제이콥이 거꾸로 암송하는 걸 보고도 나만큼 감동하는 것 같지 않았다. 스테파니는 제이콥에게 바닥에서 크레용을 가지고 잠시 놀게 한 후 다른 놀이를 시키려 했다. 그러자 아이는 하기 싫다며 울음을 터뜨렸다. 아이의 몸이 이내 뻣뻣하게 굳어버렸다. 스테파니가 아이를 잘 구슬려서 다음 놀이로 넘어갈 즈음 내 블라우스는 땀으로 축축해졌다.

이어서 스테파니는 제이콥에게 목재 퍼즐을 함께 하자고 했다. 나는 멈추고 있는 줄도 몰랐던 숨을 훅 내쉬었다. 남편과 나는 안도의 눈빛을 교환했다. 그 놀이만큼은 제이콥이 잘 해낼 것 같았기 때문이다. 제이콥은 포동포동한 손으로 퍼즐 조각을 쥘 수 있을 때부터 퍼즐을 몹시 좋아했다. 그래서인지 퍼즐도 매우 잘했다. 스테파니가 함께 해보자고 한 퍼즐은 제이콥이 가진 것 중 하나와 비슷했다. 심지어 더 쉽기까지 했다. 그래서 우리는 제이콥이 이번만큼은 좋은 점수를 낼 수 있을 거라고 자신했다.

그런데 제이콥은 자신의 진가를 발휘할 결정적인 순간이 찾아오자 하필이면 알파벳 자석을 가지고 놀고 싶어 했다.

제이콥은 우리가 냉장고에 붙여놓은 알록달록한 플라스틱 알파벳 자석을 무척 좋아했다. 그런 자석이 몇십 개나 있었는데, 제이콥은 어딜 가든 그것들을 가지고 다녔다. 평가 도중 혹시 자석에 한눈을 팔지 않도록 우리는 미리 그것들을 상자에 넣어 선반에 올려놓았다. 눈에 보이지 않으면 자석 생각도 나지 않을 거라고 믿었다. 하지만 꼼수는 통하지 않았다. 제이콥은 선반 위에 있는 그 자석들에 온 정신을 빼앗겼다.

제이콥이 벌떡 일어나 상자를 집으려 하자 스테파니는 부드럽지만 확고하게 아이를 다시 식탁으로 이끌었다. 시간이 흐를수록 둘의 실랑이는 심해졌다. 나는 차마 그 모습을 볼 수 없어 내 손을 꽉 쥔 마이클의 손을 바라보았다. 어찌나 힘을 주었던지 마이클의 손가락 관절이 깜짝 놀랄 만큼 하얘졌다. 꽤 긴 시간이 흐른 후 마침내 제이콥을 자리에 앉힐 수 있었다. 하지만 몸을 자석 상자 쪽으로 잔뜩 젖힌 채였다. 한참을 더 구슬린 후에야 제이콥은 퍼즐을 풀었다. 하지만 퍼즐에도, 맞은편에 앉은 스테파니에게도 눈길 한 번 주지 않았다. 여전히 몸을 잔뜩 뒤로 젖힌 채 상자만 바라보았다.

온 세상이 무너져 내리는 기분이었다. 퍼즐이야말로 제이콥이 할 줄 아는 것이었다. 그것도 아주 잘. 우리는 그때까지 암울하기만 했던 평가에서 그 퍼즐이 그나마 희망을 줄 거라고 내심 기대까지 했다. 퍼즐을 잘 해내면 전체적인 평가도 상당히 달라질지 모른다고 내가 얼마나 필사적으로 기대하고 있었는지 실감이 났다. 마이클도 분명 나와 같은 느낌이었을 것이다.

"잠깐만요. 방해해서 미안합니다만, 지금 제이콥이 전혀 집중을 하지 않고 있어요. 지금 더듬거리면서 하잖아요. 제이콥은 원래 저 퍼즐을 왼손으로 하는데, 지금은 오른손으로 하고 있어요! 저 퍼즐을 얼마나 빨리 끝낼 수 있는지 보여줄 기회를 다시 줘보세요, 네?"

스테파니는 믿을 수 없다는 표정을 숨기지 않은 채 마이클을 보면서 대답했다. "바닛 씨, 제이콥 또래 아이들은 이 정도로 복잡한 퍼즐을 푸는 데 대개 2분이 걸립니다." 스테파니가 이렇게 말한 것은 제이콥이 평소 잘 쓰지도 않는 오른손으로 단 14초 만에 퍼즐을 풀었기 때문이다. 그것도 뒤쪽에 있는 자석 상자에만 시선을 고정한 채말이다.

"잘했어, 내 아들!" 마이클은 주먹으로 한쪽 손바닥을 치며 소리쳤다. 나도 일순간 가슴을 누르는 돌이 사라진 기분이었다. 마침내 해냈구나! 이제야 우리는 올바른 길로 접어든 거야. 나는 스테파니가 제이콥의 능력을 보기만 하면 그 강점들이 지금까지 못했거나 하려 하지 않았던 과제의 결과를 모두 상쇄할 것이라고 믿었다. 몇 주 만에 처음으로 작은 희망의 불꽃이 보이는 것 같았다. 치료를 더 받을 것이다. 뭐든 하라는 대로 다 할 것이다. 나는 그저 스테파니가 천사 같은 내 아이한테 아무 문제도 없을 것이라는 이야기를 해주기만 바랐다.

몇 시간에 걸친 테스트가 마침내 끝났다. 스테파니는 우리와 마주 앉아 무거운 표정으로 말문을 열었다. "제이콥은 아스퍼거 증후군입니다." 그 말에 갑자기 마음이 놓였다. 그보다 더한 상황을 예상했기 때문이다.

"그거 정말 다행이네요. 우리는 제이콥이 자폐증이 아닌가 걱정을 했거든요."

그러자 스테파니는 아스퍼거 증후군이 자폐증의 일종이라고 설명했다. 스테파니의 말에 따르면 증상의 차이는 별로 중요하지 않았다. 제이콥의 상태는 아스퍼거 증후군에서 조만간 완전한 자폐증으로 발전할 것이기 때문이었다.

우리는 그날 처음으로 '흩어져 있는 기능Scattered Skills'이라는 개념을 접했다. 스테파니는 자폐아들은 몇몇 분야에서 상당히 뛰어난 능력을 보이는 경우가 꽤 일반적이라고 설명했다. 그런 능력을 지니고도 발달이 심각하게 지체되는 건 어쩔 수 없지만 말이다. 가령, 제이콥은 두 살 때 복잡한 미로를 나보다 훨씬 빠르게 풀었다. 하지만 타인과 시선을 맞추지 않았다. 아이가 눈을 맞추는 행위는 발달 단계에서 일반적으로 생후 1~3개월 사이에 올라서야 하는 일종의 계단이다. 제이콥의 경우 퇴행이 시작된 16개월 무렵까지는 시선을 맞출 수 있었다. 표준적인 발달 과정에서 최고점과 최저점이 나타나는 상황을 일컫는 용어가 바로 '흩어져 있는 기능'이라고 스테파니는 설명했다. 이런 기능들이 단정하게 늘어선 대신 발달 지도 곳곳에 산재해 있는 아이를 자폐아로 진단한다는 것이다.

그 순간 내 안에서 뭔가가 뚝 부러지는 것 같았다. 마이클과 내가 잠시 희망을 품었던 부분으로 평가 점수를 높이거나 결과를 바꿀 수도 없다는 사실을 별안간 깨달았다. 느닷없이 모든 상황이 선명해졌다. 드러내놓고 자랑하지는 않았지만 늘 자부심을 품었던 사소한 일들, 즉 일찍 글을 읽고, 퍼즐을 순식간에 맞추고, 오랜 시간 동안 집중할 수 있는 능력은 자폐증과 모순되지 않고 오히려 자폐증을 확인해줄 뿐이었다.

제이콥의 재능은 그 애가 갖지 못한 능력과 단단하게 이어져 있었다. 나는 비로소 이 부족한 능력들이 제이콥과 우리가 그 애를 위해 꿈꿔온 삶에 가져올 지독한 현실을 똑바로 마주보았다. 바보가 된 기분이었다. 내 아이가 결코 여자애한테 데이트를 신청하거나 면접 자리에서 누군가와 악수를 할 수 없다면, 그까짓 퍼즐을 남보다 빨리 푼들 무슨 소용이 있겠는가?

그날 스테파니 웨스트콧이 작성한 보고서는 대충 이런 내용이었다. "그림자와 밝은 빛에 흥미를 보임. 빙빙 맴을 돎. 경미한 통증에 제한적인 반응을 보임."

우리는 망연자실한 채 잠자리에 들었다. 마이클이 꼭 안아주었지만 그날 밤 나는 잠을 이룰 수 없었다. 제이콥의 미래에 대한 걱정을 제대로 시작하기도 전에 얼마 후 태어날 두 번째 아기이자 (그 무렵 알게 되었는데) 두 번째 아들도 똑같은 운명을 타고날지 모른다는 불안감에 가슴이 타들어갔다.

진단의 무게에 짓눌려

자폐증은 도둑이다. 당신의 아이를 데려가버리기 때문이다. 당신의 희망도 가져간다. 기어이 꿈마저 앗아간다.

당신이 아이에게 어떻게 했든 나도 똑같이 했다. 제이콥을 아이들이 동물을 만질 수 있는 동물원과 수족관에 데리고 갔다. 귀여운 옷과 그 옷에 잘 맞는 모자도 사주었다. 하기스와 러브스 기저귀 중 뭐가 더 좋은지 고민도 했다. 우리는 평범한 가족이었다. 제이콥도 평범한 유아기를 보낸 평범한 아기였다. 그런데 어느 순간 우리에게서 멀어지기 시작했다. 그로 인해 아스퍼거 증후군이라는 진단을 받으면서 평범한 삶에 대한 희망은 흔적도 없이 사라졌다.

두 살 반이 되자 제이콥은 흡사 과거 '제이콥'이라고 불렸던 아이의 그림자가 되어버린 것 같았다. 하루 중 대부분 동안 아이는 곁에

56

있어도 없는 것만 같았다. 무엇보다 말문을 완전히 닫아버렸다. 누구와도 눈을 맞추지 않고 말을 걸어도 반응하지 않았다. 안아주려고 하면 밀어냈다. 기껏해야 아이가 상대를 무시하는 몇 초 동안만 안을 수 있을 뿐이었다. 물론 그 순간조차 아이는 벽에 생긴 그림자만 뚫어져라 바라보았다. 먹을 것이나 마실 것을 달라고도 하지 않았다. 특별한 방식으로 조리해주는 간소한 음식만 입에 댔다. 나는 아이가 혹시라도 탈수증을 일으킬까봐 물을 마시는지 항상 지켜보아야 했다.

제이콥은 현기증을 느낄 때까지 빙빙 맴을 돌았다. 손바닥이나 평평한 바닥에 물건을 놓고 빙빙 돌리기도 했는데, 가끔은 돌아가는 물건을 어찌나 집중해서 바라보는지 아이의 몸이 덜덜 떨릴 정도였다. 이런 행동을 자폐 분야에서는 '자기 자극Self-Stimulation' 또는 '스티밍Stimming' 같은 용어로 부르는데, 자폐증의 대표적인 증상이다. 제이콥은 온갖 형태의 플래시 카드를 좋아했다. 특히 알파벳 카드를 좋아해서 어딜 가든 가지고 다녔다. 한편으로는 원통형에 집착해서 몇 시간이고 빈 화병에 작은 물건들을 집어넣곤 했다. 그림자와 거울과 빛이 제이콥의 정신을 온통 차지해버렸다. 고개를 숙인 채 식탁 주위에 놓인 의자들 앞뒤로 걸으면서 바닥에 비친 의자 다리의 그림자를 골똘히 바라보고, 자신이 움직일 때마다 바뀌는 그림자의 모습에 빠져들었다.

이렇게 새로 생긴 습관들을 볼 때마다 우리는 얼떨떨했다. 제이콥은 아기일 때조차 손에 잡히는 시리얼 박스를 모조리 뒤집어야만 직성이 풀리는 묘한 버릇이 있었다. 집 안의 시리얼 박스는 단 하나도 무사하지 못했다. 내가 아무리 꽁꽁 숨겨놓아도 상자를 찾아내 뜯고 뒤집어 내용물을 바닥에 죄다 쏟아버렸다. 주위를 돌아볼 때마다 내가 돌보던 아이들 중 한 명인 제이콥이 바닥에 쏟아놓은 시리얼 더미를 신이 나서 달리고 있었다. 아무리 청소를 해도 당해낼 수 없었다. 마이클과 나는 얼토당토않은 곳, 이를테면 겨울 부츠나 자동차의 글로브 박스, 욕조 같은 곳에서 치리오스 시리얼(작은 도넛처럼 생긴 시리얼)이 나타나는 일에 점점 익숙해졌다.

하지만 제이콥은 대부분 그저 자신만의 고요한 세계로 사라졌다. 어딜 가든 부드러운 아기 담요를 가지고 다녔는데, 다른 아이들처럼 마음의 안정을 구하기 위해서가 아니었다. 제이콥은 성기게 뜬 노란색 담요를 한참 동안 들여다보곤 했다. 지금 생각해보면 올이 만든 기하학적 형태에 골몰했던 게 아닌가 싶다. 제이콥은 격자나 직선이 들어간 다양한 패턴에 소름 끼칠 정도로 집착했다. 나는 영유아를 돌본 경험이 무척 많았다. 이 시기의 아이들은 대부분 활발하고 잠시도 가만히 있지 않아서 신발을 신기는 것도 힘들 정도다. 그런데 제이콥은 벽이나 바닥에 비친 그림자를 미동도 하지 않은 채 말없이 몇 시간이고 바라보았다.

다른 자폐아들처럼 제이콥도 작고 폐쇄된 공간을 좋아했다. 벽장 바닥에는 항상 미니어처 자동차들을 줄지어 세워놓았다. 좁아터진 곳일수록 더 좋아했다. 거실에 있는 장식장 제일 아래 칸이나 장난감을 넣어두는 작은 플라스틱 수납 통에 들어가 몸을 숨긴 게 한두 번이 아니었다.

어느 날 오후에는 꼬박 45분 동안 제이콥을 찾아다녔지만 모습이 보이지 않아 기겁을 했다. 막 경찰에 신고하려던 순간, 타월들을 개어놓은 자그마한 세탁 바구니 속에 웅크리고 있는 모습이 보였다. 아이를 허둥지둥 찾아다니는 동안 마음 깊은 곳에서는 아무것도 두려워할 필요 없다며 나 자신을 안심시켰다. 적어도 하루 종일 제이콥을 지켜보는 두 쌍의 눈이 존재하는, 아이들이 안전하게 지낼 수 있는 우리 집에서 무슨 일이 일어날 리 없다고 생각하면서 말이다. 하지만 그 무시무시한 순간에는 매일 조금씩 사라지는 것만 같은 내 아들이 영영 모습을 감출 것만 같았다. 아주 잠깐이었지만 그런 기분은 정말 견디기 힘들었다.

그해에 제이콥은 다른 치료사에게 한 번 더 정식 평가를 받았다. 그 치료사는 제이콥이 완전한 자폐증이 아니라 (비교적 뛰어난 기능을 보이는 경미한 자폐증인) 아스퍼거 증후군일 가능성이 높다고 했다. 그렇게 판단한 이유는 지능지수가 매우 높았기 때문이다. 제이콥은 웩슬러 아동지능검사에서 평균을 훨씬 뛰어넘는 189라는 놀라운 점수를 받았다. 마이클과 나는 첫 번째 평가 후 받은 보고서에서도 그런 내용을 이미 보았지만 완전히 무시했다. 보고서의 다른 내용에 더 신경이 쓰였기 때문이기도 했지만, 제이콥의 지능지수가 정말로 그렇게 높으리라고는 생각하지 않았던 것이다. 우리는 단순히 오타라고 생각했다.

그건 오타가 아니었다. 하지만 그게 무슨 상관이란 말인가. 지능지수가 아무리 높다한들 하루가 다르게 자신만의 세계로 빠져든다는 사실엔 변함이 없었다. 세 번째 생일을 코앞에 두고 받은 두 번째 평가에서 제이콥은 완전한 자폐증으로, 중간 정도에서 극심한 단계로 이행하고 있다는 진단을 받았다. 지능지수가 매우 높았지만 기능 점수는 이른바 '지체' 범위에 속했다.

벤은 진단 결과를 듣더니 이렇게 말했다. "누나, 마음을 단단히 먹어. 이제부터 평생 싸움을 해야 할 테니까." 우리 집에서 나는 늘 좋은 게 좋은 거라는 중재자 역할을 했다. 그런 내가 제이콥을 위해서라면 언제든지 싸울 수 있다는 사실을 벤은 어쩌면 나보다 더 잘 알았는지도 모르겠다. 하지만 우리 중 아무도 다가올 싸움이 얼마나 처절할지 깨닫지 못했다.

당신의 아이가 자폐아라는 진단을 받았다고 하자. 그러면 가족 모두 숨이 턱턱 막히는 삶을 살게 된다. 당신은 자폐와 함께 먹고, 숨 쉬고, 잠들 것이다. 깨어 있는 매 순간 자폐와 싸운다. 그리고 더 많이 싸울 수 있었다고, 더 많이 싸웠어야 했다고 자책하며 잠이 든다. 왜냐하면 아이가 다섯 살이 되기 전에 개입을 하면 할수록 증세를 호전시킬 수 있다는 증거가 매우 많기 때문이다. 자폐아를 키우는 삶은 점점 더 빨리 흐르는 시계와 끊임없이 경주하는 것과 다름없다.

제이콥은 세 살이 되기 전까지 매일 한 시간, 일주일에 다섯 시간씩 정부에서 지원하는 언어 치료를 받았다. 그 밖에도 작업치료사와 물리치료사, 발달치료사가 매주 한 번씩 집으로 찾아와 최소 한 시간씩 치료를 했다. 퍼스트 스텝스에서 진행하는 치료 외에 응용 행동 분석Applied Behavior Analysis, ABA이라는 치료도 병행했다. ABA 치료에만 매주 최소 마흔 시간을 투자했다. 그 정도면 직장인의 일반적인 근무 시간과 맞먹는다! 제이콥을 맡았던 훌륭한 치료사 마릴린 네프의 추천을 받아 나중에는 플로어타임Floortime이라는 새로운 종류의 치료도 받았다. 이 치료법은 자연스러운 놀이 방식과 매우 비슷한데, 아이의 주관을 좀 더 인정한다. 그래서 꽤 줄긴 했어도 전체적인 치료 시간은 여전히 길었다.

이런저런 치료를 받고 전문가들과 예약한 상담을 하면서 플로어타임까지 할 짬을 내기란 거의 불가능했다. 부엌 벽에 걸린 달력에는 내가 아니면 아무도 못 알아볼 만큼 자잘한 글이 빼곡하게 적혀 있었다. 잘나가는 회사의 사장 비서이던 내 친구는 그 달력을 보더니 일과가 가장 적은 날이 자기네 사장의 가장 바쁜 날과 맞먹을 정도라고 말할 정도였다.

치료사와 함께하는 시간 외에도 가족 전부가 (심지어 어린이집에서 나와 함께 일한 젊은 여성인 루비조차도) 언젠가는 제이콥과 의사소통할 수 있기를 바라며 수화를 배웠다. 온 집 안을 수화 교재로 도배하다시피 했다. 배는 하루가 다르게 불러갔고 어린이집도 계속 운영했다. 마이클도 풀타임으로 일했다. 우리는 완전히 지쳐버렸다.

남편도 나도 한숨을 돌릴 겨를조차 없는 것 같았다. 아침을 먹자마자 일과를 시작했다. 초인종이 울리고, 그날의 첫 번째 치료사가 도착한다. 그러면 제이콥은 몇 시간 동안 우리가 부엌에 마련한 작은 테이블에 앉아 있곤 했다. 치료사들은 아이와 눈을 맞추거나 '안으로' 또는 '물고기' 또는 '1'처럼 아이가 하는 일이나 보고 있는 것의 이름을 말하게 하려고 계속 말을 걸었다. 때로 치료사들은 상자를 여는 것처럼 단순한 과제를 직접 보여주는 '핸드 오버 핸드Hand Over Hand'라는 기법을 쓰기도 했다.

그런데 이 모든 치료가 제이콥에게 아무런 소용도 없다는 사실은 누가 봐도 뻔했다. 나는 자폐아들은 대부분 치료 도중 화를 낸다는 사실을 알게 되었다. 아이들은 장난감을 던지거나 비명을 지르거나 짜증을 부린다. 그런데 제이콥은 이런 행동을 전혀 하지 않았다. 그저 가만히 벽에 생긴 그림자에 골몰할 뿐이었다. 이런 제이콥도 가끔 흥분할 때가 있었다. 대개 치료사가 자신에게 익숙하지 않은 행동을 할 때였다. 한번은 발달치료사인 멜라니 로스가 제일 좋아하는 퍼즐의 위아래를 뒤집으라고 하자 제이콥은 버럭 화를 냈다.

제이콥은 치료를 받을 때 대개 짜증이 난 것처럼 보였다. 지금 생각해보면 '당연한 일'이었다! 매일같이 강조하는 게 제이콥이 할 수 없는 일뿐이었다. 제이콥은 올바른 자세로 연필을 쥘 수 없었다. 한 걸음씩 차근차근 계단을 오를 수도 없었다. 박수를 따라 칠 줄도 몰랐다. 치료사가 짓는 표정이나 소리를 따라 할 수도 없었다. 이해심 많고 헌신적인 치료사들은 우리 집 부엌의 작은 테이블에 제이콥과 함께 앉아 몇 시간이고 고생스럽게 치료를 했다. 하지만 치료사들이 아무리 확고한 의지와 인내심을 갖고 대해도 제이콥은 그들이 존재하지 않는 것처럼 먼 곳만 바라보았다.

우리의 일과는 끝이 없었다. 제이콥이 잠자리에 들면 마이클과 나는 몇 시간씩 책을 읽거나 인터넷으로 새로운 연구 결과나 치료술, 다른 환자 그룹을 샅샅이 검색했다. 그렇게 힘겹게 찾은 소식은 우리가 생각한 것보다 훨씬 더 절망적이었다. 마이클이 인터넷의 어떤 사이트에 'ParentsWithoutHope.com('희망 없는 부모'라는 뜻)'이라는 별명을 붙였던 기억도 난다.

그해를 떠올리면 자폐증이라는 진단의 무게에 짓눌려 살았던 것만 같다. 분명 자폐아를 키우는 가족은 극도로 무거운 짐을 짊어지고 산다. 그 결과에 대해서는 잘 알려져 있다. 아이가 자폐 진단을 받은 후 이혼하는 부모도 많다. 다행스럽게도 마이클과 나에겐 그런 불상사가 없었다. 오히려 제이콥의 자폐 진단이 우리를 더욱 단단하게 묶어준 것 같다. 우리가 늘 한마음인 건 아니었지만, 언제나 서로의 든든한 버팀목이 되어준 것만은 틀림없다. 나는 모든 일을 제이콥 위주로 결정했다. 아이를 위해 할 수 있는 일이라면 뭐든 다 했다. 한편, 남편은 무슨 고민을 떠안고 있든 나를 보살피는 데 전념했다. 가끔 남편은 집으로 저녁을 사들고 왔다. 그러면 제이콥을 재운 후, 우리는 거실 바닥에 담요를 펼쳐놓고 한밤의 데이트를 즐겼다. 게다가 어김없이 매주 신선한 꽃다발이 집으로 왔다.

그 무렵 우리 앞에는 더 큰 슬픔이 기다리고 있었다. 여든을 넘긴 불굴의 할아버지는 그 전해에 전신을 공격해온 뇌졸중과의 싸움에서 점점 승기를 잃어갔다. 결국 할아버지는 호스피스 시설로 들어가셨다. 나는 그곳에서 할아버지와 많은 시간을 보냈다. 어린이집에서 마지막 아이를 집으로 보내고 나면 곧장 차를 몰고 할아버지를 뵈러 간 적도 많았다. 가끔은 잠이 든 할아버지 곁을 지키기도 했다.

말씀을 할 때면 예전과 변함이 없었다. 확실히 유머 감각만은 여전했다. 할아버지는 날이 갈수록 커지는 내 배를 놀리며 즐거워했다. (물론 나는 즐겁지 않았다. 나는 평소 꽤 아담한 체격인데, 둘째 임신으로 40킬로그램이나 불었기 때문이다!)

나는 할아버지에게서 생명력이 점점 빠져나간다는 사실을 쉽사리 받아들일 수 없었다. 강인함과 분별력으로 똘똘 뭉친 분, 내 어린 시절의 수호자이던 할아버지가 이렇게 쇠약하고 병약해질 수 있다는 사실이 도무지 실감나지 않았다. 어느 날 오후 나는 할아버지가 직접 지은 교회로 향했다. 그 주에 교회 점심 담당을 맡은 어머니에게 빵을 가져다드리기 위해서였다. 자동차에서 내리자 땅을 가는 트랙터 소리가 들렸다.

할아버지는 조경을 위해 사람을 따로 쓰는 법이 없었다. 그곳을 사용하는 사람들을 위해 아름답게 가꾸는 일에 자부심이 대단했다. 꼼꼼했던 만큼 정원을 가꾸는 일에도 항상 재미를 불어넣었다. 그래서 할아버지가 잔디에 숫자 8과 지그재그를 새겨 넣을 때면 우리는 재미있어서 꺅꺅 소리를 지르곤 했다.

머리로 상황을 제대로 파악하기도 전에 가슴이 반가움에 먼저 부풀어 올랐다. 나는 할아버지가 천번도 더 고쳐서 쓰던 트랙터를 타고 내 쪽으로 오기를 기대하며 고개를 돌렸다. 하지만 트랙터를 모는 것은 다른 사람이었다. 그는 진지한 표정으로 교회의 잔디를 깎고 있었다. 그 광경에 나는 가슴이 미어졌다.

할아버지를 보면서 평생 꺼지지 않는 호기심의 가치와 힘든 일에서도 즐거움을 찾아낼 줄 아는 능력, 가족의 중요성을 배웠다. 나는 할아버지가 당신의 행복보다 더 큰 이상을 위해 삶을 헌신하도록 이끈 목적의식을 잘 안다. 그리고 할아버지가 그런 삶을 실천하면서 얼마나 만족스러워했는지도 잘 안다. 할아버지의 건강이 악화되어 슬프기도 했지만, 한편으론 할아버지가 내게 얼마나 소중한 분이었는지 말씀드릴 수 있어서 말로 다 할 수 없을 만큼 감사했다.

늦은 오후 병실 꽃병의 물을 가는데 문득 할아버지가 이렇게 물었다. "자폐증이라는 게 도대체 뭐냐?" 나는 그 질문에 일순간 당황했다. 걱정하실까봐 일부러 제이콥이 정식으로 받은 진단에 대해 말씀을 드리지 않았기 때문이다. 분명 가족 중 누군가가 알려주었을 것이다. 나는 자폐증을 간단하게 설명해드리려고 다급히 머리를 굴리기 시작했다.

"제이콥은 지금 당장은 우리한테 말을 할 수가 없어요. 치료사들은 아마 영영 그럴 거라고 생각하지만요."

그러자 할아버지는 고개를 끄덕이고는 한동안 아무 말씀도 없었다. 그러더니 마디 굵은 억센 손을 내 손 위에 올리고 내 눈을 똑바로 보며 말했다. "괜찮아질 거야, 크리스틴. 제이콥은 다 괜찮을 거야."

나는 그 말씀이 할아버지가 내게 주신 마지막 선물이라고 굳게 믿는다. 다른 사람에게서 그런 말을 들었다면 얄팍한 위로 정도로 여겼을 것이다. 딱히 할 말이 없을 때 둘러대는 의미 없는 얘기 말이다. 하지만 할아버지가 괜찮을 거라고 말씀했을 때는 흔들림 없는 확신을 가졌을 터였다. 그러니 나도 그 확신을 믿는 것이 당연하지 않은가.

그 병실에서 잠깐 동안 나는 다시 어린 소녀로 되돌아갔다. 할아버지는 차고의 높은 작업대만 있으면 이 세상에서 못 고치는 물건이 없는 분이자 강인함의 상징이었다. 나는 명민하고 강인한 할아버지가 제이콥에 대해 나도 모르는 뭔가를 알고 계시다는 생각에 포근한 안도감을 느꼈다.

끝 그리고 시작

할아버지의 장례식은 아름다웠다. 할아버지는 마을 공동체에서 깊은 사랑을 받았고 모두가 칭송해 마지않는 삶을 살았다.

아무리 그래도 나는 슬픔을 가누기 힘들었다. 할아버지에게 드리고 싶었던 말은 모두 했지만 내 가슴에는 커다란 구멍이 남았다. 할아버지가 너무나 그리웠다. 내 배 속의 아기를 결국 만나지 못하고 떠나셨다는 사실에 가슴이 아팠다.

장례식을 마친 후, 우리는 조부모님 댁으로 가서 뭐라도 들며 할아버지를 추억할 예정이었다. 나를 태운 스테파니가 묘지 입구에 도착해 우회전을 하려 할 때 나는 동생의 팔을 잡고 말했다. "왼쪽으로 가." 스테파니는 놀란 표정으로 나를 돌아보았다.

"병원으로 가야 해. 아기가 나오려고 해."

예정일이 한 달이나 남았지만 상관없었다. 진통은 할아버지의 관을 내릴 때 이미 시작되었다.

존 웨슬리는 다음 날 태어났다. 마이클과 나는 할아버지의 성함을 따 아기 이름을 존이라고 지었다.

갓 태어난 웨슬리를 품에 안았던 며칠 동안의 기분은 내 마음속에 영원히 새겨져 있다. 할아버지를 떠나보낸 슬픔은 여전히 생생했지만 하늘이 무너질 것 같던 슬픔조차도 사랑스러운 아기가 태어났다는 지극한 기쁨에 어느새 무뎌지고 말았다. 마이클과 나는 웨슬리에게서 나는 달콤한 젖 냄새를 아무리 맡아도 질리지 않았다. 우리는 말도 안 되게 조그만 발에 감탄했다. 아기가 슬쩍슬쩍 어른과 비슷한 재미있는 표정을 지을 때마다 넋을 잃고 바라보았다. 그랜드파 존은 대칭성을 몹시 중시했다. 이를테면 한 생명이 끝나면 새 생명이 시작되는 것처럼 말이다.

나는 제이콥을 낳았을 때처럼 웨슬리를 집에 데려온 지 며칠 만에 어린이집을 다시 열었다. 이번에도 어린이집 원아들은 새 아기와 놀기 시작했다. 아주 어릴 때부터 웨슬리는 타고난 남자아이였다. 비행기며 기차, 자동차 등 바퀴 달린 것은 뭐든 좋아했다. 마이클이 웨슬리를 제이콥의 커다란 장난감 트럭 짐칸에 올려놓고 잡아주면 나는 그 트럭을 천천히 이리저리 밀었다. 그러면 아기는 까르르 웃음을 터뜨렸다. 속도를 높일수록 웃음소리는 더 커졌다. 웨슬리는 [너무나 사랑스럽지만 집 지키는 재주라고는 없어서 마이클이 쿠조(스티븐 킹이 쓴 소설의 제목이자 그 작품에 등장하는 광견병 걸린 개의 이름)라고 불러야 한다며 농담을 하곤 했던] 비글 강아지가 방으로 뛰어 들어올 때마다 좋아서 발을 버둥거리고 소리를 질렀다. 우리도 그 모습에 함께 웃음을 터뜨리곤 했다.

제이콥은 웨슬리의 등장에도 전혀 동요하지 않는 것 같았다. 물론 동생의 출현은 충격적인 일이었을 테지만 말이다. 나는 그때 처음으로 둘 사이에 경쟁심이 솟아나기를 간절히 바랐다. 어쨌든 지난 몇 개월을 긴장과 불안에 휩싸여 보낸 터라 남편과 나는 갓난아기와 소소하지만 평범한 순간을 함께할 수 있다는 사실이 그저 고마울 따름이었다.

그런데 시간이 갈수록 웨슬리가 뭘 먹을 때마다 구토와 기침을 평소보다 더 하는 것 같았다. 나는 극도로 예민해져서 어딜 가든지 웨슬리를 아기띠에 넣어 안고 다녔다. 시간이 흘러 웨슬리가 생후 2개월 반이 되었을 때였다. 우유를 먹이는데 아이가 갑자기 움직이지 않더니 점점 파랗게 질려갔다. 흡사 숨이 멎은 것 같았다.

나는 겁에 질린 도우미 루비한테 어린이집을 맡긴 채 빙판길을 달려 세인트 빈센트 카멜 병원의 응급실로 향했다. 마이클도 곧장 병원으로 왔다. 우리는 온갖 일을 다 겪었기에 웬만한 일로는 쉽게 겁을 먹지 않았다. 하지만 그때만큼은 너무나 무서웠다. 마침 담당 소아과 선생님이 자리를 비워서 한 무리의 의료진이 검사에 검사를 거듭하는 모습을 하릴없이 지켜볼 수밖에 없었다. 아무도 무슨 일인지 설명해주지 않았다. 이윽고 누군가가 우리 주치의 선생님이 휴가지에서 급히 오는 중이라는 말을 전해주었다.

의사 선생님은 우리와 많은 일을 겪었는데, 그보다 더 나쁜 소식을 전하게 되어 마음이 한없이 무거운 것 같았다. 선생님은 웨슬리가 반사성교감신경위축증Reflex Sympathetic Dystrophy, RSD이라는 진단을 받았다고 알려주었다. RSD는 신체의 모든 계통에 영향을 미칠 수 있는 신경 장애를 말한다. 선생님은 이 병을 일으키는 원인은 아직 밝혀지지 않았지만 신경계 장애 때문으로 추측한다고 설명했다.

선생님은 내 눈을 똑바로 바라보며 RSD가 영유아에게서 발견된 예는 거의 없다고 말했다. 혹시라도 영유아에게서 이 증세가 발생하면 큰일이 날 수도 있다고 했다. 자율신경계가 손상을 입을 수 있기 때문이다. 다시 말해서 정상 체온과 일정한 심박수, 규칙적인 호흡을 유지하는 것처럼 우리가 굳이 생각하거나 통제하지 않아도 신체가 알아서 하는 중요한 작용에 문제가 생기는 것이다.

선생님은 우리 부부가 절대 포기하지 않으리라는 사실을 잘 알고 있었다. 하지만 오랜 의사 생활 동안 웨슬리 같은 사례를 단 두 번 보았으며, 두 아기 모두 돌이 되기 전에 숨을 거두었다는 사실을 차분하게 전해주었다. 그날 우리가 어떻게 병원에서 집으로 왔는지 지금도 잘 기억나지 않는다. 우리는 잠시 절망에 빠져들었다. 하지만 이내 마음을 추스르고 우리 아기가 어려움을 이겨내도록 최선을 다하자고 다짐했다.

웨슬리는 경련을 하기 시작했다. 어느 날은 하루에도 8~9번씩 발작을 했다. 사랑스러웠던 온몸이 늘 뻣뻣하게 굳어 있는 것 같았다. 아이는 강도는 달라도 계속 통증을 느끼는 듯했다. 둘째에게도 전문

치료사들이 달라붙었다. 이들은 운동 기능을 개선하고 근육을 활성화하기 위해 스트레칭을 시키며 신경 발달 치료를 했다.

치료가 필요하다는 사실은 나도 잘 알았다. 하지만 엄마에게 아기의 울음소리를 듣는 것보다 더 끔찍한 일이 또 있을까? 한마디로 스트레칭 치료는 아이는 물론 내게도 고문이나 다름없었다. 웨슬리는 불쌍하게도 비명을 지르고, 지르고 또 질렀다. 그럴 때면 나는 주먹을 꼭 쥔 채 부엌을 서성였고 심장이 미칠 듯 뛰었다. 그때마다 아기를 괴롭히는 것이 아니라 치료하는 거라고 굳게 믿고 스스로를 다독여야 했다.

하루는 마이클이 웨슬리의 치료가 한창일 때 일을 하다 말고 돌아왔다. 치료를 잘하고 있는지 확인하기 위해서였다. 치료를 하는 내내 나는 평소처럼 하얗게 질린 채 부들부들 떨면서 눈물 바람으로 부엌을 서성거렸다. 마이클은 치료가 얼마나 힘든지 내게 들어서 알고 있었다. 하지만 실제 치료 과정을 지켜볼 마음의 준비는 되어 있지 않은 상태였다.

남편이 나를 힐끔 보며 말했다. "스트레칭 치료라고? 이건 비명 지르기 치료잖아." 그러더니 당장 상사에게 전화를 걸어 업무 일정을 조정했다. 그날 이후 웨슬리의 치료 시간에 맞춰 집에 올 수 있도록 한 것이다. 그 말은 토요일마다 출근을 해야 한다는 뜻이었다. 하지만 웨슬리는 보살핌이 꼭 필요했다. 마침내 나는 아이가 치료를 받을 때 울음소리가 들리지 않는 어린이집에 있을 수 있었다.

힘들고 끔찍한 시간이었다. 우리는 몇 달 동안 일주일에 몇 번씩 응급실로 달려가야 했다. 웨슬리는 음식물을 삼킬 수 없었다. 그래서 쌀 시리얼로 걸쭉하게 만든 유동식으로 연명했다. 나는 잠도 잘 수 없었다. 곁에서 지켜보는 사람이 없으면 아기가 언제든지 호흡을 멈출 수 있다고 생각했기 때문이다. 밤마다 요람 곁에서 불침번을 섰다. 다른 사람에게는 도저히 내 아기를 맡길 수 없었다. 아기에게 무슨 일이 생기면 그 사람도 나도 절대 용서할 수 없을 것 같았다. 나는 어린이집에 있는 동안에도 웨슬리를 아기띠에 안고 늘 함께 지냈다. 한편, 이런 상황에서도 제이콥의 치료는 차질 없이 계속 진행되었다.

무지개

웨슬리의 목숨이 오락가락하고 치료를 받는 와중에도 제이콥을 돌봐야 하는 상황은 달라지지 않았다. 물론 제이콥의 치료 스케줄과 일상을 변함없이 이어나가는 것도 우리에게는 매우 중요한 일이었다. 여전히 부엌의 작은 테이블에서 수많은 시간을 아이와 함께 보냈지만 증상은 크게 호전되지 않았다. 어마어마한 노력을 기울인 것에 비해 이렇다 할 결과를 얻지 못했다. 그 무렵에는 사는 게 배로 힘들었다. 무엇보다 평범한 아이들에게 둘러싸인 어린이집이 나를 힘들게 했다. 언젠가는 제이콥보다 어린 아이가 제이콥이 치료를 받는 곳 근처를 재빨리 지나가면서 별로 힘들이지도 않고 컵에 공을 떨어뜨리는 모습을 보았다. 그건 치료사가 무려 반년 동안 가르쳤지만 제이콥이 끝내 해내지 못한 기술이었다. 어린이집에 온 지 일주일밖에 안 된 여자아이는 저녁때 집으로 돌아가며 나를 꼭 안아주지만 정작 내 아들은 내가 곁에 있다는 것조차 알아차리지 못했다. 나는 이런 사실을 현실로 인정하고 받아들이려 애썼다. 하지만 결코 쉽지 않았다.

제이콥은 치료가 끝나면 뭔가에 골몰한 채 혼자 놀았다. 나는 그 사실이 여간 신경 쓰이는 게 아니었다. 다른 사람들은 제이콥이 그저 멍한 바보가 되었다고 생각했을지 모른다. 하지만 나에게는 제이콥의 그런 집중력이 단순히 멍한 상태로만 보이지 않았다. 손에 쥔 공을 뱅글뱅글 돌리거나, 기하학적인 형태를 반복해서 그리거나, 시리얼 상자를 바닥에 던질 때는 뭔가에 완전히 꽂힌 것 같았다. 제이콥의 관심은 무작위적이거나 아무런 실마리도 없는 게 아니었다. 너무나 중요하고 진지한 일에 흠뻑 빠져 있는 사람처럼 보였다. 그 일이 무엇인지 아이한테 직접 들을 수 없다는 게 안타까웠지만 말이다.

그런 와중에도 때때로 빛이 반짝하고 비칠 때가 있었다. 그런 빛은 말할 수 없이 특별했다.

평소 나는 어린이집에서 사용하는 크레용 수백 자루를 커다란 깡통 여러 개에 나눠 담아둔다. 제이콥은 장난감 자동차를 일렬로 세울 때처럼 상자에 든 크레용을 죄다 꺼내 바닥에 나란히 늘어놓기를 좋아했다. 어느 늦은 저녁, 나는 거실을 치우다 숨을 돌리려고 잠시 일손을 놓았다. 바로 그때 제이콥이 마루 깔개에 만들어놓은 정확하고도 조화로운 문양이 눈에 들어왔다. 그 모습을 보니 감탄을 금할 수 없었다. 평범한 크레용 수백 개를 나란히 정렬해 무지개를 만든 것 아닌가.

한 손에 깡통을 들고 크레용을 주워 담기 위해 바닥에 꿇어앉는 순간, 고등학교 과학 수업 때의 기억이 펑 하고 떠올랐다. 빨간색, 주황색, 노란색, 초록색, 파랑색, 남색, 보라색의 첫 글자를 딴 '빨주노초파남보'. 일순 전율이 등줄기를 훑고 지나갔다. 제이콥이 만들어놓은 문양은 무지개처럼 '보이는' 게 아니라 무지개였다. 적갈색이 암갈색 옆에 단정히 놓여 있었다. 보라색 곁에는 청회색이 놓여 있었다. 이제 두 살 반인 아기가 만든 것치고는 보통이 아니었다. 그뿐만 아니라 색을 순서대로 정확하게 사용했다.

다음 날 아침, 제이콥이 아침을 먹는 동안 나는 남편에게 크레용 무지개 이야기를 들려주었다. 솔직히 조금 흥분도 되었다. "어떻게 색을 순서대로 아는 걸까? 나는 빨주노초파남보도 제대로 못 외우는데!" 그 말에 대답이라도 하듯 제이콥이 식탁 위로 손을 뻗더니 표면에 음각을 새긴 유리잔을 마이클 앞에 대고 돌렸다. 그러자 미닫이문에서 쏟아져 들어온 아침 햇빛이 유리컵에 비치면서 부엌 바닥에 완벽한 무지개가 만들어졌다. 우리 세 사람은 고개를 돌린 채 선명한 무지개를 바라보았다.

"제이콥이 어떻게 아는지 알 것 같아." 마이클이 말했다.

하루는 장난감 가게에서 웨슬리가 보채기 전에 적당한 선물을 찾기 위해 허둥대고 있었다. 그동안 제이콥은 선반에 가득 놓인 뮤직 박스에 정신이 팔려 있었다. 아이는 뮤직 박스의 뚜껑을 열고 닫으며 거기서 나오는 소리에 귀를 기울였다. 선물을 고르고 값을 치르는데, 제이콥이 가게에서 전시용으로 계산대 옆에 놓아둔 핸드롤 피아노로 다가갔다. 그러더니 계산원이 선물을 포장하는 동안, 고개를 갸웃한 채 한 음도 놓치지 않고 방금 들은 곡조를 치기 시작했다. 판매원의 입이 떡 벌어졌다. 제이콥은 한 번만 듣고 그 음을 그대로 연주했다. 그것만으로도 충격이지만, 판매원이 모르는 사실이 있었다. 제이콥은 그날 난생처음 피아노 건반을 보았던 것이다.

때로 제이콥의 특별한 재능을 알아보는 사람이 나밖에 없는 것 같은 기분이 들었다. 치료 보고서의 내용은 날이 갈수록 우려를 더해갔다. 제이콥은 이제 우리에게서 거의 완전히 멀어졌다. 한때 사랑스러웠던 아기는 더 이상 우리에게 말을 걸지도, 안아주지도, 사랑한다고 말해주지도 않았다. 한창 골똘히 보고 있는 그림자를 우리가 어쩌다 가릴 때가 아니면 우릴 쳐다보지도 않았다.

매일 제이콥이 하려 하는 혹은 할 수 있는 활동이 줄어드는 듯했다. 하지만 나는 어느 것 하나 포기할 수 없었다. 마이클은 대형 마트에서 일했기 때문에 근무 시간을 종잡을 수 없었다. 가령 연휴에는 오후 3시부터 다음 날 새벽 3시까지 꼬박 근무하기도 했다. 마이클이 일 때문에 가족과 소중한 시간을 함께 보낼 수 없을 때마다 제이콥과 나는 아침에 그를 깨우며 하루를 시작하기 전에 꼭 안아주고 입을 맞추었다. 침실 문을 열고 들어갈 때 제이콥이 아빠를 보고 얼굴을 환하게 밝히면 얼마나 행복했는지 모른다. "아빠!" 제이콥이 이렇게 큰 소리로 부르면 아들의 목소리에 마이클은 눈을 번쩍 떴다. 물론 팔도 활짝 벌렸다.

그 모든 게 다 지나간 일이 되었다. 그래도 나는 제이콥이 아빠를 향해 손을 뻗는 날이 꼭 오기를 바랐다. 어느 날 아침, 침실 문을 열다 전날 마이클의 지친 표정이 문득 떠올랐다. 그를 깨우는 게 잘하는 일인지 의문이 들었다. 고민 끝에 나는 문을 열었다. 한때 웃음과 사랑으로 가득했던 일과를 유지하는 것만이 창가의 촛불처럼 제이콥이 우리에게 돌아올 길을 밝혀주는 방법이라는 생각이 들었기 때문이다.

물론 이런 믿음을 간직하는 게 쉽지는 않았다. 매일 밤 어린이집을 치우고 두 아이를 재운 후 씻으러 욕실에 들어가면 울음이 터져 나왔다. 사는 게 너무 고달프고, 아무런 희망도 보이지 않아 두렵고, 또 하루가 지나갔건만 여전히 내 노력은 부족했다는 사실을 절감하고, 다음 날 일어나면 또 똑같은 하루가 펼쳐질 것이라는 사실이 불을 보듯 뻔했기 때문이다. 그해는 사는 게 정말 힘들었다. 어떤 날은 뜨거운 물을 다 써버릴 때까지 샤워기 아래에서 엉엉 울기도 했다.

믿음을 간직하기가 유난히 힘든 시기도 있었다. 조이는 제이콥과 거의 같은 또래의 남자아이였는데, 태어나자마자 어린이집에 온 원아였다. 그런데 조이도 제이콥과 비슷한 시기에 자폐 진단을 받았다. 우리는 두 아이를 같이 돌보기 시작했다. 어디선가 카세인과 글루텐 없는 식이요법을 하면 좋다는 연구 결과를 보았다. 그래서 당장 두 아이에게 이 식이요법을 시작했다.

제이콥은 새로운 식이요법에도 차도가 없었다. 하지만 조이한테는 효과가 있었다. 어찌나 효과가 빨리 나타났는지 기적이 아닌가 싶을 정도였다. 2주일 후 조이는 다시 말을 하기 시작했다. 자폐아를 키우는 부모라면 아이 목소리를 다시 듣는 게 꿈이다. 조이가 말을 시작한 날, 나는 고마움에 눈물이 와락 쏟아졌다. 그리고 그날 밤 또다시 울음이 터졌다. 정작 내 자식은 여전히 말문을 꼭 닫고 있었기 때문이다. 치료사들과 주위 사람들은 제이콥이 영영 말을 하지 않을 것이라 했고 나도 그 말을 점점 믿기 시작했다.

☆

돌파구

정부에서 지원하는 퍼스트 스텝스 프로그램은 아이가 세 돌이 되면 끝난다. 더불어 모든 혜택도 중단된다. 물론 치료를 계속 받기 위해 그 조항에 대해 면제 신청을 하는 방법도 있다. 하지만 대기자가 너무 많았다. 아이가 열두 살이나 열세 살이 되어서야 비로소 추가적인 도움을 받을 자격이 된 사례를 익히 들어 알고 있었다.

제이콥은 5월생이다. 자폐 진단을 받았기 때문에 가을에 특수교육 시설인 발달 치료 유치원을 다니며 치료를 받을 자격이 되었다. 하지만 퍼스트 스텝스 프로그램이 끝나면 유치원이 문을 여는 가을까지 치료를 받을 수 없었다. 물론 나는 여름을 헛되이 보낼 마음은 눈곱만큼도 없었다.

어떤 연구든 자폐아에게 닿을 수 있는 가장 좋은 창문은 다섯 살

전까지 열려 있다고 한다. 따라서 매일 시간과 경주를 벌이는 셈이었다. 엄마가 자동차를 번쩍 들어 자기 아이를 구했다는 이야기를 다들 들어보았을 것이다. 나는 그런 종류의 동기 의식에 잔뜩 고취되어 있었다. 제이콥이 우리에게서 더 멀어지지 않도록 힘닿는 데까지 할 수 있는 일은 뭐든 다 해보기로 다짐했다.

마이클과 나도 다른 부모들처럼 기본적인 치료 계획을 유지해야 한다는 것 정도는 알고 있었다. 그런데 우리는 거기서 그치고 싶지 않았다. 제이콥의 치료사들 가운데 멜라니 로스 같은 사람은 우리와 친구가 되었다. 우리가 질리도록 질문을 퍼부어도 친절하게 답해주었다. 배워야 할 것들이 여전히 산처럼 쌓여 있었다. 마이클과 나는 밤마다 늦도록 잠을 자지 않고 구할 수 있는 책은 뭐든 닥치는 대로 읽었다. 침실은 시험 기간 중인 기숙사처럼 여기저기 책과 노트가 펼쳐진 채 나뒹굴었다.

그해 여름 우리 나름대로 제이콥을 치료하기 시작하면서 나는 다시 한 번 아이와 의사소통할 방법을 찾아보기로 마음먹었다. 안타깝게도 가족 모두 수화를 배웠지만 제이콥과 의사소통을 하는 데는 아무런 쓸모도 없었다. 치료를 받는 제이콥을 보고 있노라면 수화가 그 아이에게 얼마나 의미 없는 몸짓인지 확실히 느껴졌다. 마침내 모든 노력이 허사로 돌아가자 나는 집 안을 도배하다시피 했던 수화 그림을 전부 떼어냈다.

그러던 중 인터넷 토론방에서 뇌졸중 환자들을 위해 개발한 플래시 카드에 대해 알게 되었다. '그림 교환 의사소통 체계Picture Exchange

Communication System, PECS'라고 부르는 그 카드는 자폐아에겐 아직 일반적으로 적용하는 도구가 아니었다. 게다가 말도 못하게 비쌌다. 하지만 제이콥이 알파벳 카드를 몹시 좋아하고 다양한 그림에 매우 관심이 많다는 게 머릿속을 떠나지 않았다. 어쩌면 이 PECS 카드가 제이콥한테 도움이 되지 않을까 싶었다.

역시 내 예상이 맞았다. 몇 주 만에 제이콥은 우리가 카드의 그림을 말해주면 그 카드를 정확하게 가리켰다. 엄청난 돌파구를 찾은 기분이었다. 1년 동안 어떤 식으로도 의사소통을 못하던 제이콥이 마침내 반응을 보인 것이다.

나는 지난 공백을 메우기 위해 모든 노력을 쏟았다. 어느 날 부엌으로 갔더니 마이클이 어리둥절한 표정으로 내가 현상소에서 찾아온 사진 묶음을 넘기던 모습이 지금도 선명하다. 웨슬리와 제이콥이 동물원에서 찍은 사진, 사과를 수확 중인 과수원에 갔을 때 찍은 사진은 물론 제이콥이 커피 테이블 위에 미니어처 자동차를 일렬로 늘어놓는 사진도 몇 장 있었다. 그 밖에 파노라마처럼 죽 이어서 뽑은 정물 사진도 있었다. 예를 들면 크레용이 잔뜩 담긴 바구니나 뚜껑 달린 아기 잔 옆의 우유 한 통, 마카로니 치즈 한 그릇, CD 몇 장과 CD 플레이어 사진 등이었다. 마침 마이클은 우리 집 화장실을 찍은 커다란 사진을 들고 있었다. 나는 웃음을 터뜨리며 그 사진들에 대해 설명했다. 나는 제이콥에게 맞춤형 PECS 카드를 만들어줄 생각이었다. 제이콥이 사진 카드로 자신이 무엇을 하고 싶은지 우리한테 보여줄 수 있도록 말이다.

멜라니는 카드의 효과가 금세 나타나자 몹시 흥분하며 계속해보라고 나를 격려했다. "이번 여름에 어떻게든 제이콥을 자폐 증상에서 가장 양호한 수준까지 끌어올려봐. 더 이상 나빠지도록 내버려두지 말자고."

그렇게 나와 마이클은 제이콥을 위해 고감각 프로그램Highly Sensory Program을 만들게 되었다. 물론 우리 둘만으로는 힘에 부치는 작업이었다. 그래서 내가 졸업한 고등학교의 명예 학생 단체National Honor Society를 통해 집으로 와서 우리를 도와줄 학생들을 구했다. 그들은 자원봉사 활동 시간을 채워야 했고, 우리는 자원봉사자가 필요했다.

학생들은 정말 훌륭했지만 아무도 큰 재미를 느끼지 못했다. 제이콥은 말을 하지 않았다. 하지만 우리가 시키는 일에 아이가 어떤 느낌을 갖는지는 훈련받은 전문가가 아니라도 알 수 있었다. 제이콥은 지루해했다. 가끔 멜라니와 나는 제이콥을 보며 웃음을 터뜨리기도 했다. 책상에 앉은 채 머리가 가슴에 닿도록 푹 숙인 모습을 보노라면 유아가 아니라 지겨워서 어쩔 줄 몰라 하는 십대 청소년 같았기 때문이다. 멜라니가 연습을 시키면 제이콥은 이따금 화를 내며 고개를 한껏 뒤로 젖혔다. 마치 "이걸 또 해요?" 하고 따지는 것 같았다. 제이콥이 연습을 한다면 우리의 지시를 따르는 게 분명하다는 뜻이었다. "힘내, 제이콥. 선생님이랑 이걸 해보자." 멜라니는 제이콥에게 장난을 치고 살살 구슬려가며 연습을 시켰다. 이따금 제이콥은 선생님 면전에서 하품을 하기도 했다. 여전히 제이콥은 혼자 놀 때 가장 집중하는 게 분명했다.

자폐아에 대해 함부로 일반화하기는 어렵다. 하지만 이것만은 단언할 수 있다. 자폐아들은 끈을 '사랑한다'. 제이콥은 내 뜨개질 바구니에 코를 묻은 채 털실을 가지고 몇 시간이고 놀았다. 어느 날 아침, 커피를 리필하려고 부엌에 갔더니 엄청난 광경이 펼쳐져 있었다.

제이콥이 부엌 곳곳에 색색의 실을 휘감아놓은 것 아닌가. 실이 냉장고 손잡이부터 휴지통, 식탁, 의자 다리, 수납장 손잡이, 스토브 손잡이 등에 칭칭 감겨 있었다. 부엌에 알록달록하고 복잡한 거미줄이 몇 겹으로 펼쳐진 것 같았다. 제이콥은 그 긴 털실로 아무렇게나 뒤엉킨 끔찍한 쓰레기가 아니라 복잡하면서도 아름답고 정교한 디자인을 창조했다. 나는 그 광경에 말문이 막히고 말았다.

그런 일이 몇 달간 계속되었다. 제이콥이 집을 이런 식으로 헤집어놓는 게 미친 짓거리처럼 보일 수도 있었다. 어떤 날은 부엌에 들어갈 수조차 없었다. 하지만 제이콥이 만든 정교한 문양들을 보고 있노라면 절로 감탄이 나왔다. 특히 햇빛이 창으로 쏟아져 들어오는 날이면 시시각각 그림자들도 따라 움직였다. 그때마다 부엌에서 빛과 그림자가 복잡한 유희를 벌이곤 했다. 내게는 이런 창조물이 제이콥이 부엌에서 뭔가 대단한 작업을 하느라 분주하다는 증거였다. 그것들을 통해 나는 제이콥의 내면과 놀라운 지성을 조금이나마 엿볼 수 있었다.

그런 행동은 치료를 받을 때와 비교하면 하늘과 땅 차이였다. 제이콥은 털실을 가지고 놀 때면 그 일에 잔뜩 집중했다. 어떤 장애물이 나타나도 실망하지 않았다. 무슨 일이 벌어져도 주의를 다른 곳으로 돌리지 않았다. 그 무엇도 제이콥을 막을 수 없었다. 나는 제이콥이 아침에 털실 거미줄을 만든 날은 오후에 무슨 치료를 받든 잘 견딘다는 사실을 발견했다.

한편, 나는 제이콥의 편의를 최우선으로 삼았다. 설령 치료 수업 중이라 해도 그 원칙에는 변함이 없었다. 자폐아들이 대개 그렇듯 제이콥도 납작하게 깔리는 걸 정말 좋아했다. 나는 자폐증이 있으면 뭔가에 깔리거나 눌릴 때 마음이 편안해진다는 내용의 연구 결과를 모두 찾아 읽었다. 그러면서 자폐증과 동물 권리 활동가로 유명한 템플 그랜딘Temple Grandin 박사에 대해 알게 되었다. 그녀는 어렸을 때 납작하게 눌려지도록 직접 설계한 '스퀴징Squeezing' 기계를 만들었다고 했다. 그래서 나도 제이콥에게 특별한 주머니를 만들어주기로 했다. 해먹을 접어서 뒤쪽을 길게 꿰맨 후 천장에 달아놓은 것이다. 그 주머니 안에 들어가면 온몸이 푹 감싸인 채 그물을 통해 밖을 내다볼 수 있었다. 내게는 그 점이 중요했다. 제이콥이 맘 편히 주머니 안에 있으면서도 여전히 우리와 함께 있다는 뜻이었기 때문이다. 그런 주머니를 몇 개 더 만들어주자 제이콥은 매우 좋아했다. 그런 다음 제이콥에게 플래시 카드 두 개 중 올바른 카드를 고르게 해봤다. 두 개 중 하나에는 사물의 이름을 적어놓았다. 그 결과 주머니 안에 있을 때인지 놀이에 대한 집중력이 매우 높아진다는 사실을 발견했다.

우리는 어디서든 치료를 멈추지 않았다. 나는 어린이집에서 원목 장난감 기차 테이블을 집으로 가져왔다. 그리고 거기에 장난감 기차를 놓는 대신 부드러운 담요 한 장을 깐 다음 마트에서 사온 콩 수천 개를 들이부었다. 제이콥이 마음을 안정시키기 위해 노상 하는 일 가운데 하나는 그 테이블로 올라가 알파벳 책으로 콩 더미에 굴을 파는 것이었다. 특히 일과가 바뀌어 스트레스를 받으면 그렇게 행동했다. 나는 어린이집 원아들이 이런 콩더미에서 노는 것을 좋아한다는 사실에 착안해(모래 상자와 효과는 똑같지만 청소하기는 훨씬 편했다) 제이콥에게 책을 잠시 내려놓으라고 한 다음 깔때기나 모래놀이 기구를 가지고 아이들과 함께 놀게 했다. 그렇게 하면 혼자서 놀지 않고 사회적 목표를 결합시킬 수 있을 거라고 생각했다.

그해 여름에 우리가 바꿔본 게 하나 더 있다. 얼핏 보기에는 미미한 변화 같지만 나는 이것이야말로 제이콥을 자폐의 세계에서 불러낸 주역이라고 진심으로 믿는다.

어느 날 오후, 제이콥은 거실에 놓인 자기만의 작은 탁자에서 고등학생 한 명과 놀이를 하고 있었다. 본격적으로 무더위가 찾아온 날이었다. 어찌나 푹푹 찌는지 우리는 어린이집 원아들을 위해 스프링클러를 계속 틀어놓기로 했다. 긴긴 겨울 동안 집 안에서만 놀아야 했던 아이들은 마당으로 모두 뛰쳐나갔다. 맨발로 젖은 풀밭 위를 미끄러지며 깔깔거리고 소리치고 물장난을 쳤다. 어린 시절 누구나 경험했을 정말 찬란한 순간이었다. 신이 나서 뛰노는 아이들을 창밖으로 바라보며 문득 제이콥은 자폐 진단을 받은 후 한 번도 이런 경험을 해보지 않았다는 것을 깨달았다.

시원한 물줄기를 맞으며 깔깔거리고 이리저리 미끄러지고 소리치며 노는 아이들을 본 순간, 나는 하던 일을 멈추었다. 지난 1년 반 동안 제이콥이 깨어 있는 시간 내내 보고 듣고 겪은 일은 자폐증에 관한 것뿐이었다. 밑바닥까지 내려간 아이의 기능을 높이기 위해 연습하고, 수업하고, 패턴을 인식하는 훈련밖에 시키지 않았다. 그러느라 정말 중요한 것, 바로 아동기를 까맣게 잊어버리고 있었던 것이다.

무더위가 시작된 첫날 스프링클러가 뿌려대는 시원한 물줄기에 차갑게 젖은 손가락이 쭈글쭈글해질 정도로 신 나게 노는 아동기의 전형적인 경험은 평범한 아이뿐 아니라 누구에게나 중요하다. 어느 가족이든 자신의 정체성과 자신에게 중요한 것을 기념하는 특별한 전통을 가꾸어나가야 한다. 나는 어린 시절을 통해 그런 전통이 꼭 거창해야만 의미 있는 게 아니라는 사실을 배웠다. 시원한 음료수와 땅콩버터 샌드위치를 준비한 다음 해변으로 나가 연을 날리는 것처럼 소소한 일도 가족에게는 추억이 될 수 있다. 그런데 우리는 제이콥과 그런 시간을 한 번도 갖지 않았다. 문득 제이콥이 맘껏 즐기도록 일부러라도 신경을 쓰지 않으면 결국 아동기를 제대로 누릴 수 없을 거라는 생각이 들었다.

나는 당장 직장에서 근무 중인 마이클에게 전화를 걸었다. "여보, 오늘 밤에 웨슬리를 좀 봐줘. 나는 데이트가 있어." 마이클은 내 말에 깜짝 놀란 기색이었다. 웨슬리의 상태가 몹시 위중해서 나는 그 애가 태어난 후로 10분 이상 떨어져 지낸 적이 없었기 때문이다. 하지만 그날, 저녁을 먹은 후 나는 웨슬리를 남편에게 맡겼다. 마이클이 웨슬리에게 잠옷을 입혀줄 즈음, 나는 제이콥을 차에 태우고 선루프를 열었다. 여름의 달콤한 향기를 머금은 밤공기가 자동차 안으로 쏟아져 들어왔다. 나는 인디애나 주의 시골길로 차를 몰았다.

몇 분 만에 우리는 익숙한 동네에서 벗어났다. 우리 앞에 죽 뻗은 좁은 길은 1차선 도로였다. 길 한쪽에는 훌쩍 자란 옥수수들이, 다른 쪽에는 짙푸른 콩밭이 펼쳐져 있었다. 포장도로가 끝나자 자갈길이 나왔다. 몇 킬로미터를 달리는 동안 마주 오는 자동차는 한 대도 없었다. 눈에 들어오는 불빛이라고는 멀리 띄엄띄엄 들어선 농가에서 새어 나오는 빛이 전부였다. 사람들은 마음의 평화를 찾기 위해 시골로 간다는 말을 곧잘 한다. 그런데 시골의 밤은 시끄럽기 짝이 없다. 귀뚤귀뚤 울어대는 귀뚜라미 소리와 옥수수들 사이를 쉭쉭거리며 가로지르는 바람 소리가 자동차를 가득 채웠다.

나는 할아버지가 세운 교회가 있는 넓은 땅을 향해 차를 몰았다. 그랜드파 존이 낚시를 즐기던 호수 주위에는 녹초지가 끝없이 펼쳐져 있었다. 할아버지는 여름이 되면 종종 손주들을 데리고 낚시를 가곤 했다. 비 오는 날 우리에게 판초를 입혀 잡아오게 한 지렁이를 가득 넣은 커피 깡통과 청량음료 한 상자 그리고 손자 손녀 열세 명을 밴에 태우고 말이다. 나와 동생은 그 호숫가에서 즐거운 시간을 많이 보냈다. 낮에는 나비와 황소개구리를 잡으러 다니고, 해가 지면 개똥벌레를 잡은 다음 잼 통에 넣어 우리의 요새를 밝히곤 했다. 내 유년과 가장 가까운 그 호숫가야말로 제이콥이 어린 시절을 시작하기에 가장 적당한 곳 같았다.

나는 안개등을 켜고 라디오에서 재즈 방송을 찾아 볼륨을 최고로 높였다. 신발을 벗고 카시트에 있는 제이콥을 품에 안았다. 그리고 따뜻한 밤공기 속으로 나가 루이 암스트롱의 〈Takes Two to Tango ('탱고를 추려면 두 사람이 필요하다'는 뜻)〉에 맞춰 흥겹게 춤을 추고 있자니 단둘이 있으면서 훈련이나 수업을 하지 않은 게 얼마 만인가 싶었다.

팔이 아파 제이콥을 더 이상 안고 있을 수 없을 즈음, 우리는 자동차 후드 위에 나란히 누웠다. 나는 가져온 커다란 아이스박스에서 아이스 바를 꺼냈다. 광활한 밤하늘을 보며 누운 채 먹느라 녹아내린 끈적거리는 아이스 바가 목을 타고 흘러내렸다. 나는 아는 대로 별자리 이름을 제이콥에게 들려주었다. 이윽고 아는 별자리 이름이 다 떨어져 우리는 가만히 누워 말없이 하늘을 바라보았다. 시골 깊숙한 곳으로 가면 인디애나폴리스에서 날아온 공해 물질이 확 줄어든다. 그날 밤 별들은 너무나 가까이에서 환하게 반짝였다. 손을 뻗으면 잡을 수 있을 것만 같았다.

제이콥은 혼을 빼앗긴 듯 별에 집중했다. 자폐 치료를 시작한 후 제이콥이 그렇게 편안하고 행복해하는 모습은 처음 보았다. 나도 제이콥처럼 편안하고 행복했다. 몸은 힘들고 두려움도 여전했지만 처음으로 내가 옳은 일을 하고 있다는 확신이 들었다.

그해 여름 내내 우리는 낮에는 길고 힘겹고 어려운 치료를 몇 시간 동안 받고, 저녁이면 까불까불 즐거운 놀이 시간을 가졌다. 결코 쉽지 않은 일이었다. 치료 수업이 끝나면 어느새 하루가 저물었다. 게다가 우리가 하는 일을 여기저기 떠벌리고 싶지도 않았다. 사람들이 만장일치로 수긍하는 지혜가 있다. 아이들이 아프면 놀이 대신 치료를 해야 한다는 것이다. 자폐아를 키우는 엄마들은 우리가 여기저기 놀러 다닌다는 사실을 알면 기겁을 할 게 분명했다. 전문가들도 마찬가지일 것이다. 충격이라는 듯 이렇게 말하는 목소리가 들리는 것 같았다. "그러면 당신 시간은 어쩌고요? 당신만의 시간을 가질 수 있나요?"

나는 필요한 시간만큼 확실하게 치료를 받는 것도 소홀히 하지 않았다. 하지만 제이콥이 마음껏 놀고 맨발로 흙을 밟을 기회도 누려야 한다고 굳게 믿었다. 그래서 아이에게 두 가지를 모두 해주기로 마음먹었다. 물론 제이콥으로 하여금 어린 시절을 맘껏 즐기도록 하는 게 쉽지 않을 때도 더러 있었다. 이를테면 체육관에서 추가로 작업 요법 치료를 한 시간 더 받아야 한다거나, 치료가 평소보다 길어질 때도 있었다. 하지만 추가 치료와 뒷마당에서 민들레 솜털을 서로에게 부는 것 중에서 하나만 고르라면 나는 매번 민들레 불기를 택했다. 나는 이런 결심이 제이콥이 다시 세상으로 나오는 데 큰 힘을 준 요소라고 진심으로 믿는다. 아울러 이런 결심은 그 후로 마이클과 내가 제이콥을 대신해 크고 작은 결정을 내릴 때마다 길잡이가 되고 동기를 부여해주었다.

많은 아이들이 여름이면 해변에서 신 나게 놀았다. 제이콥은 바닷가에 놀러 가려면 치료를 빼먹을 수밖에 없었다. 바다가 너무 멀었기 때문이다. 대신 우리는 뒷마당에 있는 모래 상자에서 모래성을 쌓았다. 달빛 아래서 하는 것이 흠이라면 흠이었지만 말이다. 우리 마당에는 작은 화로가 있었다. 그 화로에 불을 피울 수는 없었지만, 그래도 모기가 우리 발목을 뜯으며 만찬을 벌이는 동안 제이콥이 손가락에서 녹아내린 초콜릿과 쫄깃하게 구운 마시멜로를 빨아먹는 즐거움을 누리기에는 부족함이 없었다.

우리는 할아버지의 땅에 자주 놀러 갔다. 그랜드파 존의 존재감은 그곳에서도 여전히 또렷이 남아 있었다. 마치 할아버지를 뵙는 것처럼 여겨질 정도였다. 그 무렵 문득문득 겁이 나고 외로운 기분이 들 때가 많았다. 그럴 때면 나는 제이콥은 괜찮을 거라던 할아버지의 말씀을 생각하며 힘을 냈다.

제이콥은 할아버지의 땅에 놀러 가는 걸 무척 좋아했다. 지금 생각해보면, 어쩌면 제이콥은 별이 반짝이는 밤에 춤추는 걸 억지로 견뎠을지도 모른다. 그러면 정말로 좋아하는 일을 할 수 있었기 때문이다. 밤하늘을 올려다보는 것 말이다. 물론 제이콥은 내게 그런 속마음을 털어놓을 수 없었다. 그럼에도 나는 둘이 함께 보내는 자유 시간에 고풍스러운 재미를 최대한 느끼게 해주고 싶었다.

시골의 그 초원에서 나는 내 아들을 다시 찾았다. 제이콥은 여전히 말도 하지 않고 눈도 맞추지 않았다. 하지만 여름이 끝날 즈음, 내가 연주하는 재즈를 제이콥이 따라 흥얼거리는 소리를 가끔 들을 수 있었다. 환한 별빛 아래서 아이를 안고 빙빙 돌릴 때면 까르르 웃기도 했다. 자동차 후드에 드러누워 별들을 볼 때면 아이스박스를 내게 건네며 열어달라는 시늉을 했다. 그리고 아이스 바를 찾아 몸을 돌려 눕기도 했다. 남들 눈에는 별다른 일이 아닐지도 모른다. 하지만 이 정도만 해도 1년 동안 우리가 나눈 교감을 모두 합친 것보다 많았다.

그리고 마침내 특수교육 유치원에 들어가기 직전 우리는 또 다른 돌 파구에 도달했다.

아이를 재우기가 너무 힘들다고 토로하는 부모들이 많다. 그런데 우리는 아니다. 밤에 나와 외출하지 않는 날이면 제이콥은 매일 8시 에 정확하게 잠자리에 들었다.

솔직히 말하면 이것도 약간은 성가신 일이었다. 인디애나 주는 여 름이면 낮이 매우 길어진다. 아이들은 주말이면 밤 9시, 10시까지 논 다. 동네 어른들이 모여 바비큐 파티를 벌이는 동안 아이스박스에서 아이스크림을 꺼내 몰래 먹곤 했다. 그런데 제이콥은 아니었다. 남의 집에 놀러간 날에도 그 집 바닥을 '침대' 삼아 잠을 청하곤 했다. 어느 핼러윈 때는 우리 친구인 데일의 딸 앨리슨의 빈 침대를 떡하니 차지 하기도 했다.

우리는 어느 날 밤 제이콥을 일찍 재우려다 아이가 시간을 얼마나 정확하게 지키는지 비로소 깨달았다. 우리는 다른 주(州)에서 열리는 결혼식에 참석하기 위해 이튿날 아침 일찍 출발해야 했다. 다시 말 해, 온 가족이 평소보다 훨씬 빨리 일어나 집을 나서야 했다. 나는 우 리 가족은 밤에 잠을 잘 자서 다행이라는 생각을 하며 제이콥을 폴크 스바겐 침대에 눕히려 했다. 그런데 아무리 애를 써도 아이를 눕힐 수 없었다. 나는 당황해서 남편을 방으로 불렀다. 남편과 함께 제이 콥을 침대에 눕히려 했지만, 아이는 평소처럼 우리를 무시한 채 벽에 생긴 그림자만 바라볼 뿐이었다. 제이콥의 방에는 시계가 없었다. 하 지만 정각 8시만 되면 제이콥은 침대에 누워 이불을 덮었다.

"맙소사, 벽에 생기는 그림자가 제이콥의 시계였나봐." 내가 남편에게 말했다.

우리는 며칠 밤에 걸쳐 내 가설을 실험해보았다. 케이블 박스와 부엌의 시계를 수건으로 둘둘 감싸고 우리 침실의 자명종을 벽으로 돌려놓았다. 그런데 매일 밤 제이콥은 정확하게 8시에 잠자리에 들었다. 7시 57분도 아니고 8시 3분도 아닌 정각 8시에 말이다.

우리의 잠자리 일과는 매우 정확해졌다. 자폐아들이 대개 그렇듯 제이콥도 예측할 수 있는 일상을 좋아했다. 그래서 나는 제이콥을 재울 때면 항상 똑같이 행동했다. 몸을 숙여 이마에 입을 맞추고 이렇게 인사를 건넸다. "잘 자, 우리 천사. 너는 엄마의 천사 같은 아기야. 사랑해."

제이콥이 어렸을 때는 나를 꼭 안아주곤 했다. 하지만 시간이 갈수록 아이는 아무런 반응을 보이지 않았다. 사람들은 자폐아를 키울 때 제일 힘든 점이 뭐냐고 묻는다. 나는 그 질문에 쉽게 대답할 수 있다. 자식에게서 사랑한다는 말을 듣거나 자신을 꼭 안은 아이의 감촉을 느끼기 싫어하는 엄마가 어디 있을까? 여름이 끝나갈 무렵의 어느 날 밤이었다. 시골로 밤 외출을 나가기 시작한 지 꼬박 반년이 흘렀을 때였다. 바로 그때 내 꿈이 이루어졌다. 나는 그날 밤도 제이콥을 침대에 눕히고 몸을 숙여 이마에 키스한 후 아기 천사에게 잘 자라고 인사했다. 그런데 바로 그때 제이콥이 느닷없이 손을 뻗어 나를 꼭 안아주는 것 아닌가.

나는 그 순간을 죽는 날까지 잊지 못할 것이다. 1년 남짓 만에 내게 처음으로 보여준 애정이자 관심이라고도 할 수 있는 감정을 드러낸 순간이었다. 나는 충격에 휩싸였다. 제이콥이 손을 풀까봐 꼼짝도 하지 못했고, 흐느낌을 참느라 딸꾹질이 나왔다. 그렇게 얼마나 서 있었을까. 조그마한 두 팔이 내 목을 꼭 안고 있는 내내 소리 없이 흐르는 눈물이 얼굴을 적셨다.

한참 후 달콤하고 따뜻한 숨결이 내 귓가에 닿는가 싶더니 18개월 만에 처음으로 내 아들이 말문을 열었다. "잘 자요, 아기 베이글."

눈물범벅이 된 와중에도 웃음이 나왔다. 한번 터진 웃음을 도저히 멈출 수가 없었다.

일보 후퇴

여름 동안 우리가 거둔 소득은 놀랍도록 고무적이었다. 심지어 약간은 재미있기까지 했다. 어느새 여름이 막바지에 다다랐다. 이윽고 여름이 끝나자 특수교육을 시작했다. 제이콥이 비로소 특수교육 유치원에 등원하게 된 것이다.

이 유치원에서 가르치는 생활 기술 교실은 처음부터 나와 맞지 않았다. 일반 유치원에서는 첫날 아이들이 부모와 잘 떨어질 수 있도록 돕는 데 역점을 둔다. 하지만 특수교육에서는 그런 호사를 누릴 여유가 없었다. 대신 작고 노란 스쿨버스가 우리 집 앞에 도착했다. 버스는 제이콥을 태운 후 사라졌고, 몇 시간 후에는 집 앞에 제이콥을 내려놓고 떠났다. 그 몇 시간 동안 무슨 일이 있었는지 내게는 대부분 미스터리로 남았다.

솔직히 인정하자면, 분리 불안은 제이콥보다 나한테 더 문제였던 것 같다. 잠자리에서 가슴 벅차오르는 포옹을 딱 한 번 해준 것을 제외하면 제이콥은 방 안에 나와 함께 있어도 거의 알아차리지 못했다. 예외가 있다면 내가 방을 나갈 때뿐이었다. 아무리 그렇다 해도 아이를 버스에 태워 보내려니 덜컥 겁이 났다. 제이콥은 그때 세 살 반이었다. 여전히 너무나 어렸다. 아직은 아기나 다름없었다. 아주 이따금 말을 하기는 했지만 여전히 대화다운 대화는 생각조차 할 수 없었다. 제이콥은 유치원에서 어떻게 지냈는지, 무슨 일이 있었는지 혹은 어떤 기분이 들었는지 들려줄 수 없었다. 무서워도, 걱정이 있어도, 관심거리가 있어도 나와 이야기할 수 없었다. 점심은 맛있었는지 어땠는지 들려줄 수조차 없는 날이 계속되었다. 나로서는 유치원을 믿는 것밖에 도리가 없었다.

안타깝게도 그런 맹목적인 신뢰를 지속하기가 점점 어려워졌다. 나는 제이콥이 집에서 보여주는 행동 외에는 판단할 근거가 아무것도 없었다. 그러다 보니 점점 의심이 싹트기 시작했다. 제이콥은 도무지 좋아지지 않았다. 좋아지기는커녕 여름 동안 거둔 결실이 모두 사라지는 것만 같았다. 여름이 끝나갈 무렵, 나는 처음으로 제이콥이 모퉁이를 돌아 나왔다는 한 가닥 희망을 품게 되었다. 우리가 제이콥으로부터 이끌어낸 짧은 몇 마디가 더 길게 이어지기를 간절히 빌었다. 한 발 더 나아가 어쩌면 제대로 말을 하게 될지도 모른다는 큰 희망을 품기에 이르렀다. 그런데 막상 유치원에 다닌 지 몇 주가 지나자 그런 희망이 또다시 내 손아귀를 스르르 빠져나가는 기분이 들기 시작했다.

특수교육 유치원에 다니기 시작하면서 제이콥은 못 보던 행동을 하게 되었다. 나는 그런 모습이 여간 걱정스럽지 않았다. 어느 날 저녁, 식사를 하러 오라고 부르는데도 제이콥이 방바닥에 드러누운 채 꼼짝도 하지 않았다. 아이는 완전히 축 늘어져 있었다. 도저히 내가 안고 옮길 수조차 없을 정도였다. 제이콥은 더 이상 울지도 않았고, 눈에 띄게 화를 내지도 않았다. 그저 축 늘어져 있을 따름이었다. 시간이 갈수록 그런 모습을 자주 보였다. 특히 내가 시킨 과제를 하기 싫어할 때 유독 그랬다.

제이콥의 담임 선생님은 주법州法에 의거해 한 달에 한 번씩 가정 방문을 했다. 그래서 선생님이 다음 달 가정 방문을 왔을 때 새로운 행동에 대해 물어보았다. 그러자 선생님은 웃으며 이렇게 대답했다. "아, 그건 아마 같은 반의 오스틴이라는 아이를 따라 하는 걸 거예요. 오스틴은 뇌성마비인데, 뭔가를 하고 싶지 않을 때 축 늘어지거든요." 친구 흉내를 낸다니 어떤 점에서는 재미있기도 했다. 하지만 솔직히 걱정되었다. 각기 다른 특별한 필요를 무시한 채 모두 같은 반에 집어넣는다면 아이들이 자신에게 특화된 보살핌을 얼마나 받을 수 있을까? 좀 더 구체적으로 말하면 그 축 늘어지는 행동 자체가 불안했다. 제이콥이 그런 행동을 하는 이유는 반응을 '덜' 보이기 위해서가 아니었다.

마이클도 내 걱정에 동의했다. 하지만 전적으로 그런 것은 아니었다. 남편은 내가 특수교육의 성과를 의심할 때마다 참을성 있게 공명

판이 되어주었다. 아울러 남편이 없을 때마다 내가 속으로만 곱씹던 온갖 감정을 모두 차분하게 받아주었다. "그 사람들은 전문가야, 크리스. 우리가 심장 전문의나 암 전문가가 될 수는 없다고. 우리 아들한테 가장 좋은 게 뭔지 확신이 설 때까지 유치원을 좀 더 믿어보면 안 될까?"

나는 몇 달 동안 시소를 타는 기분이었다. 의구심과 불신이 서서히 달아오르다 어느 순간 부글부글 끓기 시작했다. 그래도 수업을 계속하고 전문가들을 믿어보자는 마이클의 분별력 있는 설득에 일단은 참아보기로 했다. 하지만 제이콥의 담임 선생님이 부드럽지만 확고한 어조로 제이콥에게 그 애가 좋아하는 알파벳 카드를 유치원에 들려 보내지 말라는 부탁을 하는 순간, 몇 달 동안 품어왔던 우려가 한계에 도달했다.

선생님의 오해를 깨닫는 순간, 머릿속이 맑아지는 기분이었다. 마이클과 나는 제이콥에게 하나라도 더 가르치고 싶어서 특수교육 유치원까지 보냈다. 하지만 제이콥의 교육을 책임진 선생님들은 내 아이가 뭔가를 배울 수 있을 것이라는 희망을 버리라고 했다. 담임 선생님의 어조는 상냥했지만 암묵적인 메시지는 명확했다. 선생님은 내 아들을 이미 포기했다.

그날 오후, 저녁 메뉴인 닭고기를 냄비에서 꺼내며 마이클한테 속상한 마음을 다 털어놓았다. "제이콥이 읽지 못할 거라고? 절대로? 그래도 시도는 해봐야 하는 거 아니야? 우리 제이콥은 누가 시키지도 않았는데, 저렇게 알파벳을 좋아하잖아. 자기 스스로 하는 걸 왜 못하게 막는 거야?"

마이클은 나한테 살짝 지쳐 있었다. "크리스! 그 사람들은 우리보다 경험도 훨씬 더 많고 정식 훈련을 받았어. 전문가가 전문가 역할을 제대로 하도록 내버려둬야 한다고."

"어딜 가든 알파벳 카드를 들고 다니는 것이 읽고 싶다는 제이콥만의 의사 표현 방식이라면 어쩔 건데? 물론 아닐 수도 있어. 하지만 맞으면 어쩔 거야? 읽기가 생활 기술 프로그램에 없다는 이유만으로 가르칠 생각조차 하지 않는 사람들한테 우리 아이를 계속 맡겨야 해? 배우고 싶다는 사람한테 안 된다고 할 자격이 그 사람들에게 있는 거야?"

나는 그때 문득 깨달았다. 제이콥이 유치원에 입학한 후 몇 달 동안은 물론 심지어 입학 전부터 그냥 흘려버릴 수 없었던 소소한 의심들이 모두 하나의 커다랗고 기본적인 문제로 수렴된다는 사실을 말이다. 사람들은 왜 아이들이 할 수 없는 것에만 집중할까? 아이들이 할 수 있는 일에 좀 더 깊은 관심을 기울일 수는 없는 걸까?

마이클이 수업을 계속 받자고 설득하면 내 의심은 언제나 사그라졌다. 하지만 그날 밤은 아니었다. 갑자기 모든 의심이 깨끗하게 사라졌다. 엄마라면 누구나 자신의 아기가 모닥불 가까이 있으면 확 낚아채야 한다는 것을 본능적으로 알고 있다. 나 또한 그랬다. 내 아기를 특수교육 기관으로부터 낚아채야만 할 것 같았다.

마이클은 뭔가 달라졌다는 사실을 감지하고 걱정하기 시작했다. "크리스, 당신이 몹시 화가 나고 불만스럽다는 것 알아. 하지만 이성적으로 행동해야 해." 남편은 대체로 나를 믿고 주도권을 넘겨주었다. 하지만 이번만큼은 내가 배를 엉뚱한 방향으로 이끌고 있다고 느낀 듯했다. 그것도 항로를 바꿀 정도로 위험하지도 않은 상황에서. 나도 남편의 입장을 잘 이해했다. 어쨌거나 불과 하루 전만 해도 남편과 나는 제이콥의 교육에 대해 의견이 전적으로 일치했으니 말이다. 하지만 남편이 더 신중하고 합리적인 길이라고 믿는 것이 오히려 제이콥에게 재앙을 불러오리라는 사실을 나는 믿어 의심치 않았다.

당신이 우리를 봤다면, 당연히 마이클에게서 반항적인 분위기를 느꼈을 것이다. 우리 집에서 운전할 때 과속을 하고, 장난을 잘 치고, 찢어진 청바지와 가죽 잠바를 즐겨 입는 사람은 바로 남편이기 때문이다. 하지만 우리 관계에서 차이는 늘 예상과 일치하지 않았다. 우리 중에서 책에 나온 대로 행동하는 게 편한 사람은 마이클이었다. 협소한 규칙에서 비롯된 안정감이 필요한 사람도 마이클이었다. 알고 보면 필요할 경우 지도에 없는 길이라도 선뜻 발을 들여놓을 사람은 다름 아닌 나였다.

마이클은 내가 이미 마음을 정했다는 사실을 알아차렸지만 그래도 우리는 그날 밤 늦게까지 계속 상의를 거듭했다. 그로부터 몇 년 동안 제이콥에 관한 한 나는 이런 상황을 몇 번이나 겪었다. 이쪽 문이 닫히더라도 저쪽 문이 열릴 수 있는 상황 말이다. 하지만 그날 밤 담임 선생님의 목소리가 계속 들리는 것 같아 고개를 획 돌리고 돌아누웠을 때에는 그런 경험에서 얻은 지혜의 위안을 받지 못했다. 그러니 특수교육을 중단하겠다는 결심을 했을 때 얼마나 무섭고, 평생 그 어느 때보다 굳고 굳은 신념이 필요했겠는가.

나는 마이클이 깨지 않도록 살그머니 침대에서 일어나 방을 나왔다. 복도를 지나 제이콥의 작은 녹색 방으로 갔다. 아이 방에는 바깥의 난초와 짝을 맞춰 벽에 난초를 그려놓았다. 퀼트 이불에는 검은색 래브라도 리트리버 강아지들을 태우고 사과나무 사이를 달리는 붉은색 픽업트럭들이 수놓아져 있었다. 방 안 곳곳에는 알파벳을 적은 플래시 카드 수백 장이 흩어져 있었다.

나는 아이 등에 손을 가만히 대고 호흡을 느꼈다. 제이콥은 너무나 특별하고 독특한 아이였다. 하지만 자폐아이기도 했다. 바로 그 때문에 학교는 자폐아라는 딱지를 붙이고 아이가 할 수 있는 일과 할 수 없는 일을 섣불리 정해버렸다. 제이콥한테는 자신을 변호하고 옹호하기 위해 내가 필요했다. 목소리를 대신 내줄 내가 필요했다.

이튿날, 나는 제이콥을 작고 노란 스쿨버스에 태우지 않았다. 대신 집에 있게 했다.

마이클은 불같이 화를 냈다.

"아니, 유치원에 안 보내겠다니, 무슨 생각이야? 미쳤어? 정신이 나갔냐고?"

"마이클, 지금 하던 대로 계속하면 우리는 결국 제이콥을 잃게 될 거야."

"지금 농담하는 거 아니야, 크리스. 학교는 제이콥이 치료를 받는 곳이야. 우리는 개인 치료사들을 한 부대씩 집으로 초빙할 돈이 없어. 한 부대는 고사하고 단 한 명도 부를 형편이 안 된다고! 그런데 어떻게 필요한 치료를 받아?"

"이제부터 내가 직접 할 거야."

"어린이집은 어떻게 하고? 웨슬리는?"

"다른 사람들한테 맡기지 않을 거야, 마이클. 전문가들이랍시고 제이콥을 더 악화시키고 있잖아. 그러니 그 사람들을 설득하려고 아까운 시간을 낭비하지 않을 거야."

마이클은 입을 꽉 다물고 팔짱을 낀 채 더 이상 아무 말도 하지 않았다.

나는 마지막으로 말했다. "나는 할 수 있어, 마이클. 해야만 해."

마이클은 여전히 화를 내며 내게서 시선을 돌렸다. 어깨에는 힘이 잔뜩 들어가 있었다. 나는 무턱대고 화를 낸다고 남편을 비난할 수 없었다. 나는 제이콥한테 필요한 종류의 치료를 할 수 있는 교육을 정식으로 받은 적이 없었다. 하지만 자폐아를 키우는 다른 부모들처럼 치료를 시작한 날부터 매일같이 치료사들과 소통하며 함께했다. 그뿐만이 아니었다. 나는 어떤 전문가보다 제이콥에 대해 잘 알았다. 제이콥 내부의 불꽃을 볼 수도 있었다. 물론 그 불꽃이 너무나 희미해 꺼질 것만 같은 날도 있었다. 하지만 제이콥의 열정과 흥미를 제대로 이해하려 하지도 않으면서 어떻게 이른바 정상적인 아동의 발달 수준에 못 미친다는 이유로 아이의 관심사를 꺾어버리는 행위를 정당화할 수 있겠는가. 제이콥을 돕고 싶다면 그 아이가 '할 수 없는 것'에 집중하는 태도를 버려야 했다.

긴장된 침묵이 잠시 이어졌다. 이윽고 마이클이 몸을 돌려 나를 마주보았다. 남편이 내 말을 납득했다기보다 내 고집에 꺾였을 뿐이라는 걸 알 수 있었다. 남편은 내 말대로 하기로 했다. 대신 몇 달 후 재평가를 받는다는 조건을 걸었다. 특수 유치원이 아니라 일반 유치원에 대해 이야기했다면 결과가 달랐을까? 나는 그렇게 생각하지 않는다.

"있잖아, 마이클. 약속할게. 제이콥은 유치원에서 준비를 마칠 수 있을 거야. 특수학교가 아니라 일반 공립학교에 입학할 준비 말이야. 내가 꼭 그렇게 만들 거야."

새로운 시작

전화기 반대편의 침묵은 그녀답지 않았다. 마침내 제이콥의 발달치료사인 멜라니 로스가 이렇게 물었다. "진심이야?"

그날 수화기를 들 때까지 나는 거실에 앉아 숨을 들이쉬고 내쉬기를 반복했다. 내가 저지른 일의 심각성을 생각하자 어마어마한 충격이 몰려왔다. 나는 마이클의 반대에 부딪혔지만 결국 내 의지를 관철시켰다. 그럼 이제 뭘 어떻게 해야 할까? 내가 참고할 책이라고는 없었다. 책장에서 내가 읽어주길 기다리는 '중증 자폐아를 정상으로 만드는 손쉬운 방법 10가지' 따위는 있을 리 없었다. 어디서부터 시작해야 할지 막막할 뿐이었다.

그래서 나는 도움을 줄 만한 사람에게 냉큼 전화를 걸었다. 그 사람은 바로 멜라니 로스였다. 하지만 멜라니와 통화하면서 먼저 내가 미친 게 아니라는 사실부터 확실히 해야 했다.

멜라니는 자상하고 자애로운 태도로 처음부터 제이콥의 치료를 맡았다. 나는 그런 멜라니와 금세 마음이 통했다. 멜라니에게서는 경험에서 우러나는 자연스러운 권위가 느껴졌다. 자신의 일곱 자녀뿐 아니라 다년간 돌본 아이가 수백 명이나 되었다. 나는 자신의 일을 대하는 멜라니의 철학에 공감했다. 멜라니는 항상 남보다 조금 더 노력하는 사람이었다. 그것이야말로 할아버지가 늘 내게 가르치려 했던 인성이었다. 할아버지는 그런 인성을 가진 사람을 만나면 귀하게 여기라고 가르쳤다. 멜라니는 유머 감각도 뛰어났다. 제이콥이 아무리 고집을 부려도 웃음을 잃지 않았다. 언젠가 멜라니는 자그마한 자기 책상에 앉은 제이콥한테 짝 맞추기 과제를 시켰다. 제이콥이 눈도 맞추지 않고 손가락 하나로 과제를 밀어내자 멜라니는 고개를 절레절레 흔들며 이렇게 대꾸했다. "나도 이걸 하는 게 정말 힘들었어." 무엇보다 멜라니는 자신이 가르치는 아이들을 '사람'으로 보았다. 멜라니에게 그 아이들은 교정해야 하는 문젯거리나 동정의 대상이 아니었다.

멜라니는 다른 이유에서도 내가 의논하기에 가장 적합한 사람이었다. 치료사가 되기 전에 교사로 일했기 때문에 제이콥을 일반 유치원에 보내려면 무엇부터 준비해야 하는지 정확히 알 것 같았다. 하지만 내가 제이콥을 더 이상 특수교육 기관에 보내지 않기로 했다는 말을 듣자 찾아온 침묵에 덜컥 걱정이 앞섰다. 주저하는 그 태도가 마이클의 반응과 거의 흡사했기 때문이다.

"크리스, 내가 생각하기에 자기는 지금 자기가 하려는 일을 제대로 이해하지 못한 것 같아. 제이콥은 도움이 많이 필요해. 아주 많이 말이야. 솔직히 말해서, 그 도움은 다년간 훈련을 받고 자폐아를 상대한 경험 많은 사람이 가장 잘 줄 수 있어. 게다가 둘째도 아파서 할 일이 태산이잖아."

나는 내 생각을 털어놓았다. 통학 버스가 오가는 모습을 지켜보는 동안에는 확실하지 않았을지 모르지만, 근본적인 생각은 처음부터 변함이 없었다. 나는 제이콥을 위해 올바른 결정을 내렸다고 확신했다. 하지만 내가 확신했다고 해서 그것으로 끝일까? 멜라니는 전문가였다. 그래서 마이클처럼 내 결심을 좀처럼 믿을 수 없었던 것이다.

우리는 한동안 의견을 주고받았다. 이윽고 멜라니가 자신도 내 계획에 참여할지 생각할 시간을 달라고 했다.

다음 날 아침, 밖에서 느닷없이 자동차 경적 소리가 들렸다. 나가보니 멜라니가 진입로에 자신의 스테이션왜건을 세워두고 뒷좌석에서 상자를 하나씩 내리고 있었다. 멜라니가 나를 보며 말했다. "거기서 계속 보고만 있을 거야, 아니면 짐 옮기는 걸 도와줄 거야?"

열심히 설득했지만 멜라니를 완전히 내 편으로 만들 수는 없었다. 그럼에도 멜라니는 제이콥을 일반 학교에 보낼 수 있도록 힘을 보태주기로 했다. 그렇게 우리는 아이들이 뛰어노는 어린이집 바닥에 자리를 잡고 앉았다. 멜라니는 치료에 쓰는 장난감과 교구, 연습 도구 따위를 하나씩 꺼내 보여주었다. 멜라니가 도움이 될 만한 것들을 알려주면 나는 차례로 목록을 만들었다. 자신이 교육을 받을 때 공부했던 책과 매뉴얼, 작업표 등도 가져와 복사해주었다.

이어서 일반 유치원의 하루를 처음부터 끝까지 자세하게 소개했다. 이야기 시간부터 손 들고 질문하기까지, 화장실 사용하기부터 수건돌리기 놀이까지, 도시락을 통에 넣기부터 〈굿바이 송〉 부르기까지 세세하게 알려주었다. 그런 후 나는 목록을 하나 더 만들었다. 이번엔 아이가 일반 유치원에서 잘 적응하기 위해 필요한 것들이 몽땅 들어간 목록이었다.

이윽고 멜라니가 돌아가려고 자리에서 일어났을 때 우리는 둘 다 녹초가 되었다. 하지만 멜라니는 여전히 상냥하게 미소를 지으며 한 번 더 물었다. "정말 결심이 단단히 선 거지, 크리스?"

나는 그렇다고 대답했다.

나는 제이콥을 위해 하루 일과를 새로 짰다. 아이가 제일 못하는 기술들을 잘하게 만들려고 무조건 밀어붙이지 않았다. 그보다는 하루 중 대부분을 좋아하는 일을 하도록 내버려두었다.

예를 들어, 제이콥은 간단한 원목 퍼즐 대신 복잡한 지그소 퍼즐을 즐겨 가지고 놀았는데, 오후쯤이면 1000피스짜리 퍼즐을 다 맞춰버렸다. (어느 토요일 오후, 우리는 집을 수리하는 과정에서 힘만 들고 효과도 별로 없는 마지막 부분을 마무리 짓고 있었다. 그때 마이클은 지그소 퍼즐 대여섯 개를 우리 가족이 영화를 볼 때 팝콘을 담아두는 커다란 그릇에 모두 쏟으며 이렇게 말했다. "이 정도면 한동안 바쁘겠지." 물론 그랬다. 오래가지는 못했지만.)

제이콥은 중국식 퍼즐도 무척 좋아했다. 중국식 퍼즐은 '지혜의 판자'라고도 하는데, 납작하고 묘하게 생긴 조각들을 이리저리 끼워 맞춰 알아볼 수 있는 형태를 만드는 것이다. 나는 불규칙하게 생긴 조각들로 동물이나 집 같은 모양을 만드는 게 너무 어려웠다. 그래서 늘 조각들을 이리저리 돌려보며 수없이 시도해야 간신히 제자리에 찾아 넣을 수 있었다. 그런데 제이콥은 머릿속으로 조각을 뒤집거나 돌리는 데 아무런 어려움이 없어 보였다. 마치 이곳밖에 없지 않느냐는 듯 간단하게 조각들을 제자리에 놓았다. 얼마 후에는 여러 세트를 섞어서 더 큰 패턴을 만들기 시작했다. 이윽고 사용 설명서에도 나오지 않는 훨씬 더 아름답고 복잡한 패턴을 만들기까지 했다.

나는 치료를 받을 때보다 훨씬 더 많은 시간을 퍼즐과 '지혜의 판자'에 쏟았다. 그랬더니 서서히 변화가 나타나기 시작했다. 제이콥의 태도가 좀 더 편안해지고 과제에 좀 더 열중하게 된 것이다. 그렇게 한 달 남짓 지나자 유치원에 다니면서 사라졌다고 생각했던 성과가 일부 되살아났다. 특히 말문을 다시 열었다. 물론 아직 대화라고 할 정도는 아니었다. 질문을 해도 답을 들을 수는 없었다. 하지만 분명히 말을 했다.

제이콥은 항상 숫자를 암송했다. 숫자는 언제나 제이콥의 마음을 편하게 했다. 일주일 내내 낡은 식료품 영수증을 들고 다니며 손가락으로 그것을 반듯하게 펴곤 했다. 그런데 제이콥은 일단 말문이 열리면 꽤 수다스러웠다. 길에서 마주치는 표지판의 숫자나 주소를 소리 내어 읽기 전에는 그 자리에서 꼼짝도 하지 않았다. 볼일을 보러 갈 때 차에 태우면 뒷좌석에 앉아서 끝도 없이 숫자를 떠들었다.

제이콥이 이미 덧셈을 한다는 사실은 이렇게 알게 되었다. 하루는 제이콥이 길에서 마주친 상업용 트럭과 밴의 옆면에 적힌 전화번호를 따라 읽는다는 사실을 깨달았다. 그런데 그때마다 마지막에 숫자를 하나 더 말했다. 그것도 더 큰 수로 말이다. 그 큰 수의 정체가 전화번호 숫자 열 개를 모두 더한 값이라는 사실을 깨달은 날, 나는 말 그대로 도로 밖으로 뛰쳐나갈 뻔했다.

웨슬리를 병원에 데려갔다 돌아오는 길에 뒷좌석에 앉은 제이콥의 혼잣말이 조금씩 들렸다. 이번에는 숫자뿐 아니라 지나친 자동차의 번호판을 읽고 있었다. 번호판에는 상호명이 적혀 있었는데, '마쉬!'나 '매리엇!' 또는 '리터스!' 같은 단어였다. 고작 몇 달 전만 해도 담임으로부터 알파벳을 가르칠 걱정은 할 필요가 없을 거라는 진단을 받은 세 살배기가 글을 읽고 있었다. 도대체 언제 어떻게 글을 익혔는지 짐작도 가지 않았다. 어쩌면 《모자 속의 고양이》 CD로 배웠을지도 모른다고 짐작만 할 뿐이었다. 유치원에서 원아들에게 알파벳과 철자마다 다른 발음을 가르치는 전형적인 읽기 예비 과정을 제이콥에게는 시도해본 적이 없다는 것만큼은 확실했다. 나는 제이콥에게 단어 하나도 소리 내어 가르친 적이 없었다. 제이콥이 약간씩 말을 하는 것을 보니 굳이 가르칠 필요도 없겠구나 싶었다.

제이콥의 기억력은 또 다른 놀라움을 선사했다. 제이콥은 걷기 시작할 때부터 자동차 번호판에 집착했다. 우리 동네 주민들은 제이콥이 자신의 집 진입로에서 손가락으로 자동차 번호판을 훑고 있는 모습에 익숙했다. 그런데 밤 산책을 나갔다가 나는 더 충격적인 사실을 깨달았다. 제이콥이 작은 소리로 흥얼거리는 숫자와 글자들은 그날 밤 우리가 지나간 차고에 있던 자동차에서 본 것들이었다. 제이콥은 우리 동네에 있는 자동차들의 번호판을 모두 기억하는 것이 분명했다.

이런 뛰어난 기억력은 묘기 수준이었다. 그런데 그보다 더 흥미진진한 일이 벌어지는 중이라는 징조가 몇 가지 보이기 시작했다. 그 무렵 제이콥을 데리고 장을 보려면 시간이 얼마나 걸릴지 짐작조차 할 수 없었다. 마트에서 구입할 물건을 카트에 담으려면 일단 제이콥한테 가격을 말해주고, 제이콥이 그 숫자를 따라 말해야 했다. 그럴 때마다 미칠 것만 같았다. 특히 아기띠에 안은 웨슬리가 보채기라도 하면 장을 보는 시간이 한없이 길어졌다. 특수교육을 중단한 지 반년이 지났을 즈음이었다. 계산대에서 신용카드를 긁고 있는데 제이콥이 "1, 27! 1, 27!"이라고 소리치기 시작했다. 제이콥을 서둘러 가게에서 데리고 나오고 싶었지만 그러지 못했다. 마침내 가게에서 나온 후 영수증을 확인해보았다. 그리고 그제야 카트에 담는 물건들의 가격을 제이콥이 모두 더하고 있었다는 사실을 깨달았다. 계산원이 실수로 1달러 27센트인 바나나를 두 번 계산한 것이다. 그날 이후 제이콥은 내가 계산하려고 줄을 서면 늘 총액을 말해주었다.

주위의 '수학인'들은 제이콥을 놀라운 눈으로 바라보았다. 어느 날 나는 고등학교에서 기하학을 가르치는 친척 아주머니와 커피를 마시고 있었다. 마침 제이콥은 우리 발치에서 시리얼 박스와 원아들이 눈사람을 만들 수 있도록 공예품점에서 받아온 스티로폼 충전재 더미를 가지고 놀고 있었다. 제이콥은 스티로폼을 상자에 넣고 빼기를 반복했다. 마치 수를 세는 것 같았다. 아주머니는 제이콥에게 무엇을 하는 중인지 물어보았다.

제이콥은 고개도 들지 않고 대답했다. "열아홉 개가 모이면 평행 육면체가 돼요."

나는 평행육면체가 뭔지도 몰랐다. 처음에는 아이가 만들어낸 말인가 싶었다. 그런데 만들어낸 말은커녕 평행육면체는 평행사변형 여섯 개로 만든 입체 도형이었다. 제이콥은 집에 있는 그림 사전에서 그 단어를 배운 듯했다. 그렇다. 시리얼 박스만 있으면 당신도 평행 육면체를 만들 수 있다. 아주머니는 아이의 대답에 깜짝 놀랐다. 아이가 그런 단어를 안다는 것보다 그 단어의 복잡한 수학적 개념을 파악했다는 사실에 놀란 것이다.

"이건 방정식이야, 크리스틴. 제이콥은 저 시리얼 박스에 스티로폼 공을 열아홉 개 넣을 수 있다고 말하는 거야." 아주머니는 이렇게 말했다. 그때까지도 나는 제이콥의 행동이 얼마나 대단한 것인지 몰랐다. 그런데 아주머니가 매일 10학년 아이들에게 그 방정식의 개념을 가르치기 위해 고생하고 있다는 설명을 듣고서야 비로소 이해가 되었다.

특정한 타입의 사물을 익히는 제이콥의 능력은 놀라웠다. 아이는 체스에 무척 호기심을 보였다. 체스 말을 어떻게 옮기는지 가르쳐주었더니 어른들을 금세 모두 이겼다. 그중에는 실력이 꽤 좋은 사람도 있었는데 말이다.

제이콥은 우리가 사준 플라스틱 알파벳 세트를 아주 좋아했다. 당연히 잠잘 때도 곁에 두었다. 이튿날, 아침을 먹는데 제이콥이 치리오스 시리얼로 모양을 만들며 장난을 쳤다. 나는 낮잠을 재운 후에야 아이가 무슨 무늬를 만들며 놀았는지 자세히 살펴보았다. 그런데 새로 산 알파벳 타일마다 아래쪽에 툭 튀어나온 작은 점들이 보였다. 제이콥 혼자 점자를 익힌 것이다.

그 시기 제이콥이 매료된 또 다른 대상은 바로 지도였다. 제이콥은 〈탐험가 도라Dora the Explorer〉 만화에 나오는 지도가 노래를 부를 때마다 좋아서 어쩔 줄을 몰랐다. 커다란 주州 지도를 펼쳐놓고 손가락으로 이리저리 꼬인 도로와 기찻길을 따라가는 놀이를 무엇보다 좋아했다. 이런 흥미는 쓸모가 있었다. 네 살 무렵 제이콥은 미국의 자동차 도로를 모두 외웠다. 당시 아이에게 인디애나폴리스에서 시카고까지 가는 길을 물어보면 먼저 주간고속도로인 I-65 북로北路로 가다가 주간고속도로 I-90 서로西路로 가면 된다는 대답이 돌아왔을 것이다. 물론 소소한 연결로와 바꿔 타야 할 길들까지 잊지 않고 가르쳐주었을 것이다.

도시에서 제이콥의 능력은 특히 쓸모가 있었다. 시댁이 시카고라 우리는 자주 그곳을 찾았다. 그때마다 우리는 미로 같은 시내 도로에서 순전히 제이콥한테 의지해 방향을 잡았다. 제이콥이 도시의 건물과 지름길까지 하나도 빠짐없이 다 알고 있었기 때문이다. 어떻게 네 살짜리 아이가 시카고 시내에서 부모한테 길을 알려주느냐고? 제이콥은 '제이콥 포지셔닝 시스템Jacob Positioning System'을 줄인 JPS라는 별명을 들으며 우리에게 길을 알려주는 걸 좋아했다. 요즘 자동차에는

GPS를 기본으로 장착하지만 훨씬 전부터 우리 차에는 JPS가 있었다.

마이클과 나는 제이콥이 지적으로 다른 아이들에 비해 훨씬 빠르다는 사실에 기쁨을 금할 수 없었다. 하지만 솔직히 정상적인 생활은 여전히 힘들었다. 특히 좀처럼 제이콥과 제대로 된 대화를 나눌 수 없었다. 물론 말문을 다시 열었고, 그 점에 대해서는 우리도 감사할 따름이었다. 하지만 숫자와 가게 이름을 읊어대고 질문에 답하는 것과 대화를 나누는 것은 다르다. 제이콥은 여전히 언어를 타인과 관계를 맺는 수단으로 이해하지 못했다. 스타벅스로 가는 동안 군청색 자동차를 몇 대나 보았는지 말해줄 수는 있지만 오늘 하루가 어땠느냐는 질문에는 대답을 못했다. 그래서 나는 여전히 아이와 공통된 관심사를 찾아야 했다.

한편, 제이콥이 보여준 뛰어난 지적 능력도 공립학교에 들어가는 데 별다른 도움이 안 될 터였다. 무슨 말인고 하니, 유치원에서는 지적 능력보다 사회적 기술이 더 중요하기 때문이다. 유치원에서 원아들은 노는 시간이 무척 많다. 같은 반 친구들과 소통을 해야 하며 간단한 지시 사항도 따라야 한다. 게다가 남들과 나눌 줄도 알아야 한다. 설령 제이콥이 주기율표를 독학으로 익힌다 해도 유치원에서 하루 종일 구석에 혼자 있으면 결국 특수교육 기관으로 가게 될 게 분명했다.

제이콥은 또래 아이들 틈바구니에서 잘 적응할 수 있는 기술을 무슨 수를 써서라도 배워야 했다. 물론 제이콥 주위에는 하루 종일 어린이집 원아들이 있었다. 하지만 멜라니는 주위에 자폐아들이 있으면 제이콥이 더 쉽게 적응할지 모른다고 생각했다. 멜라니의 도움을 받아 나는 내가 사는 지역의 학부모들에게 혹시 아이들을 함께 어울리게 할 의향이 없는지 묻는 이메일을 돌렸다.

참여 의향을 묻는 내 편지는 우리 주위에서 자폐증이라는 전염병이 퍼지고 있다는 최초의 실질적인 단서였다. 사실 답장이 와봐야 대여섯 통 정도이겠거니 했다. 그런데 나한테 도착한 부모들의 편지가 수백 통이나 되었다. 자폐아의 연령도 제각각이었다. 내가 받은 답장들에 배인 좌절감의 깊이에 나는 할 말을 잃었다. 그들도 나처럼 자신의 노력이 아이한테 도움이 안 된다는 사실을 잘 알고 있었다. 그들은 대부분 기존 시스템에서는 더 이상 선택 방안을 찾을 수 없었다. 그들과 그들의 아이들에게 맞는 자리는 더 이상 없었다. 개중에는 나를 최후의 보루로 생각한 사람들도 많았다. "제발 우리를 도와주세요. 당신은 우리의 마지막 희망입니다." 어떤 어머니는 이렇게 메일을 보냈다.

이 사건은 내게 엄청난 전환점이 되었다. 나는 넘쳐나는 메일함을 보며 "여러분 중 누구도 외면하지 않을게요. 누구든 환영합니다"라고 되뇌었다. 제이콥은 일반 유치원에 다니기 위해 필요한 것들을 배울 예정이었다. 더불어 우리는 가능한 한 많은 아이들을 받을 계획이었다. 나이가 많다거나 저기능 자폐아라고 해서 외면하지도 않을 터였다. '우리가 공동체를 이루는 거야. 내 아이를 믿고 모두의 아이들을 믿을 거야. 그래서 힘을 모아 함께 가는 거야.' 나는 이렇게 다짐했다.

빛나게 하라

"크리스틴, 우리 거실에 살아 있는 라마가 있는 것 같은데."

마이클의 어조에서 체념의 기운이 느껴졌다. 제이콥을 '라이프 스킬즈Life Skills'에서 자퇴시킨 후 2년이 흘렀다. 그동안 남편은 내가 마련한 계획의 규모와 범위에 적응했다. 하지만 살아 있는 라마까지 봐야 할 줄은 몰랐을 것이다. 나도 처음부터 라마를 우리 집 거실까지 데려올 생각은 아니었다. 원래 라마는 차고를 개조한 어린이집에 있어야 했다. 그곳은 내가 자폐아들의 일반 유치원 입학을 위해 조직한 매우 독특한 야간 훈련소가 일주일에 두 번씩 열리는 공간이기도 했다. 내가 제이콥을 일반 유치원에 보내겠다고 했을 때, 마이클이 무엇을 예상했는지는 모르지만 적어도 라마는 아니었을 것이다.

절박한 부모들로부터 답장이 홍수처럼 쏟아지자 눈이 번쩍 뜨이는 것 같았다. 나는 이런 호응에 힘입어 주간의 어린이집 외에도 새로운 보육 프로그램을 시작했다. 자폐아가 일반 학교에 들어갈 수 있도록 아동과 그 가족을 돕는 일종의 야학이었다. 고맙게도 멜라니는 이번에도 나를 도와주기로 했다. 멜라니는 내게 이 보육 프로그램을 자선 단체로 등록하라고 귀띔해주었다. 왜냐하면 나는 돈을 받지 않을 작정이었기 때문이다. 자폐아를 둔 가족이 돈이 없어 못 오거나 내 프로그램에 나오기 위해 다른 치료를 포기해야 하는 상황은 상상조차 하기 싫었다.

그래서 매일 아침 나는 평소처럼 어린이집을 열고, 그때부터 꼬박 아홉 시간을 일했다. 일주일에 두 번 어린이집이 문을 닫으면 그곳을 깨끗하게 치우고 자폐아를 대상으로 한 유사 유치원을 만들었다. 나는 이 프로그램에 '리틀 라이트Little Light'라는 이름을 붙였다.

처음부터 내 목표는 뚜렷했다. 나는 자폐증을 다르게 접근하고 싶었다. 기존의 치료는 가장 뒤떨어진 기능에 초점을 맞춘다. 리틀 라이트를 찾은 부모들은 대부분 자녀가 다음 단계의 기능을 익히도록 몇 년이나 애를 쓰고도 결국 아무런 결실도 거두지 못했다. 제이콥도 그런 치료라면 많이 받았다. 몇 시간 동안 기둥에 고리 세 개를 끼우라고 시키거나 인형한테 쿠키를 먹이게 했지만 아무 소용이 없었다. 나는 내 아들이 치료 시간에 점토 공을 쥔 채 조는 모습도 보았다. 따라서 이 아이들이 잘 못하는 과제들을 억지로 시킬 게 아니라 하고 싶어 하는 것부터 시작하자는 게 내 방침이었다.

이런 접근법은 기존의 방식과 동떨어져 있었다. 치료사들은 대부분 아이가 좋아하는 장난감이나 퍼즐은 책상에서 치우라고 한다. 아이가 '치료사'의 치료 목표에 집중할 수 있도록 말이다. 어떤 치료사는 아예 숨겨버리라고도 한다. 우리도 제이콥의 평가 시간에 알파벳 자석을 치워보았다. 그러자 제이콥은 해야 할 과제는 아랑곳하지 않고 온몸을 자석을 향해 쭉 뻗었다. 이처럼 치료 아동이 사라진 장난감에 온 정신이 팔려서 눈곱만큼의 진전도 거두지 못하는 모습을 수 없이 보았다.

아동의 흥미를 북돋우는 치료는 기존의 자폐아 치료법과 사뭇 다르다. 하지만 나는 어린이집 원아들을 항상 그렇게 보살폈다. 이런 접근은 나와 스테파니가 자랄 때 받은 양육 방식과도 깊은 관계가 있다고 확신한다. 나보다 고작 14개월 아래인 스테파니는 미술 영재였다. 세 살 때 그린 그림을 보면 마치 어른 솜씨 같았다. 동생은 여섯 살 무렵, 전문적인 화가의 기술을 모두 습득했다.

스테파니의 재능 덕분에 우리 자매 앞에는 창조적인 세계가 활짝 펼쳐졌다. 우리 집에도 가게에서 파는 장난감이 있었다. 하지만 그런 장난감을 가지고 논 적은 별로 없었다. 우리는 스테파니가 만든 장난감을 훨씬 더 좋아했다. 스테파니는 유치원에 들어가기 전부터 이미 종이 인형과 그 인형한테 입힐 알록달록한 옷을 수백 벌이나 만들었다. 동생이 만든 것은 가게에서 파는 것보다 훨씬 더 훌륭했다. 내가 복잡한 이야기를 만들어내면 동생은 그것을 그대로 그림으로 옮겼는데, 세세한 배경이 내 이야기와 일치했다. 마법에 걸린 성이나 책이 늘어선 도서관, 나무가 빽빽한 정글 등등. 인형 집을 갖고 싶을 때 나는 엄마를 조르지 않았다. 대신 동생한테 부탁했다.

아쉽게도 스테파니의 특별한 미술적 재능은 학교생활에 별 도움이 되지 않았다. 그 애는 미술을 제외한 과목에서 모두 형편없는 점수를 받았다. 게다가 친구도 별로 없었다. 자기 혼자나 나와 함께 있을 때 가장 편안해했다.

놀랍게도 어머니는 스테파니의 형편없는 학업 성적을 억지로 끌어올리려 하지 않았다. 그 애의 부진한 성적을 부정하지도 않았다. (스테파니가 간신히 시험을 통과했으므로 솔직히 부정하려야 할 수도 없었다.) 오히려 늘 긍정적이었다. 한번은 어머니가 내게 이렇게 말했다. "미술을 못하면 아무도 신경 쓰지 않아. 그런데 수학을 못하면 다들 난리야. 왜 그럴까?" 어머니는 회계사였고 늘 숫자를 좋아했으므로 이런 말이 살짝 놀랍기까지 했다. 어쨌거나 어머니는 스테파니를 제대로 파악했다.

스테파니가 3학년 때 일이다. 동생은 읽기 시험지를 한번 스윽 보자마자 자기 실력으로는 어림없다는 사실을 금세 알아차렸다. 그래서 시험지 앞면, 그것도 선생님이 점수를 기입하는 자리에 찡그린 얼굴을 조그맣게 그려 넣었다. 남은 시간에는 시험지 뒷면에 음영을 아름답게 묘사한 풍경을 그렸다. 어머니는 그 그림을 보고 깔깔 웃을 뿐이었다.

나는 어머니 반응에 깜짝 놀랐다. 어떻게 이런 일을 가볍게 웃어넘길 수 있는지 이해할 수 없었다. "왜냐하면 네 머리는 이런 식으로 돌아가고……." 어머니는 시험지의 문제를 가리키며 말했다. "스테파니의 머리는 '이런' 식으로 돌아가니까." 그러곤 시험지를 뒤집어 동생이 그린 풍경화를 보여주었다. "그런데 이게 뭔지 아니? 너희 둘 다 잘할 거라는 뜻이야."

물론 그때만 해도 스테파니의 남다른 점에 대해 어머니가 보인 반응이 얼마나 대단한지 조금도 몰랐다. 원래 그런 거라고 생각했으니까. 하지만 나는 '누구나' 뭔가에 기여할 수 있는 자기만의 능력을 지니고 있으며, 그런 능력은 예상하지 못한 형태로 나타날 수도 있다는 사실을 어머니에게서 배웠다. 더불어 대단한 일을 성취하는 잠재력은 어릴 때부터 계발한 타고난 재능에 달렸다고 믿었다.

스테파니의 재능이 그다지 두드러지지 않았거나 어릴 때부터 나타나지 않았다면 어머니도 걱정을 했을지 모른다. 당연한 일이지만, 어른들은 동생이 그린 아름다운 그림을 보며 감탄을 금치 못했다. 무심코 그림을 보다가 눈물을 흘린 사람도 한둘이 아니었다. 어떤 경우든 어머니는 스테파니가 잘하지 못한 일에 눈살을 찌푸리는 대신 재능에 집중했다. 스테파니의 열정을 북돋울 수 있는 일을 하기로 선택한 것이다. 조부모님은 관대했지만 절대 사치스럽지 않았다. 여유를 부릴 만큼 돈이 많지도 않았다. 그렇다고 스테파니가 달랑 붓 하나로 그림을 그린 것은 아니다. 동생에게는 온갖 크기와 굵기와 형태의 붓이 열 개나 있었다. 그뿐만 아니라 유럽에서 수입한 비싸고 커다란 색연필 상자도 있었다.

스테파니가 여덟 살 때 어머니는 부엌의 그릇장 몇 개를 집 뒤에 있는 세탁실로 옮겼다. 그곳은 동생의 화실이 되었다. 미술 용품을 보관하고 마음껏 그리고 색칠할 수 있는 공간을 만들어준 것이다. 무엇보다 중요한 것은 동생이 편안하게 이 선물을 받았다는 것이다. 부모님이 자신에게 어떤 기대를 하거나 부담을 주지 않았기 때문이다. 동생은 자신이 화실에서 걸작을 그려야 한다는 부담을 느낀 적이 없었다. 어머니는 단지 딸에게 온전히 자신의 모습을 찾을 수 있는 장소를 만들어주었을 뿐이다.

현재 스테파니는 화가다. 생계로 미술을 가르친다. 나는 동생이 그려준 내 아이들의 그림을 보물처럼 애지중지한다. 스테파니 문제에 접근하는 어머니의 방식을 통해 나는 다른 눈으로 보면 암울하기 그지없는 상황에서도 재능과 천직을 찾을 수 있다는 사실을 깨달았다.

나는 어린이집 아이들이 저마다 관심 있는 일에 집중하도록 격려했다. 세월이 흐르면서 아이들이 관심에 집중할 기회와 자원을 뒷받침할 때 얼마나 대단한 결과를 거둘 수 있는지 내 눈으로 직접 목격했다. 어린이집에 엘리엇이라는 아이가 있었다. 하루는 그 애가 마이클이 새로 산 TV 뒷면의 나사 구멍에 손가락을 집어넣으며 노는 것을 보았다. 나는 곧장 어린이집에서 가장 가까운 전파상으로 차를 몰았다. (이런 일을 한 게 한두 번이 아니다.) 계산대 직원에게 완전히 망가진 라디오며 TV를 몽땅 가져가고 싶다고 말했다. "방사능이 나온다거나 부서져서 만지면 위험할 수도 있는 것만 아니면 다 가져갈게요." 남들 눈에는 엄청난 쓰레기 더미처럼 보이겠지만 엘리엇이라면 몇 시간이고 신 나게 놀 장난감이었다. 특히 고물을 분해하기 위해 꼭 필요한 선홍색의 최신 식스헤드Six-Head 드라이버를 선물했을 때는 얼마나 좋아했는지 모른다.

　뭐든 모아들이는 내 습관은 우리 집에서 농담거리가 되었다. 어린 이집을 연 지 2년 정도 되자 내가 차고 세일Garage Sale(자기 집 차고에서 중고 물품을 판매하는 것)이나 재활용품점을 지나갈 때마다 아이들한 테 줄 선물을 찾아낸다는 사실을 모르는 사람이 없을 정도였다. 마이 클은 '또 시작이군' 하는 표정을 지으며 내가 부탁하기도 전에 차를 길가에 세웠다. 구세군에서는 엘리엇이 분해해서 다시 조립할 만한 낡은 자명종을 발견했다. 그림에 소질이 있는 클레어에게는 비싸지 만 한 번도 쓴 적 없는 수채 물감 세트를 찾아내 선물했다.

　나는 어린이집 원아들이 자기가 좋아하는 놀이를 할 때 보이는 집 중력에 대해 잘 알고 있었다. 또한 자신의 흥미를 추구할 수 있는 시 간과 공간이 생겼을 때 그 아이들이 얼마나 신 나게 노는지도 보았다. 그래서 몇 년 후 어머니들로부터 아이들 소식을 전하는 감사의 전화 를 잔뜩 받을 때도 전혀 놀라지 않았다. 나는 내가 돌본 아이들이 자 라서 재능을 발휘하고 있다는 소식을 어머니들로부터 종종 듣곤 했 다. 예를 들어, 미술을 좋아하던 클레어는 인디애나폴리스의 어느 미 술관에서 인턴으로 일한다. 그리고 엘리엇은 열 살 때부터 컴퓨터를 조립하더니 고등학교 때는 부모님의 차고에서 '해킨토시Hackintosh', 즉 PC 부품을 조립해 애플의 운영 체계를 쓸 수 있도록 하는 하이브리 드 컴퓨터를 만들었다. 지역 의료원에서 인턴으로 일할 때는 특수한 의료 장비를 설계했다. (그 장비는 지금도 그곳에서 활용하고 있다.) 엘 리엇은 이미 중고등학교 시절에 이런 일을 했다.

아이들이 자기가 좋아하는 일을 하다 보면 다른 기술도 덩달아 익히는 사례를 나는 몇 번이나 목격했다. 로렌은 아주 어렸을 때부터 어린이집에서 하는 '소꿉놀이'를 무척 좋아했다. 신이 나서 나를 도와 빨래를 개고, 자신보다 어린 아기들을 돌보았다. 하지만 읽기나 숫자 같은 공부에는 통 관심이 없었다. 로렌의 어머니는 그 애가 자란 뒤에도 방과 후 보모 일을 할 수 있도록 우리 어린이집으로 보내주었다. 나는 스테파니와 내가 할머니에게서 배운, 다양한 패스트리 만드는 법을 로렌에게 가르쳐주었다. 우리는 재료를 계량하고 저어가며 우리가 다 먹지 못할 만큼 많은 쿠키를 잔뜩 만들곤 했다.

하루는 로렌의 어머니가 남은 빵과 쿠키 등을 푸드 뱅크에 주면 어떻겠냐고 했다. 그런데 얼마 후 로렌이 그곳에서 자원봉사를 하겠다고 했다. 어머니는 로렌이 무료 급식소에서 음식을 만들고 서빙까지 하느라 공부를 소홀히 할까봐 걱정했다. 당연한 일이었다. 하지만 나는 로렌이 정말 좋아하는 일을 하도록 격려해주면 다른 기량도 자연히 좋아질 것이라고 믿었다. 나중에는 그 애 어머니도 결국 나와 같은 생각을 하게 되었다. 열한 살 때까지 로렌은 무료 급식소에서 주말마다 고정으로 일을 했다. 그 결과 지역 사회에 봉사한 공을 인정받아 수없이 많은 상을 받았다. 봉사 활동을 하면서도 학교와 지역에서 개최하는 연극에 출연했다. 물론 학교 성적도 전 과목에서 A를 유지했다.

일반적으로 나는 이런 방식이 효과적이라고 생각한다. 왜냐하면 이런 방식을 통해 어린이들과 긴밀한 관계를 형성할 수 있기 때문이다.

리틀 라이트를 열기 오래전의 일이다. 여름 한철 동안 여덟 살인 제니라는 아이가 우리 어린이집을 다녔다. 제니의 어머니는 전화로 제니가 주의력에 문제가 있으며 시킨 일을 잘하지 못한다고 미리 귀띔해주었다. 제니는 주간 캠프Day Camp(낮에만 하는 어린이 캠프) 두 곳에서 퇴짜를 맞은 터라 우리 어린이집이 마지막 희망인 셈이었다.

첫째 날, 제니와 어머니는 지각을 많이 했다. 어머니는 몹시 당황해서 나를 보자마자 변명했다. "오늘 아침 제니한테 방에 가서 운동화를 신으라고 했어요. 그런데 30분 후에야 내려와서는 요정과 마법의 반지 같은 헛소리만 늘어놓는 거예요. 여전히 맨발로요! 그래서 이렇게 늦었지 뭐예요. 도무지 말을 안 들어요."

그날 아침 나는 제니를 나무라지 않았다. 마침 보조 선생님이 더 어린 아이들을 재우는 중이라 제니한테 거실로 가자고 했다. 제니의 어머니는 이야기를 지어내는 딸의 능력을 무척 하찮게 보았다. 그렇다고 비난하는 것은 아니다. 어머니 이야기를 들어보니 아침부터 정말 힘들었을 것 같았다. 하지만 이런 아이들은 놀랍도록 상상력이 풍부하기 때문에 일단 그 재능을 믿어주면 시간을 지키거나 말을 듣는 일에 더 이상 문제를 일으키지 않으리라는 사실을 나는 잘 알고 있었다.

나는 제니한테 차고 세일에서 헐값에 건진 동화책의 삽화를 보여주었다. 햇빛이 쏟아지는 숲 속에서 물결치는 듯한 긴 머리를 한 아름다운 여자가 아기를 안고 있는 그림이었다. 두 사람은 이끼로 뒤덮인 커다란 나무의 뿌리에 편안하게 자리를 잡고 있었다. 아름다운 그림이었다. 그런데 삽화에는 아무런 설명도 없었다. 신비로운 분위기의 이 여자는 누구일까? 이렇게 고풍스럽고 신비로운 곳에서 아기를 안고 뭘 하는 걸까?

삽화를 본 제니의 표정이 바뀌었다. 아이는 본능적으로 손을 뻗어 책을 만졌다. 나는 그 책을 아이 손에 쥐어주며 눈을 감았다. "이 숙녀에 대해서 네가 선생님한테 이야기를 들려주고 싶은지 궁금한걸."

우리는 말없이 가만히 앉아 있었다. 이윽고 제니가 이야기를 시작했다. 내가 자기 말을 막지는 않을까 자꾸 표정을 살피는 기색이 느껴졌다. 나는 여전히 눈을 감은 채 살며시 미소까지 지었다. 제니가 점점 열을 올리자 이야기는 갈수록 풍성하고 복잡해졌다. 제니는 어느새 내 기분을 살피는 것마저 잊어버렸다.

제니가 들려준 이야기는 마법과 괴물, 위험한 모험, 끔찍한 불운으로 가득했다. 악당은 배신을 일삼고, 오해는 끔찍한 결과로 이어졌다. 물론 진실한 사랑도 나왔다. 10분 만에 제니는 너무나도 환상적이고 생생한 세상을 창조해냈다. 눈을 뜨자 내가 있는 곳이 무음으로 설정해놓은 TV에서는 CNN이 나오고, 서랍장 위에 마이클의 낡은 토스터기가 있는 우리 집 거실이라는 사실이 오히려 낯설게 느껴졌다.

나는 전화기로 제니의 이야기를 녹음해둔 터였다. 그날 밤 그 내용을 컴퓨터에 입력해 문서로 만들었다. 출력을 하기 전 공작 도구함에서 특별할 때 쓰기 위해 아껴둔 크림색의 고급스러운 종이를 몇 장 찾아냈다. 표지에 제니의 이름을 멋들어지게 쓰고, 한쪽 가장자리를 따라 구멍을 세 개 냈다. 그리고 크리스마스 선물을 포장할 때 남겨둔 노란색 새틴 리본으로 엮어 '제본'을 했다. 다음 날, 제니가 왔을 때 나는 그 수제 동화책을 주며 말했다. "어제 선생님한테 이야기를 들려줘서 고마웠어. 머릿속에서 꺼낼 수가 없어 이렇게 책으로 만들었단다."

그 후로 제니가 신발을 신지 않아 말썽을 피운 적은 단 한 차례도 없었다. 그해 여름, 나는 매일 제니한테 내가 찾은 사진이나 그림을 보여주었다. 잡지의 그림이나 제니의 호기심을 자극할 만한 사진, 책에서 찾은 삽화 등등. 그러면 제니는 내게 이야기를 들려주었다. 비로소 아이의 재능이 활짝 피어난 것이다. 제니의 어머니도 이야기를 지어내는 딸의 행동을 문제가 아니라 재능으로 보기 시작했다. 집에서도 더 이상 아이의 태도에 문제가 생기지 않았다. 약간의 격려와 아이의 소중한 능력을 그대로 인정해줌으로써 이런 결과를 낳은 것이다.

학부모들은 내 보잘것없는 어린이집이 아이들의 능력과 이후의 성취에 심오한 영향을 미친다고 느끼기 시작했다. 그 사실을 알게 되자 나는 정말 신이 났다. 아이의 열정을 살찌울 방법을 찾아내라. 그러면 어떤 아이라도 당신의 기대를 훌쩍 뛰어넘을 것이다. 나는 오래전부터 이렇게 확신했다. 로렌과 엘리엇, 제니, 클레어의 성장담은 이런 방법이 내가 어린이집에서 돌본 평범한 아이들에게 도움이 되었듯 특별한 보살핌이 필요한 아이들에게도 똑같이 도움을 줄 것이라는 믿음에 힘을 실어주었다. 리틀 라이트의 아이들이 일반 유치원에 다니도록 돕겠다고 했을 때 나는 이런 경험담을 믿고 있었다.

'가망 없음'이라는 딱지를 달고 리틀 라이트를 찾아온 아이들은 제각기 엄청난 관심을 품고 있는 분야가 적어도 하나씩 있었다. (관심을 가진 분야가 여러 개인 경우도 종종 있었다!) 어린이집 아이들에게 했듯이 나는 그런 관심을 키워주는 적절한 렌즈만 찾아내면 되었다. 나는 아이들의 내면에서 '작은 빛'을 찾아낼 작정이었다. 그 빛이 찬란한 빛을 낼 수 있도록 말이다.

아이를 리틀 라이트에 데려온 부모들이 가장 먼저 꺼내는 말은 이런 재능에 대한 얘기일 때가 많았다. "우리 빌리는 메이저리그 투수들의 방어율을 전부 다 알아요." "바이올렛이 날개를 계속 달고 있어도 신경 쓰지 마세요. 나비를 워낙 좋아해서 그래요." 그런데 부모들은 이렇게 아이의 재능이나 열정을 인정하면서도 정작 아이와 이어질 수 있는 방법으로 그 재능을 발전시킬 생각은 하지 않았다.

메건은 감각을 자극하는 것이라면 뭐든 좋아했다. 내가 건조기에서 빨래를 꺼내면 곧잘 거기에 얼굴을 파묻었다. 소파 위에 걸쳐놓는 아주 보드라운 담요를 쓰다듬는 것도 정말 좋아했다. 어떻게 하면 촉감을 이용해 메건에게 말을 이끌어낼 수 있을까? 문득 로렌이 빵 굽기에 흠뻑 빠졌던 일이 떠올랐다. 나는 메건을 부엌으로 데려갔다. 지능지수가 고작 50밖에 안 되지만 아이는 나와 함께 직접 만든 반죽에 들어갈 재료를 계량했다. 그리고 반죽이 여전히 따뜻한 동안 그 커다란 덩어리를 가지고 놀았다. 이어서 우리는 부엌 깊숙한 서랍에 보관해둔 쿠키 커터들을 살펴보았다. 메건이 200개가 넘는 쿠키 커터 중 하나를 선택했다. 우리는 반죽에 색을 내는 재료를 섞은 후 향을 가미했다.

"보라색 땅콩버터 펭귄들이다! 이제 저 뒤에서 선생님한테 이야기를 들려줘." 내가 이렇게 말하면, 메건은 이야기를 시작했다.

우리는 시나몬애플 향 반죽도, 로즈마리 향 반죽도, 라벤더 향 반죽도 만들었다. 반죽마다 작은 구슬들을 넣었더니 반죽의 촉감이 울퉁불퉁해 더 재미있었다. 우리는 그 반죽에서 알파벳을 찍어내 짧은 단어를 만들어보았다. 우리의 이름과 리틀 라이트의 다른 아이들 이름도 썼다. 사각형 두 개를 붙여 정사각형을 만들기도 했다. 삼각형 두 개를 쌓으면 별 모양이 되는 것도 알아보았다. 쿠키 커터로 개나 사람처럼 살아 움직이는 것들을 만들어 배처럼 생명 없는 물체와 비교하기도 했다. 이런 수업을 하는 내내 우리는 힘들게 작업을 했다. 하지만 비 오는 저녁을 보내는 방법 중에는 조리대에서 따뜻하고 라벤더 향이 나는 반죽에 팔꿈치까지 파묻고 있는 것보다 더 형편없는 일들도 많았다.

일요일 밤마다 나는 작은 차고의 내부 장식을 완전히 새로 바꾸기 위해 필요한 것들을 사러 나갔다. 월요일 저녁이면 리틀 라이트의 아이들은 (부모님들은 물론!) 자신들이 없을 때 내가 무슨 작업을 했는지 보고 싶어 안달을 했다. 마이클조차 자신이 들어가는 곳이 또 어떻게 달라질지 짐작조차 못했다. 한번은 차고가 고고학 발굴 현장으로 완전 변신을 했다. 다양한 지질 시대를 표현하기 위해 색색의 모래와 관찰 내용을 기록하고 유물을 스케치할 가죽 장정 노트를 준비했다. 마당에는 우리가 발굴할 공룡 뼈(실은 저녁으로 먹은 닭의 뼈를 끓여서 탈색한 것이다)의 본을 뜰 수 있도록 석고 양동이까지 마련해

두었다. 아직 공룡에 열광하지 않는 아이들도 공룡을 좋아하게 되었다. 벌써 공룡에 흠뻑 빠진 아이들은 천국에 온 기분을 느꼈다.

엄청날 정도로 '과도한' 내 계획은 내가 일하는 방식의 큰 부분을 차지했다. 이런 모습은 아마도 어린 시절의 잔재가 아닌가 싶다. 리틀 라이트를 열기 훨씬 전 어린이집에 프랜시스라는 꼬마가 있었다. 프랜시스는 벽돌처럼 생긴 커다란 마분지 블록을 무척 좋아했다. 그런데 가만히 살펴보니 블록이 고작 열다섯 개여서 몹시 아쉬워하는 것 같았다. 그 정도로는 작은 벽 정도는 만들 수 있지만 건물을 제대로 지을 수는 없기 때문이다.

나는 문제가 뭔지 금세 알아차렸다. 할아버지의 작업실에는 아직도 자질구레한 잡동사니들이 남아 있었다. 할아버지가 우리를 위해 사포로 갈고 광을 내서 블록을 만들어주고 남은 것들이었다. 할아버지의 블록은 지루한 입방체가 아니었다. 삼각형에 아치, 반달, 원통, 기다란 널빤지, 두툼한 직사각형을 비롯해 근사하고 삐뚤빼뚤한 모양이라 무척 재미있었다. 그랜드파 존은 코벨Corbel(벽에서 돌출해 약간 무거운 구조물을 지지하는 돌 받침)과 박공, 퇴창, 중간 문설주처럼 건축 자재 같은 것들도 직접 만들어주었다. 할아버지가 열세 번째 손주를 얻을 무렵 이 벽돌 세트는 엄청난 규모가 되었다. 블록의 크기도 작은 각설탕에서 콘크리트 블록에 이르기까지 다양했다. 개수도 무척 많아서 사람이 들어갈 만한 구조물도 만들 수 있었다. 작은 탑을 쌓는 정도가 아니었다. 뭔가를 지을 수 있었다. 그래서 우리는 훌쩍 자란 후에도 이 블록을 가지고 놀았다.

할아버지로부터 목공예 재주를 물려받지는 못했지만 그래도 프랜시스를 도울 수 있을 것 같았다. 나는 항아리에 모아둔 돈을 조금 꺼내 커다란 마분지 블록 세트를 일곱 개 샀다. 너무 많아서 차에 다 들어가지도 않았다. 어찌어찌 블록을 집에 가져오니 역시 내가 옳았다는 사실을 금세 알 수 있었다. 프랜시스는 마침내 블록으로 뭔가를 지을 수 있게 되었다. 다리를 만들고 피라미드를 쌓았다. 젠가Jenga(맨 위층의 블록을 제외한 나머지 층의 블록을 하나씩 빼서 다시 맨 위층에 쌓아 올리는 보드게임) 스타일의 탑들을 천장까지 곧장 쌓기도 했다. 낮은 캔틸레버Cantilever(모자의 챙처럼 한쪽만 지지되고 한쪽 끝은 돌출한 구조물 형식) 형태의 프랭크 로이드 라이트Frank Lloyd Wright(미국의 유명한 건축가) 스타일 롱하우스Longhouse(미국 원주민들의 전통 가옥)를 실험하기도 했다.

프랜시스는 꿈을 계속 추구한 또 한 명의 원아였다. 몇 년 후, 나는 디스커버리 채널에서 중세 대성당을 다룬 프로그램을 보던 중 문득 프랜시스가 예전에 블록을 갖고 놀다가 플라잉 버트레스Flying Buttress (대형 건물 외벽을 떠받치는 아치형 벽돌 또는 석조 구조물) 구조를 스스로 '깨우쳤다'는 사실을 떠올렸다. 나는 충동적으로 프랜시스의 어머니에게 이메일로 그 이야기를 전했다. 그랬더니 프랜시스가 그해 여름 영국에서 치열한 경쟁을 뚫고 권위 있는 건축 인턴십 프로그램을 막 수료했다는 답장이 날아왔다.

어린이집에서도 그랬듯 '과도함'은 리틀 라이트의 상징이 되었다. 내게는 그게 당연하게 여겨졌다. 근처 농장에서 데려온 라마가 평소

간식을 먹는 테이블 옆에 떡하니 서 있는 상황이 동물을 몹시 좋아하는 아이에게 미치는 영향력이라는 측면에서 어떻게 동물을 고작 쓰다듬는 게 다인 동물원 체험담과 맞먹겠는가?

나는 리틀 라이트의 부모들에게 딱 한 가지만 부탁했다. 아이와 함께 수업에 참여해달라는 것이었다. 부모가 아이의 열정을 진지하게 받아들이고 함께 나누고 싶다는 사실을 아이한테 알려주는 것보다 더 강력한 촉매는 없다. 우리 같은 상황에 처한 가족은 함께 노력하는 것이 특히 중요하다. 그래야 부모가 아이의 독특한 재능을 알아보는 법을 배울 수 있기 때문이다.

자폐 성향의 아이들은 대부분 구체적으로 어떤 분야에 관심이 쏠려 있다. 하지만 아이를 제외한 나머지 세상은 그 분야, 이를테면 자동차 번호판이나 인디애나 주 동굴계의 지질학적 역사에 관심이 없다. 그러다 보니 아이들을 제대로 인정하지 못한다. 마찬가지로 자폐 아들도 부모가 손바닥치기 놀이를 하자고 하거나 안아달라고 하는 말을 알아듣기는 하지만 그런 일에는 도통 무관심하다. 당신은 어느 파티에서 특별히 관심 없는 주제, 요컨대 운동이나 정치, 클래식 카에 대해 주절주절 늘어놓는 사람한테 발목을 잡힌 경험이 있는가? 아마 자폐증인 사람들의 삶도 그런 경험과 많이 비슷할 것이다. 분명 그 사람들도 우리 세상에 함께 있다. 단지 우리 입장에서 그들이 생각해주기를 바라는 것들을 생각하지 않을 뿐이다.

당신이 아름다운 숲에 지은 나무 집에서 산다고 상상해보라. 당신이 안전하고 평온하게 느끼는 곳은 그 집이 유일하다. 하지만 사람들이 자꾸 간섭을 한다. 그들은 당신에게 이렇게 소리친다. "이봐, 나무에서 어서 내려와! 나무에서 살다니 미쳤구먼. 아래로 내려오라고."

그런데 어느 날 어떤 여자가 숲으로 들어온다. 이 여자는 소리를 지르거나 당신을 억지로 바꾸려 하지 않는다. 대신 나무 집으로 올라와 그곳을 당신만큼이나 좋아한다는 사실을 보여준다. 그렇다면 다른 사람들과 맺지 못한 관계를 이 여자와 맺을 수 있지 않을까? 그 여자가 '당신한테' 보여주고 싶은 근사한 것이 있으니 잠시만 내려와보라고 부탁한다면 그게 뭔지 궁금해 내려가고 싶은 마음이 다른 때보다 더 들지 않을까?

리틀 라이트에서 우리가 하는 일들을 설명할 때 나는 이런 비유를 자주 든다. 우리는 아이들이 있어야 할 곳으로 데려가기 위해 아이들이 있는 곳을 먼저 찾아가 만났다.

리틀 라이트에서는 아이와 부모가 함께 있는 시간이 워낙 많았다. 그러다 보니 아이와 함께 수업에 참여하는 부모들끼리 정이 넘치고 돈독한 공동체를 만들기에 이르렀다. 엄마(대부분 엄마들이었다)들은 서로 안면을 트고 속내를 털어놓고 농담을 주고받았다. 그리고 머지않아 그들도 아이들만큼 매주 수업을 고대했다. 대부분 아이가 자폐 판정을 받은 후 두려움과 고립감을 절절하게 느꼈던 터라 함께 있으면서 서로 위안을 받았다.

리틀 라이트를 열고 처음으로 맞이한 겨울에 대한 기억은 확실하지 않다. 나는 매일 아침 6시 반에 어린이집을 열었다. 그리고 하루 종일 아이들을 돌보고 오후 5시 반에 문을 닫았다. 30분 동안 청소를 하고 리틀 라이트 수업을 위해 실내를 교실로 바꾸었다. 그리고 제이콥을 비롯해 다섯 아이를 위한 리틀 라이트 교실을 한 시간 동안 진행했다. 수업 후 30분간 쉬는 시간이 되면 재빨리 가족의 저녁을 준비했다. 밥을 먹으면 남편이 웨슬리를 씻겼다. 그 무렵 두 번째 반의 다섯 아이가 수업을 받으러 왔다. 그 수업이 끝나면 제이콥과 웨슬리에게 동화책을 읽어준 후, 제이콥을 씻기고 재웠다.

매일 밤마다 이렇게 했다. 어떤 날은 이를 닦을 힘도 없어서 침대에 그대로 쓰러지기도 했다. 1년 전을 생각해보면 이런 상황은 그냥 넘길 수 없는 중대한 문제였다.

1년 가까이 리틀 라이트를 끌어오다 보니 원래 운영하던 어린이집에도 입소문을 듣고 특별한 도움을 필요로 하는 아동들이 찾아오기 시작했다. 평일 낮에는 특수 아동과 정상아들이 섞여 있고 저녁과 주말에는 자폐아들이 모여 있는 환경 덕분에 어떻게 해야 아이들과 소통할 수 있는지 신속하게 파악할 수 있는 일종의 차고 연구실이 만들어졌다. 때로는 내가 생각한 묘수가 통한다는 사실이 놀라웠다. 하지만 묘수라고 해봐야 거의 대부분 아이들과 관계를 형성하는 것에 집중되었다.

제러드를 처음 만났을 때, 그 애는 열한 살이었다. 제러드는 말을 하지 않았다. 세 살 때부터 말문을 닫았다고 했다. 그 후로 제러드의 부모는 치료란 치료는 모두 받아보았다. 의사마다 제러드가 말을 못할 것이라는 진단을 내렸다. 제러드의 어머니 레이철은 입술을 바르르 떨며 이렇게 말했다. "의사 선생님들은 도저히 방법이 없다고 하더군요."

아이들에 대해 그런 말을 하는 사람이 있다는 생각 자체가 역겨웠다. 하지만 나는 제러드와 딱 10분만 있어본 결과, 의사들의 진단이 틀렸다는 사실을 알 수 있었다. 물론 아이가 내게만 말을 했다는 뜻은 아니다. 내가 봐도 한눈에 자폐 증세가 매우 심했다. 열한 살은 치료를 하기에 너무 늦은 나이였다. 하지만 그 애의 내면에는 뭔가가 있었다.

첫 면담에서조차 아이 어머니는 절망으로 가득 차 아이가 할 수 없는 것들을 줄줄 늘어놓았다. 그동안 아이는 엄마 뒤에서 고개를 내밀고 상황을 살폈다. 나는 그 모습에서 유머 감각을 느꼈다. 아이의 호기심도 엿보였다. 마침내 나는 제러드가 겉으로 보이는 것보다 훨씬 더 많은 것을 할 수 있을 거라고 확신했다. 내가 웃으며 바라보자 아이는 다시 고개를 내밀고 나를 힐끔 보았다. 레이철이 아이를 포기하라는 말을 들었다며 우는 내내 나와 제러드는 이런 까꿍놀이를 했다.

레이철은 제러드가 몇 가지 소리는 낼 수 있다고 했다. 나는 그게 어떤 소리인지 물었다. (다시 말해서, 신체적으로 뒤처진 것인지 신경의 문제인지 물어보았다.) "제러드가 'cat'의 c 같은 강한 k 소리를 낼 수 있어요?" 내가 레이철에게 물었다. 바로 그 순간 제러드가 큰 소리로 끙끙거렸다. "어, 어, 어, 어." 그러더니 손바닥으로 깔개를 세게 치기 시작했다. "어, 어, 어, 어."

레이철은 곧장 사과했다. "정말 미안합니다!" 그러곤 아이를 진정시키려 애썼다. "쉬, 제러드. 조용히 해. 엄마랑 선생님이 이야기하는 중이잖아." 레이철은 연신 사과하며 가방으로 손을 뻗었다. "이걸 주면 괜찮아질 거예요." 그러더니 치킨 너겟 상자를 꺼냈다. 제러드는 너겟을 하나 집어 들고 먹기 시작했다. 자폐아들과 함께 있으면 금세 익숙해지는 모습이었다. 제러드는 너겟을 빙빙 돌리고, 가장자리를 따라 조금씩 뜯어 먹고, 조금씩 베어 먹으면서 이따금 나를 힐끔거렸다. 나는 웃지 않을 수 없었다. 제러드가 내 질문에 대답했다는 사실을 알아차렸기 때문이다. 제러드는 자신이 할 수 있는 것과 없는 것을 보여주었다.

나는 그 상황이 너무나 우스워 깔깔거리며 웃기 시작했다. 그러자 제러드도 따라 웃었다. 당황한 레이철은 가련하게도 침착해하려고 애쓰며 눈물을 훔쳤다. 제러드와 나는 배꼽을 잡았다. 두 사람이 떠날 즈음, 나는 제러드의 상태를 호전시킬 수 있을 거라고 100퍼센트 확신했다.

두 번째 온 날, 제러드와 레이철은 깔개와 바닥에 온통 흩어져 있는 맞춤형 알파벳 카드 수백 장(말 그대로 수백 장이었다)과 맞닥뜨렸다. 어수선한 모습에 레이철이 놀라며 내게 도움의 손길을 내밀었다. "카드 치우는 걸 도와드릴까요?"

"고맙지만 괜찮아요." 그리고 제러드와 시선을 맞춘 채 이렇게 덧붙였다. "실은 그 일을 제러드한테 시키려고요."

제러드가 이 카드들을 좋아하는 데는 소소하지만 중요한 측면이 두 가지 있었다. 하나는 어마어마한 카드의 개수였다. 바닥은 마치 스노 글로브Snow Globe 천지 같았다. 다른 하나는 카드의 생김새였다.

알파벳 카드는 대부분 알록달록하거나 캐릭터가 들어 있다. 왜냐하면 이제 막 글을 배우기 시작한 유아를 위해 만들었기 때문이다. 나는 일부러 카드를 작고 단순하게 만들었다. 하얀 용지에 검은색으로 굵게 알파벳을 적었을 뿐이다. 그것은 제러드를 존중한다는 의사 표현이었다. 제러드가 읽거나 말을 할 수는 없지만 아기는 아니지 않은가. 그러니 젖내 나는 교재로 가르칠 수는 없었다. 내 예상대로 카드를 본 제러드의 눈이 반짝이기 시작했다.

그날, 즉 우리가 처음 수업을 한 날, 나는 제러드를 위해 만든 파란색 벨크로 보드에 철자 A와 T를 올려놓았다. 그리고 아이에게 'cat' 이라는 단어를 만들어야 하니 나머지 철자를 찾아달라고 했다. 제러드는 주위를 두리번거리더니 C를 찾아 곧장 내게 가져왔다. 내가 그 카드를 받아 단어를 완성하는 모습을 보며 레이첼은 놀라서 입을 다물지 못했다. "아주 잘했어." 내가 말했다. 그리고 C 카드를 보드에서 떼어내 어깨 너머로 휙 던져버렸다. 계속 그 단어만 할 게 아니라는 사실을 확실히 보여주기 위해서였다. 제러드와 나는 같은 방식으로 'hat'과 'sat'을 만들었다. 다시 말해, 지난 8년 동안 이룬 성과보다 더 많은 성과를 그 한 시간 동안 거두었다.

수업을 끝내며 나는 제러드에게 말했다. "제러드, 잘 들어봐. 네가 선생님을 위해서 아주 중요한 일을 해줬으면 좋겠어. 소리는 어떻게 나도 상관없어. 선생님은 내가 이 카드들 사이에서 철자를 찾아내 만든 단어들을 너랑 같이 읽어보고 싶어." 나는 작은 알파벳 카드들을 모은 다음 필요한 단어를 골라내기 시작했다. 그리고 그 카드들로 보드에 '사랑해요 엄마'라는 문장을 만들었다.

"자, 제러드. 이제 같이 해보는 거야. 이건 정말 중요한 일이야, 알겠니?" 나는 내 입술과 아이의 입술을 번갈아 건드렸다. "네가 어떤 소리를 내든 상관없어. 아주 천천히 읽을 거야." 마침내 나는 제러드와 함께 보드에 만들어놓은 단어들을 읽기 시작했다. 그 순간 충격을 받은 듯한 레이철의 표정을 떠올릴 때면 나는 지금도 흐르는 눈물을 막을 수 없다.

리틀 라이트를 운영하면서 아이들을 지켜보고 목소리를 들으며 우리는 그 아이들의 내면에서 한줄기 빛을 발견했다. 그 빛을 보았다면 밖으로 나오는 길을 만들어주기만 하면 된다! 수업에 참가한 부모들은 커다란 믿음을 가슴에 품고 있었다. 이들의 믿음에 보답할 수 있다면 얼마나 좋을까 싶었다. 솔직히 겉으로는 자신만만한 척했지만 유치원 입학 캠프가 잘못되면 어쩌나 전전긍긍했다. 특수 아동은 절대 단숨에 '호전되지' 않는다. 이들이 나아지는 과정은 '이보 전진에 일보 후퇴'에 가깝다. 우리 모두에게는 저마다의 목표가 있었다. 제이콥의 경우는 다섯 살까지 일반 유치원에 입학할 수 있도록 만드는 게 목표였다. 이를 이루려면 힘들게 거둔 성과를 잃을 여유가 없었다. 우리는 아이들이 이룩한 성과를 공격적으로 강화해나가야 했다. 안 그러면 금세 사라져버릴 테니 말이다.

거실의 라마 사건은 예외라기보다 규칙이었다. 마이클은 퇴근해서 집에 오면 어떤 상황이 벌어져 있을지 상상도 못했다. 언제나 그랬다. 왜냐하면 리틀 라이트에서 쓰는 것들을 모두 내가 직접 만들었기 때문이다. 이를테면 제이콥은 빈백Beanbag(커다란 부대 같은 천 안에 작은 플라스틱 조각을 채워 의자처럼 쓰는 것)을 안고 놀기를 좋아했다. 그래서 나는 빈백을 이용해 리틀 라이트 아이들을 위한 감각 연습 도구를 만들었다.

나는 포목점에서 자투리 천을 모아둔 상자를 뒤져 쓸 만한 것을 죄다 챙겼다. 부드러운 벨벳에서 질 낮은 코듀로이, 매끄러운 레이온, 만지면 아플 정도로 거칠거칠한 올 굵은 삼베까지 온갖 종류를 다 모았다. 그리고 천을 사각형으로 잔뜩 잘라 3면을 기워서 주머니를 만들었다. 그렇게 만든 주머니에 대량 구매로 저렴하게 구입할 수 있는 (게다가 혹시 누가 먹어도 안전한) 해바라기 씨앗을 가득 채웠다. 거기까지 작업한 후, 주머니를 모두 부엌에 가져다놓았다. 제이콥과 웨슬리를 재운 다음 마지막 남은 면을 기울 생각이었다. 나는 크기도 재질도 제각각인 이런 빈백을 50개 정도 만들 계획이었다. 마침 마이클이 퇴근을 했다. 그런데 부엌에서 다급한 목소리가 들렸다. "크리스, 이게 다 뭐야?"

그 소리에 서둘러 부엌으로 가보니 제이콥이 주머니에서 해바라기 씨앗을 죄다 꺼내 원통형의 유리 화병에 넣고 있었다. 물론 네 살치고는 운동 신경이 덜 발달했으니 당연히 해바라기 씨앗은 화병에 들어간 수와 바닥에 떨어진 수가 엇비슷했다. 정말 사방이 해바라기 씨앗이었다. (우리는 몇 달 전에도 스티로폼 충전재로 비슷한 상황을 겪었다. 어린이집 아이들에게 충전재를 갖고 마음껏 놀게 해주었더니 잘게 바스러진 스티로폼이 온 집 안에 나뒹굴었다. 그래도 한 가지 교훈은 얻었다. 적어도 해바라기 씨앗은 썩기라도 한다.) 나는 망연자실했고, 마이클은 미닫이문을 활짝 열었다. 결국 남편과 나는 씨앗을 마당으로 쓸어냈다.

리틀 라이트 과정을 시작할 때 마이클은 그 계획 자체를 반대했다. 게다가 이 과정을 시작한 후 남편은 퇴근해 집에 돌아오면 온갖 혼란스러운 상황과 마주칠 때가 많았다. 그럼에도 불구하고 지지와 도움을 아끼지 않았다. 남편의 그런 지원이 얼마나 소중했는지 이루 말로 다 할 수 없을 것이다. 남편이 도와주지 않았다면 나는 아무것도 할 수 없었을 것이다. 어린이집과 리틀 라이트는 말 그대로 우리의 일상을 압도했다. 한밤중에 장을 봐야 할 때도 많았다. 그때가 아니면 도저히 짬을 낼 수 없었기 때문이다.

어느 날 오후, 마이클은 자동차를 은행 밖에 세워둔 채 급하게 서류를 작성하고 있었다. 그러다 문득 작은 사내아이가 유치원 근처에서 멀뚱히 서 있는 모습을 보았다. 사내아이는 유치원에서 놀고 있는 또래들을 울타리를 통해 바라보고 있었다. 마이클은 그 애가 팔을 연신 퍼덕거리는 모습을 놓치지 않았다. 그것은 그 애가 자폐아임을 말해주는 증거였다. 마이클은 작성해야 할 서류에 대해서는 까맣게 잊은 채 그 자리에서 30분 동안 아이를 지켜보았다. 마침내 자동차에서 내린 남편은 그 아이한테 친구들과 잘 어울릴 수 있는 방법을 일러주었다. 남편은 집으로 돌아와 나를 꼭 안으며 말했다. "내가 지켜보는 동안 그 아이한테 다가간 사람이 아무도 없었어. 팔이 안으로 굽는다고 할지 모르겠지만, 리틀 라이트에는 오늘 본 아이만큼 혼자라고 느끼는 아이가 단 한 명도 없을 거야. 당신이 아니었으면 이런 사실을 깨닫지 못했을 거야."

　이렇게 서로를 깊이 이해한다는 사실은 무척 중요했다. 무엇보다 리틀 라이트는 무료여서 우리의 가정 경제에 심각한 부담이 되었다는 점에서 서로의 이해는 특히 중요했다. 나는 수업은 물론 교재마저 돈을 전혀 받지 않았다. 결혼 후 처음 몇 해 동안은 마이클이 대형 마트인 타깃에서 근무했고, 나는 어린이집을 운영해 돈을 벌었다. 움직임이 불편한 아이들이 혀와 입 운동을 할 때는 반지처럼 생긴 사탕이 무척 큰 도움을 준다. 그런데 그 사탕을 살 만한 여윳돈 150달러가 없는 날도 있었다. 그래도 우리는 어떻게든 해결할 방법을 찾아냈다.

　때로는 굳이 돈을 내겠다는 부모들도 있었다. 하지만 나는 한사코 돈을 받지 않았다. 그들은 직접 당해보지 않으면 절대 알 수 없는 고통스러운 삶을 살고 있었다. 내가 그 고통에 더 기여하고 싶지는 않았다. 그때나 지금이나 그 생각에는 변함이 없다. 그런 가족들에게 희망을 주고 특수 아동이든 정상아든 그 아이가 가진 잠재력을 모두 알아볼 수 있도록 돕는 것이 내 평생의 사명이기 때문이다.

　우리의 작은 집은 딸린 뒷마당도 좁았다. 나는 마당이 작아서 다행이라는 말을 입버릇처럼 했다. 그 무렵에는 어차피 넓은 마당을 관리할 시간도 없었기 때문이다. 그렇게 좁은데도 봄만 되면 부엌 뒤에 있는 자그마한 땅뙈기에 잡초가 무성해지는 걸 보고 깜짝 놀라곤 했다.

　"저놈의 잡초들을 어떻게 하지?" 어느 날 아침, 제이콥한테 아침을 한 입이라도 더 먹이려고 살살 달래면서 마이클에게 말했다.

　마이클은 마당을 살펴보러 나가더니 갑자기 껄껄 웃기 시작했다.

"잡초가 아니야, 여보. 해바라기야!"

아, 그랬지. 해바라기 씨앗을 죄다 빈백에 채운 게 아니었지.

그 전해 가을에 마당으로 쓸어낸 해바라기 씨앗이 뿌리를 내리고 나름대로 앙갚음을 한 것이었다. 기쁘게도 여름이 지나면서 그 해바라기들은 180센티미터도 넘게 훌쩍 자랐다. 8월이 되자 뒷마당으로 가려면 얼굴을 해를 따라 천천히 돌리는 거대한 해바라기들을 헤치며 나아가야 했다.

우주로 향한 창문

세 번째 아이를 가졌다는 소식은 충격이었다. 마이클과 나는 아이들이 넘쳐나는 가정을 원한다고 입버릇처럼 말했다. 하지만 두 번의 임신은 너무 힘들었고, 웨슬리는 태어나자마자 병을 앓기 시작했다. 그러니 세 번째 임신은 해피엔딩일 거라는 생각이 좀처럼 들지 않았다. 임신 소식을 들었을 때, 내 담당 의사 선생님이 보여준 반응도 전혀 힘이 되지 않았다. "불미스러운 사태에 제대로 대처할 수 없습니다." 의사는 이런 말을 하며 즉시 고위험 전문가를 내게 추천했다.

하지만 웨슬리와 제이콥을 돌보고 어린이집과 리틀 라이트를 번갈아 운영해야 했던 우리는 제대로 걱정할 여유 따위는 없었다. 내가 걱정할 때마다 마이클은 이렇게 말했다. "무슨 일이 일어나든 우리는 잘 해낼 거야. 우리가 함께 한 번에 하나씩, 지금까지 모든 상황을 잘 헤쳐 나왔던 것처럼 말이야."

사실 그 무렵 우리는 두 아들에 대해 조심스럽게 낙관적인 상황이 펼쳐질 것이라고 기대하기 시작했다. 마이클은 웨슬리를 수중 치료에 데리고 다녔다. 예전에 받았던 스트레칭 치료와 비슷하지만 병원에 있는 수영장에서 치료를 한다는 차이점이 있었다. 수중 치료는 효과가 있는 것 같았다. 두 살 반이 된 웨슬리는 여전히 걸음마를 떼지 못했지만 훨씬 더 유연하고 통증도 줄어든 것 같았다. 게다가 숨이 막히는 경우도 드물었다. 고형식을 먹으려면 아직 갈 길이 멀었지만 유동식도 조금씩 먹을 수 있었다. 적어도 아이가 숨을 쉬는지 확인하기 위해 매일 밤 곁에 붙어 있지 않아도 되었다.

리틀 라이트를 시작한 지 두 해가 되었을 때, 누구보다 우리에게 자신감을 준 사람은 바로 제이콥이었다. 특수교육 유치원을 그만둔 후 제이콥이 천문학과 별자리에 특별한 열정을 품고 있다는 사실이 금세 드러났다. 세 살이 되자 아이는 하늘에 떠 있는 별자리와 성군을 줄줄 읊었다. 행성에 대한 관심은 아기 때부터 보여준 빛과 그림자에 대한 집착에 뿌리를 두고 있는 것 같았다.

리틀 라이트를 시작한 직후 제이콥은 대학 수준의 천문학 교재에 흠뻑 빠져들었다. 그 책은 집 근처 반스 앤드 노블Barnes & Noble 서점에서 구입했다. 누군가가 서가에서 뽑아 바닥에 두고 간 것이었다. 제이콥 같은 아기가 보기에는 너무 컸다. 그런데도 제이콥은 커다란 책의 표지를 펼친 채 질질 끌고 가 자리를 잡고 앉더니 한 시간도 넘게 책에 빠져들었다.

그 책은 확실히 세 살짜리 아이가 볼 만한 게 아니었다. 아이 어깨 너머로 책을 힐끔 보니 얼마 되지 않는 본문에 도무지 이해가 안 되는 내용까지 진저리가 쳐졌다. 페이지마다 태양계의 다양한 부분을 보여주는 지도가 실려 있었다. 이야기는 전혀 없었다. 별자리에 이름을 붙이게 된 경위를 알려주는 그리스 신화는 고사하고 과학적인 설명조차 없었다. 오로지 지도뿐이었다. 책장을 대충 넘기며 보는 것만으로도 눈이 피곤할 지경이었다. 도대체 제이콥은 그 책에서 무엇을 보고 싶었던 것일까?

집에 돌아갈 때가 되었지만 아이 손에서 책을 빼낼 수 없었다. 나는 책을 서가에 다시 꽂은 다음 제이콥의 손을 잡고 나가려 했다. 그러자 아이는 내 손을 뿌리치고 곧장 책을 향해 달려갔다. 그러기를 몇 번 한 후에야 책이 없으면 어디로도 갈 수 없다는 것을 깨달았다. 결국 나는 그 큰 책을 안고 카운터 앞에 섰다. 그나마 책값을 많이 할인받아 위안이 되었다.

놀랍게도 그 육중한 책은 제이콥과 언제나 함께하는 친구가 되었다. 책이 너무 무거워서 가지고 다니려면 활짝 펼친 채 양손으로 잡아끄는 수밖에 없었다. 얼마 후 책이 너덜너덜해지자 마이클은 강력 접착테이프로 책등을 튼튼하게 감아주었다. 책을 볼 때마다 천문학 전공자들을 위한 고도로 전문적인 교재가 내 아기의 관심거리가 될 수 있다는 사실이 믿기지 않았다.

그런데 믿을 수밖에 없었다. 게다가 지대한 관심을 가지고 있다는 사실도 드러났다. 리틀 라이트에서 나는 늘 탐정이 된 기분이었다.

아이들은 자신이 좋아하는 것이라면 뭐든 우리에게 추적할 실마리를 남겨 본모습을 차츰차츰 알아갈 수 있도록 인도하게 마련이다. 그 책을 향한 제이콥의 열정을 나는 도저히 이해할 수 없었지만 그만큼 무척 중요한 실마리이기도 했다. 그래서 신문을 보다 집 근처의 버틀러 대학 캠퍼스에 있는 홀콤Holcomb 천문대에서 화성에 관한 특별 프로그램을 진행한다는 소식을 접하고는 제이콥에게 망원경으로 화성을 보러가고 싶은지 물어보았다. 그때 누군가가 제이콥을 봤다면 내가 아침, 점심, 저녁으로 아이스크림을 먹을지 물어보는지 궁금했을 것이다. 아이가 어찌나 얼른 가자고 성화를 부리던지 그날이 영영 오지 않으면 어쩌나 걱정될 정도였다.

우리는 흥분한 가운데 조금 일찍 천문대에 도착했다. 학교 구내는 아름다웠다. 천문대 주차장 바로 옆으로는 수풀 무성한 커다란 언덕이 이어져 있었다. 언덕 기슭의 작은 연못가에 있는 나무들 아래 풀밭에는 마로니에 열매가 잔뜩 떨어져 있었다. 지는 해를 배경으로 우리는 느릿느릿 연못 주위를 걸었다. 제이콥은 마로니에 열매를 한껏 주워서는 주머니마다 가득 집어넣고, 어딜 가나 매고 다니던 보송보송한 강아지 배낭에도 가득 채웠다. 열매는 보기 좋게 동그랗고 매끄러웠다. 열매를 손에 쥐었을 때의 느낌을 제이콥이 아주 좋아하는 것 같았다. 천문대로 들어가는 문이 열릴 즈음, 제이콥의 바지 주머니는 먹이를 잔뜩 머금은 다람쥐의 볼처럼 빵빵하게 부풀었다.

로비는 근사했다. 하지만 들어가자마자 나는 다시 나가고 싶었다. 나는 아무도 방해하지 않고 망원경만 한번 휙 둘러보고 집에 갈 수 있을 줄 알았다. 하지만 망원경을 보려면 먼저 천문대 투어부터 해야 했다. 그런데 줄을 서서 표를 산 뒤에야 더욱 황당한 소식을 알았다. 투어는 한 시간이나 걸리고, 버틀러 대학의 교수가 대학 수준의 세미나를 함께 진행한다는 것 아닌가. 로비는 서서히 사람들로 붐비기 시작했다. 속이 점점 더 불편해졌다. 조용하고 사람들로 꽉 들어찬 강당에서 대학 수준의 프레젠테이션이라니, 이런 걸 바라고 온 게 절대 아니었다. 제정신이라면 어느 엄마가 자폐증인 세 살짜리 아들을 데리고 제 발로 그런 곳에 들어가겠는가.

하지만 이곳에 데려다주겠다고 약속한 사람은 나였다. 제이콥은 잔뜩 신이 나 있었다. 나는 제이콥에게 내가 착각을 했다고 말했다. 투어와 강의에 대해 설명해준 후 대신 피자나 먹으러 가면 어떻겠냐고 물어보았다. 아이는 꿈쩍도 하지 않았다. 천문대에 계속 있고 싶어 했다. 강의가 시작되기를 기다리는 동안, 제이콥은 내 손을 잡고 구부러진 중앙 계단으로 이끌었다. 그 계단을 따라 머나먼 우주를 찍은 거대한 사진들이 걸려 있었다. 30분 동안 제이콥은 나를 끌고 그 계단을 오르내리며 쉴 새 없이 재잘거렸다. 나는 아이를 따라다니며 어떻게든 진정시키려고 애를 썼다. 그때 아이 주머니에서 마로니에 열매가 우수수 떨어져 웅장한 대리석 중앙 계단을 따라 통통 굴러 내려갔다.

열매를 주우려고 정신없이 계단을 내려가는데, 뒤에서 제이콥이 사진을 보며 그럴싸한 강의를 하는 듯한 소리가 들렸다. 아이는 내 귀에 생소한 전문 용어와 단어를 마구 쏟아내고 있었다. 마음대로 지어냈는지 누군가를 따라 하는 건지 알 수 없었지만 정말 인상적인 장면임에는 틀림이 없었다.

마침내 강의실 문이 모두 열렸다. 사람들이 속속 자리를 채웠다. 안으로 들어선 순간, 머릿속에 이런 생각이 스쳐 지나갔다. '오, 맙소사. 이젠 여기가 엉망이 될 거야.' 강의실은 작았다. 어디선가 조용히 해달라는 소리가 들렸다. 프레젠테이션을 하기 위해 파워 포인트 자료도 준비했다. 첫 번째 슬라이드는 19세기 망원경의 해상도에 관한 것이었다. 남은 자리는 앞자리 두 석뿐이었다.

나는 파국을 어떻게든 늦춰볼 만할 것을 찾기 위해 필사적으로 가방을 뒤지기 시작했다. 동물 크래커든 크레용이든 껌이든 뭐든 상관없었다. 교수님이 연단으로 올라갈 즈음 나는 패닉에 빠지기 직전이었다. 상황은 더욱 악화되었다. 찰칵찰칵, 슬라이드가 한 장씩 넘어갈 때마다 제이콥은 스크린에 나온 단어를 큰 소리로 따라 읽기 시작했다. "광년!" "일주日周." "마리너호Mariner(금성·화성·수성 등을 탐사한 미국의 무인 행성 탐사선)."

나는 얼른 제이콥을 조용히 시켰다. 주위 사람들이 눈살을 찌푸리며, 시끄러운 아이를 데리고 어서 나가라고 소리 죽여 말하는 것만 같았다. 확실히 주위 사람들은 우리를 알아보고 소곤대기 시작했다. 하지만 이내 그들이 우리 때문에 짜증난 게 아니라 믿기 어려운 일이 벌어졌다며 재미있어한다는 걸 알게 되었다.

"저렇게 어린 애가 어떻게 글을 읽지?" 누군가 이렇게 말했다. "지금 저 애가 '근일점近日點(태양 주변을 도는 천체가 태양과 가장 가까워지는 지점)'이라고 한 것 맞아?"

이어서 교수님은 화성에 물이 있는지 탐구한 관측의 역사와 관련해 19세기의 이탈리아 천문학자 조반니 스키아파렐리 Giovanni Schiaparelli 이야기를 풀어나가기 시작했다. 이 천문학자는 화성 표면에 있는 수로를 봤다고 주장한 사람이다. 나는 제이콥이 이내 관심을 잃을 거라고 생각했다. 하지만 아이는 화성에 수로가 있다는 주장이 이제껏 들은 우스갯소리 가운데 가장 재미있다는 듯 신 나게 웃었다. (탐험가 도라가 도둑질하는 여우 스와이퍼의 못된 계획을 저지했을 때처럼 신이 나서 깔깔거렸다!) 나는 얼른 아이를 조용히 시켰다. 사람들이 무슨 일인지 궁금해 목을 빼고 우리를 바라보면서 강의실은 점점 술렁이기 시작했다.

그때 교수님이 청중에게 한 가지 질문을 했다. "우리의 달은 둥그렇습니다. 그렇다면 화성의 달은 왜 달걀처럼 타원형일까요?"

사람들은 아무도 대답하지 못했다. 짐작조차 못하는 것 같았다. 적어도 나는 그랬다. 그런데 바로 그때 제이콥이 손을 번쩍 들었다. "실례지만 그 달들의 크기를 알려주세요." 그것은 제이콥이 태어난 후 나눈 대화 중 가장 길고 제대로 된 문장이었다. 하지만 더욱 놀라운 사실은 나는 한 번도 화성의 달에 대해 이야기를 해준 적이 없었다는 것이다. 교수님은 놀란 기색을 숨기지 못하며 대답해주었다. 그때 제이콥 입에서 나온 대답에 나는 물론 모두가 깜짝 놀랐다. "그렇다면 화성의 달은 작아요. 그래서 질량도 작죠. 달의 중력이 크지 않아서 완전한 구형을 갖출 만큼 끌어당기지 못하는 거예요."

정답이었다.

강의실이 일순 조용해졌다. 모든 시선이 내 아들에게 집중되었다. 그러더니 갑자기 실내가 흥분의 도가니로 변했다. 그 바람에 족히 몇 분은 강의가 중단되었다.

마침내 교수님이 사람들을 진정시켰다. 하지만 내 정신은 딴 곳에 있었다. 사실 제정신이 아니었다. 내 세 살배기 아들이 그곳 학생들은 물론 어른들까지 모르는 문제에 대답을 했다니! 머리가 어질어질해서 꼼짝도 할 수 없었다.

강의가 끝나자 사람들이 우리 주위로 몰려들었다. "저 애 사인을 받아. 언젠가는 갖고 싶어질 거야!" 누군가가 말했다. 실제로 어떤 사람은 제이콥에게 사인을 해달라며 종잇조각을 내밀었다. 나는 정중하게 그 종이를 물리쳤다. 그런 상황에서도 제이콥은 화성 표면에 우뚝 솟은 산을 위성에서 근접 촬영한 사진을 담은 마지막 슬라이드를 흡족하게 바라보고 있었다.

나는 어서 빨리 그곳에서 빠져나가고 싶은 생각뿐이었다. 그런데 망원경을 보려고 사람들이 일제히 위층으로 향할 무렵 놀라운 일이 벌어졌다. 모든 사람이 제이콥부터 올라가라며 양보를 해준 것이다. 그들은 모두 한 가지 목적을 위해 말없이 뒤로 물러났다. 저 꼬마가 올라가서 화성을 보게 하자! 말도 안 되는 소리인 줄은 알지만 경외감마저 느껴졌다. 제이콥과 나는 위층으로 올라갔다. 그곳에 모인 사람들의 선의와 희망과 에너지에 휩싸인 채 말이다. 사람들에게 안겨서 위로 올라가는 듯한 기분마저 들었다.

천문대는 결국 제이콥과 나에게 또 하나의 집이 되었다. 그날 이후 수도 없이 그곳을 찾았지만 그 매력은 빛을 잃지 않았다. 그곳은 우주로 열린 창이나 마찬가지였다. 돔 지붕은 단추를 밀면 열렸다. 열린 돔 천장만큼만 보이는 하늘 아래로 바퀴 달린 높은 금속 계단이 있었다. 꼭대기에는 사다리가 있었다. 머리를 숙이고 현미경처럼 생긴 기구를 들여다보면 하늘을 관찰할 수 있었다. 그 기계는 별을 가리키는 하얀색의 거대한 금속통과 연결되어 있었다.

제이콥은 그 사다리를 처음으로 오르는 명예의 주인공이 될 뻔했지만 키가 너무 작아서 망원경을 볼 수는 없었다. 그러자 이번에도 사람들이 도움의 손길을 내밀었다. 누군가가 발판을 가져왔다. 두 사람이 제이콥이 사다리를 올라갈 수 있도록 발판을 잡아주었다. 한 사람은 제이콥이 망원경을 들여다볼 때 손을 잡아주기도 했다. 제이콥은 망원경을 한참 동안 들여다보았다. 하지만 줄을 서서 기다리는 사람들은 짜증을 내거나 조급해하지 않았다. 나는 감동을 받아 목이 메었다. 그 자리에 모인 사람들이 모두 이렇게 말하는 것 같았다. "천천히 봐. 그 자리는 네 것이니까."

그날 밤 집으로 돌아오는 자동차 안에서 제이콥은 우주에 대해 쉬지 않고 떠들었다. 나도 마침내 제이콥이 무슨 이야기를 하는지 알아들을 수 있었지만, 오히려 더 당혹스러울 따름이었다. 제이콥은 행성의 비교 밀도와 상대적 속도에 대해 어떻게 안 걸까?

나는 제이콥을 재운 후, 친구인 앨리슨에게 전화를 걸었다. 앨리슨의 아들도 제이콥처럼 자폐아이고 나이도 같았기 때문에 멜라니 로스를 통해 소개를 받은 이후 줄곧 좋은 친구로 지냈다. 나는 천문대에서 일어난 일을 모두 털어놓았다. 이야기를 하는 동안 팔에 소름이 돋았다.

"이제 이 아이한테 뭘 어떻게 해줘야 할까? 지금과는 다른 치료를 해야 할까? 그 애를 나사 같은 데로 데려가야 하는 건 아닐까?"

그 후로 몇 년 동안 그날 밤 일에 대해 수없이 생각해보았다. 특수교육 유치원을 그만둔 결정처럼 그 사건도 일종의 전환점이었다. 우리는 완전히 다른 길로 갈 수도 있었다. 지금 생각해보면 완전히 틀린 길로 말이다. 그때 이성적으로 말해준 앨리슨에게 나는 지금도 고맙다. "지금처럼만 하면 돼. 아이하고 놀아줘. 그래서 그 아이가 꼬마가 될 수 있도록 해줘."

잠자리에 누워서 생각해보니 앨리슨의 말이 옳았다. 제이콥의 특별한 점은 어디로 사라질 리가 없었다. 오히려 나중에는 아이를 유명하게 만들어줄 터였다. 시간이 흐르면서 그것만큼은 확실해졌다. 하지만 지금 당장은 가족과 집에서 편안하고 즐겁게 지내는 게 우선이었다. 학교도 가고, 친구도 사귀고, 팬케이크를 사 먹으러 가는 가족의 일상을 즐기고, 뒷마당에서 캠프를 하며 스모어S'more (구운 마시멜로를 초콜릿과 함께 크래커 사이에 끼워 먹는 캠프용 간식)를 먹어야 했다. 젤리를 사 먹고 만화 영화도 보아야 했다. 지금 당장은 평범한 사내아이로 자라야 했다.

아이를 되찾기 위해 그토록 고통스러운 시간을 보내고 나서야 나는 비로소 안도의 한숨을 내쉬었다. 나는 마침내 아들을 되찾았다.

이처럼 마음을 정리했지만 천문대 사건 이후 내게 모종의 변화가 찾아왔다. 마이클과 나는 제이콥이 단순히 영리한 아이가 아니라는 사실을 확실히 깨달았다. 나와 교수님은 물론 청중 가운데 기이한 태양계에 관한 지식을 어느 정도 갖춘 사람들조차 모두 제이콥을 보며 어리둥절해했다. 갑자기 제이콥이 '특별한' 사람들을 위해 할 수 있는 온갖 귀엽고 비범하고 때로는 괴상한 일들이 또렷이 보였다.

　나는 그날 강의실에 모인 사람들이 보여준 감탄과 경외심을 두 번 다시 경험하지 못했다. 어떤 면에서는 제이콥의 대답이나 집으로 오는 길에 그 애가 들려준 베텔게우스의 반지름보다 그들의 반응이 더 충격적이었다. 천문대에 있던 사람들은 감명을 받았고 더 나은 세상에 있는 듯한 느낌에 빠져들었다. 그것은 모두 제이콥이 이끌어낸 변화였다. 그날 밤 나는 제이콥이 뛰어난 두뇌를 이용해 이 세상에 놀라운 공헌을 할 수 있을 것이라는 느낌을 받았다. 그 느낌은 그때 이후 한 번도 내 곁을 떠나지 않았다.

　하지만 당장은 제이콥을 유치원에 보내는 일이 더 급했다.

닭고기 수프 한 컵

제이콥이 토성의 위성이라면 모르는 게 없는 척척박사라 해도 일반 유치원 예비 학교인 리틀 라이트에서 적응하기란 만만치 않았다. 특히 다른 아이들과 함께 있도록 하는 게 항상 힘들었다. 뭐든 사회성을 기르는 연습을 할라치면 슬그머니 자리를 피했다. 다른 아이 옆에 딱 10분을 앉아 있게 하는 데도 한참이 걸렸다. 한 1년 정도 말이다.

하지만 되돌아가기에는 너무 먼 길을 왔으니 어떻게든 앞으로 가는 수밖에 없었다. 매일 밤 나는 제이콥과 함께 유치원 입학을 위해 (장난 몇 개를 섞어가며) 꾸준하고도 참을성 있게 준비 작업을 했다. 가령 색색으로 털이 보송보송한 변기 좌석 커버를 잔뜩 샀다. 그리고 둘러앉기 시간에 각자 앉을 자리를 지정하는 표시로 썼다. 제이콥은 이런 사회성 기르기 연습을 전보다 조금 편하게 여겼다. 그도 그럴 것이 그런 연습은 제이콥 혼자만이 아니라 리틀 라이트의 아이들 모두를 위한 것이었기 때문이다. 둘러앉기 시간에 다른 아이 옆에 앉는 행동은 반복을 통해 제이콥의 제2 천성이 되었다. 아이는 이 연습을 기존 치료법에서 활용하는 집요하고 단조로운 훈련과 다르게 받아들였다. 무엇보다 훈련을 하다가도 하고 싶은 일이 있으면 실컷 딴전을 피워도 되었기 때문이다.

어느 날 밤 고개를 들어보니 리틀 라이트 수업을 하는 차고 문가에 마이클이 웨슬리를 안고 서 있었다. "나는 전문가한테 계속 맡겨야 한다고 생각했어. 뭐가 제일 좋은지 전문가들이 잘 알 테니까. 그런데 내가 틀렸어. 당신이 해냈어." 남편은 이렇게 말했다. 목소리는 자랑스러움으로 충만했다. 나는 고개를 돌려 주위를 돌아보았다. 그곳을 연 지 처음으로 우리가 이룬 것이 눈에 들어왔다. 바로 그때 내 생각을 읽기라도 한 듯 남편이 말했다. "여기는 정말 유치원 같아."

제이콥과 나는 홀콤 천문대의 단골 방문객이 되었다. 여름이 막바지에 다다를 즈음 나는 그곳에서 근무하는 직원들의 이름을 거의 다 알 정도였다. 제이콥은 천문학을 접하면 접할수록 사람들과 점점 더 소통했다. 천문학은 우리를 하나로 묶어주었다. 제이콥은 천문학에 대한 애정을 남에게 말할 수 있게 되자 말하기와 진짜 의사소통 사이의 관계를 더 잘 이해했다. 단순히 나와의 의사소통이 아니라 다른 사람들과도 마찬가지였다.

나는 아이의 변화를 보며 즐거움과 감동을 동시에 느꼈다. 가령 웨슬리를 가졌을 때만 해도 제이콥은 태어날 동생의 존재에 무관심했다. 그런데 이번에는 배 속의 아기에 대해 어느 정도 호기심을 드러냈다. 하루는 초음파 검사를 받을 때 제이콥을 데려갔다. 정말 대단한 날이었다. 태어날 아기의 성별을 알았기 때문이다. 내 예상대로 제이콥은 초음파 장비에 매료되었다.

"또 아들이네요." 촬영기사가 알려주었다. 심장이 미친 듯 뛰기 시작했다. 전부터 사람들은 셋째도 아들이면 어떡하느냐고 놀리곤 했다. 아이들로 야구팀을 만들어보라느니, 패드를 덧대고 물로 씻어낼 수 있는 마감재로 만든 집을 지어야 하는 것 아니냐는 농담도 들어야 했다. 솔직히 딸이기를 바랐다. 딸을 낳아 친구처럼 지내고 싶다는 단순한 이유 때문이 아니었다. 셋째도 아들일 경우 통계적으로 그 아이마저 자폐일 확률이 훨씬 더 높기 때문이다.

역설적이게도 이런 걱정을 제이콥이 단숨에 날려주었다. "내 여동생인데 왜 남자 아기라는 거예요?" 제이콥은 촬영기사를 노려보며 연신 이렇게 말했다. 제 맘대로 여자애가 태어날 것이라고 짐작했던 것이다.

천문대에서 함께 보내는 시간도 예상치 못한 방식으로 도움이 되었다. 천문대 개관 시간을 기다리며 풀밭에서 소풍을 즐기고 있을 때면 자폐증에 빼앗긴 줄 알았던 제이콥을 곁에 둔 평범한 '엄마'가 된 기분이 들었다. 자그마하고 통통한 손으로 천문학 책을 넘기는 것을 지켜보며 볼을 톡톡 두드렸다. 향긋한 아기 냄새를 실컷 맡고 내 다리에 전해지는 아이의 체중을 느꼈다. 아들이 너무나 그리웠는데, 이제야 내 품으로 돌아온 것 같았다. 남들은 그게 뭐 별거냐고 핀잔을 줄지도 모르지만 풀밭에서 노닥거리는 30분 동안 제이콥과 나는 우리 존재에서 기본적이고 중요한 부분을 섭취하는 기분이었다.

리틀 라이트의 엄마 몇 명은 너무 지쳐서 더 이상 아이를 보려고도 하지 않았다. 처음에는 자폐증에 아이를 잃었다. 그 후에는 자폐아를 키우는 부담에 아이를 잃었다. 나는 그런 상황을 이해할 수 있었다. 제이콥과 그해 여름을 보내면서 그 교훈을 깨달았다. 평범한 어린 시절의 경험이 필요한 사람은 제이콥만이 아니었다. 나도 필요했다!

제이콥은 말수가 점점 늘었다. 마침내 우리를 외면했던 동안 그 애 머릿속에서 무슨 일이 일어났는지 조금씩 이해하게 되었다. 아이는 마침내 자신이 무엇을 하고 있으며 무슨 생각을 하는지 들려주기 시작했다. "저걸 처리하려면 닭고기 수프 한 컵을 챙겨야겠네." 나는 제이콥이 자신이 좋아하는 놀이로 우리를 녹다운시킬 때면 이렇게 말하곤 했다. (물론 지금도 그러고 있다.)

예를 들어, 제이콥은 사람들을 빙빙 돌리는 게임을 무척 좋아했다. 어린이집을 돌아다니면서 한 사람을 고른 후 아주 구체적인 장소로 데려간다. 그런 다음 팽이처럼 계속 빙빙 돌게 한다. 돌고 있을 때는 정해진 장소에서 움직여서는 안 된다. 게다가 도는 속도를 일정하게 유지해야만 한다. 그런 후 또 다른 사람을 골라 다른 곳으로 데려간 다음 돌게 한다. 어린이집 원아들은 이 놀이를 무척 재미있어했다. 그래서 어떤 날은 아이들이 몽땅 일어나 제 마음에 드는 속도로 빙빙 돌며 놀았다.

우리는 이런 행동이 자폐증에서 비롯된 것이라고 생각했다. 제이콥이 아무런 의미도 없이 반복하는 행동에 즐거움을 느낀다고 말이다. 그런데 제이콥이 네 살이 되면서 우리와 좀 더 의사소통을 할 무렵의 어느 날 오후에 진실을 알았다. 나는 그날따라 몸이 약간 안 좋아서 도는 속도를 늦췄다. 그러자 제이콥은 몇 번이고 다가와 원래대로 돌라고 했다. 하지만 나는 우뚝 서버렸다. "제이콥, 좀 있다 돌게. 지금은 천천히 돌아야겠어."

그러자 제이콥이 버럭 화를 내며 말했다. "엄마, 천천히 돌면 안 돼요. 태양하고 가까우면 더 빨리 돈단 말이에요."

그러니까 우리는 모두 행성이었던 것이다. 구글을 찾아본 후에야 제이콥이 어린이집 아이들을 행성으로 삼아 태양과 떨어진 거리에 따라 다른 속도로 돌게 했다는 사실을 비로소 알 수 있었다. 누군가에게서 배워 머리에 집어넣은 지식이 아니라 혼자서 깨달은 것이었다. 다시 말해, 제이콥은 자신의 세계에 갇혀 있는 동안 케플러의 행성 운동 법칙을 깨우친 것이다.

제이콥에 대해 점점 더 알아갈수록 그 아이가 더 어렸을 때 자기 자극을 위해 가지고 놀았던 물건을 그 자리에서 당장 치워버리지 않아 얼마나 다행스러운 일인지도 깨달았다. 제이콥은 왜 시리얼을 바닥에 쏟아부었을까? 시리얼 상자의 부피를 구하기 위해서였다. 왜 부엌에 들어갈 수도 없을 만큼 색색의 털실을 사방에 거미줄처럼 휘감았을까? 그 실들은 모두 제이콥이 만들어낸 평행수학 체계를 이용한 방정식을 나타내고 있었다.

몇 년 동안 우울한 비가 사정없이 쏟아지는 것 같더니 우리 가족은 마침내 마음의 안식을 되찾았다. 제이콥의 마음속에서는 줄곧 빛이 반짝거렸다. 이따금이긴 하지만 그 불빛을 볼 수 있는 사람은 나뿐이었다. 그런데 제이콥이 침묵 가운데 과학사에서 획기적인 순간을 만들어내기 위해 쉬지 않고 노력 중이었다는 사실을 우리 모두 알게 되었다. 이 모든 과정을 차분하게 들으려면 닭고기 수프를 챙겨서 일단 자리를 잡고 앉을 필요가 있다. 내 말이 무슨 뜻인지 이제 알겠는가?

나는 무엇보다 제이콥의 창의성을 보여주는 증거에 감탄했다. 서번트 증후군인 사람들 이야기를 많이 들었다. 걸어 다니는 계산기 또는 한 번 보거나 들은 것을 모두 기억할 정도로 기억력이 뛰어나다는 내용이었다. 그런데 제이콥은 습득한 정보를 앵무새처럼 되풀이하는 수준이 아니었다. 배운 사실을 정확하게 분석할 수 있었다. 다시 말해서, 그 정보가 무슨 뜻인지 알았다. 제이콥은 글자를 알기도 전에 진짜 과학적 발견을 하고 있었다. 우리는 그저 벽에 생긴 그림자에 골몰한다고 여겼을 뿐이지만. 이런 잠재력이 내내 제이콥에게 있었다는 사실이 믿기지 않았다. 사랑하는 내 아들은 어디로 사라졌던 게 아니었다. 그저 내내 탐구를 하고 있었을 뿐이다. 아이의 재능을 서서히 깨닫자 얼마나 많은 능력이 그대로 사라졌을지 생각할 때마다 섬뜩했다.

나는 최근 제이콥이 물리학 분야의 광파光波와 그 광파의 이동 방식에 대해 연구하는 것도 우연의 일치가 아니라고 생각한다. 제이콥은 자신의 연구로 빛의 전자 전송을 훨씬 효율적으로 만들 수 있으리라 믿는다. 이런 경험이 있기 때문에 나는 내게 자녀를 맡기는 부모들한테 아이가 가장 어릴 때부터 집요하게 관심을 가졌던 것에 대해 항상 물어본다. 요컨대 아이의 자폐 증세가 시작되기 전에 가장 좋아했던 놀이가 무엇인지 물어보는 것이다. 내 친한 친구 중 뛰어난 엔지니어가 있다. 그의 어머니는 아들이 손으로 드라이버를 쥐자마자 가전 기구를 분해하기 시작했다고 말했는데, 그건 전혀 놀라운 일이 아니다. 각자의 강점과 재능은 태어날 때부터 이미 자리를 잡고 있다. 하지만 그게 꽃처럼 활짝 피어나려면 시간과 주위의 격려가 반드시 필요하다.

이는 매우 중요하다. 자폐를 앓은 덕분에 우리는 아이에게 다가갈 수 없었다. 하지만 그 애에겐 저절로 마음이 끌리는 것에 열중할 시간과 공간이 충분했다. 제이콥은 자기 세계에 파묻혀 주위와 소통하지 않은 까닭에 다른 아이들보다 좋아하는 일에 집중할 시간이 훨씬 더 많았다. 그 시간에 빛과 그림자, 각도와 부피, 공간에서 물체가 움직이는 방식을 맘껏 탐구한 것이다. 아무도 제이콥에게 배우는 법을 가르쳐주지 않았다. 배울 수 있으리라 생각하지 않았기 때문이다. 그런 점에서 자폐증은 제이콥에게 놀라운 선물을 안겨주었다.

우리는 자폐아들이 (그 아이만의 세계로) 사라졌다고 생각한다. 그래서 치료해야 한다고 여긴다. 하지만 내가 보기에 자폐증을 치료한다는 말은 과학과 예술을 '치료'한다는 말과 진배없다. 나는 리틀 라이트를 찾은 부모들에게 늘 이런 말을 해준다. 아이를 아이만의 세계에서 데리고 나오려 하지 말고 부모가 그 속으로 들어가면 아름다운 것들을 볼 수 있다고 말이다. 아이에게로 가는 다리를 놓는 것은 부모의 몫이다. 그래야 아이가 자신이 보는 세상을 우리에게 보여줄 수 있고, 우리는 그 아이를 이 세상으로 서서히 데리고 나올 수 있다. 제이콥의 경우 천문학과 별자리가 그동안 간절히 원했던 다리를 만들어주었다. 천문대를 알기 전까지 내게 행성이란 지루하고 둥근 공에 불과했다. 그런데 제이콥이 자신의 눈으로 이 세계를 보여주었을 때 행성이 얼마나 찬란한지 깨달았다. 제이콥이 막 네 살이 되었을 때였다. 하루는 아이가 불러서 가보니 컴퓨터로 성운星雲 사진을 몇 장 보여주었다. 제이콥은 어느새 빛과 색깔을 화학적으로 검사하는 일에 관심을 갖게 되었다. 그때 아이가 보여준 사진에 나는 엄청난 감동을 받았다. 성운이 마치 불꽃놀이나 찬란한 스테인드글라스 창문처럼 보였다.

내 어린 아들이 여러 기체의 화학적 특징을 설명하는 모습은 일종의 계시였다. 나는 이런 내용이 제이콥에게는 예술과 다름없다는 생각이 들었다. 마치 건축 애호가가 난생처음 샤르트르 대성당을 보거나 인상주의 애호가가 모네의 수련 그림이 줄지어 걸려 있는 방에 홀로 남았을 때 느끼는 깊은 감동 같은 경험이었다.

리틀 라이트를 연 지 두 해를 맞이할 즈음, 아이들은 너나없이 증상이 한결 나아졌다. 사람들은 내게 마법의 탄환이라도 있는 게 분명하다는 듯 "도대체 어떻게 하신 거예요?"라고 묻곤 했다. 그런데 우리가 한 일이 별로 없다는 점에서 아이들이 보여준 발전은 어마어마했다. 확실히 우리도 아이들에게 반복 치료를 하기는 했다. 하지만 일반적으로 권장하는 정도에는 전혀 못 미쳤다. 아이들이 리틀 라이트에서 지내는 내내 실제로 무엇을 하는지 이야기해주면 아무도 믿지 못할 것이다! "원아 한 명과 미술관에서 그림 한 점을 여섯 시간 동안 보았어요. 다른 원아에게는 벼룩시장 신문에 나온 중고 제도대Drafting Table를 구입해 그 아이 집에 갖다 주었고요. 어떤 원아하고는 함께 쿠키를 수백 개나 굽고, 아이싱으로 그 쿠키에 알파벳 장식을 하면서 읽기를 가르쳤어요. 그리고 라마가 있었는데……."

모든 것은 우리가 거둔 결과를 보면 알 수 있다. 리틀 라이트의 교육 방식이 널리 알려지자 더 많은 사람이 우리를 찾아왔다. 인디애나 전역에서 사람들이 왔다. 심지어는 일리노이에서 오기도 했다. 부모들은 치료사와 할아버지 할머니까지 데려와 자신들이 한때 불가능하다고 단정했던 일들을 아이들이 해내는 모습을 지켜보기도 했다.

나는 사람들이 성지순례를 하듯 우리를 찾아온다는 사실에 당황했다. 어떤 사람은 주말의 한 시간 수업을 보기 위해 세 시간 동안 운전하는 것도 마다하지 않았다. 그런 부모들이 무엇을 기대하며 긴 시간 동안 차를 몰고 왔는지 모르겠다. 분명히 교외 주택가 막다른 골목에 있는, 차고를 개조한 어린이집은 아니었을 것이다. 그들은 최신 기술을 갖춘 근사한 의료 시설을 모두 찾아다녔다. 최신 치료법도 기꺼이 받았다. 가장 뛰어난 의사들에게 자녀를 데려가기도 했다. 하지만 리틀 라이트에서 그들은 내 작은 차고 바닥에 앉아 있어야 했다.

배가 점점 불러오자 불안도 따라 커졌다. 세 번의 임신으로 나는 살이 무척 불었다. 그래서 아이들과 함께 바닥에 앉고 일어서기가 점점 힘들었다. 그러던 7월 어느 날 오후, 어린이집에서 블록을 정리하고 있는 데 참을 수 없는 극심한 통증에 무릎을 꿇으며 주저앉고 말았다. 뭔가 심각한 일이 벌어진 게 틀림없었다.

나는 응급실로 실려 갔다. 아기가 죽어가는 것 같았다. 정확히 말해 '내가' 죽어가는 것 같았다. 아기가 잘못될까봐 너무나 무서웠다. 그래서 진통제도 최소한으로 썼다. 며칠 동안 극심한 통증을 느끼며 온갖 검사를 받았지만 주치의는 원인을 찾을 수 없다고 털어놓았다. 원인을 알아내려면 수술을 해야 한다고 했다. 임신 8개월 반 만에 나는 대규모 진사수술診查手術(검진을 받기 위한 수술)을 받았다.

병명은 극도의 장기부전이었다. 수술진은 담낭을 제거했다. 완전히 기능을 잃은 데다 감염이 너무 심각했기 때문이다.

그로부터 20일쯤 지난 후, 셋째 아들 이선 마이클이 태어났다. 그런 경험을 하고 난 후 나는 개복 수술을 받았을 경우에는 적어도 3주가 지난 후에 아이를 낳으라고 사람들에게 충고하곤 했다. 하지만 태어난 아기는 사랑스러웠다.

배 속 아기가 또 아들이라는 사실을 알게 된 후, 마이클과 나는 어떤 아이가 태어날지 이야기를 나누곤 했다. 남편은 이렇게 말했다. "이 녀석도 꽤 힘든 시기를 겪을 거야. 하지만 녀석이 뭘 하든 상관없어. 우린 이미 두 번이나 경험했잖아. 녀석 형들한테서 말이야. 녀석한테도 뭔가 특별한 점이 있을 거야." 그러더니 불러오는 내 배를 'My middle name is Danger[영화 〈오스틴 파워스〉에 나오는 대사.

"내 중간 이름은 '데인저(위험)'라는 뜻]'에서처럼 '조이 데인저'라고 부르기 시작했다.

하지만 산달이 다가올수록 남편의 농담이 농담으로 들리지 않았다. 나는 눈을 흘겼지만 남편은 태어날 아기의 이름을 '조셉 데인저 바넷'으로 하자고 했다. '데인저'라니? 하지만 중간 이름이니 상관없겠다 싶었다. 아이가 그런 걸 신경 쓸 나이가 되어 마음에 들어 하지 않으면 그냥 버릴 수도 있으니 말이다.

그런데 의사가 이선을 내 품에 안겨주었을 때 마이클과 나는 '조이 데인저'는 당치도 않은 이름이라는 생각이 들었다. 웨슬리라면 모를까. 우리는 아기를 보자마자 아무것도 위험하지 않다는 사실을 직감했다. 그래서 셋째는 태어난 지 며칠 만에 딱 맞는 별명을 얻었다. 바로 '피스풀Peaceful'이었다.

부모라면 누구나 갓 태어난 아기가 완벽하다고 생각한다. 그런데 이선은 정말 완벽한 아기였다. 울지도, 보채지도 않았다. 잘 먹고, 밤새 깨지도 않고 푹 잤다. 재미있는 표정을 보여주면 웃고, 보여주지 않아도 웃었다. 너무나 순하고 사랑스러워서 소아과 의사가 내게 쓸데없이 고민하는 거라고 확실하게 말해줄 때까지 줄곧 분명 어딘가 잘못되었을 거라고 믿을 정도였다. 형들과 달리 이선은 태어날 때부터 완벽하리만큼 건강했다.

솔직히 우리는 줄곧 문제가 일어날지 모른다고 생각했다. 통계 수치를 잘 알고 있었기 때문이다. 나는 웨슬리의 치료사들이 이선을 안거나 까꿍을 하는 척하면서 아이의 근긴장(근육의 가볍고 지속적인 수

축)과 눈 맞추는 능력을 살짝살짝 살피는 모습을 몇 번이나 보았다. 하지만 아무 문제도 발견하지 못했다. 이선은 완벽하게 행복하고 건강하고 사랑스럽고 순한 아기였다.

게다가 나를 안아주었다! 제이콥은 돌이 지난 후 자폐 증세가 너무 심해서 다른 사람을 안을 수 없었다. 그 무렵의 웨슬리는 통증에 너무 시달렸다. 하지만 '피스풀 이선'은 한결같이 내 품을 파고들었다. 아기를 안고 다니던 데님 아기띠는 아이들과 노느라 언제나 물감 자국과 쿠키 반죽 범벅이었다. 하지만 나는 신경 쓰지 않았다. 어딜 가든 이선을 데리고 다녔다.

프로 유치원생들

마이클은 내가 제이콥을 슬며시 유치원에 넣었다고 말한다. 사실 틀린 말도 아니다.

2003년 8월, 신학기 용품을 판매하기 시작할 즈음 리틀 라이트의 아이들은 프로 유치원생처럼 보였다. 기능이 최하위였던 아이들도 처음 왔을 때의 예상을 훌쩍 뛰어넘을 정도였다. 나는 우리가 준비를 다 마쳤다고 확신했다. 문제는 유치원이 아이들을 받아들일 준비가 되었느냐는 것이었다.

매년 학기를 시작하기 전에 예비 유치원생들은 '웰컴 투 스쿨' 행사에 참가한다. 예비 유치원생들이 선생님과 같은 반 친구들을 처음 만나는 자리다. 특히나 우리에게는 대단히 중요한 행사였다. 지금까지 온갖 감각을 자극해주는 리틀 라이트와 이듬해 입학할 유치원 사이의 공통점을 제이콥한테 보여줄 수 있는 기회이기도 했다. "저기는 둘러앉기 시간에 네가 앉을 자리야. 그리고 저 상자는 네 놀이 자리야." 나는 제이콥에게 이렇게 알려주었다.

제이콥은 알겠다는 표시로 고개를 끄덕였다. 무엇보다 담임이 될 호드 선생님을 만난 것이 큰 수확이었다. 나는 호드 선생님을 보자마자 상냥하고 지적인 분위기와 따뜻한 성품에 반했다. 게다가 교사로서 오랜 경험을 쌓은 분이라는 사실도 고마웠다. 그동안 다양한 문제를 가진 아이들을 많이 보살폈으리라 장담할 수 있었다.

나는 호드 선생님에게 제이콥이 자폐아라는 사실을 밝히고, 그렇지만 잘 해낼 거라고 자신 있게 말했다. 2년 동안 리틀 라이트에서 매일 밤 '유치원 예비 수업'을 했으니 말이다. 그러자 선생님은 한 팔로 내 어깨를 감싸 안으며 이렇게 말했다. "일단 제이콥한테 시간을 주고 어떻게 해내는지 지켜보도록 하죠." 나는 선생님이 제이콥을 내보낼 핑계를 대지 않았다는 사실에 큰 감명을 받았다. 하지만 선생님이 돌봐야 할 아이는 25명이나 되었다. 게다가 모두가 똑같은 관심을 받아야 했다. 인내심이 강하지 않고는 결코 해낼 수 없는 일이다. 일반 학교에 계속 다니려면 제이콥은 반드시 그곳에 적응해야 했다.

호드 선생님에게 제이콥은 일반 유치원생이었다. 하지만 유치원 사무처는 확신을 갖지 못했다. 행사장으로 가고 있는데 원장님이 나를 붙잡고 말했다. "제이콥 어머님, 복도에서 잠시 드리고 싶은 이야기가 있습니다." 원장님은 제이콥의 개별화 교육 프로그램Individual Education Program, IEP(특수교육 대상자 개개인의 능력을 계발하기 위해 장애

165

유형과 특성에 적합한 교육 프로그램)에 대해 이야기하고 싶어 했다. 특수 아동에 대해서는 전문가 집단이 그 아동의 가장 최근 평가 결과를 검토한다. 그런 후 유치원에서 아동을 위해 이듬해까지 달성해야 할 목표를 설정해 문서로 작성한다. 이 목표는 학업과 행동, 사회성 부문으로 나뉜다. 특히 해당 아동이 정상아와 교류할 시간이며, 교실에서 추가로 받을 수 있는 도움과 서비스의 종류 같은 세부적인 사항도 미리 정한다. 다시 말해, 제이콥은 유치원에서도 여전히 특수 아동으로 분류되어 있었다.

세 살 때 제이콥은 '자기 자극' 행동을 하고, 말을 하지 않고, 반응도 보이지 않았다. 앞으로 말을 하거나 글을 읽거나 친구를 사귈 가능성도 없어 보였다. 당시 제이콥을 평가한 사람들은 아이가 뭔가를 배울 가능성이 없다고 생각했다. 따라서 유치원 측은 다섯 살 된 제이콥이 세 살 때와 마찬가지일 거라고 단정했다. 물론 제이콥은 그 후로 달라졌다. 특수교육 유치원을 자퇴한 뒤 괄목할 만한 발전을 이루었다. 하지만 학교에서 그런 사실을 알 리 없었다. 아직은 말이다. 나는 유치원과 맞서고 싶지 않았다. 그저 제이콥이 무엇을 할 수 있는지 보여줄 기회를 원할 뿐이었다. 그러려면 호드 선생님 말대로 시간이 필요했다.

그래서 나는 원장님에게 그럴싸한 핑계를 댔다. 갓 출산한 터라 다음 몇 주 동안은 정신없이 바쁠 거라고 했다. 그리고 9월 셋째 주는 되어야 원장님과 만날 짬이 날 것 같다고 말했다. 그때쯤이면 유치원에서 제이콥이 예전의 아기가 아니라는 사실을 알아볼 거라고 생각했기 때문이다. 그런 다음 계획이 빼곡하게 들어찬(어린이집, 어린이집, 웨슬리의 첫 번째 치과 예약, 또 어린이집) 일정표를 슥 훑은 후 3주 후로 면담 약속을 잡았다.

말이 핑계지 정말로 어린이집을 맡길 사람을 구하는 게 너무 힘들었다. 어차피 유치원에서는 제이콥에 대한 평가를 잠시 미뤄도 개의치 않았다. 평가를 해야 할 아이들이 너무 많았기 때문이다. 제이콥은 일단 가장 마지막으로 순서가 잡혔다. 하지만 만약 문제가 발생하면 언제라도 제이콥의 IEP 순서를 최우선으로 바꿀 터였다.

제이콥이 유치원에서 보낸 첫날은 우리 가족 모두에게 가장 중요한 날이었다. 그날 저녁 마이클은 우리를 위해 저녁을 차렸다. 남편은 우리 아들을 되찾아줘서 고맙다고 내게 인사했다. 이어서 내가 감사할 차례였다. 의견이 같은 사람을 지지하는 것과 그렇지 않은 사람을 지지하는 것은 완전히 다른 일이다. 마이클이 믿음을 갖고 내 곁을 지키기까지 얼마나 힘들었을까. 제이콥을 특수교육 유치원에 그만 보내기로 했을 때 남편은 내가 재앙을 불러들인다고 믿어 의심치 않았을 것이다. 남편은 나보다 전문가들의 도움을 훨씬 더 중시했다. 그럼에도 불구하고 내게 위험을 감수할 기회를 주었고 항상 나를 도와주었다.

제이콥은 누구에게도 불평할 기회를 주지 않았다. 9월에 제이콥의 IEP에 관해 면담하기 위해 유치원을 찾았다. 원장님은 평가를 잠시 보류하는 데 동의했다. 나는 원장님의 목소리에서 당혹스러운 기색을 느꼈다. 원장님은 농담처럼 말했다. "같은 아이 맞아요?"

리틀 라이트에서 치료에 큰 진척을 보인 아이는 제이콥만이 아니었다. 아이들이 유치원에 입학한 첫 달, 인디애나 주 전역은 물론 다른 주에서도 리틀 라이트 학부모들이 기쁨과 안도감을 전해온 덕분에 전화기에 불이 났다. 의사의 예상과 달리 아이들이 말문을 연 것은 물론 일반 유치원에 입학하기까지 했다. 행동 문제가 너무 심각해서 특수교육 기관을 벗어날 수 없을 거라는 말을 들었던 아이들이 일반 학교의 수업을 들었다. 부모는 하루 종일 치료 프로그램을 받아야 한다는 진단을 받은 아이가 학교에 가는 모습을 기쁜 마음으로 지켜보았다. 기능이 가장 떨어지는 아이조차 사람들이 생각했던 것보다 도움이 덜 필요했다. 그해 인디애나 주 전역에서는 당혹감에 휩싸인 학교 당국이 많았다.

나는 그 아이들이 자랑스러웠다. 우리가 일군 공동체도 똑같이 자랑스러웠다. 우리는 아이들을 구해줄 시스템이 하늘에서 뚝 떨어지기만 기다리지 않았다. 어떤 어려움에도 굴하지 않고 노력한 끝에 우리 힘으로 해냈다. 모두의 힘으로 해낸 것이다.

증세가 호전된 자폐아들을 만날 때마다 나는 그 아이를 위해 누군가가 사력을 다했다는 것을 안다. 배변 훈련이든, 중등학교 생활이든, 최근에 다시 말문이 트였든, 처음으로 취직을 했든, 어떤 결실을 보았든 그 뒤에는 아이를 믿고 힘껏 싸워온 누군가가 있다는 사실을 안다.

부모라면 자식을 대신해 전사가 되어야 한다. 자폐나 발달 장애를 지닌 아이를 둔 부모에게만 해당하는 이야기가 아니다. 부모라면 자신의 아이가 살아가는 동안 몇 번이고 어려운 선택의 기로에 서게 마런이다. 설령 내가 했던 것만큼 냉혹한 선택은 아니라 해도 마찬가지다. 질병이든, 발달 장애든, 따돌림을 당하는 아이든, 불량소녀든, 리틀 리그 팀의 말썽꾸러기든, 경쟁률 높은 대학 입학이든 부모는 누구나 자식을 대신해 갖가지 어려움을 이겨내야 한다. 우리 모두는 고통과 두려움을 경험한다. 그래서 더욱더 용기를 그러모아야 한다. 우리는 아이들을 위해 싸운다. 이 용기의 근원은 바로 사랑이다. 기꺼이 싸우려는 의지가 있을 때 우리는 진정한 부모가 될 수 있다. 나는 그렇게 믿는다.

온갖 전문가들과 맞서다 보면(오늘날의 부모는 전문가를 상대하는 경우가 많다) 이런 생각을 하게끔 된다. '내가 뭘 알겠어. 그저 마카로니 치즈나 만드는 사람에 불과한걸.' 하지만 리틀 라이트를 찾은 수많은 부모들은, 특히 엄마들은 내 경험을 통해 마음 가는 대로 믿고 따를 수 있는 확신을 얻었을 거라고 나는 생각한다.

나는 엄마의 직감이야말로 항상 북쪽을 정확하게 가리키는 나침반과 같다고 믿는다. 나침반을 무시하다간 좋은 결과를 얻을 수 없다. 나침반의 바늘이 전문가가 내게 가르쳐준 방향과 다른 곳을 가리킬 때 나는 '엄마의 감'에 의지해야 했다. 제이콥을 계속 특수교육 기관에 보냈다면 우리는 결국 그 아이와 이어진 끈을 놓쳐버렸을 것이다. 그랬다면 찬란하게 타오르는 지금의 불빛은 영영 꺼졌을 것이다.

일단 유치원에 입학하자 이내 제이콥이 다른 아이들에 비해 학력이 월등하다는 게 드러났다. 가령 같은 반 아이들은 대부분 글을 못 읽었다. 하물며 초등학교 과학 교과서를 볼 리 만무했다. 하지만 남편과 나는 그런 이야기를 유치원 사람 누구에게도 말하지 않기로 제이콥과 약속했다. 우리는 제이콥이 일반 유치원에 들어갈 수 있도록 갖은 애를 썼다. 그저 같은 반 아이들과 똑같은 평범한 아이가 되어주길 바랐을 뿐이다. 사실 제이콥의 기본적인 독해력은 유치원에 입학할 무렵 이미 3~4학년 수준이었다. 만약 그때 아이의 머릿속을 꿰뚫어보았다면 고등학교나 대학교 수준의 수학과 물리학을 탐구한다는 걸 알았을지도 모른다. 유치원에 입학한 후로도 우리의 일은 끝나지 않았다. 여전히 제이콥에게 세상과 교감하고 소통하는 법을 가르쳐야 했기 때문이다.

호드 선생님은 자신의 말을 확실히 지켰다. 제이콥에게 기회를 주었다. 하지만 제이콥은 비교적 다루기 쉬운 아이인지라 그 덕을 많이 보았을 것 같다. 제이콥이 딴전을 피웠을까? 물론 때로는 그랬다. 하지만 절대 수업을 방해하거나 하지는 않았다. 덕분에 눈에 띄지 않은 채 유치원 생활을 계속할 수 있었다.

그래도 가끔은 제이콥에게 자극을 주며 적극적으로 이끌어야 했다. 리틀 라이트에서는 남학생과 여학생을 따로 줄 세우지 않았다. 하지만 유치원에서는 그렇게 했다. 따라서 호드 선생님은 분명 제이콥에게 어느 쪽 줄에 서야 하는지 상냥하게 말해주었을 것이다. 물론 한두 번 가르쳐주는 걸로는 부족했을 것이다. 그런데 제이콥은 그때까지 문제 행동을 한 번도 일으키지 않았다. 자폐 증세가 최고조에 달했을 동안에도 마찬가지였다. 이를테면 유치원에서는 아이들끼리 세발자전거를 서로 타기 위해 다투는 일이 흔하다. 제이콥은 한 번도 그런 싸움을 하지 않았다. 주위에 무관심했기 때문이다. 데빈과 에이든이 세발자전거를 놓고 싸우면 제이콥은 슬그머니 뒤로 물러났다. (조용히 하기만 하면) 코리 옆에 앉아서 점토 놀이를 해도 상관하지 않았다. 그러다 코리가 제이콥의 점토 주전자를 손가락으로 찔러 한쪽이 푹 들어가면 슬그머니 일어나 다른 곳으로 갔다. 제이콥은 떼를 쓰거나 다른 아이한테 싸움을 걸지 않았다. 암석과 기후 체계에 관한 소중한 책을 누가 뺏으려고만 하지 않으면(그럴 염려는 거의 없었다) 제이콥은 행복해했다. 호드 선생님도 잊지 않고 필요할 때마다 제이콥에게 살며시 힌트를 주었다. 이렇게 약간의 시간과 도움으로 제이콥은 유치원에서의 새로운 일상을 습득해나갔다.

그런 제이콥도 일상에서 벗어난 일이 생길 때만큼은 아주 힘들어했다. 나는 IEP를 논의하기 위해 유치원에 불려갈지도 모른다는 생각이 머리를 떠나지 않았다. 그래서 제이콥이 일과에서 벗어난 일에도 잘 대처할 수 있도록 미리미리 준비시켰다.

나는 매일 아침 제이콥에게 아침을 차려주었다. 그리고 아이가 시나몬 롤을 먹는 동안 언제 일어날지 모를 비일상적인 일에 대해서 최선을 다해 주의를 주었다. 그런 일은 점심시간에 가는 야외 나들이나 영화 감상일 수도 있었다. 아니면 강당에 모든 원아가 다 모이거나 연휴 전날 일찍 수업을 마치는 것도 해당되었다. 나는 그런 아침 시간을 경기 직전에 갖는 작전 타임이라고 생각했다. 제이콥은 스타 쿼터백이고 나는 코치였다.

"다른 애들한테 산타클로스는 진짜가 아니라고 절대 말하지 마."

나는 크리스마스 파티 이틀 전에 제이콥한테 말했다. "그 산타가 앤더슨 아저씨라는 걸 알아도 절대 앤더슨 아저씨라고 부르면 안 돼. 꼭 산타클로스라고 부르며 어울려 놀아야 해. 그리고 사람들이 사진을 찍을 때 산타 무르팍에 앉아서 받고 싶은 선물을 이야기하는 거야. 알았지?" 이렇게 미리 준비해두면 제이콥도 그 시간을 버틸 수 있었다.

역설적이게도 또래 아이들의 관심을 모으기 위해 유치원에서 만든 바보 같은 놀이만큼 제이콥을 겉돌게 하는 것은 없었다. 제이콥은 어처구니없고 앞뒤도 맞지 않는 유머를 결코 이해하지 못했다. 내가 제일 좋아하는 명절 중 하나인 핼러윈도 마찬가지였다. 제이콥은 핼러윈 분장이 도무지 말도 안 된다고 여겼다. 왜 자신이 아닌 다른 존재인 척해야 하는 거지? 우리 집 현관에도 커다란 플라스틱 호박에 사탕이 그득한데 왜 이웃집에 가서 사탕을 달라고 해야 하지?

내가 오래전부터 이어져온 유치원의 또 다른 전통에 대해 처음 말해줬을 때 제이콥이 지은 표정을 지금도 잊을 수 없다. "내일 유치원에 뭘 입고 가야 하는지 아니, 제이콥? 네 잠옷이란다!"

제이콥은 엄마가 손쓸 도리 없이 미쳐서 걱정스럽다는 듯 물끄러미 바라보았다. "엄마, 나는 낮에 잠옷 안 입어요. 잠옷은 밤에 입는 거예요."

나는 입으라고 고집을 부렸고, 아이는 안 입겠다고 고집을 부렸다. "유치원에 갈 때는 잠옷을 입는 게 아니에요. 잠옷은 침대에 누울 때 입는 거라고요." 아이는 시종일관 참을성 있게 설명해주었다.

어떻게 보면 재미있는 광경일지도 모른다. 하지만 제이콥이 꼭 배워야 할 점이 있다는 생각을 지울 수 없었다. 나는 자폐아의 부모들이 아이가 단체 활동에 참여하지 않아도 되게끔 사무처에 미리 양해를 구하는 경우가 많다는 사실을 알고 있었다. 하지만 내 할아버지가 늘 말씀하셨듯 부담스러운 일이 일어날 때마다 피해갈 수만은 없는 법이다. 그래서 우리는 제이콥에게 그런 불편함을 이겨내기 위해 필요한 방법을 가르쳐주어야만 했다. 때때로 '잠옷 입는 날'이 있는 세상에서도 제대로 살아갈 수 있도록 말이다.

우리 방식이 자폐아 모두에게 효과가 있다는 보장은 없다. 하지만 제이콥에 대해서만큼은 감을 잡을 수 있었다. 게다가 과거 돌발 상황에서 어떤 반응을 보였는지도 자세히 기억하고 있었다. 몇 년 전, 운전면허증을 갱신하기 위해 제이콥을 데리고 차량관리국을 방문한 적이 있었다. 건물 앞쪽이 공사 중이라 우리는 뒤로 돌아갔다. 그런데 제이콥이 '출구'로는 들어가지 않으려 했다. 아이 입장에서는 그럴 수밖에 없었을지도 모른다. 차량관리국은 아주 세세한 규칙이 있는 곳이었다. 임시 운전면허증을 발급받기 위해 사진을 찍어야 할 경우, 바닥에 그려진 화살표로 현재 자신의 위치를 확인할 수 있었다. 비운전자를 위한 사진 신분증을 만들려면 어느 줄에서 기다려야 하는지 표시한 받침대도 있었다. 제이콥이 고집을 부린 것은 바로 이런 것들과 연관이 있었다. 나는 '출구'라고 표시된 문으로 들어가려 했지만 아이는 고집을 꺾지 않았다.

전면 공사가 끝나면 다시 올까 생각도 해봤다. 하지만 당장 면허증이 필요했다. 나는 심호흡을 한 다음 아이를 번쩍 안아들고 잽싸게 문을 통과했다. '출구'로 들어간 것이다. 제이콥은 이내 안정을 되찾았지만 나는 이 사건으로 그 애의 정신세계를 조금은 들여다볼 수 있었다. 입구가 아닌 문으로 들어가는 상황은 제이콥에게 참기 힘든 스트레스였다. 단지 '출구'로 들어가야 한다는 사실만으로도 육체적 고통마저 느끼는 것 같았다.

결정적인 단서는 그날 오후에 찾을 수 있었다. 마침 나는 제이콥이 동생과 함께 포치에서 노는 모습을 지켜보는 중이었다. 제이콥은 미니어처 자동차를 몰고 들어갈 수 있는 이단 세차장 세트를 갖고 있었다. 두 녀석 모두 그 장난감을 좋아했다. 하지만 둘이 동시에 갖고 놀 수 없는 장난감이었다. 놀이를 시작하자마자 문제가 생겼다. 차량관리국에서 그런 사건이 있었던 터라 나는 그 이유를 금방 알 수 있었다.

제이콥은 '안으로'라고 적힌 문으로 차를 집어넣고 세차한 후 '밖으로'라고 적힌 경사로로 깨끗한 차를 밀어내곤 했다. 마지막으로 밖에다 깔끔하게 주차까지 했다. 한편 웨슬리는 빈틈없이 돌아가는 세차장 따위에는 관심이 없었다. 녀석은 자동차를 공중으로 날려 지붕에 떨어지게 하거나 미니어처 자동차 기준으로 시속 100킬로미터도 넘는 속도로 후진하기도 했다. 경사로에서 미끄러져 바닥에서 10중 추돌 사고를 일으키기도 했다.

웨슬리가 규칙을 중시하지 않자 제이콥은 불같이 화를 냈다. 그래서 나는 제이콥을 앉혀놓고 사정을 설명해주었다. "제이콥, 너는 무척 진지한 아이야. 항상 차를 정확하게 세차하지. 규칙대로. 하지만 웨슬리는 유치해. 세차장을 가지고 놀 때도 유치하게 노는 걸 좋아해. 그러니 웨슬리 차례 때는 그냥 그렇게 놀라고 해. 그리고 네 차례가 되면 진지하게 놀아. 이 세차장을 가지고 노는 방법은 여러 가지가 있단다."

그러자 제이콥은 비로소 이해를 했다. 사람마다 노는 방법이 다르고, 자기 순서 때는 바보처럼 놀아도 괜찮다는 사실을 수긍한 덕분에 잠옷 입는 날 같은 행사를 놀랍도록 쉽게 이해시킬 수 있었다. 그랬다. 그건 유치한 놀이였다. 하지만 제이콥은 그런 것을 견디는 법을 배워야 했다. 웨슬리의 세차장 놀이 방식을 견뎌내야 했던 것처럼 말이다.

나는 제이콥이 자신의 순서가 되면 마음껏 놀이를 할 수 있도록 늘 신경 썼다. 이는 무척 중요한 문제였다. 유치원에서 곤란한 상황이 닥칠 것 같은 날에는 반드시 아침을 먹을 때 뭐든 하고 싶은 것은 나중에 하게끔 해주겠다고 확실하게 약속했다. 가령 점심시간에 시끄러운 영화를 보는 날이라고 치자. 그러면 나는 제이콥에게 집에 돌아오면 방에서 동전을 모두 세도록 해주겠다고 했다. 도우미 선생님의 수업을 받는 날에는 집에서 제일 크고 어려운 5000피스 퍼즐을 맞추거나 마음이 풀릴 때까지 자동차 번호판을 읽으며 돌아다닐 수 있도록 했다.

이런 약속은 절대로 "이렇게 해. 그러면 사탕을 줄게" 같은 뇌물이 아니다. 그런 뇌물은 아무런 효과도 없다. 내가 한 약속은 "어떻게든 끝까지 버텨. 쉽지는 않을 거야. 그래도 끝나면 진짜 네 모습으로 돌아갈 수 있어. 약속해"라는 메시지를 담고 있었다.

제이콥한테는 다른 사람이나 나 또는 유치원에 필요한 일을 한 것만큼 자신에게 중요한 일을 할 시간이 충분했다. 나는 퍼즐을 맞추지 말라고 하지 않았다. 오히려 원 없이 하게 그냥 내버려뒀다. 대신 잠옷을 입고 유치원에 다녀와야만 할 수 있었다. 제이콥은 그날 하루를 어떻게든 버텨야 했다. 하지만 그러기 위해 본모습을 바꿀 필요는 없었다.

편지 세 통

신은 감당할 수 있는 것 이상의 시련을 주지 않는다고들 한다. 우리는 이선이 돌이 될 때까지 어쩌면 이렇게 순하고 사랑스러울까 감탄할 때마다 과연 그 말대로라고 생각했다.

나는 건강이 그리 좋지 않았다. 아이들이 태어난 후로 사흘 이상 쉬어본 적이 없었다. 어린이집에도 특수한 도움이 필요한 아이들이 많았기 때문이다. 제대로 쉬지 못하니 임신 말기에 받은 수술 상처가 아무는 속도도 느렸고 통증도 극심했다. 게다가 이선이 태어나고 제이콥이 유치원에 들어간 후 가을부터 얼굴 옆쪽을 따라 너무나 끔찍한 통증이 발작적으로 찾아왔다. 통증이 시작되면 정상적인 생활을 전혀 할 수 없었다. 마치 뜨거운 바늘 수천 개를 내 눈초리 근처에 쑤셔 넣은 후 얼굴을 따라 아래로 끌고 내려가는 느낌이었다. 무엇보다 원인을 찾을 수 없어 혼란스러웠다. 통증은 시원한 바람 한줄기에도 시작될 수 있었다.

나는 항상 믿을 수 없을 정도로 피곤했다. 그건 당연했다. 누구라도 출산한 후 반년 정도는 늘 피곤한 상태로 지낸다. 하지만 아무리 일찍 잠들어도(거의 밤마다 아이들이 잠든 직후) 늘 휴식이 충분하지 않았다.

크리스마스 아침이었다. 눈을 떴지만 너무 피곤해 간신히 침대에서 기어 나오듯 일어났다. 자그마한 디지털카메라로 선물 포장을 뜯는 아이들을 찍는데도 어찌나 힘이 드는지, 그런 일은 원래 슈퍼맨 정도는 되어야 할 수 있는 것처럼 여겨졌다.

아침으로 스크램블 에그를 만들려고 부엌으로 향했다. 일단 냉장고에서 달걀을 꺼내 조리대에 놓았다. 달걀을 깨려면 좀 앉아야겠다는 생각이 들었다. 의자를 끌고 와서 앉았다. 그때 문득 두 가지 생각이 머리에 스쳤다.

첫 번째 든 생각은 이랬다. '와우, 내가 달걀을 깨려면 앉아야 해?'

내게 평일은 최소 열세 시간 동안 아기띠에 아기를 안고 다른 아기를 업은 채 유아 열두 명을 쫓아다니는 날을 의미했다. 어린이집을 운영하면 따로 헬스장에 등록할 필요가 없다. 저녁 7시 반이 되어 아이들이 모두 귀가할 때까지 도무지 쉴 짬을 낼 수 없다. 아무리 그렇다 해도 스크램블 에그를 만들 달걀을 깰 힘도 없다는 사실이 의아스럽기만 했다.

두 번째 든 생각은 이랬다. '어머, 이상하네. 왼쪽 팔을 못 움직이

겠어.'

무섭거나 아픈 게 아니라, 단지 그런 사실을 느꼈을 뿐이다. 팔을, 아니 몸 왼쪽 부분을 더 이상 움직일 수 없었다.

얼마나 그러고 있었을까. 마이클이 부엌으로 들어왔다. 남편은 나를 차에 태우고 병원으로 향했다. 내 나이 서른에 뇌졸중이 찾아온 것이다.

그날 병원에서 진료를 기다리고 있는데, 집에 가고 싶어 견딜 수가 없었다. 내가 아니면 그 모든 일을 누가 다 하겠는가? 나는 제이콥이 유치원에서 하루하루 잘 보낼 수 있도록 필요한 것들을 가르쳤다. 매번 가르쳐야 할 것이 달라 다른 사람에게는 도저히 맡길 수 없었다. 웨슬리도 있었다. 걸쭉하지 않은 유동식을 먹였다간 언제든 질식해 죽을 수 있는 상황이었다. 게다가 여전히 혼자서는 움직일 수도 없었다. 치료사들과 일정을 조정하는 것은 말할 나위도 없었다. 갓 태어난 이선은 누구보다 엄마가 필요했다.

그날 밤은 정말 무서웠다. 내가 없으면 아이들은 어떻게 될까? 어린이집 보조 선생님이 미숙해서 낸시한테 엉뚱한 약을 주면(최악의 경우 약 먹이는 걸 잊어버리면) 어쩌지? 낸시는 발작을 일으켜 목숨을 잃을지도 모른다. 자폐아인 벤은 달리기 선수였다. 잠시라도 눈을 떼면 곧장 문을 향해 돌진하곤 했다. 매순간 지켜보지 않으면 순식간에 어딘가로 사라져버릴 게 분명했다. (자폐아는 이렇게 목숨을 잃는 경우가 많다.)

그러자 또 다른 무시무시한 생각이 떠올랐다. 뇌졸중이 다시 찾아오면 어떻게 하지? 이대로 눈을 뜨지 못하면? 마이클과 아이들은 어떻게 될까?

그날 밤 나는 자리에서 일어나 앉아 아이들에게 보내는 편지를 썼다. 편지는 아이들이 꼭 추억해주었으면 하는, 평범하지만 아름다운 순간을 되새기는 것으로 시작했다. 호수에서 노를 저으며 보트를 탈 때 손가락을 물에 넣어 표면을 훑던 일이며, 뒷마당에서 먹은 스모어 때문에 손이 끈적거렸던 일, 털이 보송보송한 담요를 포근하게 덮은 채 커다란 팝콘 그릇을 안고 영화를 보았던 일을 적었다.

편지를 다 쓰고 나니 아이들과 지내면서 제일 좋았던 일들을 모두 모아놓은 목록이 되었다. 나는 아이들에게 남을 돕는 일에 각자의 재능을 써달라고 부탁했다. 늘 조심스럽고 생각 깊은 제이콥에게는 충동적인 동생 웨슬리를 잘 부탁한다고 썼다. "마세라티를 사겠다고 해도 상관하지 마. 대신 그 애가 401(k)(미국의 퇴직 연금 제도)에 제대로 가입했는지 확인해봐." 사랑하는 웨슬리에게는 제이콥이 즐겁게 지내는지 늘 확인하고 꼼꼼한 제이콥의 계산이 안 맞는 날에는 꼭 형 곁에 있어주라고 했다. 이선에게는 이렇게만 썼다. "네가 어떤 사람이든 겁내지 마. 네가 정말 좋아하는 일을 찾아서 그 일을 해."

나는 새벽 4시가 되어서야 비로소 마음속 깊이 안심하며 잠이 들었다. 내 아이들이 본성을 잘 간직한 채 자라도록 곁에서 도와줄 수는 없더라도 내가 쓴 편지가 있을 테니 말이다.

다음 날 아침, 나는 눈을 떴다. 그렇게 새로운 인생이 시작되었다.

마침내 퇴원 허가가 떨어진 후에도 몸 상태는 일상의 모든 일에 적응이 필요할 정도였다. 기본적으로 몸 왼쪽은 마비된 상태였다. 입술은 왼쪽이 일그러지고, 왼손으로는 물건을 집을 수조차 없었다. 하반신도 왼쪽 다리를 질질 끌고 다녔다. 마이클이 부축해줘야만 걸을 수 있었다.

'소파'나 '자동차'처럼 집안일과 관련한 일상적인 단어들이 혀끝을 뱅뱅 맴돌 뿐 입 밖으로 튀어나오지 않았다. 때로는 생각했던 단어와 전혀 상관없는 단어로 나오지 않는 말을 대신하기도 했다. "장 봐온 물건들이 아직 엘리베이터 트렁크에 있어." "벽장에서 점심 꺼냈니, 제이콥?"(제이콥은 그 애답게 고분고분 벽장으로 가서 제 샌드위치를 찾았다.)

병원에 갈 때마다 남편이 내 팔과 다리가 되어주었다. 때로는 휴가를 내서 어린이집을 도와주기도 했다. 하지만 마이클은 마이클대로 가슴 아픈 소식이 기다리고 있었다. 오랫동안 상사이자 멘토였던 톰이 폐암 말기 선고를 받은 것이다. (남은 시간은 길어야 두 달 정도였다.) 톰은 마이클이 직장 생활을 시작할 때부터 그의 잠재력을 알아보고 격려해준 첫 번째 선배였다. 마이클에게는 아버지 같은 분이고 대변자이기도 했다. 그런 톰을 떠나보낸다면 마이클이 받을 정신적 충격은 상상을 초월할 게 분명했다.

그 일로 현실적인 문제도 생겼다. 톰의 자리에 훨씬 젊은 사람이 부임했다. 그런데 그는 톰이 늘 격려하며 신경을 써주던 사람들에게 그다지 동정적이지 않았다. 그러니 근무 시간을 융통성 있게 조정하고 상사의 이해를 받아도 모자랄 시기에 오히려 해고를 걱정해야 했다. 남편은 일을 하면서도 짬짬이 어린이집 일을 봐주고 나를 병원에 데려다주어야 했다. 게다가 웨슬리가 수중 치료를 받도록 일주일에 두 번씩 아동 병원에도 데려가야 했다. 거기에 평소 내가 하던 장보기와 점심 도시락 싸기, 세탁일 같은 집안일까지 책임졌다. 나는 소파에 앉아 이런저런 지시를 내릴 수는 있었다. 하지만 운전을 하거나 장을 보거나 실질적으로 남편에게 도움이 될 만한 일은 아무것도 할 형편이 아니었다. 남편은 모든 일을 오롯이 혼자 해냈다.

그 시절 나는 남편이 슈퍼 영웅처럼 보였다. 나는 몇 년 동안 시행착오를 거쳐 어린이집과 특수 아동, 엄격한 치료 스케줄을 맞추는 일에 적응했다. 오랜 시간 몸으로 익힌 살림의 요령도 있었다. 하지만 남편은 그런 게 전혀 없었다. 도대체 얼마나 강인하고 얼마나 인내심이 강하면 그 모든 책임을 다 떠안을 수 있는지 믿을 수 없었다. 그에게서 샘솟는 에너지에 감탄할 따름이었다. 육체적 장애가 생기니 매일매일 마이클에게, 또 마이클이 내 곁에 있다는 사실에 전보다 훨씬 더 감사한 마음이 들었다.

하지만 힘들어도 너무 힘들었다. 그때는 우리도 미처 몰랐지만 말이다. 마이클에게 서서히 개인적인 위기가 닥쳐오고 있었다. 지금 돌이켜보면 자신이 책임져야만 했던 살인적인 일정 때문에 무너진 것 같지는 않다. 물론 모든 면에서 막중한 부담을 떠안기는 했지만 그보다 더 중요한 게 있었다.

마이클은 제이콥의 자폐증이 얼마나 심각하며 웨슬리의 병이 얼마나 심각한지 잘 알았다. 하지만 자동차를 타고 출근하는 순간 그

지긋지긋한 일상으로부터 잠시나마 숨을 돌릴 수 있었다. 하루, 다시 말해 '나의 하루'를 버텨내는 데에는 뭔가 특별한 게 있게 마련이다. 그 특별한 뭔가로 인해 남편은 지난 5년 동안 살아온 우리의 현실을 뼈저리게 실감했다. 남편은 우리가 맞서는 현실을, 우릴 짓누르는 어려움을 속속들이 파악하겠다는 마음을 절대 포기하지 않았다. 하루하루가 결코 이길 수 없을 것만 같은 전쟁 와중에 벌이는 소규모 전투 같았다. 도대체 뭘 어떻게 해야만 전세를 뒤집을 수 있을까?

제이콥을 낳느라 진통할 때 마이클은 나를 돌봐주겠다고 엄숙하게 맹세했다. 나는 마이클이 결혼식에서 내게 서약할 때보다 훨씬 더 진지하게 이 맹세를 했다고 믿는다. 그날 마이클은 내가 편안하고 행복하게 살 수 있도록 무슨 일이 있어도 최선을 다하겠다고 다짐했다. 그리고 그 약속에 충실했다. 남편은 제이콥이 자폐 증세를 보이고 치료를 받는 내내, 의료진으로부터 웨슬리가 가망이 없을 수도 있다는 말을 들을 때도, 리틀 라이트를 운영하며 희망을 의심할 정도로 눈앞이 막막한 순간에도 나를 지탱해주었다. 그런 남편 앞에서 내가 허물어지고 있었다. 남편 입장에서 그건 자신이 약속을 지키지 못했다는 것과 다름없었다. 마이클은 자신이 나를 실망시켰다고 여겼다. 그래서 패배자가 된 기분에 빠져들었다.

남편의 내면에 긴장이 차오르기 시작했다. 처음에 나는 아무것도 몰랐다. 아이들을 모두 재운 어느 겨울밤, 우리는 소파에서 함께 TV를 보고 있었다. 나는 아마 살짝 졸았던 것 같다. 갑자기 마이클의 목소리가 들려 퍼뜩 정신을 차렸다. "나는 이 상황을 바로잡을 수 없어!" 그러곤 벌떡 일어나 트럭 열쇠를 집어 들고 그대로 집을 나가버렸다.

뭐가 어떻게 된 건지 어안이 벙벙했다. 우리는 다투지도 않았다. 오히려 그 어느 때보다 가까워졌다고 느끼던 중이었다. 게다가 내 건강도 서서히 회복되고 있었다. 그 무렵에는 누가 부축해주지 않아도 걸을 수 있었고, 일상적인 활동에도 좀 더 참여할 수 있었다.

나는 뼛속까지 무서웠다. 거리는 곳곳이 젖고 얼어붙어 있었다. 집을 나갈 때 마이클은 감정적 동요가 심했고, 평소의 모습이 아니었다. 그랬기에 운전이나 제대로 할 수 있을지 걱정스러웠다. 나는 당황해서 벤에게 전화를 걸어 마이클을 찾아봐달라고 부탁했다. 수화기를 내려놓자 비로소 상황이 얼마나 심각한지 실감났다. 마이클은 집을 나갔고, 나는 그가 돌아올지조차 자신할 수 없었다.

결국 어머니까지 오셨다. 우리는 전화기를 붙잡고 마이클의 친구들에게 전화를 걸어 그가 갈 만한 곳을 아는지 물었다. 하지만 그를 봤다거나 연락을 받은 사람은 아무도 없었다. 당시 우리에겐 호텔에서 하룻밤 묵을 돈도 없었다. 그러니 호텔에 문의할 필요는 없었다. 벤은 밤새 차를 몰고 마이클을 찾아다녔다. 남편의 모습을 어디에서도 찾을 수 없자 새벽 3시 무렵에는 배수로나 도랑을 살피며 자동차가 처박혀 있지나 않는지 눈여겨보기 시작했다. 어머니는 전화기를 들고 다른 방으로 가서 병원마다 전화를 걸었다. 나는 소파에 앉아 어머니가 타준 허브차를 몇 주전자나 마셨다.

동이 터서야 돌아온 벤이 나를 안으며 차분하게 말했다. "갈 만한 곳은 다 찾아봤어. 매형은 이 부근에 없는 것 같아, 누나. 다시 안 돌아올지도 모르니 마음의 준비를 해야 할 것 같아."

나는 도저히 인정할 수 없었다. 그래서 벤에게 어머니가 아이들을 돌봐주는 동안 같이 한 번 더 돌아보자고 했다. 그리고 마침내 집에서 얼마 멀지 않은 호텔 주차장에서 마이클의 차를 발견했다. 집에서 1킬로미터 남짓 떨어진 곳에서 살을 에는 듯한 추운 밤을 보낸 것이다. 몸을 벌벌 떨며 한쪽 다리를 질질 끌고 자동차에서 내린 나는 마이클의 차로 다가갔다. 벤은 따라오지 않고 차에서 기다리며 둘만의 시간을 주기 위해 고개를 돌렸다.

정말 길고 긴 밤이었다. 나는 마이클이 왜 집을 나갈 수밖에 없었는지 그 이유를 생각하고 또 생각했다. 아무리 생각해도 대답은 단 하나뿐이었다. 바로 불구가 된 나 때문이었다. 마이클과 결혼할 때만 해도 나는 장애인이 아니었다. 하지만 지금 나는 입이 뒤틀리고 누군가의 포옹을 두 손으로 받아줄 수도 없는 몸이 되었다. 남편 눈에는 이런 내가 괴물처럼 보였을 것이다. 하지만 번뇌로 가득 찬 그의 표정을 보자마자 무엇 때문에 그렇게 무너졌는지 알 수 있었다. 그 추운 자동차에 밤새도록 고독하게 앉아 무슨 생각을 했는지 귀에 고스란히 들리는 듯했다. '당신을 건강하고 행복하게 살도록 지켜주겠다는 약속을 지키지 못했어. 당신을 지키지 못하면 나는 전부 실패한 거야.'

마이클은 언제나 용감하고 침착했다. 매사를 더 좋게 만들 수 있는 남자였다. 하지만 그날만큼은 용감하고 침착하고 모든 것을 좋게 바꿀 수 있는 사람은 나였다. 앞좌석에 올라탄 나는 남편의 팔을 잡고 이렇게 말했다. "집에 가자."

그렇게 우리는 집으로 돌아왔다. 그날 이후 우리의 관계는 달라졌다. 나는 우리가 한층 더 가까워질 줄은 꿈에도 몰랐다. 나는 마이클에 대해 속속들이 다 안다고 생각했다. 하지만 우리 가족과 나를 위해 얼마나 헌신하고 있는지 완전히 이해하지는 못했던 것 같다. 결혼할 당시에는 솔직히 남이나 다름없었다. 하지만 결혼 후 우리를 찾아온 모진 시련도 우리를 갈라놓지는 못했다. 그 모든 어려움에도 우리는 여전히 함께였고, 여전히 미칠 듯이 사랑했다. 하지만 그날 밤 이후에야 우리가 서로에 대해 알아야 할 것들을 비로소 다 알게 된 것만 같았다. 그리고 마침내 우리 둘 모두 깊이 깨달았다. 이 세상 그무엇도 우리를 갈라놓을 수 없다는 사실을 말이다.

그로부터 약 1개월 후, 의사는 마침내 내 병명을 찾아냈다. 바로 만성적인 자가면역 장애 질환인 루푸스Lupus였다. 치료법도 없는 퇴행성 질병을 앓고 있다는 사실을 알자 차라리 마음이 놓였다. 이런 말 자체가 어이없지만 그때는 정말 그랬다. 이제야 건강이 악화된 이유를 찾아냈다. 누군가가 내 얼굴에 뜨겁게 달군 바늘을 박아 넣는 것 같은 극심한 신경통이며, 마당에서 불어오는 바람에도 그렇게 고통스러운 이유와 이른 나이에 뇌졸중이 발병한 이유까지 죄다 밝혀진 것이다. 의사 선생님은 루푸스는 여름이면 차도를 보이다 날씨가 추우면 악화하는 경향이 있다고 했다. 그래서 겨울이 다가오자 증세가 더 심해졌던 것이다. 루푸스 진단으로 임신이 어려웠던 이유도 비로소 밝혀졌다. 내 면역 체계가 아기를 받아들이려 하지 않았던 것이다.

그러니 세 아이를 낳은 것조차 기적이었다.

병명이 밝혀지자 마이클도 나를 지키겠다는 맹세에 대한 부담을 조금은 던 듯했다. 아무리 마이클이라도 루푸스만큼은 고칠 수 없을 테니 말이다.

요즘도 마이클은 병에 걸린 내 삶이 조금이라도 편하도록 소소한 일까지 신경을 써준다. 이를테면 부탁하지 않아도 커피를 내리거나, 내가 TV를 보려고 앉으면 얼음물을 한 잔 가져다주는 식이다. 마트에서 계산하려고 줄을 설 때는 일부러 내가 제일 좋아하는 초콜릿 과자를 비치한 카운터를 고른다는 것도 나는 알고 있다. 아무리 마이클이라도 오는 겨울을 막을 수는 없다. 하지만 내 발이 얼지 않도록 털이 두툼한 부츠를 신겨줄 수는 있다.

그리고 여전히 남편은 매주 내게 장미를 선물한다. 그래서 우리 집엔 곳곳에 말린 장미가 걸려 있다. 부엌 그릇장 위나 계단이 꺾이는 곳, 여기저기 놓인 화병에도 장미가 가득하다. 싱싱한 꽃다발을 받을 때마다 나는 그 꽃들이 마이클과 내게 어떤 의미인지 알기에 더욱 감사한다.

젤리 빈

뇌졸중은 회복이 더딘 질환이다. 기운을 다시 차리기까지 오랜 시간이 걸린다. 지금도 과로를 하거나 몸이 좀 아프면 왼손의 손아귀 힘이 유난히 약해진다. 그래서 무거운 짐이나 책을 들 때는 아이들을 부른다.

뇌졸중이 찾아오고 1년이 지난 후에야 비로소 우리의 삶도 정상 궤도를 되찾았다. 아니 그 무렵의 우리로서는 정상이라고 할 만한 삶으로 돌아왔다는 말이 맞을 것이다. 마이클은 타깃을 나와 서킷 시티Circuit City에 취직했다. 피스풀 이선은 정상적인 발달 과정대로 착착 자랐다. 말을 할 즈음에 말을 시작했고, 걸을 즈음에 걸음마를 뗐고, (그리고 내게 가장 중요한 것은) 꼭 껴안을 수 있었다. 발달 과정에 놓인 이정표를 하나씩 지날 때마다 나는 안도의 한숨을 조용히 내쉬었다.

하지만 그 무렵 빅뉴스 중의 빅뉴스는 웨슬리였다. 수중 치료는 꾸준한 효과가 있었다. 그 덕분에 뻣뻣하게 굳었던 조그마한 몸이 상당히 유연해졌다. 어느새 전보다 훨씬 수월하게 움직이더니 세 돌 무렵에는 걷기 시작했다.

이윽고 펄쩍펄쩍 뛰거나 전력 질주를 하고 훌쩍 뛰어올랐다가 요란하게 쿵 소리를 내며 내려왔다. 일단 움직일 수 있게 되자 웨슬리는 아침에도 침대에서 평범하게 일어나지 않았다. 〈곰돌이 푸〉에 나오는 호랑이 티거처럼 풀쩍 뛰어내리며 가구를 박살내고 형이나 동생을 깔아뭉개곤 했다. 부엌에서 투명테이프를 가져오라고 하면 자동차 경주라도 하듯 두 다리가 붕 뜬 것처럼 모퉁이를 쏜살같이 돌아다녔다.

별안간 우리 집은 익스트림 스포츠(스피드와 스릴을 만끽할 수 있는 모험 레포츠)의 장애물 경기장으로 변했다. 웨슬리는 소파만 보면 올라가 쿵쿵 뛰었고, 책장을 보면 타고 올라갔다. 계단을 내려갈 때는 마지막 여섯 단을 한번에 훌쩍 뛰어내렸다. 방에 있을 때면 10초마다 어디선가 쿵쿵 소리가 났다. 웨슬리는 그렇게 느닷없이 활동적인 아이로 변했다. 마이클과 나는 그 아이의 엉뚱한 모습에 웃을 수밖에 없었다. 우리는 그 애가 온통 베이고 긁히고 상처 나는 것을 감수해야 했다. (가끔은 응급실에도 실려 갔다.) 우리가 달리 뭘 할 수 있었겠는가? 우리는 그동안 웨슬리가 잃어버린 시간을 보상해주어야 했다. 게다가 이 세상에서 그 애를 말릴 만한 것은 아무것도 없었다.

제이콥이 거둔 성과도 대단했다. 유치원을 졸업할 무렵, 성공적으로 일반 유치원에 적응했다는 사실을 아무도 부인하지 않았다. 유치원에서는 제이콥이 당연히 소동을 피우거나 투정을 부릴 거라 예상하고 정기적으로 그 애를 관찰했다. 하지만 그런 일은 일어나지 않았다. 유치원 마지막 날, 내가 느낀 자부심은 단지 내 아들이 개인적으로 거둔 성과 때문만은 아니었다. 물론 그것만으로도 어마어마한 자부심을 느꼈지만 말이다. 아마도 자폐증에 대한 사람들의 인식을 조금이나마 바꾼 게 자랑스러웠던 것 같다.

하지만 솔직히 아직도 해결해야 할 문제가 더러 있었다. 제이콥과 제대로 된 대화를 나누는 것도 그중 하나였다. 아이들에게 학교에서 그날 하루 무슨 일이 있었느냐고 물어보면 대부분 이렇게 대답한다. "아무 일도 없었어." 하지만 결국에는 부모한테 미주알고주알 털어놓게 마련이다. 이를테면 웨슬리는 제 아빠가 주유소에 기름을 넣거나 할 때 데려가면 몇 주 동안 그 이야기만 한다. 가면서 본 자동차들을 자세히 설명하고, 주유원의 헤어스타일이 우스웠다거나 그 주유원 누나한테 사탕을 받았다거나 하는 이야기를 시시콜콜 들려준다.

제이콥은 달랐다. 초등학교 1학년 때 학교에서 돌아오면 제이콥은 내 손을 잡고 밖으로 이끌었다. 그리고 저녁을 먹을 때까지 자동차 번호판을 읽으며 동네를 돌아다녔다. 학교는 어땠냐고 물어보면 시간표를 줄줄 외웠다. 둘러앉기 다음은 읽기 수업 다음은 점심시간. 이런 식으로 말이다. 학교에 대한 유일한 소식통인 제이콥이 이 모양이니 나는 같은 반 아이들의 성격은 고사하고 이름조차 몰랐다. 제이콥은 터무니없을 정도로 사실에 집착했다. 가령 같은 반 아이들이 쉬는 시간이 끝나고 7분 후에야 교실에 들어왔다는 말을 전할 수는 있었다. 하지만 코피 난 아이가 있어서 늦었다는 말을 하지는 않았다.

나는 제이콥의 세계에 더 다가갈 수 없어 살짝 서글펐다. 특히 다른 부모들이 아이들과 많은 이야기를 나누는 모습을 볼 때면 더욱 그랬다. 어느 날 오후였다. 가게에서 아이와 함께 온 같은 반 엄마를 만났다. 우리는 잠시 이야기를 나누었다. "와우, 운동장에서 아이들이 다퉜다고 하던데, 들으셨어요? 엘리사 아버지가 학교로 찾아가 제레미가 그 애를 어떻게 밀쳤는지 교장한테 이야기했대요. 아 참, 올리버랑 매디슨이 항상 손을 잡고 다닌다니, 정말 귀엽지 않아요? 그런데 매디슨네 가족이 섭섭하게도 내년에 시카고로 이사를 간대요."

도대체 그런 이야기를 어떻게 다 아는 걸까? 혹시 내가 학부모 모임을 빠졌었나? 그런 얘기를 알려주는 소식지라도 있나?

"어머, 우리 케이틀린 아시죠? 별명이 수다쟁이 캐시예요." 그 엄마는 이렇게 말하더니 내 카트 뒤쪽에 앉아 구름에 관한 책을 읽고 있는 제이콥을 보며 말했다. "케이틀린이 그러는데, 너는 퍼즐 코너에서 오래 있는다며? 도서관에서는 항상 날씨와 바위에 관한 책들을 빌린다던데. 그렇지?"

역시나 제이콥은 대꾸하지 않았다. 나도 내 아들만큼이나 할 말이 없었다. 어쩌다 마주친 여자도 제이콥이 학교에서 누구와 어울리고, 무엇을 하고, 왜 그런 행동을 하는지 나보다 더 잘 아는 것 같았다. 구입한 물건들을 자동차 뒷좌석에 모두 싣고 제이콥도 뒷자리에 태우고 나서야 패배감 비슷한 감정이 밀려왔다. 천성적으로 그런 부정적인 감정을 오랫동안 붙잡고 있지 못하는 게 그나마 다행이었다. 나는 제이콥도 언젠가는 나와 대화를 나눌 수 있으리라는 믿음을 버리지 않았다.

학교생활은 순조로웠다. 그래도 나는 여전히 아침마다 제이콥에게 학교에서 일어날지도 모르는 특별한 상황에 잘 대처하도록 준비시키는 걸 게을리하지 않았다. 아무리 나라도 모든 사태에 다 대비할 수는 없었다. 그래서 상황에 적응하기 위해 필요한 방법을 가르치는 데 집중했다.

제이콥이 1학년 때 일이다. 핼러윈이 다가오는 어느 날, 제이콥의 담임 선생님이 커다란 병에 오렌지와 검은색 젤리 빈을 가득 채운 다음 가장 근접한 개수를 맞히는 아이에게 그 병을 주겠다고 했다. 아기 때부터 시리얼 상자의 체적을 척척 계산한 제이콥이었다. 하지만 제이콥은 병 윗부분의 빈 공간이 어느 정도인지 알 수 없었다. 선생님이 뚜껑을 닫아놓았기 때문이다. 그렇지만 제이콥은 자기 계산대로 하면 정답과 스무 개 정도 차이가 날 거라고 자신했다.

그런데 그 추측은 보기 좋게 빗나갔다. 젤리 빈의 수는 제이콥이 도출해낸 답보다 훨씬 적었다. 정작 그 병을 갖게 된 아이는 아무렇게나 찍었다고 신 나게 떠들었다.

집으로 돌아온 제이콥은 얼이 빠져 있었다. 가게에 있는 젤리 빈을 다 사주겠다는 말로도 위로할 수 없었다. 물론 문제는 사탕이 아니라 수학이었다. 이러다 젤리 빈 때문에 아이가 미쳐버리는 건 아닌가 싶었다. 그날 저녁, 제이콥은 밥 먹는 것도 잊은 채 오로지 검산을 하고 또 검산했다. 왜 자신의 계산이 그렇게 크게 빗나갔는지 논리적인 이유를 찾아내기 위해서였다.

이튿날, 제이콥은 마침내 합당한 이유가 있었다는 사실을 알아냈다. 선생님이 병 중앙에 커다란 알루미늄 포일 뭉치를 넣어뒀던 것이다. 선생님이 젤리 빈을 조금만 넣고 싶었던 것일 수도 있고, 한 아이에게만 젤리 빈을 잔뜩 주는 걸 꺼려했을 수도 있다. 이유야 어쨌든 선생님은 게임을 조작했고, 그 때문에 제이콥의 방정식이 맞지 않았던 것이다. 물론 선생님도 고의는 아니었을 것이다. 1학년짜리가 방정식으로 병의 부피를 계산할 거라고 누가 감히 상상이나 했겠는가? 어쨌든 제이콥은 완전히 틀렸다.

우리 집에서 '젤리 빈 사건'이라고 부르는 이 일이 일어났을 때, 나는 내 아이들은 물론 내가 보살폈던 아이들에게 예전부터 써온 방법을 적용해보기로 했다. "네가 화난 것 알아, 제이콥. 그런데 이 세상에는 저울이 있어. 네가 사랑하는 사람이 죽으면 저울의 눈금은 10을 가리켜. 어떤 일로 10이 되면 버럭 화를 내도 돼. 그보다 더한 것을 해도 괜찮아. 네가 침대에 들어가서 나오지 않으면 엄마가 휴지를 들고 있을게. 하지만 이 저울에는 반대편에도 눈금이 있어. 젤리 빈이 가득 든 병 같은 건 누군가의 뼈가 부러졌다거나 팔을 잃은 일이 아니야. 그건 그냥 가게에서 살 수 있는 젤리 빈이 가득 든 병에 불과해. 이 정도면 눈금은 2야. 그러니 눈금 2 사건에 맞게 눈금 2 반응을 보여야 해. 눈금 10 반응이 아니라." 나는 이런 방법으로 아이들, 특히 자폐아들이 상황을 달리 보도록 유도했다. "누군가가 자동차 사고를 당했다. 신발이 따끔거리는 것 같다. 어느 쪽이 10일까?" 나는 이렇게 묻는다. "모든 면에서 눈금이 10이면 맘대로 해. 하지만 셔츠의 라벨 때문에 목이 가렵다고 10만큼 반응을 보일 필요는 없잖아."

이처럼 우리는 제이콥에게 때때로 눈금 2 사건일 때 눈금 2 반응을 보여야 한다고 귀띔해주어야 했다. 그래도 대체로 규칙에 입각해서 사회적 행동을 일깨워 적절하게 반응하도록 도왔다. 이런 방법은 상당히 효과가 있었다. 제이콥이 자폐증에서 완전히 벗어난 것이냐는 질문을 받을 정도로 말이다. 물론 자폐증에서 벗어났을 리 만무했다. 그런 날은 오지 않을 것이다. 제이콥의 자폐증은 매일 헤쳐 나가야 하는 일상이다. 우리끼리 통하는 표현인 '완전 레인 맨'이 될 가능성을 품고 있는 사건은 언제든 일어날 수 있다. 그러나 마이클과 나는 계속해서 제이콥에게 적절한 선택을 위해 필요한 방법을 알려주려고 노력했다. 덕분에 대개의 경우 제이콥은 올바른 선택을 했다.

우리는 토요일 오후면 거의 빼놓지 않고 반스 앤드 노블에 갔다. 그리고 웨슬리와 제이콥에게 종류에 상관없이 일주일에 책 두 권을 사도록 해주었다. (말은 그렇게 했지만 나는 여전히 아이들을 할인 코너로 이끌곤 했다.) 그런 뒤에는 카페에서 요기를 하며 구입한 책을 훑어보았다. 나는 책을 얼마나 많이 읽는지는 상관하지 않는다. 왜냐하면 갓 구입한 책의 첫 페이지를 펼친 채 오후 내내 코를 박고 있는 데는 뭔가 특별한 것이 있기 때문이다. 그럴 때마다 나는 내 아이들과 감정을 나누는 즐거움을 느낀다.

제이콥이 언제나 참고서 코너로 직행하는 것은 놀랄 일도 아니었다. 그 애는 각종 연대표와 지도, 그래프, 차트로 가득한 책은 뭐든 갖고 싶어 했다. 위대한 과학자들의 이야기를 무척 좋아했다.《연대별 세계의 역사Timechart History of the World》도 아주 좋아했다. 하지만 누가 뭐래도 가장 좋아하는 책은 환경과학을 다룬 대학 교재였다.

나는 제이콥이 자신의 감정을 추스르고 마음을 가라앉히기 위해 각종 사실을 암기한다는 것을 알고 있었다. 사실을 나열한 목록을 읽기만 해도 제이콥은 내 친구들이 30분 동안 시트콤을 보거나 가십 또는 패션 잡지를 훑어보는 것과 같은 효과를 보았다. 나는 스테파니 같은 동생과 같이 자란 덕분에 남들은 결점이라고 여기는 재능과 장점을 잘 찾아냈다. 게다가 남편의 별난 모습을 지켜봤기에 제이콥이 무엇에서 위안을 얻는지 깨달을 수 있었다.

마이클도 긴장을 풀어야 할 때면 사소한 것들을 암기한다. 마이클에게 1970년대 이후 개봉했지만 사람들의 기억에서 사라진 이런저런 영화에 누가 나왔는지 물어보라. 아니면 1983년 세인트루이스 카디널스 팀의 1루수가 누구인지 물어보라. 한 치의 망설임도 없이 답을 알려줄 것이다. 그게 끝이 아니다. 그 배우나 선수가 나중에 어떻게 되었는지도 소상하게 가르쳐줄 것이다. 타깃에서 일할 때 남편의 별명은 '대단한 마이크'였다. 여름 내내 화물을 싣고 내리는 작업을 했는데, 매장에 있는 재고 관리 코드를 모조리 외워버린 것이다. 그 후로 가격표가 없어지면 직원들은 계산대에 문의하지 않고 무전기로 남편을 불렀다. "이봐, 마이크? 수와브 코코넛 샴푸?" 퀴즈 프로그램을 보면 얄미울 정도로 문제를 잘 맞혔다. 오죽 얄미웠으면 방송에 나가서 우승할 때까지는 절대 같이 그 프로그램을 보지 않겠다고 했겠는가. 그래서 제이콥이 태양계의 행성이나 소행성의 이름을 외우는 모습을 봐도 다른 부모와 달리 전혀 이상하지 않았다.

제이콥은 관심사가 아주 광범위했다. 미국 역사에 관한 책을 닥치는 대로 읽은 적도 있다. 정보에 대한 욕구는 끝이 보이지 않았다. 게다가 우리가 본 바로는 아이의 기억력은 절대 지치는 법이 없었다. 제이콥은 기억하는 사람도 별로 없는 제임스 뷰캐넌이 미국의 제15대 대통령이었으며, 그가 대통령직을 수행한 기간과 생일, 배우자 이름, 사망일까지 알려줄 것이다. 제이콥은 뷰캐넌이 어느 주 출신이며 선거인단 투표에서 득표율이 얼마였는지도 알고 있다.

제이콥은 문제가 들어 있는 참고서를 절대 지나치는 법이 없었다. (지금도 마찬가지다. 시험이 취소되었다고 아이를 위로하는 엄마는 이 세상에 내가 유일할 것이다.) 나는 제이콥이 서점에서 수험서 코너를 발견한 날을 지금도 기억한다. ACT(미국 대학 입학 학력고사)! PSAT(예비 대학 수학 능력 평가)! SAT(대학 수학 능력 평가)! MCAT(의과 대학 입학 자격 고사)! GMAT(경영 대학원 입학시험)! LSAT(법학 대학원 입학시험)! 이런 책들은 페이지마다 문제가 가득하고 수학 문제도 잔뜩 있지 않은가! 아이는 내가 일부러 이 멋진 간식을 숨기기라도 했다는 듯 원망스러운 눈길을 보냈다. 1학년 때 가장 좋아한 책은 GED(고졸 학력 인증) 수험서였다. 제이콥은 언어 부문엔 전혀 관심이 없었다. 그래서 나는 제이콥이 그 시험을 전부 통과할 수 있을지 자신할 수 없었다. 하지만 그해 말 제이콥은 수학 시험에서 완벽한 점수를 받았다.

희한하게도 학교에서는 제이콥의 이런 괴상한 행동을 전혀 알아차리지 못하는 것 같았다. 설령 눈여겨보았다 해도 입에 담지 않았다. 학년 초에 아이들은 수학 문제가 들어 있는 커다란 문제집을 받는다. 이 문제집으로 앞으로 한 학년 동안 공부를 한다. 제이콥은 그걸 받자마자 이틀 만에 전부 풀어버렸다. 그 사실을 안 선생님은 수업 도중 구석에서 책을 읽을 수 있게끔 해주었다.

제이콥은 시각 기반 수학 언어Visual-Based Math Language를 직접 만들어냈다. 제이콥은 지금도 이 수학 언어로 다른 아이들을 가르친다. 이 언어는 수를 비롯해 방정식을 표시하기 위한 수의 조합을 색깔과 형태로 나타낸다. 주판이 만화경과 결합했다고 상상하면 된다. 지금은 가벼운 상자 위에 온갖 색깔과 형태의 슬라이드를 층층이 쌓아놓는다. 하지만 그때는 수천 장의 종이를 이용했다. 제이콥은 종이를 여러 형태로 꼼꼼하게 잘라 층층이 쌓아가며 복잡한 계산을 수행하곤 했다. 그런데도 제이콥을 비롯해 아무도 마이클이나 내게 그 애가 수학에서 월반했다는 사실을 말해주지 않았다.

예전 서류를 정리하다 보면 가끔 그 시절 제이콥이 쓴 종이를 찾곤 한다. (기억은 안 나지만 아이들이 사각형 위에 삼각형을 올리는 식으로 집을 그릴 때, 제이콥은 크레용으로 좀 더 능률적인 수력 발전소를 설계했다.) 그런 것들이 들어 있는 낡은 상자에서 제이콥이 1학년 때 쓴 일기장도 찾았다. 선생님은 일주일 기한으로 과제를 내주었다. 대통령이 되면 하고 싶은 일에 대한 작문이었다.

그 주에 제이콥이 쓴 일기에는 이렇게 적혀 있었다. "내가 대통령이 된다면 사람들에게 뉴올리언스를 버리라고 할 것이다. 또 내가 대통령이 된다면 뉴올리언스를 다른 곳에 지을 것이다. 나는 또 건축가에게 놀이공원을 설계해 지으라고 할 것이다. 남자든 여자든 놀이공원을 다 지으면 그곳에 놀러 갈 것이다. 그곳에서 신 나게 놀 것이다."

제이콥이 쓴 "남자든 여자든"이라는 표현만큼 귀여운 게 없는 것 같았다. 몇 장을 넘기니 이런 내용도 있었다. "대통령이 된다면 플로리다에 가서 사람들에게 허리케인에 대해 경고하겠다." 우리는 이런 것을 전혀 생각하지 못했다. 제이콥이 기후와 기후 변화에 얼마나 집착하는지 잘 알고 있었지만 말이다. 제이콥이 날씨에 대해 갖는 집착이 우리 집에서는 늘 농담거리다. 작년 크리스마스에 무슨 선물을 받았는지는 기억 못해도 여든 살에도 그날 눈이 얼마나 쌓였는지는 잘 기억할 거라는 농담을 하곤 한다. (제이콥은 유치원에서도 같은 반 아이들의 이름을 전혀 기억 못했다. 그러면서도 유치원에 간 첫날, 버스를 기다리는 동안 계단통으로 피해 있어야 할 만큼 거세게 쏟아진 비바람에 대해서는 세세한 부분까지 생생하게 묘사할 수 있다.)

그 일기를 쓴 2005년 1월을 생각하면, 지금은 그로부터 7개월 후 허리케인 카트리나가 미국 남부를 쑥대밭으로 만들었다는 사실이 먼저 떠오른다.

사내아이들의 아지트

2학년이 되자 제이콥은 학교에서 늘 활기가 넘쳤다. 하지만 나는 뒤에 붙은 그림자처럼 자폐증이 늘 신경 쓰였다. 방심하면 언제라도 슬그머니 기어 나와 아이의 등을 낚아챌 것 같았다. 나는 제이콥이 수학이나 읽기에서 뒤떨어지면 당연히 개인 교습을 받게 해주듯 제이콥에게 친구를 만들어주는 일도 내 책임이라고 생각했다. 친구를 사귀려면 우리에겐 약간의 도움이 필요했다.

요즘 나는 핼러윈에 푹 빠졌다. 나는 핼러윈을 사랑한다. 마이클은 내가 기를 쓰고 핼러윈을 특별하게 만든다고 (게다가 자신마저도 기를 쓰게 한다고) 놀려댄다. 누군가가 오랫동안 움직이지 않고 버틸 수만 있다면 나는 직접 분장도 해주고 의상도 만들어 입혀줄 의향이 있다. 이는 우리 동네 사람들이 다 아는 사실이다. 제이콥의 첫 번째 핼러원 때는 전신 크기의 호박 복장을 만들어 입혔을 뿐만 아니라 집에 있는 작고 빨간 수레를 호박으로 장식하기도 했다. 나는 귀여운 호박들로 장식한 호박 초롱을 매단 호박 마차에 작은 호박으로 분장한 제이콥을 태우고 온 동네를 돌아다녔다.

제이콥이 2학년일 때는 근처 농장까지 가서 호박을 여러 개 사왔다. 어린이집 아이들과 함께 호박을 깎아 초롱을 만들 계획이었다. 호박을 싣고 돌아오는 길에 이웃집 사내아이들을 본 순간 가슴이 무지근히 아팠다. 아이는 모두 일곱이었는데, 몇 명은 마당에서 축구를 하고 나머지는 골목에서 놀고 있었다.

집에 도착해 진입로에 들어선 나는 시동을 끄고 가만히 앉아 제이콥을 지켜보았다. 마침 제이콥도 밖에 나와 있었다. 하지만 우리 집과 이웃집의 풍경은 너무나 대조적이었다. 그 즈음 제이콥은 집에 있는 물건들로 입체 도형, 이를테면 입방체와 구, 원통, 원뿔 등을 만들며 노는 걸 아주 좋아했다. 가장 좋아하는 평행육면체도 빼놓지 않았다. 두루마리 휴지며 링컨 로그 블록, 면봉, 공작용 막대기 등 뭐든 상관없었다. 그날 저녁에도 제이콥은 물건들을 포치 앞 난간에 가지런히 놓으며 도형을 만드느라 여념이 없었다.

나는 자동차에서 나와 집으로 걸음을 옮겼다. 파스타를 만들기 위해 냄비를 불에 올렸다. 그런 후 제이콥과 나는 포치를 물들이는 희미한 가을 햇빛을 받으며 사이좋게 각자의 일을 했다. 제이콥은 입체 도형에, 나는 거미줄과 호박(아마도 포그 머신Fog Machine과 비명을 지르는 유령도 몇몇 개)에 열중했다. 이웃집에서 밥 먹으라고 아이들을 부르는 소리가 들렸다. 바로 그때 한 가지 생각이 떠올랐다.

제이콥도 친구를 사귀면 좋을 것 같았다. 하지만 동네 아이들과 축구를 하도록 억지로 내보낼 수 없다는 사실은 누구보다 잘 알고 있었다. 그런 방법은 통하지 않을 게 분명했다. 제이콥은 신체 발달이 늦어서 행동이 굼뜨고 어설폈다. 게다가 축구 규칙을 아는지조차 확실하지 않았다. (그런 것 따위에는 신경도 쓰지 않을 게 분명했다.) 일단 아이들과 공통의 관심사가 필요했다.

우리 집을, 특히 제이콥의 방을 사내아이라면 도저히 오지 않을 수 없는 곳으로 꾸미면 어떨까? 그러면 옆집 아이들이 먼저 제이콥한테 다가오지 않을까?

다음 날, 나는 쇼핑을 갔다. 늘 그렇듯 이번에도 돈이 별로 없었다. 하지만 제이콥을 위한 투자라고 생각했다. 일단 이층침대와 털이 보송보송한 러그 몇 장, 빈백 의자를 몇 개 샀다. 그리고 카운터의 십대 아르바이트생이 자기라면 이걸로 고르겠다고 한 비디오게임과 플레이스테이션PlayStation도 잔뜩 샀다. 가게에 있는 도리토스 스낵도 종류별로 다 사고, 초콜릿 칩을 잔뜩 넣어 쿠키도 한가득 만들었다. 그리고 마이클과 이웃에게 부탁해 우리의 대형 TV를 2층으로 올렸다. (덕분에 나머지 식구들은 지하실의 작은 텔레비전으로 만족해야 했다.) 다시 말해, 사내아이들의 꿈의 놀이터, 사내아이들의 아지트를 만든 것이다. 그런 다음 대문을 활짝 열었다.

제이콥은 내가 새로 꾸민 방을 보고 얼떨떨한 표정을 지었다. 하지만 벽에 태양계 사진들을 걸 수 있다면 가구 따위는 아무래도 상관없었다. 제이콥은 새로 구입한 비디오게임을 무척 잘했다. 놀랄 만한 시공간 감각 덕분에 비디오게임에 발군의 실력을 갖고 있었다. (그건 지금도 그렇다.) 머리 뒤에 달린 게임 컨트롤러로 기타 히어로_{Guitar Hero}의 전문가 레벨을 연주해 서킷 시티 매장에서 수많은 인파를 모은 적도 있다.

아이들이 하나둘 찾아오더니 한참을 놀다 가기 시작했다. 제이콥은 그해에 사귄 친구 대부분과 지금까지도 친하다. 특히 루크하고는 지금도 절친한 사이다. 루크의 엄마와 나는 말하지 않아도 서로를 잘 이해했다. 그녀는 루크가 공부 잘하는 제이콥을 닮기를 바랐고, 나는 루크의 축구 실력이 조금이라도 제이콥에게 생겼으면 싶었다.

엄마들은 내 비밀 병기였다. 겨울 방학을 시작하고 이틀쯤 지나면 사내아이들은 특히 갑갑해서 죽을 지경이 된다. 그러면 제이콥을 좋아하는 엄마들은 이렇게 말했다. "크리스틴, 제발 나 좀 살려줘요. 아이들이 집을 난장판으로 만들고 있어요. 제이콥한테 여기 와서 놀라고 하면 안 돼요?" 어떤 엄마는 제이콥을 집으로 데려다주며 이렇게 칭찬하곤 했다. "제이콥은 어쩜 그렇게 예의가 바르죠? 예절 공부를 어떻게 시켰기에 그렇게 점잖은지." 하지만 나는 제이콥이 일곱 살짜리 다른 사내아이들보다 예의가 바르다고 생각하지 않는다. 단지 조용할 뿐이었다. 웨슬리가 약을 올릴 때 제이콥이 "간질이기 공격!"이라고 소리 지르면 오히려 짜릿할 것이다. 그래서 나는 제이콥이 친구들과 많은 시간을 보내며 그 아이들만큼만 사내아이다워지는 법을 제발 배우기를 속으로 빌었다.

비슷한 얘기지만, 다른 엄마들은 아이들이 험한 말을 하면 눈을 부라린다. 하지만 나는 어느 날 저녁, 제이콥이 오후에 본 영화를 "웩Wack('형편없다'는 뜻)"이라고 표현했을 때 너무 자랑스러워 펄쩍 뛰었다. 그 일에 엄청난 의미를 부여할 생각은 없다. 하지만 식탁을 치우는 마이클에게 슬그머니 미소를 보내지 않을 수 없었다. 그 표현은 제이콥이 난생처음 쓴 속어였기 때문이다.

제이콥은 친구들과 체스를 두기도 했다. 하지만 대부분 함께 영화를 보거나, 광선검으로 칼싸움을 하거나, 집에 있는 과자란 과자는 다 먹어치웠다. 〈스타워즈〉 프리퀄Prequel(유명한 책이나 영화의 내용과 관련해 그 이전의 일을 다룬 속편)이 나왔을 때 제이콥은 모든 대사를 다 외웠다. 그런데 비단 우리 아이만 그런 게 아니었다. 사내아이라면 거의 대부분 〈스타워즈〉의 대사를 줄줄 외웠다. 나는 제이콥이 친구들과 어울리는 모습을 볼 때마다 너무 기뻤다. 그래서 항상 과자와 비디오게임을 마련해두었다. 아이들이 다스 몰Darth Maul(〈스타워즈 에피소드 1〉에 등장하는 악당)을 잡겠다며 거실의 등을 빼가도 절대 야단치지 않았다. 가끔은 제이콥한테 살살 눈치를 줘야 할 때도 있었다. "제이콥, 이제 수학 이야기는 그만할 때 아니니?" 이런 경우를 제외하면 제이콥은 대개 놀라울 정도로 잘 적응했다. 그 덕분에 친구들과 진짜 우정을 키울 수 있었다.

지금은 어린이집이 우리의 삶에 완전히 녹아들었다. 그전처럼 이런저런 이벤트가 차고의 어린이집에서 우리 집까지 이어지는 경우도 많다. 그런 이벤트는 대부분 너무나 재미있어 누구나 자연스럽게 참여한다. 가령, 우리는 2주일이나 걸려서 상상할 수 있는 온갖 색깔의 젤리 빈 수천 개로 벽을 가득 메운 벽화를 만들었다. 정말 공이 많이 들어간 작업이었다! 하지만 우리는 노래도 부르고 이야기도 들려주면서 힘을 모았다. 완성된 작품은 무척 아름다웠다. 어마어마한 크기 덕분에 아이들은 진심으로 성취감을 느꼈다. 젤리 빈은 벽에 풀로 붙여놓은 것만큼 우리 배 속으로도 들어갔을 것이다.

그 무렵 어떤 엄마가 나를 찾아왔다. 그 엄마는 다음 주면 직장에 다시 나가야 했는데, 하필 아기가 분리 불안을 막 느끼기 시작할 시기였다. 그녀는 어린이집에 남겨질 아기보다 아기를 두고 가야 한다는 사실 때문에 더 불안한 것 같았다. 물론 나는 그 마음을 누구보다 잘 알았다. 나도 그랬으니까. 그날 밤 나는 이런 고민을 했다. 그 꼬마 아가씨의 첫날을 어떻게 하면 가장 특별하게 만들어줄 수 있을까?

이튿날, 나는 어린이집의 아이들을 모두 모아놓고 작업을 시작했다. 이선을 포함해 모두 열두 명이었다. 제이콥과 웨슬리도 학교에서 돌아온 후 손을 보탰다. 우리는 파티 용품점에서 볼 수 있는 온갖 색깔의 주름종이 띠로 커다란 나비들을 만들었다. 그런 후 마이클에게 나비들을 천장에 걸어달라고 부탁했다. "일단 시작하면 끝을 봐야 한다니까." 남편은 어김없이 이렇게 놀렸다. 온 천장을 뒤덮은 수많은 나비가 열린 창문으로 불어오는 미풍에 날개를 파닥거리는 모습은 정말 장관이었다.

내가 돌본 아이들은 다양한 활동과 이벤트를 했다. 아이들의 나이에 비해 너무 버겁지 않느냐고 말하는 사람도 있을 것이다. 하지만 나는 왜 아이들을 뜯어말려야 하는지 모르겠다. 아이들이 뭔가를 할 수 있고, 그것을 하고 싶어 하는데 말릴 이유가 어디 있는가? 오히려 매순간 아이들이 저마다 타고난 장점을 보여줘 나는 그때마다 놀라움을 감추지 못했다.

내 조부모님은 늘 스테파니와 내게 소소한 일거리를 주었다. 아주 어릴 때부터 그랬다. 예를 들어 우리는 주일 학교에서 미술 용품 정리하는 걸 좋아했다. 그건 시늉이 아니라 진짜 일이었다. 우린 걸음마를 시작할 때부터 그런 일을 했다. 교회에서 차를 내가는 일도 우리 담당이었다. 쟁반을 죄다 씻고 광을 냈다. 그런 후 크림과 설탕을 담은 그릇을 비롯해 반짝반짝 윤나는 티스푼을 가득 꽂은 작은 유리컵을 직접 날랐다. 우리가 잔을 깰까봐 걱정하는 사람은 아무도 없다. 물론 잔을 깬 기억도 없다.

할머니의 무릎에 앉아서 종이를 잘라 복잡한 도형을 만드는 법을 배우기도 했다. 다른 아이들이 안전 가위를 쓰도록 허락받기 전부터 그랬다. 바늘을 쥘 수 있을 때부터 옷 꿰매는 법을 배웠다. 할머니의 바늘땀은 당신이 바느질하는 두꺼운 면직물의 씨실 정도밖에 되지 않을 만큼 정교했다. 그것이야말로 경륜의 증거였다. 아주 어린 시절의 추억 중에는 누군가가 약혼을 발표하거나 임신할 때마다 할머니가 거실에서 만들곤 하던 커다란 퀼트 아래 숨어 놀던 기억도 있다. 나는 정성껏 수를 놓은 퀼트 조각 하나를 할머니께 자랑스럽게 건넨 후 그 퀼트 아래로 들어가 마음껏 놀곤 했다. 그때 나는 세 살이었다.

빵 굽는 법을 가르쳐준 것도 할머니였다. 그것도 따로 정해진 만드는 법이 아니라 '느낌'을 말이다. 동생과 나는 그릇에서 밀려나온 글루텐 조각으로 빵이 적당히 부풀어 오른 때를 알 수 있었다. 냄새로 쿠키가 알맞게 구워졌는지 판별할 수도 있었다. 이런 일들을 십대가 아니라 조리대에 닿으려면 높은 의자에 올라가야 할 정도로 어린 꼬마였을 때 이미 터득했다.

내가 내 자식들은 물론 어린이집 원아들에게도 남들이 생각하는 것보다 훨씬 더 많은 책임을 지워준 것은 어찌 보면 당연한 일이었다. 예를 들어, 아기 때 이선은 파스타를 좋아했다. 게다가 요리와 제빵에 관심이 많았다. 그래서 나는 저렴한 수동 파스타 제조기를 사주었다. 처음에 이선이 만든 파스타는 별로였다. 하지만 이선은 계속 파스타 만들기에 열중했다. 그리고 한 달 후, 네 살배기 이선은 그럴듯한 링귀니Linguine(납작하게 뽑은 파스타)를 만들었다.

노아는 산수를 좋아했다. 그래서 나는 그 아이에게 나무못에 커다란 구슬을 꿰어 주판을 만들어주었다. 그랬더니 노아는 혼자 곱셈을 터득했다. 클래어는 바느질을 좋아해서 펠트 천으로 동물 모양의 작은 베개를 만들었다. 우리는 그 베개들을 아동 병원에 있는 환아들에게 선물로 나눠주었다. 아이들에게 좋아하는 것을 하도록 해주는 것은 결코 헛된 일이 아니다. 독립심과 창의력을 키울 수 있는 기회이기 때문이다. 나는 경험을 통해 그런 사실을 깨달았다.

3부

꿈은

이루어진다

！

나는 누구지?

"내년에는 배울 수 있으면 좋겠어요."

제이콥이 2학년일 때였다. 선생님이 3학년에 올라가면 뭐가 가장 기대되느냐고 묻자 제이콥은 이렇게 대답했다. 제이콥은 지식에 굶주려 있었다. 지식을 갈망하고 갈구했다. 때로는 살짝 오싹할 정도였다.

마이클과 나는 아이가 갖는 관심의 폭과 깊이와 바닥이 보이지 않는 기억력, 기억들 사이에서 패턴을 찾아 연관 짓는 능력에 더 이상 놀라지 않았다. 하지만 제이콥의 지식욕을 채워주는 일은 여간 힘들지 않았다. 우리는 서점에 자주 들르고 인터넷을 수도 없이 뒤지면서 그 욕구를 최대한 충족해주려 했지만 아이는 만족을 몰랐다.

마이클은 그게 최선이라고 했다. 제이콥은 팩맨Pac-Man(일본에서 만든 비디오 게임의 상표명) 같은 아이라고 말이다. 눈앞에 뭔가가 있으면 그것에 대해 알아내고 머릿속에 집어넣어 에너지를 얻는 아이라는 얘기였다. 제이콥은 어떤 문제에 부딪히면 과정을 뒤집어서 뭔가 알아낼 것이 없는지 찾는다. 제이콥이 3학년 때 어린이집에 헤더라는 보조 선생님이 있었다. 당시 헤더는 대학교 2학년에 재학 중인 여학생이었다. 마이클과 나는 제이콥이 아기였을 때 DVD를 보고 일본어를 깨친 것을 보며 언어 능력이 뛰어날 거라고 짐작만 했는데, 헤더가 그 애의 언어 능력을 재발견했다. 헤더는 외국어 학점을 채우기 위해 스페인어 강의를 수강하고 있었다. 어느 날 저녁, 헤더가 스페인어 사전을 우리 집에 두고 갔다. 그런데 이튿날 와보니 제이콥이 스페인어 단어를 잔뜩 알고 있었다.

그 일이 있은 후, 헤더는 초보자용 교재를 제이콥에게 주었다. 그걸로 뭘 어떻게 할지 호기심이 일었기 때문이다. 2주 후 제이콥은 동사를 활용하기 시작했다. 그러자 헤더는 대학 근처 재활용품 가게에서 발견한 초보자용 중국어 교재를 가져다주었고, 제이콥은 똑같이 중국어를 익혔다. 고백하자면, 나는 제이콥에게 외국어를 열심히 공부하라고 격려하지 않았다. 영어로라도 제대로 대화할 수 있도록 만드는 데 더 관심을 쏟았다. 제이콥이 스페인어로 재잘거리면 나는 한마디도 알아들을 수 없었다. 내겐 영어만으로도 충분했다.

헤더는 근무하다가 쉬기를 반복하며 꽤 오랫동안 어린이집에서 일했다. 그래서 제이콥에 대해 잘 알았다. 한번은 헤더가 제이콥에게 말했다. "너는 앞으로 큰 상을 받을 거야. 그러면 네 엄마가 축하를 해주겠지. 그런데 너랑 친구들이 너무 요란하게 놀아서 엄마가 너희를 레스토랑에서 쫓아낼 거야." 제이콥은 레스토랑에서 환호성을 지르는 내 모습을 상상하며 아주 재미있어했다. 어느덧 그 이야기는 두 사람이 즐겨 하는 농담이 되었다. 헤더는 출근하면 늘 이렇게 물었다. "제이콥, 네 엄마가 널 아직도 그 레스토랑에서 안 쫓아냈냐?"

어찌 보면 제이콥에게 헤더는 같은 반 3학년 아이들보다 더 또래에 가까웠다. 헤더가 시험공부를 할 때면 옆에 웅크리고 앉아 함께 공부를 했다. 내가 방해가 되지 않는지 물어보면 헤더는 이렇게 대답했다. "그럴 리가요. 오히려 도움을 받는걸요!"

두 사람이 함께 있는 모습을 보노라면 제이콥이 어떤 아이인지 알 수 있었다. "이걸 잊지 마세요." 제이콥은 작은 손가락으로 도표에 나온 내용을 가리키며 이렇게 강조하곤 했다.

"제이콥이 우리보다 이번 기말고사를 더 잘 볼걸요." 어느 날 저녁 퇴근 준비를 하던 헤더가 코트를 입으며 말했다.

제이콥이 머릿속에 집어넣은 정보를 처리하는 걸 보면 황홀할 따름이었다. 그 애가 도출해낸 결론은 물론 정보를 완벽하게 이해하고, 통합하고, 조작하는 방식은 보는 이의 감탄을 불러일으켰다. 제이콥은 지질학에 푹 빠진 적이 있는데, 그 후로 판구조론부터 단층선, 지열분출구, 지진, 화산섬 등에 대해 쉬지 않고 떠들어댔다. 흥미의 폭은 좁을지 몰라도 흥미를 채우기 위한 과정은 결코 협소하지 않았다.

제이콥이 3학년이던 해 어느 일요일 오후였다. 제이콥은 식탁을 독차지한 채 조금도 빈틈없이 전문 교재들을 펼쳐놓았다. 이쪽 끝에서 저쪽 끝까지 책들로 가득했다. 저녁을 차리기 위해 식탁을 치우려던 남편이 목소리를 잔뜩 낮추고 나를 불렀다. 내가 보니 인디애나 주를 관통하는 지진대인 워배시 단층곡Wabash Valley Fault의 도표가 그려 진 두꺼운 책 한 권이 펼쳐져 있었다. 옆에는 단층대의 입체 이미지 도 나와 있었다. 다른 책에는 선사 시대 때 그 지역에 살았던 유목민 (후기 홍적세 인디언)의 클로비스 문화를 보여주는 사냥터를 재구성한 그림이 펼쳐져 있었다. 또 다른 책에는 1700년대 초 한 프랑스 탐험 가가 인디애나 주를 탐사할 때 가이드 역할을 해준 미국 원주민의 모 습이 그려져 있었다. 네 번째 책에는 1812년 당시 인디애나 주의 지 리와 통계를 보여주는 지도가 펼쳐져 있었다. 또한 1940년대에 미 육군이 작성한 인디애나 주 지형도도 최신 ASTER 위성 이미지와 함 께 가지런히 놓여 있었다.

제이콥은 공책에 우리 집의 정확한 위도와 경도는 물론 그 좌표에 해당하는 천구좌표계天球座標系(천구 위에 자리 잡은 물체의 위치를 설명 할 때 사용하는 가상의 수평선과 수직선)도 정확하게 계산해놓았다. 그 옆으로는 별자리표에 관한 책이 펼쳐져 있었는데, 그날 저녁 인디애 나 중부에서 가장 또렷하게 보이는 별자리가 나와 있었다.

정말 놀라웠다. 우리가 있는 곳의 시공간 단면은 물론 선사 시대 에서 현재 그리고 지구의 중심핵에서부터 저 머나먼 태양계에 이르 기까지 다각적인 역사적 정보가 한자리에 모여 있었다. 나는 제이콥 이 펼쳐놓은 책들에 실린 정보를 샅샅이 암기한 것은 물론, 그것들을 바탕으로 새로운 결론을 도출 중이라는 사실을 단 한순간도 의심하 지 않았다. 그 결론은 여러 과목에서 닥치는 대로 확보한 세부 사항들을 모아 잣는 정보의 태피스트리였다. 단순히 사실들을 취합하는 것을 뛰어넘어 모종의 이론이라도 만들어낼 기세였다. 덕분에 우리는 제이콥의 지성과도 같은 아름다운 우주를 구성하는 복잡다단한 매트릭스를 잠시나마 들여다볼 수 있었다.

마이클과 나는 가만히 선 채 그 광경을 찬찬히 살펴보았다. 이윽고 나는 라자냐를 차려야 하니 식탁 위를 말끔히 치우라고 소리쳤다. 때로는 내가 목격한 것들을 제대로 이해하길 포기했다면 제이콥의 엄마 역할을 하는 게 더 힘들었을 거라는 생각이 든다. "제이콥답네." 마이클과 나는 이렇게 말하곤 한다. 우리는 그 무렵 제이콥의 능력이 도저히 믿기지 않을 정도로 뛰어나다는 생각을 잠시도 머릿속에서 지우지 않았다. 그래서 다행이었던 것 같다.

자신이 신동이라는 사실을 제이콥이 언제 처음으로 깨달았는지 나는 모른다. 어쨌든 제이콥은 자신이 남들과 다르다는 사실을 알았다. 제이콥은 뒷마당의 나무들 아래 누워 있는 걸 좋아했다. 그럴 때면 이따금 "4596"이나 다른 큰 수를 낄낄거리며 중얼거리는 아이의 목소리가 들렸다. 그건 나무에 달린 잎의 수였다. 제이콥은 나뭇잎을 세지 않았다. 적어도 하나씩 직접 센 것은 아니다. 당신이나 나라면 아마 그렇게 하겠지만 말이다. 제이콥에게 그 수는 너무나 뻔했다. 잎 하나가 하늘하늘 떨어지면 제이콥은 총합을 수정했다. "4595." 이런 행동이 몹시 독특하다는 것을 깨달은 후로 제이콥은 전보다 더 남의 시선을 의식했다. "맞아. 이쑤시개가 246개 정도 있어." 아이는 영화 〈레인 맨〉의 상징이 되어버린 장면을 인용하며 깔깔거리곤 했다.

나는 제이콥이 주위를 의식하는 게 싫었다. 자신을 특별하게 만들어준 재능에 대해 부끄럽게 생각하지 않기를 바랐다. 하지만 제이콥에게 초등학교 3학년은 힘든 시기였다. 여덟 살이 되자 사내아이들은 좋아하는 운동 경기를 중심으로 끼리끼리 어울렸다. 당신의 아이는 야구팀이나 미식축구팀이나 축구팀의 선수일지 모르겠다. 하지만 제이콥은 여전히 신체 발육이 많이 떨어졌다. 달릴 때는 느리고 손발의 협응 동작이 잘 되지 않았다. 수영을 할 때는 버둥거리기만 했다. 그래서 학교에서 활동하고 싶은 종목을 적는 용지를 가져왔을 때 결국 아무것도 쓸 수 없었다.

대신 제이콥은 체스 클럽에 가입했다. 그곳의 회원들은 입학 전부터 경기를 하기 위해 만난 적이 있었다. 선수들은 대부분 체스 말을 옮기는 법도 다 익히지 못한 상태였다. 당연히 제이콥에게 대적할 만한 상대가 거의 없었다. 그래서 제이콥은 경기 초반에 중요한 말, 즉 퀸과 비숍 한 개, 폰 다섯 개를 희생해 더 약한 말들로 킹을 지키게 하면서 재미를 잃지 않으려고 애썼다. 아이들은 제이콥이 매번 같은 말들을 포기하는데도 일부러 그런다는 사실을 전혀 몰랐다. 아이들이 경기 규칙을 배우는 동안, 제이콥은 중요한 사교 기술을 연마했다. 이를테면 상대가 다음 수를 둘 때까지 꾹 참는 법이나 아이들 사이에서 주고받는 법을 연습했다.

제이콥은 학교와 동네에서 친구들을 사귀며 많은 것을 얻었다. 하지만 자신이 친구나 동급생과 어딘지 다르다는 사실을 인지할 만큼 사회성도 자랐다. 방과 후 다른 아이들은 농구를 하거나 TV로 운동 경기를 보고 싶어 했다. 제이콥도 농구를 하거나 TV로 운동 경기를 보았다. 하지만 실제로는 고급 수학을 공부하거나 직접 작성한 미국의 정치 지도에 새로운 정보를 추가하며 노는 것을 더 좋아했다.

제이콥에게는 다른 소년들과 절대 공유할 수 없는 근본적인 부분이 있었다. 게리맨더링Gerrymandering(특정 정당이나 특정 후보자에게 유리하도록 자의적으로 부자연스럽게 선거구를 정하는 일)이든 토양화학이든 제이콥이 어느 시기에 푹 빠져 있는 주제에 다른 소년들은 통 관심이 없었다. 제이콥의 열의는 다른 친구들과의 차이만 드러냈다. 그 무렵 제이콥은 여유를 갖고 느긋하게 구는 편이 더 낫다는 사실을 깨달았다. 예를 들어 다른 사람들처럼 앉아서 20분간 풀게 되어 있는 문제를 그 시간 동안 푸는 척하면 편하다는 것을 말이다. 제이콥에게 남과 잘 어울린다는 말은 자신의 일부를, 아주 커다란 일부를 꽁꽁 잘 숨긴다는 뜻이었다.

우리가 상담했던 천재 전문가 한 명은 지능지수가 제이콥 정도 되는 사람이 뭐든 집중해서 하면 설령 평범한 3학년처럼 행동한다 해도 엄청난 성과를 거둘 것이라고 말했다. 하지만 정작 제이콥은 이런 이중생활로 일종의 정체성 위기를 겪었다. 자신이 누구인지 분간하지 못했다. 이 문제만큼은 아이도 정답을 구할 수 없었다.

제이콥과 나는 인터넷으로 서번트 증후군인 자폐아와 신동들의 동영상을 찾아보며 많은 시간을 보냈다. 유튜브에 나온 신동은 대부분 음악 영재였다. 그런데 이런 동영상을 본 후 제이콥은 느닷없이 연주를 하고 싶은 욕구를 느꼈다. 클래식을 몇 분간 듣고는 일시 정지 버튼을 누른 후 피아노에 앉아 방금 들은 곡을 따라 쳤다. 연주는 거의 완벽했다. 입이 떡 벌어지는 장면이었다. 아이는 그렇게 하면 마음이 편안해지는 것 같았다. 제이콥은 아침형 인간이 절대 아니었지만, 이후로는 아침에 몇 분이라도 피아노를 쳐서 잠을 몰아냈다.

우리는 영화 〈레인 맨〉에서 더스틴 호프만이 연기한 실제 인물 킴 픽Kim Peek의 영상을 보았다. 그는 자폐증이 있는 메가서번트(15개 분야 이상의 천재를 일컬음) 증후군을 앓고 있었다. 픽은 무엇보다 달력 계산으로 유명했다. 가령 윈스턴 처칠의 생일은 물론 그가 태어난 해의 그날이 무슨 요일이었는지까지 알아맞히는 식이다.

"정말? 그런데 저게 그렇게 대단한 일이야? 나도 할 수 있는데." 함께 동영상을 보다 말고 제이콥이 불쑥 말했다.

"너도 할 수 있다고?" 어떻게 나는 아직까지 몰랐지? 평소 대화할 때 자주 등장하는 주제가 아니니 그럴 수도 있겠다 싶었다.

"그럼 엄마 생일은 무슨 요일이지?" 내가 물었다.

"1974년 4월 17일은 수요일." 제이콥은 화면에서 시선을 떼지 않은 채 곧장 대답했다.

정답이었다.

나는 제이콥과 함께 화가인 스티븐 윌트셔Stephen Wiltshire에 관한 다큐멘터리를 인터넷으로 본 후에야 비로소 제이콥의 시각 기억력이 얼마나 뛰어난지 실감했다. 서번트 증후군이었던 윌트셔는 딱 한 번만 보고도 풍경을 거의 완벽하게 재현해냈기 때문에 '인간 카메라'라고 일컬었던 화가다. 우리가 본 다큐멘터리에서는 제작진이 헬리콥

터에 윌트셔를 태운 후 로마 상공을 선회했다. 단 한 차례 비행 후, 윌트셔는 그 도시를 완벽하게 화폭에 담았다. 판테온의 수많은 기둥처럼 건축물의 세세한 부분까지 거의 완벽하게 묘사했다.

"나도 저렇게 보는데." 제이콥은 자신과 똑같은 방식으로 세상을 보는 사람이 또 있다는 사실에 깜짝 놀라며 이렇게 말했다. 한편으로는 '누구나' 한 번 본 고층 건물의 창문이 몇 개인지 정확하게 기억하는 것은 아니라는 사실에 대한 놀라움도 섞여 있었다. 제이콥은 윌트셔 같은 그림 솜씨는 없었다. 하지만 시속 40킬로미터의 속도로 지나친 베스트 바이Best Buy 마트의 주차장에 있던 차가 몇 대인지 정확하게 알았다. 그뿐만이 아니라 그중 몇 대가 은색이었는지를 비롯해 온갖 세세한 것까지 죄다 기억했다.

제이콥은 유튜브에서 서번트 증후군 자폐아들을 찾아보며 위안을 얻었다. 하지만 일상에서 느끼는 소외감을 해소하기에는 부족했다. 오히려 저 바깥세상에 서번트 증후군인 아이나 신동이 있다는 사실이 제이콥의 외로움을 더 부채질했다.

유튜브에서 당신과 같은 사람을 보았기 때문에 당신이 혼자가 아니라는 사실을 아는 것과 동등한 수준에서 대화를 나눌 사람이 있기 때문에 혼자가 아니라는 사실을 아는 것은 본질적으로 다르다. 제이콥은 흥밋거리를 죄다 내게 털어놓을 수는 있었다. 하지만 우리는 대화를 나눌 수 없었다. 어느 날 갑자기 내가 화산쇄설류Pyroclastic Flow, 火山碎屑流에 대해 어떤 영감을 받아 제이콥과 대화를 나눌 리는 없었다. 그저 이야기를 들어주고 질문하는 게 최선이었다. 그런데 어느 순간 그것만으로 부족한 때가 찾아왔다.

제이콥의 성화에 나는 킴 픽의 담당의였던 대럴드 트레퍼트 박사님에게 연락을 취했다. 그분은 서번트 증후군에 대한 세계적인 권위자였다. 그 무렵 트레퍼트 박사님의 웹사이트에는 수많은 서번트들의 프로필이 실려 있었는데, 그걸 본 제이콥은 일종의 유대감을 느꼈다. '나는 어디에 맞을까?'라거나 '나는 어디에 속할까?'라는 의문을 갖고 있는 사람에게 그 웹사이트는 천국과도 같았다. 그래서 나는 전화를 걸었다.

자폐증 세계에서는 같은 주州에 사는 전문가와 연이 닿는 데만 1년이 걸릴 수도 있다. 그런데 놀랍게도 트레퍼트 박사님은 본인이 직접전화를 받았다. 나는 내 특별한 아들에 대해 이야기했다. 그러자 박사님은 이내 관심을 보였다. 잠시 이야기를 나눈 후, 박사님은 내가거의 매일 하는 생각을 콕 집어 말했다. "참고 기다려보세요. 아드님덕분에 언젠가 깜짝 놀랄 일이 생길 겁니다."

솔직히 그때는 그 말뜻을 제대로 이해할 수 없었다. "하지만 지금도 충분히 놀라고 있는걸요. 매일 놀라운 일의 연속이에요." 나는 웃으면서 그렇게 대답했다.

그런데 박사님 말은 사실이었다. 솔직히 나는 제이콥이 달력 계산을 할 수 있다는 사실도 전혀 눈치채지 못하지 않았던가. 그런 대화를 나눈 후 몇 년이 지나고 나서야 나는 비로소 박사님의 혜안을 제대로 이해할 수 있었다. 트레퍼트 박사님은 우리 눈에 보이는 것은 빙산의 일각이라는 사실을 잘 알았다. 제이콥이 성장할수록 능력도 비약적으로 발전해 우리가 예측할 수 있는 수준을 가뿐히 뛰어넘으리라는 걸 꿰뚫어본 것이다.

처음으로 박사님과 전화 통화를 한 날, 나는 제이콥이 느끼는 외로움에 대해 상담을 했다. 박사님은 제이콥과 동갑인 신동을 소개해주겠다고 했다. 두 아이는 천재성을 보이는 분야는 달랐지만 관심사가 많이 비슷했다. 또한 성장 발달 패턴도 흡사했다. 트레퍼트 박사님은 두 아이가 잘 어울릴 수 있고 같은 또래의 그 누구와도 맺을 수 없는 관계를 이룰 수 있으리라 예상했다. 나는 당장이라도 전화를 끊고 그 아이의 집에 전화를 걸고 싶었다. 그런데 막상 연락을 해보니 그 애 엄마는 두 아이를 만나게 할 생각이 없었다. 자신의 아들이 너무 바빠서 새 친구를 사귈 겨를이 없다는 것이었다. 음악 연습과 공연 스케줄 때문에 도무지 짬을 낼 수 없다고 했다.

그 애 엄마의 반응에 나는 충격을 받았다. 재능 있는 아이가 하고 싶은 일에 얼마나 열중할 수 있는지 나보다 더 잘 아는 사람이 또 있을까? 하지만 나는 한 번도 제이콥에게 수학 공부를 하라거나 물리학이나 천문학을 배우라고 한 적이 없었다. 따라서 그 애 엄마가 아이에게 연주 연습을 시킬 줄은 꿈에도 상상하지 못했다. 아이가 원하는 일을 하도록 하는 것이 내 신조였다. 무엇을 하든 나는 이 신조를 따랐다. 하지만 무슨 일에든 균형은 필요한 법이다.

"물리 공부는 내일 해도 되잖아. 수학이 어디 가니?" 나는 제이콥에게 늘 이렇게 말한다. 체스나 음악이나 그림도 마찬가지다. 어린 보비 피셔Bobby Fischer(미국 출신의 체스 대가)에게 매분마다 체스를 두라고 강요한 사람은 아무도 없었을 것이다. 그는 세상 무엇보다 좋았기 때문에 어릴 때부터 항상 체스를 두지 않았을까. 그렇다면 부모는 체스판을 덮고 아이를 밖으로 나가 뛰어 놀게 해야 한다. 아이라면 제 또래 친구를 반드시 사귀어야 한다. 진공 상태에서는 자신이 누구인지 알 수 없기 때문이다.

우리가 그토록 애를 썼건만 3학년의 외로움과 지루함은 결국 제이콥을 집어삼키고 말았다. 아이는 절망에 빠져 더 이상 뭔가를 탐구하지 않았다. 학교는 단지 방해물처럼 느껴질 뿐이었다. 잠자리에서 늦게까지 책만 읽었다. 아무리 말리고 불을 꺼도 소용이 없었다. 그러더니 어느 날 아침, 등교 거부를 시작했다. 해야만 하는 것과 하고 싶은 것 사이에서 우리가 제시한 타협안이 더 이상 균형을 잡지 못할 것만 같았다. 자동차 뒷좌석에 앉아 아스테로이드Asteroid에 대해 조잘거리는 생기 넘치고 활달한 아이가 바로 제이콥이었다. 매일 아침 버스 정류장에서 잘 다녀오라며 입을 맞춘 아이는 제이콥의 그림자인 것만 같았다.

제이콥은 학교에서 돌아오면 더 이상 동네 아이들과 놀지 않았다. 그 대신 어린이집 책장에 몸을 쑤셔 넣었다. 여덟 살이나 된 아이가 말이다. 학부모들은 아이를 데리러 왔다가 책장에 틀어박힌 제이콥을 보곤 했다. 어떤 사람들은 그게 재미있다고까지 생각했다.

하지만 그런 행동 어디에도 재미있거나 귀여운 구석이라고는 없었다. 나는 이 문제로 깊은 상심에 빠졌다. 그것이야말로 제대로 된 자폐 행동이었다. 또다시 제이콥이 나를 떠나려는 것 같았다.

!

별들의 도움

나는 스테파니 웨스트콧에게 전화를 걸었다. 스테파니는 처음으로 제이콥에게 자폐 진단을 내린 심리학자였다. 스테파니는 자초지종을 다 듣더니 단도직입적으로 말했다. "제이콥이 지겨워하는 것 같아요, 크리스틴. 관심을 불러일으켜야 해요. 요즘 특별히 관심을 보인 대상이 있었나요?"

그런 질문이라면 쉬웠다. 제이콥은 1년도 넘게 대수학을 배우게 해달라고 졸라댔다. 안타깝게도 3학년의 산수는 구구단과 긴 나눗셈이었지 제이콥이 배우고 싶어 안달이 난 대수학이 절대 아니었다. 이 문제는 나도 어쩔 수 없었다. 3학년이 되자 제이콥의 수학 실력은 내가 평생 배운 수학의 수준을 훌쩍 뛰어넘었다. 제이콥이 좋아하는 수학과 과학이 점점 복잡해질수록 아이와 우리의 거리는 점점 벌어졌다.

내가 할 수 있는 일이라고는 제이콥이 골머리를 썩이고 있는 문제를 들어주고 스스로 풀 수 있도록 돕는 것뿐이었다.

그래서 나는 학교에 연락을 취했다. 가르치는 게 그들의 일이고 제이콥한테는 선생님이 필요했으니까. 제이콥이 들어갈 만한 수학 영재반이 있을지도 몰랐다. 그러자 학교에서는 몇 가지 방법을 논의해야 하니 면담을 하러 오라고 했다.

면담하는 자리에 꽤 많은 사람이 모인 것을 본 순간, 머릿속에서 경고음이 울리기 시작했다. 수학 이야기를 하려고 모인 자리에 왜 학교 상담 선생님까지 온 걸까?

면담은 처음에는 우호적인 분위기에서 시작했다. 마이클과 나는 제이콥이 얼마나 대수학을 배우고 싶어 하는지 설명했다. 그 갈망을 들어줄 수 없는 우리도 몹시 좌절한 상태라고 털어놓았다.

"4학년이 되면 영재 프로그램이 있으니 대수학이든 뭐든 배울 시간이 충분할 겁니다. 하지만 지금은 IEP를 다시 시작해야 학교 수업 이외의 도움을 받을 수 있습니다."

나는 어안이 벙벙했다. IEP라고? 그건 유치원에서 이미 끝난 이야기 아니었나? 제이콥이 뭔가를 배우고 싶어 하는 건 그런 도움을 받고 싶다는 뜻이 아니었다. 제이콥은 의자에 엉덩이를 붙이고 있기도 힘들어서 추가로 도움을 받아야 하는 아이가 아니었다. 제이콥은 전 과목 A를 받는 우등생이었다.

"하지만 제이콥은 그런 도움이 필요한 게 아니에요. 배울 수 있는 여러 가지 자원이 필요하다고요."

"IEP도 그런 자원을 활용하는 방법입니다."

도무지 말이 통하지 않았다. "왜 여기서 특수교육에 대해 이야기를 해야 하죠? 제이콥이 수업 시간에 말썽을 부리나요? 의사소통이 안 되나요? 아니면 쉬는 시간에 친구들과 놀지 않나요?"

"아뇨, 아닙니다. 물론 그렇지 않아요. 제이콥은 모범생이에요. 친구들도 많고요. 제이콥은 아무 문제도 없습니다."

"그럼 작업 치료Occupational Therapy(장애로 인해 일상적인 역할을 수행하기 어려운 환자를 훈련시키는 치료)를 받아야 하나요? 물리 치료를요? 아니면 언어 치료라도?"

이번에도 대답은 "아니요"였다.

"그런데 왜요? 왜 또 IEP 이야기를 끄집어내시는 거죠?"

그건 알파벳 카드 이야기의 재탕이나 다름없었다. 나는 지난 2년 동안 내 아들이 내가 도저히 감당 못할 수준의 공부를 배우게 해달라고 성화를 부리는 바람에 면담에 응한 것이었다. 제이콥은 공부를 할 수 있는 자원이 필요했다. 그래서 그 자원을 마련해달라고 학교를 찾아온 것이었다. 그런데 학교에서는 그러려면 제이콥을 다시 특수교육 기관에 보내야 한다는 말만 되풀이했다.

"더 이상 할 이야기가 없는 것 같군요. 실례할게요." 나는 그렇게 말하고 곧장 회의실을 나와버렸다.

마이클이 깜짝 놀라서 나를 따라 나왔다. "크리스틴! 돌아와. 면담을 제대로 끝내야지."

"싫어. 난 더 이상 할 이야기 없어. 내 아들을 특수교육에 엮으려는 거라면 아무 이야기도 하고 싶지 않아. 그러려고 오늘 여기 온 게 아니라고. 차에서 기다릴게."

학교와 선생님들을 탓할 생각은 없었다. 오히려 그분들의 노고와 헌신을 고맙게 생각했다. 제이콥에게 도움이 되는 일을 하려고 애를 써주었다. 하지만 IEP는 제이콥이 가야 할 길이 아니라는 사실을 나는 잘 알고 있었다. 제이콥을 특수교육 기관에 보내지 않기로 결정했을 때와 마찬가지로 내가 실수를 했을지도 모른다고 생각했다. 엄마의 직감은 언제나 옳다는 사실을 굳게 믿었지만 거기엔 경고등과 경고 벨이 딸려 있지 않으니 말이다. 하지만 그때 내게는 가야 할 길이 또렷하게 보였다.

나는 일단 고등학교에서 수학을 가르치는 친척 아주머니에게 제이콥의 대수학 과외를 맡겼다. 제이콥은 아주머니가 편하게 가르칠 수 있는 수준을 가볍게 뛰어넘었다. 그제야 이런 수학 과외로는 본질적인 문제를 해결할 수 없겠다는 생각이 들었다. 스테파니 웨스트콧의 말이 옳았다. 제이콥은 지겨워했다. 그 애에게는 자신의 상상력을 제대로 이해하고, 격려하고, 도전 정신을 북돋워줄 사람이나 대상이 절실했다. 예전에 제이콥은 홀콤 천문대에서 고급 천문학 강의를 들은 후 껍질을 깨고 나왔다. 그래서 나는 다시 그곳으로 가보기로 했다. 이번에는 웨슬리와 아기인 이선까지 온 가족이 총출동했다.

제이콥에게 극적인 변화가 찾아왔다. 다섯 식구가 천문대에서 보낸 그 시절은 지금도 우리 가족에게 아름다운 추억이다. 아이들은 구내에 피크닉 담요를 펼쳐놓고 땅콩버터와 젤리 샌드위치를 먹었다.

샌드위치를 다 먹으면 그 주의 강연을 들었다. 나는 가방이 터지도록 자동차 스티커 책을 챙겨 웨슬리와 이선이 지겨워하지 않도록 신경 썼다. 제이콥은 별에 아주 흠뻑 빠져들었다. 우리의 일정은 언제나 건물 꼭대기에 있는 망원경에서 끝났다. 그곳에서 제이콥은 별을 관찰했다.

천문대 소풍은 우리 집의 새로운 전통이 되었다. 그 소풍이야말로 내가 우리 아이들이 하길 바란 평범하면서도 행복한 어린 시절의 경험이었다. 이선은 이런 경험을 즐기기에는 좀 어렸다. 하지만 웨슬리는 금세 새로운 즐거움에 빠져들었다. 별에 대해 아는 게 늘어날수록 점점 더 흥미를 보였다. 그러더니 어느새 제이콥과 웨슬리는 집으로 돌아오는 내내 마치 학술회의에라도 참석한 것처럼 고급 천문학 문제들을 놓고 재잘거렸다. 나는 마이클과 눈빛으로 이런 생각을 주고받았다. 도대체 얘들 뭐야?

웨슬리와 이선은 무척 즐거워했다. 그렇다면 제이콥은 어땠을까. 우리는 천문대 소풍 덕분에 제이콥이 구원을 받은 느낌이었다. 천문대에 놀러 가면서부터 제이콥은 친구들과 다시 어울리기 시작했다. 학교에서 돌아오면 신이 나서 자전거를 타러 나가거나 친구들과 술래잡기를 하고 놀았다. 나도 한 가지 교훈을 얻었다. 제이콥은 원하는 수준의 천문학을 맘껏 접할 수만 있다면 학교에서도 잘 지낼 수 있었다. 어린이집과 리틀 라이트에서 일반 아동과 자폐아들을 보살피면서 수없이 보았듯 제이콥이 좋아하는 일을 하게끔 해주면 나머지 기술도 자연스럽게 따라 발달했다.

이렇게 원래 생활로 돌아왔을 즈음, 겨울철이 되자 천문대가 폐관을 했다. 제이콥의 흥미를 만족시킬 방법을 또 알아봐야 했다. 기껏 성취한 것들을 그대로 날려버릴 수는 없었다. PBS의 다큐멘터리 시리즈 〈코스모스〉를 보거나 NASA의 웹사이트를 돌아다니는 것만으로는 성이 차지 않았다. 제이콥은 완전히 빠져들어야 했다. 그래서 나는 다른 천문대를 찾기 시작했다.

홀콤 천문대가 있는 버틀러 대학 바로 곁에는 인디애나 대학-퍼듀 대학 인디애나폴리스 캠퍼스IUPUI가 있다. 이곳에는 천문대가 없었다. 대신 천문학 강좌를 들을 수 있었다. 이 사실을 확인하자마자 그곳에서 1학년을 대상으로 태양계 수업을 하는 에드워드 로드스 교수님께 전화를 걸었다.

나는 평생 나를 위해서 누군가에게 부탁하려고 용기를 낸 적이 한 번도 없었다. 하지만 제이콥을 지키기 위해서라면 못할 일이 없었다. 나는 로드스 교수님께 자폐증인 아들이 있는데, 천문학을 몹시 좋아한다고 말문을 열었다. 그리고 아이가 좋아하는 활동에 몰두할 수 있을 때 교우 관계는 물론 다른 분야에서도 좋은 성과를 거두었다는 말도 빼놓지 않았다. 그러니 제이콥에게 청강을 허락해달라고 간청했다. 아울러 나는 제이콥의 공부나 앞으로의 진로 때문에 이러는 게 아니라고 설명했다. 그 수업을 들으면 즐거워할 것이고 결국 사회적 기술을 익히는 데도 많은 도움이 될 것이므로 청강을 시키고 싶다는 뜻을 분명히 했다.

상대가 내 전화에 얼마나 황당해할지 모르는 바 아니었다. 고작 여덟 살짜리 아이에게 대학 강의를 듣게 해달라는 것 아닌가. 하지만 나는 제이콥이 책장에 다시 틀어박히지 않으려면 어떻게든 그 5주 일정의 강좌를 청강할 수 있도록 허락을 받는 수밖에 없다는 사실을 깊이 통감하고 있었다. 나는 로드스 교수님을 계속 설득했다. 교실 밖 복도에 앉아도 좋으니 강의를 귀동냥으로 들을 수 있게 해달라고 까지 부탁했다. 하지만 그럴 필요는 없었다. 교수님은 정말 넓은 마음으로 제이콥에게 1학년 대상의 토성 수업을 들을 수 있도록 해주었다. 대신 조건이 있었다. 조금이라도 소란을 일으키면 아이를 데리고 나가야 했다.

강의는 오후에 있었다. 그 말은 마지막 수업이 끝나기 20분 전에 제이콥을 학교에서 데리고 나와야 한다는 뜻이었다. 나는 양심의 가책을 느끼며 선생님에게 진료 예약이 연속으로 잡혀서 어쩔 수 없다고 거짓말을 했다. 혹시라도 선생님이 진단서를 제출하라고 할까봐 조마조마했다. 강의를 들으러 가는 자동차 안에서 제이콥이 말했다. "음, 교수님도 닥터는 닥터잖아요." 진짜 농담과 다름없는 말장난이었다. 여태껏 농담이라는 걸 몰랐던 제이콥이 드물게 유머에 도전한 것이다. 나는 그걸 좋은 징조로 받아들였다.

IUPUI는 기숙사가 없는 대학이었다. 학생은 대부분 나이 많은 파트 타이머들이었다. 제이콥과 함께 작은 강의실로 들어가며, 수업을 듣는 사람들이 내가 학생인데 애를 봐줄 사람을 찾지 못해 제이콥을 데려왔다고 짐작하겠거니 싶었다. 제이콥을 위해 옳은 일을 한다고 확신했지만 정작 앞으로 어떤 일이 벌어질지 불안을 쉽사리 떨쳐버릴 수 없었다. 제이콥이 자꾸 꼼지락거리거나 의자를 질질 끌거나 어떤 식으로든 소란을 피우면 어떻게 하지. 만에 하나 그런 행동을 하면 숨을 곳도 없었다. 교수님이 강의실 앞에 자리를 잡는 순간부터 심장이 방망이질 치기 시작했다. 교수님은 차림새가 약간 지저분하고 내향적이지만 수업 주제에 대해서만큼은 열정적이었다. 연구 외에 아무것도 관심 없는 학자의 전형적인 모습이었다. 어쩐지 제이콥의 모습을 보는 것 같기도 했다.

고맙게도 강의가 시작되자 나는 제이콥의 몸에서 긴장이 스르르 빠져나가는 걸 느낄 수 있었다. 아이는 몇 달 만에 가장 행복해 보였다. 강의에 완전 집중해 진지하면서도 편안한 표정을 지었다.

로드스 교수님은 슬라이드 사진을 준비해왔는데 대부분 허블 망원경으로 본, 넋이 나갈 만큼 아름다운 화성의 풍경이었다. 슬라이드를 다 본 후 교수님이 학생들에게 물었다. "화성 앞쪽의 검은 점은 뭐지?" 강의실은 조용했다.

제이콥이 공책 가장자리에 뭔가를 끼적이더니 내게 보여줬다. "내가 알면 대답해도 돼?"

"아무도 대답을 안 하면 그때 손을 들어." 나는 말없이 이렇게 적었다.

제이콥은 잠자코 기다리더니 마침내 손을 번쩍 들었다. 교수님이 아이를 돌아보며 대답해보란 뜻으로 고개를 끄덕였다.

"타이탄의 그림자입니다." 제이콥이 대답했다.

강의실의 학생들이 시선을 교환했다. 나도 살짝 놀랐다. 제이콥이 답을 알아서가 아니라(그 무렵 나는 제이콥이 무엇을 알아도 전혀 놀라지 않았다) 대답을 하는 태도 때문이었다. 제이콥은 대학교 강의실에서 벌어지는 토론에 끼면서도 전혀 긴장하거나 잘난 척하지 않았다. 침착하면서 동시에 자신만만해 보였다. 마치 그 강의실의 정식 학생이기라도 한 것처럼.

첫째 날 제이콥은 교수님의 질문에 한 번인가 두 번 더 대답을 했다. 물론 대학생들이 아무도 나서지 않을 때를 기다렸다가 손을 들었다. 로드스 교수님은 내가 결코 극성 엄마가 아니며 제이콥도 단순히 신성新星(폭발 따위에 의해 갑자기 밝아졌다가 다시 서서히 희미해지는 별)에 대해 어디서 주워들은 꼬마가 아니라는 사실을 서서히 깨닫기 시작한 게 분명했다.

그날 밤 집으로 돌아오는 제이콥에게서는 얼마 전까지 책장에 몸을 쑤셔 넣던 모습을 전혀 찾아볼 수 없었다. 강의가 있는 날은 아침에 스무 번씩 흔들어 깨우지 않아도 되었다. "오늘 오후에 강의 있잖아." 아무리 대단한 자명종도 이 말보다 못했다. 자동차를 타고 대학교로 가는 길에 제이콥은 도저히 못 기다리겠다는 듯 몸을 앞으로 쑥 내밀고 있을 정도였다.

두 번째 강의 시간이 다 끝나갈 무렵이었다. 제이콥은 공책 가장자리에 뭔가를 급히 써서 내게 보여주었다. "질문이 있어요."

나도 대답을 적었다. "강의 끝날 때까지 참아. 그리고 질문을 잘 골라. 집에서 찾아보면 알 수 있는 문제로 교수님 시간을 빼앗아서는 안 돼."

이윽고 강의가 끝났다. 제이콥은 다른 학생들의 질문이 다 끝날 때까지 꾹 참고 기다렸다. 마침내 제이콥 차례가 되었다. 그런데 제이콥이 몸을 이리저리 움찔거리며 안절부절못하는 것 아닌가. 엄마라면 아들이 그런 행동을 하는 이유를 모를 리 없다. 수업 시간이 꽤 길었던 데다 오는 길에 차에서 콜라 한 병을 다 마신 터였다.

　다행히 그 사실을 알아차린 사람은 나 혼자가 아니었다. 로드스 교수님은 입가에 보일락 말락 미소를 지으며 이렇게 말했다. "제이콥, 과학은 중요해. 하지만 과학보다 더 중요한 것들이 있지. 화장실에 다녀오고 싶으면 그렇게 해. 네가 돌아올 때까지 기다렸다가 질문을 받아주마."

　제이콥의 질문은 토성의 위성인 엔셀라두스의 낮은 중력에 관한 것이었다. 중력이 낮다는 것은 그곳에 생명체가 존재할 수도 있다는 뜻이다. 그때 나는 엔셀라두스가 태양계에서 생명체가 존재할 확률이 가장 높은 곳 중 하나로 알려져 있다는 사실을 몰랐다. (그 위성에는 바다도 있다고 한다.) 하지만 대답하는 로드스 교수님의 태도로 볼 때 제이콥이 내 말대로 제대로 된 질문을 했다는 사실을 알 수 있었다.

　세 번째 수업 때쯤에는 모두가 제이콥의 청강을 당연시했다. 질문에 아무도 대답하지 않으면 교수님은 잠시 기다렸다가 한쪽 눈썹을 치켜 올리며 제이콥을 바라보았다. 제이콥의 대답은 대부분 정답이었다. 마침내 학기가 끝나갈 무렵, 제이콥은 자연스럽게 강의에 참여하기 시작했다. 제이콥은 체구가 특별히 큰 아이는 아니지만 대학생들과 나란히 화이트보드 앞에 서 있을 때면 그렇게 작아 보일 수가 없었다.

교수님이 마지막 발표를 위해 조를 나누겠다고 말하자 학생들은 모두 제이콥과 같은 조가 되고 싶어 했다. 제이콥은 이 발표를 무척 중요하게 생각했다. 그래서 온갖 내용을 찾아 파워포인트로 엄청난 발표 자료를 완성했다. 처음으로 대학생들에게 자신의 진면목을 드러내는 일이기도 했다. 그런데 같은 조의 학생들이 맡은 과제를 전혀 하지 않자 제이콥은 불안해하기 시작했다. 상황을 전혀 파악할 수 없었기 때문이다. 결국 나는 별일 없다면 조원들이 과제를 마지막 순간까지 미루다가 할 것 같다고 제이콥에게 설명해주었다.

그러자 제이콥이 이렇게 되물었다. "별일이 있으면요?"

"음, 그 학생들은 네가 파워포인트로 발표 자료를 훌륭하게 만들어서 그걸로 충분하다고 생각할지도 모르지. 자신들이 더 덧붙일 내용이 없다고 말이야."

제이콥은 족히 1분 동안 생각하더니 어떻게 할지 마음을 정했다. 조원들에게 자기가 만든 파워포인트 자료를 써도 좋지만 자신은 빠질 테니 발표를 하려면 무슨 내용인지 스스로 공부해야 한다고 말하기로 한 것이다. 그런 다음 교수님에게 자신이 발표 수업에서 빠지려는 이유를 메일로 써 보냈다. 그것은 대단히 윤리적인 행동이었다. 나는 아이의 행동을 지켜보며 살짝 미소를 지었다. 수면 부족에 어찌할 바를 모르고 헤매는 대학생들이 제이콥의 능력에 무임승차하려는 모습을 앞으로도 종종 볼 것 같은 예감이 들었기 때문이다. 어쩌면 다음 조는 더 나을지 모르지만.

!

팝타르트와 행성

IUPUI에는 딸기 맛 팝타르트를 파는 자판기가 있었다. 제이콥은 천문학 강의가 시작되기를 기다리며 이 팝타르트를 우물거리는 시간을 그 무엇보다 좋아했다.

제이콥은 로드스 교수님의 강의가 끝나자 이번에는 1학년 탐사 강의를 듣기 시작했다. 이번에도 태양계에 관한 강의로, 담당 교수는 제이 펠 박사님이었다. 나는 만나자마자 박사님이 좋았다. 박사님은 온화한 인상에 손은 언제나 분필 가루로 뒤덮여 있었다. 특히 손수건에 사탕을 싸서 주머니에 넣고 다니는 걸로 유명했다. 이번엔 로드스 교수님의 강의 때보다 학생 수가 훨씬 많았다. 당연히 강의실도 넓은 강당이었다. 나는 미리 메일을 보내 청강을 해도 되는지 문의했다. 펠 박사님은 수업에 방해만 되지 않는다면 강의실에 있어도 알아채지 못할 거라는 답장을 보내주었다.

　첫 수업 후, 제이콥은 그 강의에 단단히 빠져들었다. 그러나 마이클이 출근하느라 데려다줄 수 없어서 수업을 두 번이나 연속해서 빠질 수밖에 없었다. 하지만 그 수업이 제이콥에게 얼마나 중요한지 잘 알았기 때문에 다음 시간에는 내가 아이들을 모두 데리고 학교로 갔다. 제이콥이 수업을 듣는 동안 두 아이와 나는 산책하며 시간을 보냈다. 아이가 내게서 떨어져 강의실로 들어가는 뒷모습을 보고 있자니 기분이 묘했다. 주위에 몰려든 젊은 애들에 비하면 난쟁이 같았다. 가만히 보니 신발 끈도 풀려 있었다. 초등학교나 친구네 집이 아닌 곳에 아이를 혼자 내버려둔 적은 그때가 처음이었다. 어쩐지 다른 때와 몹시 색다른 느낌이 들었다. 나는 수업이 끝나기 10분 전에 아이를 데리러 교실로 갔다.

　제이콥은 펠 박사님의 강의 초기에는 전혀 입을 열지 않았다. 하지만 별과 은하에 대해 배우는 다음 수업 과정도 꼭 듣고 싶어 했다. 물론 펠 박사님의 수업이었다. 강의 시간에 제이콥이 손을 들고 말했다. "연성連星이 가스를 교환한다는 사실은 잘 알려져 있습니다. 가스가 한 별에서 다른 별로 전해지고, 그러면 가스를 받은 별이 상대 별에게 다시 가스를 전해주죠. 그런데 처음에 가스를 받은 별이 더 커지면 그 가스 일부가 처음에 가스를 준 별로 되돌아가 그곳에서 더 큰 변화를 일으킬 수도 있지 않을까요?"

　펠 박사님은 잠시 생각에 잠기더니 대답했다. "그런 식으로는 한 번도 생각해보지 않았구나."

제이콥의 의문을 해소해줄 만한 것은 어느 교과서에도 없었다. 훗날 펠 박사님 덕분에 나는 잘 알려진 개념을 파악해 그것을 바탕으로 이론을 발전시키는 것이 바로 제이콥이 지닌 어마어마한 창의력의 원천이라는 사실을 깨달았다. 제이콥은 언제나 어디선가 읽거나 배운 개념 또는 이론을 한 단계 업그레이드시켰다.

제이콥은 펠 박사님과 함께한 초기 강의에서 치른 쪽지 시험과 각종 테스트를 모두 받았다. 그리고 한결같이 좋은 성적을 거두었다. (펠 박사님은 제이콥이 교과서에서 오류를 발견하자 누구에게 그 사실을 알려줘야 하는지 말해주기도 했다.) 제이콥은 별과 은하 과정이 끝나자 이번에는 태양계에 관한 1학년 과정을 또 신청했다. 결국 제이콥은 IUPUI에서 개설한 천문학 과정을 모두 섭렵했다.

제이콥은 수업을 듣다 보면 어김없이 생기는 의문을 펠 박사님에게 물어보려고 기다리는 동안 계속 뭔가를 했다. 넓은 강의실에 늘어선 책상들을 하나씩 지나가면서 버려진 커피 잔과 종이를 주웠다. 콜라 캔을 재활용 쓰레기통에 버리고, 누군가가 잊고 간 계산기를 발견하면 배낭에 넣어뒀다가 다음 주에 주인에게 돌려주었다. 마치 IUPUI에 근무하는 세계 최연소 청소부 같았다. 끝에서부터 시작해 연단에 도착할 즈음이면 학생들의 질문도 얼추 끝났다. 그러면 제이콥은 박사님에게 질문을 했다.

1년 남짓 이렇게 수업을 들은 후, 제이콥은 한 가지 아이디어를 제시했다. 그 애가 계속해서 생각 중이던 대체 이론에 관한 것이었다. 펠 박사님은 이런 일이 가능할 줄 짐작이나 했을까?

"나는 그런 생각은 전혀 못해봤구나." 펠 박사님은 앞줄에 앉더니 제이콥에게 보드 마커펜을 던져주며 말했다. "자, 여기 마커펜이 있다. 저기에는 화이트보드가 있고. 어서 해봐. 가능한지 알아보자꾸나." 그렇게 15분 동안 나와 박사님은 제이콥이 방정식에 방정식을 계속 써 내려가는 모습을 지켜보았다.

그 후로 수없이 이뤄진 '수업 후 수업'은 이렇게 시작되었다. 그날 그 시간이 내게는 일종의 전환점처럼 느껴졌다. 나는 제이콥이 자신이 말하고자 하는 바를 정확하게 알고 있는 사람과 어떤 것에 대해 그 어느 때보다 열정적으로 이야기하는 모습을 그때 처음 보았다. 그 사실을 깨닫는 순간, 정말 충격을 받았다. 마침내 이 대학에서 제이콥의 의문을 풀어주고, 질문을 하고, 오류를 수정해주고, 자극을 줄 수 있는 사람을 만났다. 진정으로 제이콥의 가치를 알아봐주는 사람을 만났다. 마침내 이곳에서 대화가 이루어진 것이다.

내 눈에는 제이콥이 순식간에 정보를 받아들이고 무시무시한 속도로 수학을 익혀나가는 모습이 똑똑히 보였다. 지식에 목말랐던 제이콥이 펠 박사님의 가르침에 온 정신을 집중한다는 사실을 알 수 있었다. 수학에는 제이콥이 모르는 내용이 아직도 많았다. 아무리 똑똑해도 아홉 살 꼬마였으니 말이다. 하지만 그것마저도 제이콥에게는 그저 스쳐 지나가는 장애물에 불과했다. 다른 학생들과 달리 제이콥은 필기를 하고 집으로 돌아가 배워야 할 것을 익힌 후 다음 주를 시작했다.

"만날 때마다 제이콥은 다음 단계로 훌쩍 뛰어오릅니다." 한번은 펠 박사님이 고개를 절레절레 흔들며 이렇게 말한 적도 있다.

제이콥의 머릿속은 온갖 아이디어로 가득했다. 특히 그런 아이디어는 대학이라는 환경 속에서 무럭무럭 자랐다. 어느 수업에서든 강의가 끝날 즈음이면 제이콥은 강의실 앞줄에 앉은 펠 박사님 앞에서 화이트보드에 가설을 열 개 정도는 풀었다. 패턴을 읽는 능력은 수학과 과학에서 가장 기본이다. 그런데 제이콥은 이런 능력이 다른 사람들에 비해 월등했다. 그래서 설령 당치않아 보이는 상황에서도 거침없이 사물과 사물 사이의 관계를 이끌어냈다. 조금이라도 연관성을 발견하면 앞뒤 가리지 않고 달려들었다. 자신이 틀린 것으로 드러나도 개의치 않고 계속 나아갔다. 펠 박사님은 그런 대담함을 격려했다. "네가 고작 아홉 살일 때 저지른 실수는 아무도 기억하지 않을 거야, 제이콥." 박사님은 껄껄 웃으며 이렇게 다독여주었다.

강의실 앞에 서 있는 제이콥을 보면서 나는 다시 한 번 아이의 자신감에 감동을 받았다. 아무리 좌절해도 훌훌 털고 일어날 것 같아 흐뭇했다. 펠 박사님이 제이콥의 가설에서 잠재적인 문제를 지적하거나 오류를 어떻게 해결할 생각인지 물어도 제이콥은 상처를 받지 않았다. 제이콥의 마음에는 '무슨 소리야? 이건 내가 만든 이론이라고' 같은 자의식이 들어설 자리가 없었다. 대신 이렇게 반응했다. '수수께끼가 또 생겼네! 그 문제에 대해 잠시 생각해볼까.'

나는 진심으로 펠 박사님의 도움에 깊이 감사했다. 박사님은 사람들이 제이콥을 너무나 간단하게 포기했다는 사실에 나만큼 충격을 받았다. 가끔 박사님은 눈을 휘둥그레 뜨고 나를 돌아보며 이렇게 말하기도 했다. "이 아이가 글도 못 읽을 거라고 모든 사람이 포기한 그 아이 맞습니까!"

그런데 박사님은 나도 포기하지 않았다. 제이콥이 수업을 받기 시작하고 얼마 지난 후, 펠 박사님은 내게도 그날의 쪽지 시험을 풀게 했다. "한번 해보세요. 제이콥이 뛰어난 머리를 어디서 물려받았겠습니까." 박사님은 이렇게 말했다.

"어디서 받았든 저희 대에서는 아니에요. 장담하는데, 절대 제 유전자는 아니라고요." 나는 한사코 거절했다.

나는 머리가 핑핑 돌 것 같은 지식을 추구하며 살아온 사람이 아니었다. 직업을 갖고 나서 한 업무도 주로 동요 부르기였다.

하지만 펠 박사님은 고집을 꺾지 않았고, 나는 하는 수 없이 문제를 풀었다. 총 네 문제 중 달랑 한 개를 맞혔다. 이 책을 읽는 독자 중에도 나처럼 수학을 통 못하는 사람이 있으리라. 그렇다면 내 정답률이 25퍼센트라는 것밖에 보이지 않을 것이다. 형편없는 점수에 대해 변명을 하려는 게 아니다. 이 경우에는 그럴 필요도 없었다. 박사님이 결과에 무척 만족해했기 때문이다. "쪽지 시험을 볼 줄 몰랐잖아요. 다음 주에는 좀 더 집중해보세요. 다시 해봅시다."

집중을 하지 않았다고? 그 자리에서는 차마 집중해서 푼 결과라는 말이 나오지 않았다. 하지만 나도 오기가 생겼다. 그래서 다음 주에는 작심을 하고 덤볐다. 필기도 하고, 최소한 무슨 소리를 하는지 대충이라도 이해해보자고 마음을 먹었다. 그리고 쪽지 시험을 봤다. 결과는 빵점이었다. 정답률이 0퍼센트였다는 얘기다.

"만날 좋을 수는 없잖아요." 펠 박사님은 여전히 나를 격려해주었다. "다음 주에는 어떻게 될지 기대해봅시다."

그래서 다음 주에도 이를 악물고 수업에 집중했다. 어찌나 집중했던지 머리가 다 지끈거릴 정도였다. 책상 위에 시험지를 펼치는데, 블라우스 위로 땀이 번졌다. 눈앞에서 질문들이 빙글빙글 도는 것 같았다. 그만 포기하려는데, 귓가에 동정 어린 목소리가 들렸다. "B. 2번 문제 정답은 B."

나는 제이콥이 살짝 가르쳐준 줄로만 알았다. 그래서 제이콥에게 시험은 정직하게 보아야 하며 다른 사람이 스스로 실수를 만회할 기회를 주는 게 얼마나 중요한 일인지 따끔하게 가르쳐주기로 마음먹었다. 그런데 아이는 내게 전혀 관심이 없었다. 제이콥은 시험을 순식간에 다 풀고 교과서를 예습하는 중이었다. 나를 구해준 사람은 다름 아닌 펠 박사님이었다. 박사님은 미소를 지으며 고개를 절레절레 흔들었다. 도저히 문제를 풀 가망이 없자 내가 불쌍해 보였던 모양이다.

한번은 박사님께 제이콥한테 관심을 가져줘서 고맙다는 인사를 했다. 그때 박사님이 들려준 말을 나는 지금도 잊을 수 없다. "뛰어난 지성은 뛰어난 지성일 뿐입니다. 그게 어떻게 포장되어 있는지 저는 별 관심이 없습니다."

쉬는 시간에 한 나이 든 여학생이 내게 몸을 숙이며 어린 아이가 수업 중에도 무척 얌전하다는 칭찬을 했을 때 펠 박사님의 말씀이 떠올랐다. 물론 처음엔 그 여자의 말뜻을 전혀 이해하지 못했다. 그것만 보아도 당신은 우리가 어떻게 수업 시간을 보냈는지 상상할 수 있을 것이다. 제이콥은 강의 내내 펠 박사님의 강의 내용과 관련한(내가 아는 한 그랬다) 방정식을 빽빽하게 노트에 적었다. 그리고 나는 수업이 끝나고 제이콥의 샘솟는 아이디어에 대해 박사님이 무슨 말을 할지 잔뜩 기대하며 앉아 있곤 했다. 하지만 그 여자에게는 제이콥이 얼굴이 지저분하고 크록스Crocs를 신고 공책에 뭔가를 그리는 아홉 살짜리 꼬마로밖에 보이지 않았던 것이다.

그 순간 나는 내가 제이콥을 꼬마나 대학생으로 여기지 않는다는 사실을 불현듯 깨달았다. 나는 어느새 제이콥을 본모습 그대로 보고 있었다. 바로 과학자 말이다. 마침내 제이콥이 타고난 모습으로 있을 수 있는 곳을 찾아낸 것이다.

!

파이 두 개

제이콥이 IUPUI의 천문학 강좌를 듣고, 리틀 라이트의 아이들 대부분이 일반 학교로 옮겨갔다. 여러모로 홀가분해지자 나는 밤 시간을 이용해 가장 기능이 떨어지는 아이들을 위해 기능 향상 수업에 전념했다. 어떻게든 아이들이 할 수 있는 것을 찾아내 부모들이 포기하지 않도록 돕고 싶다는 막중한 책임감을 느꼈다.

중증 자폐아로서 말을 하지 않는 열일곱 살 소녀 케이티가 처음 우리 집에 왔을 때였다. 그 애는 곧장 부엌으로 달려가 문이란 문은 죄다 열고 냄비며 프라이팬을 샅샅이 살폈다. 그러더니 믹서를 보고는 오래전에 헤어진 애완동물과 다시 만난 것처럼 끌어안고 좋아했다. 케이티는 단것도 무척 좋아했다. 그래서 그 애 어머니는 가방에 늘 딸기 맛 와퍼 쿠키 한 봉지를 넣고 다녔다.

케이티를 보자 메건이 떠올랐다. 그 애가 반죽을 만들며 노는 걸 얼마나 좋아했던가. 나는 당장 하얀 아이싱을 만들었다. 그리고 케이티에게 스프레더를 주며 쿠키를 먹기 전에 아이싱 바르는 법을 가르쳐주었다. 다음 날에도 전날처럼 하얀 아이싱이 담긴 커다란 그릇을 들고 케이티를 맞이했다. 식용 색소 두 상자도 더 준비했다. 그 주에 케이티는 빨간색에 노란색을 더하면 주황색이 된다는 것과 노란색을 많이 넣을수록 주황색이 더 밝고 환해진다는 사실을 깨우쳤다. 2주 동안 우리는 우리가 마련할 수 있는 재료로 온갖 색깔을 다 만들어보았다.

다음 주에는 케이티에게 짤주머니를 주었다. 그것으로 별이나 꽃잎 달린 꽃을 만들 수 있도록 말이다. 그렇게 몇 주가 지나자 케이티의 솜씨가 점점 정교해졌다. 그뿐만 아니라 만드는 음식의 색과 모양까지 범위도 훨씬 더 넓어졌다. 그 애가 만든 색은 보석처럼 아름다웠다. 색채 목록에 나오는, 이름으로밖에 모르는 색깔들에 비할 바가 아니었다. 연보라색이나 암적색, 청록색, 암청색, 선황색, 황갈색 등등 실로 다양했다.

마침내 케이티와 나는 둘이서 케이크를 만들어 장식했다. 나는 케이티가 잡지에서 보고 똑같이 만든 케이크를 평생 잊지 못할 것이다. 설탕으로 만든 팬지꽃이 어찌나 진짜 같던지 먹기가 미안할 정도였다. 우리가 함께한 지 두 달 후, 그 애 아버지로부터 전화가 왔다. 케이티가 우리 동네의 어느 슈퍼마켓 제빵 코너에 취직했다는 소식이었다. 그 소식을 전해 듣고 얼마나 기뻤던지. 자폐아의 부모들이 대개 그렇듯 케이티의 아버지도 그 애가 평생 부모한테 의지해 살게 될까봐 걱정했다. 케이티는 오랫동안 특수교육을 받았지만 효과는 거의 없었다. 물론 내가 처음부터 그 애한테 일자리를 구해주겠다고 생각했던 것은 아니다. 그보다는 하루 종일 즐겁게 할 수 있는 활동을 찾아주고 싶었다. 그렇다 해도 내 교육 방침은 너무나 빠르고 훌륭하게 효과를 발휘했다. 그것은 케이티가 그 일을 정말 좋아했기 때문이다.

나는 케이티의 아버지에게 말했다. "케이티가 태어난 후부터 그 애는 아버님과 함께 어디든 갔어요. 아버님이 케이티를 데리고 파티에 가실 때마다 그 애도 파티에 참석을 했어요. 그리고 사람들이 나누는 대화를 모두 들었죠." 오래전 우리가 제이콥을 '빨갛고 큰 개 클리포드' 파티에 데려갔을 때도 그 애는 자신의 세상이 아닌 우리와 함께 있었다. 아마 케이티도 그랬을 것이다. 유아였던 제이콥은 어떻게 주위와 소통해야 할지 몰라 알파벳 카드에 빠져들었다. 어떤 색깔의 풍선을 좋아하는지, 어떤 컵케이크를 먹고 싶은지 말할 수 없었기 때문에 책 뒤에 숨었다. 오랫동안 그렇게 지냈다.

나는 공립학교에서 수많은 리틀 라이트 출신 어린이들의 옹호자로 활동하기 시작했다. 아이들이 IEP 평가를 받을 때마다 부모와 동행했는데, 아이와 함께 작업한 포트폴리오를 꼭 가져갔다. 루벤이라는 꼬마를 위해 열렸던 면담 자리가 지금도 기억난다. 루벤은 리틀 라이트가 문을 연 이듬해에 우리에게 왔다. 당시 나는 루벤에게 기능 향상 수업을 진행했다. 루벤은 배에 푹 빠져 있었다. 그래서 우리는 몇 달 동안 요트와 스쿠너(돛대가 두 개 이상인 범선), 쌍동선(선체를 두 개 연결한 빠른 범선) 같은 배에 대해 공부했다. 종류별로 배를 분류하고 리포트를 작성했다. 예전에 내 할아버지가 손자들이 호숫가에서 가지고 놀도록 차고 작업장에서 그랬던 것처럼 루벤하고 모형 배를 만들기도 했다.

그러는 동안 루벤은 읽는 법을 배웠다. 20세기 초의 호화로운 여객선들에 관한 화려한 그림책을 보고는 읽고 싶은 마음이 샘솟은 것이다. 쓰기 실력과 미세한 동작 능력도 우리가 함께 만든 배 옆면에 배의 이름을 깨알같이 적어 넣을 만큼 놀랍도록 향상했다.

IEP 면담을 하는 날, 그동안 루벤의 치료와 교육을 담당했던 사람들이 커다란 테이블에 모두 둘러앉았다. 물리, 작업, 발달 분야의 치료사는 물론 담임 선생님과 특수교육 선생님, 학교의 상담 선생님도 참석했다. 모두 루벤의 능력에 대한 가장 최근의 평가 결과를 제시했다. 참석자들은 그 자료를 바탕으로 루벤이 하루 중 몇 퍼센트를 일반 교실에서 보내면 좋을지 논의하기 시작했다.

결론은 20퍼센트였다. 그때 나는 목청을 가다듬고 루벤의 포트폴리오를 펼쳤다. 가령 작업치료사는 루벤이 동그라미를 그릴 수 없다고 했다. 하지만 포트폴리오에는 '배Boat'의 철자에 들어가는 'o'와 'a'가 있었다. 나는 그것으로 아이가 글씨를 가지런히 잘 쓴다는 사실을 확실하게 증명했다. 루벤에게는 그들이 생각하는 것보다 훨씬 더 재주가 많았다. 우리는 포트폴리오를 끝까지 다 보았다. 그리고 마침내 수치를 홀쩍 높여야 한다는 결론에 도달했다.

내 기능 향상 수업에는 레이철의 아들 제로드도 있었다. 제로드 역시 놀라운 발전을 거두었다. 레이철과 나는 친구가 되었는데, 내가 수업료를 받지 않으려 해서 몹시 곤란해했다. 나는 수업 방식이 별다른 게 아니라 내가 자라온 방식대로라고 레이철을 설득했다. 내가 어렸을 때 에디 할머니는 매일 아침 파이를 두 개씩 구웠다. 파이 하나는 우리 가족이 저녁에 먹었다. 그런데 동네에는 남은 파이 하나를 기꺼이 선물로 받아줄 사람이 언제나 있었다. 이를테면 남편과 갓 사별한 여자라거나 사랑하는 가족이 입원한 집, 아기를 낳은 부부 등등이었는데, 그들과 파이를 나누는 것이 우리 가족의 삶의 방식이었다.

요는 우리 가족이 그 '두 번째 파이'를 딱히 선행이라고 느끼지 않았다는 것이다. 선행은 거의 의식하지 않을 만큼 우리 삶의 일부였다. 그래봐야 이왕 만드는 김에 하나를 더 추가했을 뿐이다. 힘든 시기를 겪는 사람을 돕고 동네 사람들에게 힘이 되어주는 것은 오랫동안 의논하거나 고민해야 할 고매한 이상이 아니었다. 그냥 평소의 생활이었다.

리틀 라이트를 운영하는 데 본보기로 삼은 것이 바로 이런 어린 시절이었다. 나는 정말 운이 좋았던 것 같다. 자신이 무슨 목적을 갖고 태어났는지 고민하며 사는 사람이 얼마나 많은가? 그런데 나는 그런 고민을 할 필요조차 없었다. 나는 어린 아이 때부터 이미 아이들을 돕기 위해 태어났다는 사실을 알고 있었으니 말이다. 어린이집과 리틀 라이트를 동시에 운영하면서 나는 내 본모습을 찾았다. 정말 힘들었지만 믿을 수 없을 만큼 재미있었다. 나 자신보다 더 큰 이상에 헌신한다는 사실을 자각했기 때문에 하루하루를 충만하게 보낼 수 있었다. 게다가 집을 비울 필요도 없었다! 현관 벨이 울리고 아이들이 도착하면 내 평생의 일이 시작된다. 그 아이들보다 중요한 게 또 어디 있겠는가?

이런 연유로 레이철이 주는 수업료를 나는 도저히 받을 수 없었다. 그러자 레이철은 내게 샌드위치를 만들어주었다. 그 바람에 몸무게가 2킬로그램이나 불어 나는 제발 그만 가져오라고 간청하기에 이르렀다. 레이철은 조금이라도 의미 있게 도움을 줄 방법이 있으면 언제든 응할 준비가 되어 있다고 했다. 이를테면 내가 하고자 하는 프로그램 가운데 레이철과 함께할 만한 것들 말이다.

그런데 그런 프로그램이 정말 있었다. 특히 자폐아를 키우는 가정이 누려야 할 여러 선택안 가운데 내가 늘 결핍되어 있다고 느끼던 것이었다. 나는 자폐아들이 제대로 대접받으면서 친구도 만들 수 있는 장소를 제공하는 프로그램을 늘 고민했다. 평범한 아이들이 당연히 경험하는 어린 시절을 자폐아도 즐길 수 있게끔 해주고 싶었다.

마이클과 나는 우리 아이들이 행복한 어린 시절을 보내도록 늘 신경 썼다. 아이들에게 평생 행복하게 생각할 기억을 잔뜩 만들어주고 싶었다. 아이들이 자신의 아이들에게도 물려줄 수 있는 소소한 전통을 가꾸고 싶었다. 예를 들어, 우리는 곧잘 호수로 낚시를 갔다. 내가 어렸을 때처럼 말이다. 개구리도 잡았다. (사실은 내가 개구리를 잡는 동안 애들은 금방이라도 토를 할 것처럼 잔뜩 인상을 찌푸렸다.) 레이저 태그Laser Tag 놀이를 하거나 동네 수영장에도 놀러갔다. 진짜 토끼 몇 마리와 수제 초콜릿, 직접 색칠한 달걀 몇백 개로 어마어마한 부활절 달걀 찾기 놀이를 계획하기도 했다. 수제 쿠키를 피크닉 바구니에 담아 홀콤 천문대로 소풍을 가거나 뒷마당에서 함께 스모어를 만들어 먹기도 했다. 하지만 제이콥에게는 어린 시절을 통틀어 아주 중요한 측면이 빠져 있었다. 전체적인 아동기를 구성하는 본질적인 성분, 즉 운동이었다.

자폐아들로 운동 그룹을 만들자는 발상은 제이콥이 두 살 무렵 처음 떠올랐다. 당시 제이콥은 또래 아이들과 함께 율동이나 음악 놀이 수업을 들었다. 여전히 제이콥은 자기만의 세상에 빠져 살았지만 나는 시범적으로 유아들의 체육 수업에 참여시켜보았다. 나는 제이콥이 쿠션을 댄 커다란 비닐 터널이며 뽁뽁 소리가 나는 사다리나 폭신한 장애물 코스를 좋아할 줄 알았다. 물론 제이콥은 이런 놀이를 좋아했다. 그런데 수업을 시작하고 끝낼 때 모두가 둘러앉아 노래를 부르는 건 싫어했다. 당시는 리틀 라이트를 막 시작했을 무렵이었다. 그래서 제이콥은 아직 둘러앉기 놀이에 대해 배우지 않은 터였다. 제이콥은 아이들이 둘러앉아 노래를 부를 때면 구석에 있는 커다란 고무공 주위에서 서성거릴 뿐이었다. 그렇다고 수업에 방해가 되지는 않았다. 둘러앉았던 아이들이 흩어지면 제이콥도 그 애들과 어울렸다.

제이콥이 트램펄린에서 노는 동안 나는 예닐곱 살 된 남자애와 이야기를 나눈 적이 있었다. 그 애는 엄마와 함께 여동생의 수업이 끝나길 기다리고 있었다. 가라테 도복을 폼 나게 입고 있기에 칭찬을 해주었다. 소년은 내가 제 허리에 묶여 있는 노란 띠를 본 것을 확인하고는 자랑스럽게 가슴을 쑥 내밀었다.

수업이 끝날 즈음 보니 제이콥은 신 나게 논 것이 분명했다. 이렇게 어울려 놀 만큼 발전했다는 사실에 가슴이 뿌듯했다. 그래서 강사에게 수강 신청을 하고 싶다고 했다. 그러자 강사는 어색하게 입을 다물고 있더니 마침내 제이콥은 아직 수업을 받을 준비가 되어 있지 않다고 했다. "그룹에 낄 수 없으면 수업도 받을 수 없습니다." 강사는 이렇게 말했다.

순진한 소리로 들릴지 모르겠지만 나는 제이콥이 자폐증 때문에 운동 경기에 참여하지 못할 수도 있다는 사실을 그날 처음 깨달았다. 가라테를 배우는 소년과 만나지 않았다면 강사의 말에 그렇게 큰 충격을 받지 않았을지도 모른다. 제이콥의 손을 잡고 주차장을 가로질러 나오는데 정말 불안했다. 내 아들이 평생 "골!"이라고 외칠 때의 감격도, 경기에 이긴 다음 동료들과 함께 음료수를 마시며 축하하는 기쁨도 못 느낄 거라고? 내 아들이 아슬아슬하게 홈 플레이트로 슬라이딩하는 기분을 모를 거라고? 자폐아이기 때문에 터치다운을 하거나 축구 유니폼에 풀물 들 일이 없을 거라고?

그로부터 5년이 지난 후에도 주차장에서 느낀 두려움은 그대로였다. 제이콥은 일반 공립학교에서 훌륭하게 적응했고, 학교와 동네에서 친구들도 많이 사귀었다. 하지만 여전히 다른 자폐아들처럼 평범하게 운동을 즐길 수는 없었다. 체육 시간은 자폐증에 발목을 잡히는 유일한 수업이었다. 반 아이들이 피구를 할 때 제이콥은 손쉬운 타깃이 되었다. 아이들로부터 집중적으로 공격을 받으면 제이콥은 자신이 종종 괴롭힘을 당한다고 생각했다. 제이콥이 또래 아이들과 기꺼이 운동 경기를 즐긴다는 생각은 도무지 현실성이 느껴지지 않았다. 리틀 리그의 꼬마 선수들조차(게다가 흔히 부모들마저도) 진심으로 이기고 싶어 한다. 어떤 아이가 공을 실수로 놓치거나 어디로 뛰어야 할지 잊으면 무서우리만치 야단을 치기도 한다. 하물며 신체 발달이 뒤떨어지거나 청각의 처리 속도에 문제가 있는 자폐아들은 오죽하겠는가.

나는 제이콥이 겪은 일이 흔한 경우라는 사실을 다른 부모들에게 들어 잘 알고 있었다. 하지만 자폐아가 운동을 하기 힘든 이유는 뒤집어 생각해보면 그 애들이 꼭 운동을 해야 하는 이유이기도 하다. 운동은 자폐아들이 '놀이'가 뭔지 체감할 수 있는 좋은 기회다. 골을 넣거나 못 넣는 것도, 날아가는 공을 잡는 것도, 공을 멀리 던지는 것도 모두 제이콥한테 꼭 시켜보고 싶은 어린 시절의 경험이었다. 레이철이 내가 하고 싶은 프로그램에 대해 물어보기 전에는 운동에 대해 깊이 생각해보지 않았다. 하지만 일단 생각을 떠올리자 도저히 멈출 수 없었다.

!

놀 기회

나는 2005년에 레이철의 도움으로 자폐아들을 위한 운동 프로그램
을 시작하기로 마음먹었다. 하지만 마땅한 장소를 구하지 못해 '자폐
아를 위한 유소년 스포츠단'은 시작조차 할 수 없었다. 그렇다고 차고
에 만들어놓은 어린이집에서 할 수도 없는 노릇이었다. 아이 다섯 명
과 부모들이 지내기에도 빠듯했기 때문이다. 뒷마당도 너무 좁아서 쓸
수 없었다. 그래서 전화번호부를 1페이지부터 펼쳐놓고 반경 100킬
로미터 안에 있는 모든 교회와 공회당에 전화를 걸어 우리에게 빌려
줄 장소가 있는지 문의했다.

전화를 받은 곳마다 표현은 달라도 결국 답변은 똑같았다. 모두
적당한 장소가 있었다. 물론 토요일 아침마다 그곳을 기꺼이 빌려주
겠다고 했다. 그러나 '자폐증'이라는 말을 꺼내기가 무섭게 수화기에

서는 이런 말이 들렸다. "어머, 특수 아동들이 쓸 거였군요. 우리는 책임 보험을 들지 않았어요." "우리는 휠체어 진입로가 없어요." "이사회에서 먼저 논의를 해봐야 해요." 나는 매번 연락처와 이름을 남겼지만 아무도 다시 전화를 걸지 않았다.

휠체어 진입로는 없어도 상관없었다. 책임 보험만 해도 우리 스포츠단은 엄마들의 음악 교실이나 알코올 중독자 갱생회 미팅 수준보다 덜 위험했다. 걸스카우트라고 했다면 분명 이사회 투표 따위는 기다리지 않아도 되었을 것이다. 하지만 어쩌겠는가.

거의 포기하기로 마음먹을 즈음, 근처 교회에서 봄맞이 축제를 연다는 전단지가 집에 날아왔다. 야외에서 하는 다양한 게임은 물론 바운스 하우스도 설치한다고 했다. 가만히 생각해보니, 그럴 자리가 있다면 운동 경기를 할 만한 공간도 있을 것 같았다. 나는 심호흡을 하고 딱 한 번만 더 시도해보기로 했다. 그리고 전화를 걸었다. "안녕하세요. 자폐아들을 위한 운동 프로그램을 할 공간을 구하고 있어요. 그럴 공간을 빌려주시면 안 될까요?"

몇 달 동안 안 된다는 말을 귀에 딱지가 앉도록 들었기 때문에 건물 관리인이 된다고 했을 때 정작 내 귀를 믿을 수 없었다. 차를 몰고 주차장으로 갔더니 이번에는 내 눈을 믿을 수 없었다. 만약 우리 아이들이 운동을 하는 데 필요하거나 갖고 싶은 것들이 모두 들어간 목록을 만든다면 노스뷰 크리스천 라이프 교회는 완벽했다. 거대하고 현대적인 교회 뒤에는 방이 두 개 딸린 길고 낮은 별채가 있었다. 방하나에는 기본적인 취사 시설을 갖춰 부모들과 더 어린 자녀들이 잠시 머무를 수 있었다. 다른 방은 활동적인 아이들이 놀 수 있도록 쉽게 꾸밀 수도 있었다. 바깥은 완만한 경사로를 따라 내려가면 축구장과 트랙, 야구장은 물론 농구 코트도 있었다. 무엇보다 특별한 용도로 쓰이지 않는 풀밭이 넓게 펼쳐져 있었다. 아이가 드러누워 풀피리를 만들거나 흘러가는 구름을 보며 동물 모양을 찾아낼 수도 있을 터였다. 야구장에는 미나리아재비가 피어 있었다. 공터는 실컷 뛰어다녀도 될 만큼 넓었다. 고개를 들면 높고 파란 인디애나의 하늘이 아름답게 펼쳐졌다. 더하거나 뺄 것도 없이 완벽했다.

그해 봄 교회에서는 한 달에 한 번 우리에게 그곳을 개방해주기로 했다. 나는 자폐아들도 모든 수업을 받을 수 있도록 방식을 바꾼 색다른 운동을 만들었다. 일주일 동안 그 주에 할 운동에 필요한 물품을 구입했다. 그리고 토요일 오전 새벽 4시에 자명종이 울리자마자 집을 나섰다. 밴에 그날 필요한 준비물을 모두 싣고 노스뷰 교회로 가서 레이철과 합류했다. 레이철은 나와 함께 방을 정리했다. 9시가 되면 아이들이 속속 모여들고, 우리는 날이 저물 때까지 그곳에서 지냈다.

리틀 라이트에서처럼 부모는 아이들과 함께 머물러야 했다. 자폐아 스포츠단은 부모가 아이들을 데려다주고 자리를 뜨는 방식이 아니었다. (어차피 아이들은 대부분 자기가 알아서 운동을 할 상태도 아니었다.) 부모 대신 보모가 도와줄 수도 없었다. 우리 스포츠단은 온 가족이 함께 해야만 했다. 아이들을 돌보기 시작한 후 처음으로 나는 '아빠들을 보았다'. 운동복에 야구 모자를 쓰고 아이들과 노는 아빠들을

250

말이다. 자폐아 가족 대부분이 자신들에게는 절대 일어나지 않을 거라고 단정했던 경험이었다.

나는 스포츠단에 참가한 가족들에게 한 가지 사실을 확실히 했다. 작업 치료와 물리 치료, 발달 치료, 언어 치료로 숨 가쁜 하루하루를 보내고 맞는 토요일 아침은 오로지 놀기 위한 시간이라고 말이다. 평범한 가족들이 당연하게 하는 주말 활동을 우리도 해보는 시간이었다. 그러면 부모들은 어리둥절해하며 이렇게 질문했다. "진심이에요? 그냥 놀기만 한다고요? 치료는 안 하고요?"

그러면 나는 딱 잘라 대답했다. "치료는 안 해요. 우리는 그냥 놀 거예요."

당신이 자폐아를 키우고 있다면 일정표의 중요한 일은 죄다 당신 것이 아니다. 바로 아이들 것이다. 때로는 '하지 않는' 것이 뭔가를 '하는 것'만큼 중요할 때도 있다. 어쩌면 내가 인디애나 주에서 자라지 않았다면 이 말의 참된 의미를 제대로 깨닫지 못했을지도 모른다. 우린 옥수수 밭 한가운데 산다는 농담을 하곤 하는데, 말 그대로 옥수수 밭 한가운데에서 살고 있다. (집에서 한 블록만 가면 옥수수 밭이니까.) 우리가 사는 동네에서는 파티도 많이 열리지 않는다. 대신 모닥불은 많이 피운다. 이따금 마주치는 소나 돼지를 제외하면 주위에는 햇살과 하늘과 풀밖에 없다. 바로 이것들 덕분에 인디애나는 아주 특별한 곳이다.

그래서 우리는 토요일 오전마다 딱 한 가지 목표를 세우고 거기에만 매진했다. 우리 아이들이 거둔 성과가 남들 눈에는 아무리 사소해

보여도 그 성과를 축하하고 아이들의 기를 살려주자. 아이들이 뭘 해내야 한다는 기대 따위는 전혀 갖지 않았다. 규칙도 딱 한 가지뿐이었다. 어떤 아이든 그 애 차례가 되면 모두가 응원해주자.

아이들은 물 찬 제비처럼 날쌔지도 않았다. 운동 신경이라고는 찾아볼 수 없는 아이들도 있었다. 하지만 아이가 제 아빠의 손을 잡고 볼링 핀을 하나라도 넘어뜨리면 우리 모두 환호성을 질렀다. 맥스처럼 기능 떨어지는 아이가 야구 방망이를 들어 올릴라치면 우리 팀이 월드 시리즈에서 우승이라도 한 것처럼 맥스 주위로 달려가 환호성을 지르고 하이 파이브를 했다. 제로드가 터치다운을 했을 때는 하이즈먼 트로피Heisman Trophy를 받기라도 한 것처럼 아이를 어깨 위로 번쩍 들어 올렸다. 공을 가로챌 아이가 주위에 단 한 명도 없었다는 것은 전혀 개의치 않았다.

자폐아 스포츠단을 시작한 첫날, 나는 누구나 할 수 있는 장애물 코스 경기를 선보였다. 일단 땅바닥에 놓인 훌라후프 다섯 개를 통과해야 한다. 그런 후에는 내가 펠트 천으로 만든 알록달록하고 커다란 발바닥 모양을 밟으며 매트리스를 건넌다. 마지막으로 커다란 빈백(실제로는 메밀을 넣은 목 베개였다)을 집어 들고 아이들이 있는 곳으로 가져오면 된다. 나는 월마트에서 싸구려 금메달 모형이 잔뜩 든 주머니를 여러 개 샀다. 어린아이의 생일 파티에서 흔히 보는 선물 주머니 같은 것이었다. 나는 그 메달이 모두에게 충분히 돌아갈지 잘 확인했다. 거인 발바닥은 고사하고 달랑 훌라후프 하나를 통과해도 메달을 주었다.

그로부터 몇 주 후, 나는 말을 하지 않는 열세 살 아담이 한 손으로 제 엄마의 손을 잡고 다른 한 손에는 항상 그 메달을 쥐고 있는 걸 보았다. 메달은 원래부터 튼튼하지 않았다. 아담의 메달은 그새 여기저기 닳았다. 그래서 수업이 끝난 후 남은 메달 두 개를 아담 어머니의 가방에 슬쩍 넣어주었다. 어머니는 내게 고맙다고 인사하며 눈물을 글썽거렸다. "메달을 받은 게 아담한테 어떤 의미인지 상상도 못 하실 거예요. 잘 때도 메달을 손에서 놓질 않아요."

리틀 라이트를 졸업한 애들도 많이 왔지만 우리가 전혀 모르는 가족도 많이 참석했다. 나도 모르는 사이에 모두가 바라던 일을 시작한 셈이다. 사람들은 이런 프로그램이 있으면 좋겠다고 늘 생각했던 것 같다.

스포츠단에 참가한 아이 가운데 크리스토퍼라는 여섯 살짜리 꼬마가 있었다. 크리스토퍼는 제이콥보다 (머리 하나만큼 컸지만) 나이는 한 살 어렸는데 농구를 썩 잘했다. 둘은 만나자마자 잘 통했다. 크리스토퍼는 첫 주 수업이 다 끝났는데도 집에 가려고 하지 않았다. 나중에 알고 보니 학교에서 괴롭힘을 당하고 있었다. 제이콥은 내가 나머지 수업을 다 마칠 때까지 기다리느라 일찍 돌아가지 못했다. 덕분에 두 아이는 오후 내내 함께 붙어 지냈다. 둘이 숨바꼭질을 하거나 먼저 끝난 수업 시간에 사용했던 운동 기구 주위를 어슬렁거렸다. 우리가 공이며 매트리스를 밴에 실을 즈음 두 아이는 어느새 친구가 되었다.

작별 인사를 나누며 크리스토퍼는 나를 몇 번이고 껴안았다. 잘

가라며 나를 여덟 번 정도 안아주었던 것 같다. 자폐아치고는 매우 특별한 행동이었다. 그런 모습을 보며 나는 이 운동 프로그램이 자폐 아들에게 얼마나 소중한지 깨달았다.

그 달이 끝나갈 즈음, 제이콥과 크리스토퍼는 아주 친해졌다. 이 사실 하나만으로도 우리가 프로그램에 기울인 노력을 보상받은 것 같았다. 동네는 물론 학교 친구들과 어울리며 대학에서 강의까지 받으니 제이콥이 받는 고립감도 이전보다 훨씬 줄어들었다. 하지만 크리스토퍼하고는 진짜 교감을 했다. 그건 다른 친구들과는 절대 느낄 수 없었던 유대감이었다.

몇 주 후, 우리는 프로그램을 전 연령대로 개방했다. 참가한 아이들은 대부분 제이콥보다 훨씬 나이가 많았는데, 십대 중후반인 아이들도 있었다.

나는 찾아온 아이들 모두가 한 팀의 일원이라고 느끼기를 바랐다. 그러기 위해서는 약간의 조정을 거쳐야 했다. 마이클은 언젠가 이런 말을 했다. 내가 자폐증 친화적인 운동 경기를 만드는 것이 아니라 운동 경기의 체계를 바꾸고 있다고 말이다. 가령 아이스하키에서 '하키'는 남기고 '아이스'는 빼는 식이었다. 대신 카펫을 깔아놓고 하키를 했으니 상관없었다. 그렇다고 진짜 하키 스틱으로 경기를 할 수는 없었다. 그랬다간 뛸 수 있는 선수보다 부상자가 더 많이 생길 테니 말이다. 빗자루 정도면 딱 좋을 것이다. 자폐아가 빗자루 손잡이의 감촉을 좋아하도록 하려면 어떻게 해야 할까? 손잡이를 폼 테이프Foam Tape로 감아서 말랑말랑하게 만들면 된다. 우리는 퍽 대신 공을 쓰고, 골대를 아이들 키 높이에 맞추고 아이들의 시선을 잡아끌 만한 색으로 칠했다.

마이클과 나는 이런저런 준비를 할 돈이 충분하지 않았다. 하지만 이번에도 창의력과 손재주가 뛰어났던 할아버지와의 추억에서 많은 아이디어를 얻었다. 할아버지는 손자들을 위해 집의 진입로에 완전 방수가 되고 조종도 가능한 잠수함을 만들기도 했다. (할머니는 혹시라도 누가 그걸 탔다가 익사할까봐 완전히 겁에 질렸다. 그래서 할아버지가 낚시를 하러 간 틈을 타서 고철 장수를 불러 그걸 다 해체했다. 하지만 나는 그 잠수함이 끝내줬을 거라고 믿는다.)

"하나님이 네게 어떤 일을 하게 하신다면, 그분은 그 일을 완수할 수 있도록 필요한 것을 모두 주실 거야." 할아버지는 트럭을 길가에 세우고 누가 버린 쓰레기 더미에서 통나무나 고철을 주워 실으며 이런 말씀을 하곤 했다. 여러 운동에 요리조리 응용할 수 있는 물품들을 찾아 대형 마트를 돌아다닐 때면 이 말씀이 종종 생각났다. 나는 인조 잔디를 잔뜩 구입한 다음 여러 조각으로 잘라 미니 골프장을 만들었다. 처음에는 골프공 대신 풍선을 썼다. 핼러윈이나 밸런타인데이, 크리스마스 같은 날이면 이 골프장 인조 잔디를 모아 용도에 맞게 재활용했다.

볼링은 재미있다. 하지만 볼링장은 너무 시끄러워서 자폐아들은 그곳을 몹시 싫어한다. 나는 염가 판매점에서 사온 포장지로 색색의 볼링 레인을 만들었다. 언젠가는 청량음료 한 상자를 마이클의 차에 실어주며 그걸 동료들에게 나눠주고 대신 빈 병을 주말이 되기 전까지 모두 받아오라고 했다. 녹색 페트병은 볼링 핀으로 쓰려고 주워놓은 투명한 2리터들이 페트병들 사이에서 눈에 확 띄었다.

어떤 사람들은 내 씀씀이를 걱정했다. "아이들 양육비며 대학 자금은 어떻게 할 거예요? 은퇴 자금은 마련하고 있어요?" 하지만 나는 천직을 찾았다. 그러니 쓸 때가 생기면 때맞춰 어디선가 돈이 생기리라는 게 평소 내 신조였다. 마이클은 물론 나도 어린 시절 집안이 풍족하지 않았다. 우리는 집을 장만할 수 있을지 생각조차 해보지 않았다. 우리가 가진 것은 뭐든 선물 같았다. 그래서 자폐증에 대한 오해와 싸우고, 자폐아를 키우는 가정을 도울 수 있다는 사실이 은총으로 느껴졌다. 다행스럽게도 마이클은 나와 뜻을 같이했을 뿐만 아니라 믿을 수 없을 정도로 내 노력에 호의적이었다. 함께 철물점에 갈 때면 고개를 절레절레 흔들고 웃음을 터뜨리며 이렇게 말했다. "아무래도 이번 보너스는 인조 잔디에 들어가겠군!"

나는 동네 친구들의 호의도 마다하지 않았다. 우리는 이웃에 사는 고등학교 축구 감독을 초빙해 아이들에게 축구를 가르쳤다. 이번에도 처음에는 축구공 대신 풍선을 차며 아이들이 공을 어떻게 패스하고 골을 넣는지 익히도록 했다. 빗자루 하키가 인기 종목으로 확실히 자리를 잡자(제이콥은 최고의 골잡이였다!) 우리는 미국하키연맹 소속의 인디애나 아이스Indiana Ice 팀 선수들을 초빙해 아이들과 카펫 위에서 하키를 하며 놀게 했다.

마침내 야구장으로 진출하게 되자 나는 신용카드 한도를 가득 채워서 다양한 색깔의 티셔츠를 구입한 다음 거기에 아이들의 이름을 새겼다. 한 팀이라는 소속감이 뭔지 알 수 있도록 하기 위해서였다. 신체 기능이 떨어지는 아이들 대부분은 더그아웃에 앉아 있는 시간이 부모나 도우미와 처음으로 떨어져보는 경험이었다. 그렇지만 동료들이 곁에 있어서 아이들은 괜찮았다. 물론 부모들도 외야석에서 열심히 응원해주었다. 그 무렵 우리는 행복한 대가족이 된 기분이었다.

나는 리틀 라이트에서 많은 것을 배웠다. 그곳에서는 어떤 활동을 하든 자폐아의 뇌에 매력적으로 보여야 했다. 그래서 시각적 방법을 많이 활용했다. 가령 매트리스 위에 경계선을 그릴 때면 스무 가지 색의 접착테이프를 사용했다. 우리가 만든 것은 대부분 감각을 자극하는 요소를 갖추고 있었다. 예컨대 공기로 부풀리는 공과 폭신한 매트리스, 풍선 등을 사용했다. 나는 바닥에 매끄러운 천을 깔고 감각을 자극하는 이런 장난감을 곳곳에 놓아두었다. 아이들이 그 장난감에 사로잡혀 나와 함께 앉을 수 있도록 말이다.

나는 이런 것들을 자폐아의 관심을 끌 만한 활동을 위해 만들었다. 하지만 우리 모두가 감각을 통해 치유될 수 있다고도 믿는다. 다시 말해, 비단 자폐아와 특수한 도움이 필요한 사람들뿐만 아니라 모두에게 도움을 줄 수 있다.

제이콥이 태어나기 전 내가 운영하던 어린이집에 로즈라는 사랑스러운 여자아이가 있었다. 로즈는 다른 아이들의 모범 같은 존재로 어느덧 내가 믿고 의지할 정도였다. 그런데 로즈의 아버지 짐은 일생의 동반자가 암 판정을 받자 완전히 실의에 빠졌다. 아내와 로즈를 돌보는 데 너무 신경을 쓴 나머지 자신을 돌볼 겨를이 없었다. 그는 점점 폐인이 되어갔다. 그러다 일자리를 잃을까 걱정될 정도였다. 어느 날 아침에는 그를 앉혀놓고 내 화장품 가방에서 컨실러(피부의 결점을 감추어주는 화장품)를 꺼내 다크서클을 가려주기도 했다.

당연한 일이지만 로즈도 그런 부담감의 영향을 받기 시작했다. 점점 차분함을 잃고 짜증을 내기 시작했다. 다른 아이들을 통솔하던 모습도 어느새 사라졌다. 로즈는 내 책임이었는데, 그 애가 더 이상 행복하지 않으니 걱정이 끊이질 않았다.

하루는 짐이 로즈를 데려다주러 왔는데, 손을 너무 떨어 가방에서 로즈의 도시락을 꺼내줄 수조차 없었다. 나는 그의 어깨를 단단히 붙잡고 눈을 똑바로 바라보며 말했다. "짐, 당신은 지금 정상이 아니에요. 계속 이렇게 살다가는 가족도 엉망이 될 거예요. 당신의 마음부터 치료하지 않으면 소중한 사람들을 보살필 수 없어요."

"어떻게 해야 할지 모르겠어요." 짐이 망연자실해하며 말했다.

"그럼 내가 몇 가지 제안을 할까요? 일단 오늘 저녁 퇴근길에 닭한 마리를 사세요. 로즈마리랑 샐비어도 같이요."

"하지만 닭 요리는 할 줄 몰라요."

"오븐을 섭씨 170도에 맞추세요. 닭 배 속에 허브를 넣고 겉에 버터를 바르고 소금을 살짝 뿌리세요. 그리고 한 시간 반 동안 오븐에 구우면 끝이에요. 닭이 익으면 먹음직스러운 냄새가 온 집 안을 떠돌거예요. 집에서 제일 보드라운 담요를 건조기에 넣고 10분간 돌리세요. 그리고 보송보송해진 담요를 몸에 두르고 좋아하는 음악을 틀어놓은 다음 가족 앨범을 펼쳐 보세요. 닭이 다 익을 때까지 절대 일어나지 마세요. 요리가 다 되면 가족 모두가 둘러앉아 함께 드세요."

나는 짐에게 털이 복슬복슬한 내 수면 양말을 들려 보냈다.

짐은 자신의 감각과 다시 이어질 필요가 있었다. 나는 우리가 오감을 통해 삶을 경험한다고 굳게 믿는다. 하지만 너무 바쁘거나 짐처럼 마음의 상처를 안고 있을 경우 오감을 무시한다. 약속 시간에 늦을까봐 정신이 없을 때면 캐시미어 스카프를 매고 있어도 얼마나 따뜻한지 미처 생각할 겨를이 없다. 주차장에서 차를 빼야 비로소 맘에 드는 라디오 채널을 맞출 마음의 여유를 갖는다. 너무 바짝 긴장하고 있으면 이런 것들을 전혀 느낄 수 없다.

다음 날, 로즈를 데려다주러 온 짐은 완전히 다른 사람이었다. 몇 달 만에 처음으로 생기가 돌고 훨씬 더 안정되고 평화로워 보였다. 물론 그해 남은 시간 동안 짐과 그의 가족은 몹시 힘든 시간을 보냈다. 하지만 짐은 힘이 하나도 없거나 상황에 압도당하거나 우울할 때 자신을 위로할 방도를 깨달았다. 자신의 몸을 따뜻하고 편안하게 만들 수 있었다. 온 집에 집다운 향기가 감돌게 만들고, 자신과 가족에게 직접 만든 요리를 먹일 수 있었다.

오감을 탐닉하는 것은 사치가 아니라 필수다. 우리는 맨발로 풀밭을 '걸어야' 한다. 깨끗한 눈을 '먹어야' 한다. 따뜻한 모래를 손가락으로 '훑어야' 한다. 땅 위에 등을 대고 누워 얼굴에 쏟아지는 햇살을 '받아야' 한다.

이것이 바로 운동 프로그램에 참여한 아이들이 오로지 놀아야만 하는 이유였다. 이런 방식에 회의를 품는 사람들이 많았다. 그래서 리틀 라이트에서 우리와 함께했던 가족 가운데 일부는 그 시간에 치료를 더 받기 위해 우리를 떠났다. 내가 놀이와 평범한 어린 시절 경험에만 치중하기 때문에 제이콥이 필요한 보살핌을 제대로 받을 수 있을지 걱정하는 사람도 많았다. 제대로 된 치료법과 비교하면 내 전략은 이렇게 보였을 것이다. "공을 쳐서 친구한테 보내. 나는 너를 응원해줄게." 이런 게 무슨 치료법이겠는가? 나는 고장 난 레코드처럼 이런 말만 계속했다. "아무것도 안 해도 돼. 그냥 놀아."

그런데 그게 효과가 있었다. 효과는 즉시 내 눈에 보이기 시작했다. 릴레이 경주처럼 절대 못할 것 같던 운동을 할 수 있게 된 것은 물론 즐길 수도 있었다. 첫해에 찍은 사진들을 보면 아이들이 완전히 자신만의 세계에 빠져서 주위를 어슬렁거리는 모습이 대부분이다. 하지만 크리스마스 무렵에 찍은 사진에는 아이들이 매끄러운 천 위의 정해진 자리에 앉아 나를 바라보고 집중하며 재미를 느끼는 모습이 담겨 있다.

한 달에 한 번으로는 부족했다. 우리는 매주 모여야 했다. 교회에서는 우리가 집으로 가기 전에 그곳을 깨끗하게 정리만 해준다면 매주 와도 괜찮다고 했다. 나는 웃음이 터졌다. 어릴 때 나와 동생은 일주일에 두 번씩 할머니를 도와 할머니와 할아버지가 손수 지은 교회를 청소했다. 할머니는 머릿수건을 두르고 청소 도구를 양동이에 담아 차에 실은 다음 우리를 태워 교회로 향했다. 그리고 우리에게 청소기를 밀고 성가집을 닦고 신도석의 먼지를 털고 왁스 바르는 일을 시켰다. 할머니에게 이런 일은 마을에 봉사하는 방법이었다.

내게도 '자폐아를 위한 유소년 스포츠단'은 내가 사는 지역에 봉사하는 방법이었다. 마이클과 나는 제이콥이 자폐 진단을 받은 후 몇 년째 교회에 나가지 않았다. (자폐아를 키우는 가정에서는 매우 흔한 일이다.) 언젠가 일요일에 교회를 간 적이 있었다. 제이콥을 데리고 로비에 있는데, 고등학교 동창의 어머니가 나를 알아보고는 화려한 숄을 꼬리처럼 휘날리며 우리를 향해 쏜살같이 다가왔다. 향수 냄새가 진동했다. 그분이 내 얼굴을 감싸 쥐고 볼에 입을 맞추는 순간, 제이콥은 머리끝까지 화가 나서 바닥에 드러누운 채 힘껏 비명을 질러댔다. 일으켜 세우려 했지만 내 실크 드레스를 잡아 찢으며 발로 차기까지 했다.

　아이가 자제심을 잃고 폭발해도 대형 마트와 교회에서는 이야기가 다르다. 그때 얼마나 창피했는지 모른다. 지나가던 사람들은 걸음을 멈추고 우리를 쳐다보았다. 제이콥한테 성수를 뿌려야 하는 것 아니냐며 농담하는 사람도 있었다. 마침내 아이를 복도 끝에 있는 화장실로 데려가 세면대에 앉히고 등과 얼굴을 닦아주며 아무 일도 없다고 안심시켰다. 그제야 아이는 몸에서 힘을 빼며 내 원피스를 놓았다. 아이의 손은 땀으로 흠뻑 젖어 있었다.

　나는 이렇게 폭발하는 행동은 자폐증의 증상이 아니라 자폐증을 이해하지 못한 데서 비롯된 증상이라고 생각한다. 제이콥은 교회에 가기 싫었던 게 아니다. 오히려 교회에 갈 수 없었다. 그건 아이가 감당해내기엔 너무 벅찬 일이었다. 내가 또다시 억지로 제이콥을 교회에 데려갔다면 불쌍한 아이와 찢어진 원피스 사건이 재현될 게 뻔했다.

아이가 교회에 갈 수 없다면, 설령 당분간이라 해도 나 역시 빠질 수밖에 없었다. 나는 아이를 세면대에서 내린 후 교회 사람들이 모두 지켜보는 가운데 로비를 뚜벅뚜벅 걸어 건물을 빠져나왔다. 그런 다음 제이콥을 차에 태우고 곧장 그곳을 떠났다.

비록 교회에는 다시 꼬박꼬박 나가게 되었지만, 운동을 통해 봉사하면 놀라울 정도로 마음이 편안하고 공동체 의식을 느낄 수 있었다. 토요일 오전마다 아이들과 운동할 때면 문득 돌아가신 할아버지가 떠올랐다. 할아버지는 내게 노는 게 어떤 느낌이며 그것이 얼마나 중요한지 일깨워주었다. 불행이 찾아왔을 때 자신을 가두기보다 그 불행을 새로운 공동체를 만드는 기회로 삼을 수 있었던 것도 다 할아버지의 가르침 덕분이다. 할아버지를 통해서 나는 남을 도울 때 자신은 결코 혼자가 아니라는 사실을 배웠다.

토요일마다 모인 자폐아 가정은 모두 오랫동안 무슨 일에서도 기쁨을 느끼지 못했다. 부모는 지칠 대로 지치고 의욕을 상실한 상태였다. 그들의 '근사한' 아이들은 계속해서 쓸모없다는 말만 들었다. 그들이 모두 모일 만한 장소를 찾는 것조차 내게는 현실적으로 불가능한 일 아니었을까? 이런 가족을 한자리에 모아서 그들의 삶에 기쁨을 되돌려주는 일은 내게 전부를 의미했다. 어떤 면에서 '자폐아를 위한 유소년 스포츠단'은 나의 교회였다.

우리 가족은 모두 스포츠단을 좋아했다. 웨슬리도 함께 했다. 웨슬리는 우리가 교회 바닥에 깔아놓은 매트리스 위를 평소보다 훨씬 더 폴짝거리며 뛰어다닐 수 있었다. 이선은 온갖 사람들에게 둘러싸여

자랐다. 특히나 차분한 태도 덕분에 이선보다 나이 많은 자폐아들의 사랑을 한 몸에 받았다. 그리고 비로소 환하게 빛나기 시작하는 제이콥의 모습이 눈에 보였다.

요즘은 사람들이 내게 제이콥이 어쩌면 그렇게 대단하고, 자폐증을 안고 있으면서도 사람들과 편하게 잘 어울리는지 많이 물어보곤 한다. 그럴 때면 나는 운동 덕을 많이 봤다고 대답한다. 토요일마다 우리는 제이콥에게 수학 올림피아드 공부를 시키지 않았다. 과학 박람회에 데리고 가지도 않았다. 대신 축구장이나 야구장이나 농구 코트로 아이를 데려갔다. 그렇게 함으로써 무엇보다 친구들과의 우정, 사교, 공동체 의식, 팀워크, 자존감을 키워주었다. 운동할 때 제이콥은 신동도, 신체 발달이 뒤떨어진 자폐아도 아니었다. 풀밭에서 스니커즈의 고무창으로 태양에 말라붙은 잔디를 짓이기는, 미국 어디에서나 흔히 볼 수 있는 사내아이에 불과했다.

어느새 운동은 단순한 운동이 아닌 그 이상이 되었다. 크리스토퍼는 수업이 끝나고도 남아 있는 날이 늘어났다. 매주 운동 시간에 모이는 가족도 점점 많아졌다. 그들은 축구장으로 가서 되는 대로 공을 차거나 프리스비를 던졌다. 점심 도시락도 싸왔다. 그렇게 많은 사람이 해가 질 때까지 머물렀다. 겨울이 되자 어떤 사람들은 썰매를 가져왔다. 덕분에 아이들은 시간 가는 줄도 모른 채 썰매를 타고 언덕을 내려갔다. 아이들의 작은 손과 볼을 녹여주는 것은 마시멜로를 동동 띄운 핫초코밖에 없었다.

우리는 페이스북도 시작했다. 사람들은 승리감 가득한 사연을 올렸고, 글마다 "꼼짝 마, 자폐증"이라는 말로 끝을 맺었다.

이 가족들은 오래전부터 함께 웃어본 기억도, 희망에 들떠본 기억도, 근심 걱정을 잊고 서로 장난을 치거나 어슬렁거려본 기억도 없었다. 나는 남편들이 농구 코트에서 아이들과 어울리는 동안 아내들은 외야석에 앉아 커피 잔을 감싸 쥐고 친구들과 이런저런 이야기를 나누는 모습을 보는 게 좋았다. 그들은 대부분 어린 시절의 중요성을 잊고 살았다. 그저 재미있게 노는 게 얼마나 중요한지 잊고 있었던 것이다.

나는 그 사람들을 이해할 수 있었다. 마이클과 나도 한동안 그런 것들을 까맣게 잊고 살았으니까. 하지만 우리는 기억해냈다. 그리고 지금은 이런 가족들이 즐기는 법을 다시 배우도록 도울 수 있다.

!

꿈은 이루어진다

대부분의 부부는 밤에 온 집 안이 조용해지면 잠자리에 누워 미래의 꿈에 대해 이야기를 나누곤 한다. 호화 여객선을 타고 카리브 해로 여행을 떠나고 싶은 사람도 있고, 로또에 당첨되고 싶은 사람도 있을 것이다. 마이클과 나의 경우, 미래의 꿈은 좀 더 현실적이었다.

2006년에 나는 '자폐아를 위한 유소년 스포츠단'으로 '가스아메리카 홈타운 히어로 상GasAmerica Hometown Hero Award'을 받았다. 부상으로 공짜 기름을 얼마간 넣을 수 있어서 무척 좋았다. 하지만 '영웅'이라니 너무 당황스러웠다. 나는 뉴스에서 아프가니스탄의 자유와 민주주의를 위해 가족을 두고 떠나는 병사들을 보았다. 우리 옆집에는 소방관이 산다. 그 사람은 매일 현장으로 출동한다. 자신의 목숨을 걸고 타인의 생명을 구하는 날도 있을 것이다. 카프리 바지Capri Pants(7부나 8부 길이의 여성용 바지)를 입고 미니 골프장을 만드는 아줌마가 아니라 이런 사람들이 진짜 영웅 아닐까.

하지만 마이클 덕분에 나는 사고의 균형을 되찾았다. 게다가 상에 자극을 받아 좀 더 나아가보기로 결심했다. 우리는 운동으로 자폐아들을 바꿀 수 있다는 사실을 눈으로 확인했다. 이런 활동을 할 수 있는 집이 있다면 얼마나 근사할까? 우리는 제이콥과 웨슬리한테 한 방을 쓰게 하고 남는 방에 운동 용구를 잔뜩 쌓아두었다. 임시방편으로 교회에서 허락해준 공간을 잘 쓰고 있지만, 우리만의 장소가 있다면 놀라운 일을 해낼 수 있을 것만 같았다.

우리는 운동을 통해 나이 많은 자폐아들을 만날 수 있었다. 그 말은 아직 어린 자폐아들의 미래를 미리 내다볼 수 있다는 뜻이기도 했다. 십대는 참으로 힘든 시기다. 그런데 자폐아의 십대는 힘들다는 말로는 부족할 만큼 어려운 시기다. 우리는 제이콥과 크리스토퍼는 물론 두 아이의 친구들이 학교에서 겪게 될지도 모를 온갖 사회적 어려움으로부터 한숨 돌릴 여유가 필요한 때가 곧 오리라 짐작했다. 그런 면에서 보면 스포츠단만의 공간을 구하는 것은 시간과의 싸움이나 마찬가지였다.

리틀 라이트와 '자폐아를 위한 유소년 스포츠단'은 제이콥과 친구들에게 안전한 쉼터가 되었다. 마이클과 나는 여기서 한 걸음 더 나아가 자폐증을 가진 아동과 십대 청소년들만의 레크리에이션 센터를 만들고 싶었다. 아이들이 운동을 하거나 영화를 보고 함께 숙제하는 공간, 그 애들의 자폐증을 '고치려는' 사람들 없이 그저 술래잡기를 할 수 있는 공간을 만들어주고 싶었다. 몇 해 전 리틀 라이트를 운영하는 자선 단체의 이름을 고심할 때, 멜라니는 '제이콥의 집'이 어떻겠냐고 했다. 이름을 그렇게 지으면 병원이나 치료 센터라는 느낌이 들지 않고 무척 친숙하게 들릴 거라면서. 우리는 그 이름을 세금 환급을 받을 때만 사용했다. 하지만 레이크리에이션 센터의 이름으로 더할 나위 없이 좋았다. '제이콥의 집' 진짜로 만들기. 이것이 우리의 꿈이 되었다.

스포츠단은 빠른 속도로 몸집이 불어났다. 그래서 우리가 빌려 쓰는 교회의 별채는 겨울 내내 사람들로 발 디딜 틈이 없었다. 우리는 정원을 줄이는 대신 몸집을 키울 기회라고 생각했다. 2008년 여름, 우리는 차 한 대를 팔고 마이클의 퇴직 연금을 해약해 '제이콥의 집'을 장만할 방도를 궁리하기 시작했다.

일단 교외를 뒤져야 했다. 그러던 중 마음에 드는 건물 한 채를 찾았는데, 우리가 마련한 돈은 실소가 나올 정도로 적었다. 실제로 부동산 중개인은 우리가 건물을 구입하는 데 1만 5000달러, 필요한 개축이나 설비를 하는 데 5000달러 정도를 쓸 수 있다는 말을 듣고 웃음을 터뜨렸다. 집 근처는 고사하고 인디애나 주 어디를 가도 어림없는 액수였다.

그 무렵 마이클은 일 때문에 여기저기를 돌아다녀야 했는데, 그때마다 적당한 건물이 있는지 유심히 살폈다. 어느 날 마이클에게서 전화가 왔다. "여보, 좀 와봐. 적당한 곳을 찾은 것 같아."

우리는 팔아버린 차 대신 500달러를 주고 고물이나 다름없는 포드 브롱코 한 대를 구입한 터였다. 그 차를 몰면 귀가 찢어질 정도로 시끄러웠다. 게다가 차체에는 페인트보다 녹이 더 많았다. 그래도 아이들은 이 차를 몹시 좋아했다. 달릴 때면 바닥 여기저기에 난 구멍으로 휙휙 지나가는 도로를 볼 수 있었기 때문이다. 고인돌 가족이 차를 몰고 다니는 것 같았다. 나는 근처 마트에 장을 보러 갈 때나 그 차를 몰았다. 지도로 마이클이 일러준 주소가 집에서 상당히 멀다는 사실을 확인하고 살짝 걱정이 되었다. 하지만 요란하게 차를 달려 집을 떠난 지 대략 한 시간 만에 눈 깜박할 사이에 그대로 지나칠 것 같은, 인디애나 주의 커클린이라는 곳에 도착했다.

그곳까지 가는 길은 고물차에 대한 걱정을 잠시 잊을 수 있을 정도로 아름다웠다. 도로는 대부분 한 줄로 곧게 뻗은 자갈길이었다. 진짜 시골길이었다. 나는 이 길을 지나가는 것만으로도 스트레스에 찌든 부모와 아이들이 치료 효과를 볼 수 있겠다 싶었다.

목적지에 도착하자 큰길 끝에 세워둔 마이클의 차가 보였다. 큰길가에 있는 가게들은 대부분 문을 닫은 것처럼 보였다. 마이클은 다 허물어져가는 건물 앞에 서 있었다. 평생 그렇게 낡은 건물은 처음 보았다. 척 보기에도 오래된 건물 같았다. 마치 19세기에 지은 것처럼. 당신이 그 건물을 봤다면 적어도 20세기 중반 이후로는 어떤 식의 사랑이나 관심을 받지 못한 곳이라는 느낌이 확 들었을 것이다. 창문은 성한 데가 하나도 없고 건물 뒤쪽 벽은 움푹 패여 허물어지고 있었다. 건물에서 길로 이어진 통로는 보이지도 않고 잡초들 사이로 콘크리트 덩어리가 드문드문 남아 있었다.

내가 울상을 짓지 않으려 애쓰며 옆문으로 다가가자 마이클이 대뜸 말했다. "사실 그쪽은 상태가 좋지 않아."

문을 열자마자 무슨 뜻인지 확실히 알 것 같았다. 문 뒤에는 시커먼 구덩이가 입을 벌리고 있었다. 한 발만 더 내딛었다면 온갖 잡동사니가 버려진 깊이 5미터 정도 되는 지하로 곤두박질쳤을 것이다. (그날 이후 몇 달 동안 나는 그 구덩이에 빠지는 악몽에 시달렸다.) 하지만 그게 끝이 아니었다. 건물 안쪽으로는 2층 바닥이 몽땅 내려앉아 1층 위로 포물선을 그리며 걸려 있었다. 2층이 무너지지 않게 올라갈 방법은 어디에도 보이지 않았다. 문가의 안전한 곳에서 손전등으로 시커먼 내부를 비춰보니 골동품이 된 으스스한 의료 기구와 가구 따위가 눈에 들어왔다. 옛날에 진료소로 쓰던 시절의 잔재였다.

그곳은 정말 지저분했다. 건물은 아무것도 없는 동네 한가운데 있었다. 안전하지 않을 게 분명했다. 하지만 그곳은 사연이 많았다. 앞으로 만들어가야 할 이야기도 많았다. 눈을 감자 리틀 라이트와 '자폐아를 위한 유소년 스포츠단'을 통해 사귀며 깊은 우정을 키운 가족들이 그곳을 가득 메운 모습이 보이는 듯했다. 내 마음의 눈에 엄마들이 서로 포옹하는 모습, 길었던 한 주를 보내고 긴장을 풀며 걱정을 나누는 모습이 보였다. 삼삼오오 모인 아이들이 빈백 의자에 앉아 영화를 보거나 둘씩 모여 체스를 두거나 카드놀이를 하는 모습도 보였다. 바닥이 푹 꺼져 위험천만한 상태로 매달려 있는 2층에서는 제이콥과 크리스토퍼가 새로 깔끔하게 그린 농구 코트에서 번갈아 자유투를 쏘는 장면도 생생하게 그려졌다.

나는 마이클을 보며 미소를 지었다. "바로 여기야. 여기가 바로 우리의 레크리에이션 센터야."

제이콥과 크리스토퍼는 그 무렵 둘도 없는 친구가 되었다. 나도 크리스토퍼의 할머니로서 손자를 돌봐주는 필리스와 좋은 친구가 되었다. 그해 여름, 필리스와 나는 두 아이가 물놀이를 하는 동안 수영장 주변을 거닐며 이야기를 나누곤 했다. 그렇게 느긋한 여유를 좀처럼 누릴 수 없었기 때문에 늘 소중한 시간이었다. 크리스토퍼네는 자동차 매매업을 했는데, 집 안팎에 각각 농구 코트가 있고 수영장에 엘리베이터까지 갖춘 으리으리한 저택에서 살았다. 당연히 제이콥은 그 집에 놀러 가는 걸 좋아했다. 하지만 크리스토퍼도 좁아터진 우리 집 뒷마당에서 핫도그를 굽거나 스모어를 만들어 먹는 걸 좋아했다. 그 애는 함께 있으면 놀라울 정도로 재미있었다. 소풍을 못 가게 된 실망스러운 상황조차 신 나는 모험으로 바꿀 줄 아는 아이였다.

크리스토퍼와 제이콥은 자신들이 항상 뭔가 이 세상에 들어맞지 않는다는 인식으로 단단하게 이어져 있었다. 자폐아는 다른 아이들이 자신과 '함께' 웃는 것인지 자신을 '보고' 웃는 것인지 잘 구별하지 못한다. 가령 크리스토퍼가 농담을 했더니 학교 친구들이 웃었다고 치자. 그 상황에서 크리스토퍼는 친구들이 웃은 이유를 늘 제대로 깨닫는 것은 아니다. 내 농담이 너무 잘 먹혔나? 아니면 나를 비웃는 건가? 제이콥이 초등학교에서 보낸 시간과 친구를 사귈 수 있도록 우리가 기울인 노력은 확실히 효과가 있었다. 크리스토퍼를 처음 만났을 때, 제이콥은 사람들과 좀 더 편안하게 어울릴 수 있었다. 자폐증을 지닌 더 어린 아이들이 그 나이에 겪는 어색함, 즉 다른 아이들의 생각이나 감정을 알지 못해 느끼는 불안감을 잘 이겨낼 수 있도록 도울 줄도 알았다.

제이콥이 이끌어주는 부분이 둘의 우정에서 큰 자리를 차지했다. 제이콥은 늘 이렇게 말했다. "자, 이걸 잘 배워둬야 해. 우습기는 해도 이 간단한 기술을 꼭 익혀야 해. 안 그러면 애들과 잘 지낼 수 없어." 둘이 처음 만난 날, 제이콥은 크리스토퍼에게 훌라후프 돌리는 법을 가르쳐주었다. 아주 사소해 보일지도 모른다. 누구나 다 훌라후프를 돌릴 줄 알 필요가 있는 건 아니니 말이다. 하지만 자폐아의 경우는 이렇게 사소한 것도 무척 중요한 의미를 지닌다. 왜냐하면 크리스토퍼 같은 자폐아는 이렇게 사소한 것 하나로 놀림을 받을 수도 있고 돋보일 수도 있기 때문이다.

물론 크리스토퍼도 제이콥에게 도움이 되었다. 크리스토퍼는 제이콥보다 덩치가 훨씬 컸고 농구를 하는 몸놀림도 훨씬 자연스러웠다. 단짝 친구의 지도를 받으며 제이콥도 실력이 부쩍 좋아졌다. 마침내 운동하는 기쁨을 제대로 실감하게 된 것이다.

크리스토퍼는 마술에도 푹 빠져 있었다. 제이콥은 일부러 해독하지 않으면 읽을 수 없는 암호 편지를 크리스토퍼에게 보내곤 했다. 한편 크리스토퍼는 잘 알려지지 않은 트릭을 배워서 제이콥에게 보여주는 걸 몹시 좋아했다. 새 마술을 본 제이콥은 그 트릭을 풀어야만 했다. 새로운 트릭을 익히는 크리스토퍼의 솜씨는 나날이 향상되었다. 점점 더 어려운 트릭에 도전했다. 트릭이 교묘해질수록 제이콥은 더 좋아했다. 또래 친구들 가운데 제이콥이 머리를 싸맬 정도로 힘든 문제를 내는 경우는 드물었기 때문이다. 때로는 둘이 힘을 합쳐 마술을 짜기도 했다. 한번은 제이콥이 크리스토퍼를 도와 정교한 트릭을 만들었다. 그 트릭에는 거울이 잔뜩 필요했는데, 정해진 각도로 정확하게 배치해야 했다. 이런 것이야말로 제이콥의 장기였다.

둘은 학교는 달랐지만 토요일마다 스포츠단에서 만났고, 일요일에는 교회에서 다시 만났다. 밤마다 전화통을 붙잡고 운동에 대해 수다를 떨었다. 나는 저녁만큼은 제자리에 앉아 음식을 먹도록 엄하게 가르친다. 하지만 제이콥에게 그렇게 좋아하는 단짝 친구가 생겼다는 사실이 너무 좋아서 칠면조 샌드위치와 샐러드를 만들어 가져다주었다. 크리스토퍼와 전화 통화를 하면서 먹으라고.

마이클과 나는 레크리에이션 센터에 관한 한 우리의 깜냥에 어림도 없는 일을 밀어붙이고 있다는 사실을 금세 알아차렸다. 건물 수리비를 지불하고 남은 돈 5000달러가 우리의 전 재산이었다. 나는 마이클이 통장 잔고를 보며 고개를 절레절레 흔들던 모습이며 그때 한 말을 지금도 잊을 수 없다. "집에 보일러라도 터지면 이번 겨울은 난방도 못하겠군." 시아버님은 목수였다. 그래서 작업 규모에 진심으로 걱정을 했다. 아버님은 그 건물을 처음 보고 이렇게 말했다. "이 공사를 다 하려면 도저히 감당을 못할 거야. 진심으로 하는 말이니, 여기서 당장 손을 떼. 어서!"

우리는 아버님 말씀을 듣지 않았다. 그 무렵의 미국 사람들처럼 우리도 거품 경제의 단맛에 취해 있었다. 마이클은 직장에서 승진을 계속했고 어린이집도 잘되고 있었다. 나는 어린이집을 더 늘려서 아예 작은 학교를 만들면 어떨까 고민 중이었다. 이선이 태어나자 그렇지 않아도 작은 집이 터져나갈 것만 같았다. 어느 순간, 아이들 가운데 한 명이 소파의 팔걸이나 우리 발치의 바닥에 앉지 않으면 가족이 거실에 전부 모이기도 힘들겠구나 싶은 생각이 들었다. 모두 모여 편하게 영화를 볼 수 없다면 집을 넓혀야 했다.

원래는 레크리에이션 센터에서 살며 공사를 진행할 생각이었다. 그런데 커클린에서는 건축 설비 규정에 맞도록 공사를 하기 전에는 전기나 수도를 공급할 수 없다고 했다. 나 혼자라면 잠시 불편한 생활 정도는 감수할 수 있었다. 하지만 도저히 사람이 살 수 없는 건물에서 텐트 하나 치고 어린 아이 셋을 키우며 사는 건 아니다 싶었다. 아무리 나라도 그건 타협할 수 없었다.

그래서 우리는 주택 담보 대출을 받아 웨스트필드의 재개발 지역에 건설 중인 집을 한 채 장만했다. 중산층을 겨냥해 인디애나폴리스 북쪽에 있는 농지를 개발한 교외 주택 단지였다. 거짓말 하나 안 보태고 그 집은 내가 꿈꿔오던 모습 그대로였다. 100만 년 후에도 구입은 고사하고 살아보는 것조차 불가능하리라 생각했던 그런 집이었다. 일단 가족이 생활할 공간이 충분했다. 충분한 정도가 아니라 필요 이상으로 넓었다. 설계도를 보면 주방과 식당, 거실이 모두 이어져 있어 온 식구가 같은 공간에 모일 수 있었다. 식탁에서 저녁을 먹으려면 누군가 한 명은 부엌에서 나갈 필요도 없었다. 이선은 요리와 제빵에 무척 관심이 많았다. 네 살 때 이미 혼자서 기본적인 요리를 만들었다. 설계도를 보니 이선이 곧 만들어낼 진수성찬이 떠올라 흐뭇할 정도였다.

새집은 차고도 넓어 어린이집의 원생을 더 많이 받고 보조 선생님도 쉽게 들일 수 있었다. 마이클과 나는 비용이 좀 더 들더라도 새집으로 이사 갈 때까지는 살던 집에서 버텨보기로 했다. 이사 때문에 어린이집 원아들이 받을 피해를 최대한 줄이고 싶었던 것이다.

우리는 그해 봄부터 여름까지 집 짓는 과정을 지켜보며 새 이웃들과 얼굴을 익혔다. 집이 얼마나 지어졌는지 보려고 들를 때면 우리 집 부지에서 길 하나만 건너면 나오는 연못가의 작은 놀이터로 소풍을 갔다. 아이들이 그네를 타고 놀이 기구를 오르내리며 노는 동안 마이클과 나는 자신의 집을 보러온 이웃들과 이야기를 나누었다.

새집으로 이사하던 날, 나는 말 그대로 강도가 된 기분이었다. 나는 인디애나폴리스 동부의 가난한 동네에서 자랐다. 그래서 누군가가 나한테 다가와 이렇게 근사한 집에서는 결국 살 수 없을 거라고 하지는 않을까 내심 걱정이 되었다. 내 집 구석구석을 볼 때마다 지금도 웃음이 난다. 남편과 내가 각기 다른 욕조에 몸을 담글 수 있다는 사실만으로도 영국 여왕이 된 기분이다.

이사 온 지 하루나 이틀 만에 주방에서 식당을 지나 거실까지 이어진 공간이 우리 가족이 주로 사용할 장소라는 사실이 확실해졌다. 집들이 선물을 가져온 친구들은 소파에 털썩 앉았다가 저녁까지 먹고 가곤 했다.

우리는 이웃 운도 좋았다. 나는 옆집에 사는 나니를 만나지 않고는 배길 수 없었다. 나니와 마주친 사람이라면 누구라도 그럴 것이다. (얼마 전 나니와 함께 쇼핑을 하던 중이었다. 탈의실에서 옷을 입어보고 있는데, 밖에서 나니가 누군가와 인사를 나누는 소리가 들렸다. 내가 원피스 두 벌을 입어보는 동안, 나니는 처음 만나 인사를 나눈 여자에게서 다가오는 결혼식과 약혼자의 신상은 물론, 약혼자가 충족시켜줬거나 그러지 못한 감정적 욕구까지 모두 알아냈다. 나는 그 이야기를 들으며 '어머나, 또 시작이네'라고 생각했다.)

이삿짐을 실은 트럭이 새집 앞에 서자마자 옆집에서 나니가 튀어나오더니 트럭의 짐을 내리기 시작했다면 믿겠는가? 나니는 솔직한 표정으로 배 속에서 울리는 듯한 소리로 껄껄 웃으며 남의 눈을 의식하지 않는 사람이다. 내 소개를 하려고 돌아보니 나니는 내 옷장을 옮기는 중이었다. 첫인사를 나눈 지 한 시간도 안 되었는데 우리 집 설거지를 했다. 전미총기협회 카드를 소지하고 요가를 하는 이 할머니 주변에 사생활 따위는 없다. 하지만 그건 절대 불평할 일이 아니다. 나니가 당신의 인생에 들어오는 순간, 당신이 필요로 할 때마다 나니는 항상 당신 곁에 있을 것이기 때문이다.

매일 오후 차 한 잔을 마시러(수요일은 항상 코코아였다) 오는 이웃이 있다는 사실이 공식화되었다. 이로써 내가 원하는 것을 모두 이루었다. 우리 가족의 새집은 내가 사랑하는 사람들로 가득 찼다. 게다가 오랫동안 꿈꿔온 레크리에이션 센터도 느리지만 조금씩 제 모습을 갖춰가고 있었다. 나는 마이클에게 말했다. "이제 됐어. 난 이걸로 충분해. 내가 바랐던 일들이 모두 이루어졌어."

그리고 서브프라임 사태의 파도가 우리를 덮쳤다. 레크리에이션 센터는 느닷없이 우리의 관심사에서 밀려나고 말았다.

4부

슬 픔 을
딛 고
한 걸음 더

암울한 시기

인디애나 주 전체가 서브프라임 사태로 순식간에 극심한 타격을 입었다.

마이클은 일찌감치 타격을 받았다. 어느 날 저녁, 부엌에서 식사를 준비하고 있는데 지역 뉴스에서 서킷 시티가 문을 닫는다는 소식이 나왔다. 급히 손을 닦으며 부엌을 반쯤 달려 나갔을 즈음 웨슬리가 물었다. "엄마, 저기 아빠가 일하는 데 아니에요?"

그랬다. 우리 둘은 멍하니 선 채 가장이 실업자가 되었다는 소식을 TV로 전해 들었다.

마이클이 일하는 지점은 그에게 단순한 직장 이상이었다. 한참 어려운 시기에 그 지점으로 자리를 옮겼다. 매우 낙후한 지역에 위치한 데다 회사 내에서는 팔리는 것보다 도둑맞는 물건이 더 많은 지점으로 악명이 높았다. 하지만 마이클은 그곳 직원들이 갖고 있는 큰 잠재력을 알아보았다. 가장 성실한 직원들을 승진시키고 썩은 사과를 잘라냈다. 남은 직원들에게 인센티브를 주는 것도 잊지 않았다. 마이클은 누구든 판매 할당량을 초과 달성할 때마다 계산대 앞에서 공중제비를 넘겠다고 약속해서 모두를 놀라게 한 적도 있었다.

마이클이 자리를 옮긴 지 반년 만에 그 지점은 확실히 다른 곳으로 변했다. 이듬해에는 지점 직원들이 모두 모여 추수감사절을 축하했다. 마이클은 지점의 개혁을 성공적으로 일구어냈다. 판매가 급성장하자 본사는 직원 교육 노하우를 다른 지점과 공유할 수 있도록 연수 프로그램 짜는 업무를 마이클과 상의했다.

그러다 느닷없이 호시절이 끝났다. 직장을 잃을까봐 전전긍긍하는 사람들은 더 이상 TV를 새로 구입하지 않았다. 결국 지점은 문을 닫았다. 마이클이 키워서 가족 같은 결속력을 갖게 된 직원들도 뿔뿔이 흩어졌다. 마이클은 청산인으로서 몇 주에 걸쳐 자기 손으로 일군 지점을 차근차근 해체해 한 조각씩 팔아치우는 일을 처리했다. 구역질나는 경험이었다.

내게는 집을 살 때 보태라며 할아버지가 준 돈이 약간 있었다. 그 덕분에 집은 지킬 수 있었다. 하지만 우리 이웃 모두가 운이 좋지는 못했다. 한 집씩 매물로 나오기 시작했다. 집을 나설 때마다 새로 걸린 매물 표시가 미풍에 살랑거리는 모습을 보았다. 그걸 볼 때면 지난여름 내가 만난 멋진 가족 중 하나가 꿈을 잃어버렸구나 싶었다.

마이클과 나도 경제적으로 위기를 맞았다. 우리는 레크리에이션 센터와 새집에 가진 돈을 모두 쏟아 넣은 터였다. 두 사람 모두 대출을 받을 자격이 못 되었다. 게다가 예전 집을 팔겠다고 내놔도 사겠다는 사람이 없었다. 다시 말해, 한 명의 수입으로 주택 대출 두 개를 떠안아야 한다는 뜻이었다. 이윽고 아무런 수입도 없이 주택 대출을 두 개나 막기에 이르렀다. 경제 불황으로 타격을 입는 가정이 늘어날수록 어린이집의 원아 수도 급감했기 때문이다. 얼굴이 하얗게 질리고 잔뜩 얼어붙은 학부모가 찾아와 직장을 잃었다는 소식을 전하는 일이 거의 매일 일어나다시피 했다.

보육업은 항상 꾸준한 일이었다. 내가 이 일을 시작한 후로 입소 희망자들은 우리가 감당할 수 있는 수준을 훌쩍 뛰어넘었다. 더군다나 리틀 라이트가 성공을 거둔 후로는 더욱 그랬다. 하지만 불황에는 내 명성이나 우리가 거둔 성공도 소용없었다. 직장을 잃으면 아이 맡길 사람을 쓸 이유가 없으니 당연하다. 2008년에 인디애나 주에서는 일자리를 부지하고 있는 노동자가 단 한 명도 없는 것 같았다. 한동안 원아 한두 명이 남아 있었지만 그나마도 곧 떠나갔다. 마지막 아이를 떠나보내고 문을 닫았을 때는 처음으로 두려움이 뼈에 사무치는 걸 느꼈다.

마이클이 실직하자 나는 생활비를 줄일 방법을 찾기 시작했다. 거기엔 커다란 냄비에 가족이 먹을 칠리를 만드는 것도 포함되었다. (제이콥과 함께 검색해보니 칠리는 1930년대 대공황 시절 적은 고기를 많은 사람이 나눠 먹기 위해 만든 요리였다.) 어린이집 아이들의 수가 줄어들었을 때는 칠리를 만들 형편도 안 되었다. 그래서 한 번에 라면 다섯 개(1달러에 세 개였다)를 끓였다. 덕분에 온 가족이 둘러앉아 저녁을 먹을 수 있었다. 그것이라도 재미있는 분위기에서 먹기 위해 남편과 나는 아이들에게 소소한 질문을 세 가지씩 던지곤 했다. 마이클은 시트콤인 〈사인펠드Seinfeld〉의 '수프 나치Soup Nazi(〈사인펠드〉에 나오는 등장인물의 별명)'를 따라 하며 눈썹을 꿈틀거리고 괴상한 표정을 지었다. 그러면서 아이들이 틀린 대답을 하면 희한한 억양으로 야단을 쳤다. "수프는 없어!" 아이들은 그걸 보며 오줌을 지릴 정도로 웃었다. 남편과 나는 아무리 상황이 어렵고 힘들어도 아이들을 위해 밝은 분위기를 유지하자고 다짐했다.

그해 겨울은 추위가 가혹하리만큼 매서운 것으로 유명한 인디애나 주에서도 가장 추웠다. 겨울 내내 난방조차 제대로 할 형편이 못 되었다. 온기를 지키기 위해 온 식구가 커다란 소파에서 두꺼운 담요를 덮고 영화를 보거나 꼭 붙어 있곤 했다. 전기세를 내지 못해 전기가 끊긴 사람들도 많았다. 전기를 쓸 수 있어도 쓰지 않았다. 온 집이 암흑천지였다. 어딜 봐도 컴컴할 뿐이었다. 생필품 외에 다른 물건은 죄다 치워버린 월마트의 통로를 돌아다녔던 기억이 지금도 생생하다. 캠핑 용품, 커피, 땔감, 라이터 충전액, 물, 난방을 할 수 없는 사람들을 겨냥한 싸구려 전열기구 그리고 맥주가 전부였다. 다른 물건은 아예 갖다놓을 생각도 하지 않았다. 마치 불용不用 군수품軍需品 가게 같았다.

그러던 어느 날 남동생 벤의 전화를 받았다. 벤은 당시 우리의 옛 집에서 지내고 있었다. 건축 일을 하던 벤도 실업자가 되었는데, 당장 재취업을 할 희망도 보이지 않았다. 그 일을 하려는 사람들의 줄이 한 블록을 빙빙 둘러쌀 정도였다. 그런 형편에 벤은 아빠를 모셔야 했다. 아빠는 그해 겨울 심장 수술까지 받아 건강이 몹시 안 좋았다. 그 집이 도저히 팔릴 가망이 없자 벤은 친구 몇 명과 함께 살면서 직접 리모델링을 해 세를 놓겠다고 했다. 하지만 동생과 친구들은 난방을 할 돈조차 없었다. 수은주가 영하 30도를 가리킬 정도로 유난히 추웠던 어느 날 밤 동생은 좀 더 따뜻한 곳을 찾아 밤을 보내고 있었다. 그런데 하필 그날 파이프가 터졌고, 올림픽 수영 경기가 열리는 풀을 가득 채울 정도의 물이 집을 쓸고 지나갔다.

그야말로 재앙이었다. 집이 몽땅 사라졌다. 그냥 사라져버렸다. 안에서부터 싹 말이다. 벽은 하나도 남아 있지 않고 천장은 바닥으로 주저앉았다. 계단 역시 흔적도 없이 사라졌다. 어딜 보나 겹겹이 얼어붙은 물 위로 뚝뚝 떨어지는 물방울뿐이었다. 겨우 남은 석고판은 습기로 가득 차 있었다. 문을 열고 피해 상황을 직접 본 순간 나는 그대로 주저앉고 말았다.

그때는 어디나 다 그랬듯 우리가 가입한 보험 회사도 심각한 재정 위기에 처해 있었다. 회사의 존립이 위태로울 정도였다. 처음 보험 회사에서는 우리가 보험금을 잘 내지 않았다고 주장했다. 하지만 우리는 라면으로 연명할지언정 보험금만큼은 틀림없이 냈다. 보험 회사가 보험금 지급을 미루고 미루고 또 미루는 동안 수해를 맞은 우리 집은 서서히 안에서부터 썩기 시작했다. 나는 미칠 것만 같았다. 시간이 갈수록 집은 점점 더 사람이 살 수 없는 지경이 되었지만 집을 수리할 돈은 은행에 단 한 푼도 남아 있지 않았다.

그 무렵 나는 16년 전 처음 어린이집을 열었을 때보다 낮은 시급으로 보모 일을 했다. 사람들에게 밤이고 주말이고 언제든 내 도움이 필요하면 일할 수 있다고 말했다. 리틀 라이트와 스포츠단에서 알게 된 엄마들 가운데 아직도 일을 하는 사람들은 내게 아이들을 맡겼다. 그것은 직장 있는 사람은 그렇지 않은 사람을 보살펴줘야 한다는 암묵적인 약속이기도 했다. 동정하는 듯한 기분을 피하기 위해 우리는 빵을 구워 나누거나 바느질을 해주거나 서로의 집을 청소해주었다. 그렇게 나는 다른 집의 아이들을 보살폈다. 그럼에도 돈은 여전히 부족했다.

나는 난생처음 진짜 배고픔이 뭔지 알았다. 아이들에게 정기적으로 고기를 사 먹일 수 없어서 비타민을 구입했다. 고기가 있어도 배가 아프다며 접시를 슬쩍 밀어내고 아이들에게 먹였다. 겨울옷을 새로 사는 건 생각할 수조차 없었다. 옷이란 옷은 죄다 너덜너덜해질 때까지 수선해 입었다. 활발하기 이를 데 없는 웨슬리의 행색이 제일 형편없었다. 바지는 해진 곳을 덧대고 얼마 후 그곳을 또 덧댔다. 아이들이 소매와 장갑 사이로 손목이 다 보이는 파카를 입고 통학 버스에 오르는 모습을 볼 때마다 가슴이 너무 아팠다. 하지만 그렇게 작은 옷도 안 입는 것보다는 훨씬 나았다. 그마저도 없는 사람이 부지기수였다.

크리스마스 무렵, 우리는 근근이 입에 풀칠을 하는 형편이었다. 텅 빈 상점들에 걸린 크리스마스 장식물에서 느끼는 공허한 즐거움은 오히려 사람들의 절망과 공포를 더 강조할 뿐이었다. 우리 가족은 크리스마스라고 해서 요란하게 선물을 하지 않는다. 우리에겐 크리스마스가 종교적인 명절일 뿐이므로 선물보다 남에게 베푸는 일에 더 신경을 쓴다. 하지만 그해 교회에서 가난한 사람들에게 줄 물건을 넣는 상자를 받았을 때, 우리는 기도밖에 줄 것이 없다는 쪽지를 쓸 수밖에 없었다. 목사님은 다 이해해주었다. 그해에 남한테 줄 게 아무것도 없는 사람은 우리 가족만이 아니었다. 하지만 말할 것도 없이 나는 그런 상황이 가장 견디기 힘들었다.

그런데 우리에게 작은 기적이 일어났다. 크리스마스 아침이었다. 마이클이 진입로에 쌓인 눈을 치우려고 나가는가 싶더니 이내 문을 다시 열고 머리를 들이밀며 아이들 몰래 나를 살짝 불렀다. 눈으로 덮인 포치에 새빨간 자루가 하나 있었다. 산타의 선물 자루 같았다. 나는 남편을 바라보았다. 순간 가슴이 철렁했다. 혹시 남편이? 내가 기억하기에 우리의 통장 잔고는 정확히 32달러였다. 당분간 돈 들어올 곳도 없었다. 그 돈을 써버리면 한동안 굶어야 했다.

그런데 마이클도 똑같이 의아한 눈빛으로 나를 바라보더니 입을 열었다. "세상에, 여보. 어쩌자고 이런 짓을 한 거야?"

나는 고개를 가로저었다. 바로 그때 우리 입에서 동시에 정답이 튀어나왔다. "나니."

자루 속에는 알록달록한 포장지로 싼 선물이 세 개 들어 있었다. 게다가 정확히 아이들이 바라던 선물이기도 했다. 이선에게는 레고 세트, 웨슬리에게는 스케이트보드, 제이콥에게는 망원경. 나중에 나니는 커피를 한잔하려고 우리 집에 들러서는 아무것도 모르는 척 크리스마스 아침을 어떻게 보냈느냐고 물었다. 나는 그만 고마운 마음에 그녀 품에 안겨 엉엉 울고 말았다. 나니의 선물은 내가 기억하는 한 가장 친절한 마음씨였다. 그렇게 나니는 우리 가족이나 다름없는 사람이 되었다.

너무나 행복한 시간이었지만 오래가지는 못했다. 한때 모두의 힘이 되었던 페이스북 계정에는 점점 더 힘든 소식만 올라왔다. 하나같이 빈털터리가 되어 두려움에 떨고 있었다. 저녁 뉴스 때마다 어느 공장이 문을 닫는다는 소식을 전했다. 우리가 아는 또 다른 가족에게 재앙을 예고하는 소식이었다. 마침내 대통령이 찾아왔다. 대통령이 인디애나에 왔다는 건 인디애나에 정말 큰일이 일어났다는 뜻이다. 어느새 주의 인구 절반이 실직 상태라는 소식이 들려왔다. 하지만 내가 보기엔 그 수치조차 매우 낮게 잡은 것이었다. 그도 그럴 것이 내가 아는 사람들은 우리처럼 죄다 노동 계층이었다. 모두 빈털터리가 되었다. 하지만 우린 자존심만큼은 지켰다. 아무리 힘든 소식을 들어도 나는 이렇게 글을 올렸다. "누구든 아무 때나 우리 집에 라면 먹으러 와요!!!"

1월이 되자 최악의 공포가 현실이 될 것 같았다. 동생 스테파니와 나는 늦게까지 전화 통화를 하며 집을 지키지 못할 경우 어떻게 해야 할지 진지하게 의논했다. 걱정이 걱정으로 끝날 것 같지 않았다. 우리가 아는 사람들 모두가 겪는 현실이기도 했다. 어린이집에 아이를 맡겼던 어떤 엄마는 집을 잃고 아이들과 함께 길거리에 나앉았다. 다행히 친구들이 도움을 주었지만 그것도 얼마나 갈지 장담할 수 없었다. 다른 가정도 모두 힘들게 버티는 중이었기 때문이다. 스테파니와 나는 언제든지 할아버지가 지은 교회로 가서 당분간이라도 사용하지 않는 성가대석에서 지내면 된다고 생각했다. 동생과 통화할 때만 해도 나는 차분했다. 하지만 전화를 끊자 몸이 덜덜 떨려 참을 수가 없었다. 내가, 내 아이들이 노숙자가 될지도 모른다는 생각에 무서워 죽을 것만 같았다.

날씨는 결코 우리를 봐주지 않았다. 크리스토퍼와 제이콥, 웨슬리는 주말마다 우리 집 마당을 뒤덮은 눈을 뚫어 정교한 터널을 만들었다. 아이들은 그곳에서 복잡한 스파이 게임을 하며 놀았다. 날씨가 너무 추워 아이들이 만든 이글루도 우리 집의 일부가 되었다. 내가 아는 엄마들은 모두 도로 상태를 걱정했다. 하지만 학교는 점심 급식비를 받은 터라 도로 상태가 진입로 끝까지 갈 수 없을 지경인데도 문을 열었다. (웨슬리는 종이 상자를 납작하게 만들어 얼음이 된 언덕길을 타고 내려갔다.) 나는 통학 버스가 정류소를 향해 비틀거리며 오는 모습을 몇 번이나 본 뒤로 아이들에게 출석 기록은 신경 쓰지 않을 테니 당장 집으로 돌아가자고 말했다.

슈퍼볼 파티 덕분에 혹독한 겨울에 또 한 번 짧지만 환한 불이 밝혀졌다. 우리 집에서는 슈퍼볼이 늘 대단한 이벤트였다. 마이클은 미식축구를 정말 좋아하는데, 그건 아이들도 마찬가지다. 매년 나는 슈퍼볼 시즌에 떠들썩한 파티를 준비했다. 닭 날개와 감자 껍질, 컵케이크를 미식축구 공처럼 장식했다. 손님들을 불러 함께 경기를 보기도 했다. 하지만 그해의 파티는 프레첼 한 그릇뿐이었다. 그래도 우리는 감사했다. 적어도 가족이 함께 있을 수 있지 않은가. 우리는 TV 앞에서 환호성을 지르며 그 시간을 마음껏 즐겼다. 아이들은 서로 자신이 가장 우스꽝스러운 치어리더 춤을 추겠다며 나섰다.

크리스토퍼도 우리 집에 있는 것이나 마찬가지였다. 필리스의 계획이 틀어져 크리스토퍼를 우리 집까지 데려다줄 형편이 되지 않자 제이콥은 스피커폰을 켜놓고 하루 종일 전화 통화를 했다. 크리스토퍼는 전화로 마이클과 하이파이브하는 시늉을 하기도 했다. 제이콥은 심지어 그 애를 위해 프레첼도 한 봉지 뜯어놓았다. 그렇게 놀다 보니 나는 크리스토퍼가 진짜 우리 집에 있다는 생각이 들었다. 정말 신나는 하루였다.

그로부터 얼마 후 나는 커클린으로부터 비보가 담긴 공식 서한을 한 통 받았다. 우리의 레크리에이션 센터 건물이 위험한 상태라 철거하는 수밖에 없다는 내용이었다. 눈을 감자 우리가 만들고 싶었던 농구 코트를 레킹 볼Wrecking Ball(철거할 건물을 부수기 위해 크레인에 매달고 휘두르는 쇳덩이)이 깨부수고 지나가는 모습이 그려졌다. 그런데 이게 전부가 아니었다. 우리 건물을 철거하기로 결정 내린 것도 모자라 그 작업에 비용을 대는 '특권'마저 우리에게 넘긴 것이다. 나는 눈을 감은 채 편지를 손에 쥐고 생각했다. '이보다 더 나쁠 수는 없을 거야.'

그리고 일주일 후, 그 생각을 주워 담을 수밖에 없는 일이 일어났다.

천사들의 질투

2월 말이었다. 전화가 와서 받으니 레이철이었다. 레이철은 내게 얼른 TV를 켜보라고 했다. 나는 장난스럽게 눈을 흘기며 말했다. "그런 말 마. 또 안 좋은 소식을 들으라고?" 나는 또 어떤 공장이 문을 닫아 우리 친구 중 누군가의 억장이 무너지는 소식이 나올 거라 생각하며 되물었다. 하지만 수화기에서 레이철의 울음소리를 듣는 순간 시시껄렁한 농담이 쏙 들어가버렸다.

나는 당장 TV를 켜고 지역 뉴스가 나오는 채널을 틀었다. 속보가 흘러나오고 있었다. "스프링 밀 초등학교 학생이 통학 버스에 치여 목숨을 잃었다"고 했다. 방송에 나온 죽은 아이의 이름을 보아도, 학교 사진을 보아도 사람들이 크리스토퍼 이야기를 하고 있다는 사실이 믿기지 않았다.

통학 버스 기사가 크리스토퍼를 학교 주차장에 내려주었는데, 늘 내리던 모퉁이 자리가 아니었다. 사고가 일어난 정황은 자폐아를 키우는 부모라면 구역질이 날 정도로 잘 아는 이야기였다. 크리스토퍼는 하차 위치가 바뀌는 바람에 방향 감각을 잃고 헤매다 제일 익숙한 건물 출입구로 가기 위해 주차된 자동차들 사이로 걸어가기 시작했다. 그러다 버스 전용 차로로 들어가 또 다른 통학 버스에 치이고 만 것이다.

전화를 끊고 나서 하루 종일 뭘 했는지 기억이 나질 않는다. 머릿속이 아득했다. 무엇보다 제이콥한테 이 이야기를 어떻게 전해야 할지 아무 생각도 나지 않았다.

제이콥이 돌아왔을 즈음, 우리 거실에는 이웃과 스포츠단에서 온 엄마들이 잔뜩 모여 있었다. 모두 TV 주위에 반원을 그린 채 서 있었다. 나니는 엉엉 울며 내 등을 어루만졌다. 아무리 위로를 받아도 충격이 가시지 않아 무슨 말을 할 수도, 움직일 수도 없었다.

"버스 사고가 났어요?" 제이콥은 무슨 일인지 궁금해하며 우리의 표정을 살폈다. 그 질문에 대답이라도 하듯 크리스토퍼의 학교 사진이 또다시 화면에 나왔다. 순간 아이의 표정에서 모든 걸 알아차렸다는 사실을 알 수 있었다. 제이콥은 소파에 몸을 던지며 비명을 질렀다. 사람의 목소리가 아닌 것 같았다. 다시는 그 소리를 듣지 않게 해 달라고 신께 빌고 싶을 정도였다.

제이콥은 소파의 쿠션들 사이에 몸을 파묻은 채 몇 시간이고 꼼짝도 하지 않았다. 마침내 나는 마이클과 함께 제이콥을 소파에서 끌어냈다. 그런 제이콥을 데리고 필리스를 만나러 갔다. 친한 사이여서 군이 노크를 할 필요도 없었다. 필리스는 아침에 입은 목욕 가운과 슬리퍼 차림 그대로 거실에 미동도 않은 채 앉아 있었다. 전화벨이 쉴 새 없이 울렸다. 제이콥이 필리스의 한 손을 잡았다. 나도 필리스의 나머지 손을 잡았다. 우리는 그렇게 말 한마디 하지 않은 채 나란히 앉아 밤을 지새웠다.

가장 친한 친구를 잃은 슬픔으로 제이콥의 자폐증이 극도로 악화되었다. 슬픔이 너무 강렬해 다른 감정을 모두 빨아들였기 때문에 평소처럼 사람들과 어울릴 수 있는 감정적 자원이 모두 고갈된 것 같았다. 제이콥에게는 슬픔 이외에 다른 감정이 들어설 자리가 남아 있지 않았다. 다른 사람들은 좀 더 넓은 차원에서 감정을 처리할 수 있다는 사실을 그 애는 이해할 수 없었다.

예를 들어, 제이콥은 상갓집에 모인 조문객들의 모습에 정말 충격을 받았다. 사람들은 당연히 깊은 슬픔에 잠겨 있었다. 하지만 으레 그러듯 조문객들은 뷔페식으로 차린 음식을 먹으며 담소를 나누었다. 나를 비롯해 다른 사람들에게 이런 모습은 끔찍한 비극이 벌어졌어도 그걸 이기며 살아가야 하는 사람들의 동료애와 유대감의 상징이었다. 하지만 제이콥은 그 사실을 도저히 이해하지 못했다. 그토록 끔찍한 슬픔에 빠져 있으면서도 여전히 음식을 먹거나 누구네 집 손자들이 학교를 잘 다니는지 물어볼 수 있다는 사실, 즉 슬픔 이외의 다른 것을 생각할 수 있다는 사실을 제이콥은 도저히 상상조차 못했다. 제이콥은 오후 내내 필리스와 함께 앉아 마치 가족인 것처럼 조문객을 받았다.

집으로 돌아오는 차 안에서 제이콥이 말했다. "나는 천사들이 질투할 줄은 몰랐어요."

나는 영문을 몰라 되물었다. "무슨 말을 하는 거니? 천사는 질투를 하지 않아."

"아뇨, 해요. 천사들이 와서 내 가장 친한 친구를 데려갔어요. 왜냐하면 천사들도 내 친구랑 같이 놀고 싶었기 때문이에요."

크리스토퍼를 묻은 후에는 온 세상에 침묵이 내려앉은 듯했다. 그렇게 유쾌하고 상냥했던 아이가 죽었다는 사실이 여전히 믿기지 않았다. 자연의 법칙을 모두 거스르지 않고서야 도저히 일어날 수 없는 일 같았다. 아침에 잠에서 깨면 꿈같은 짧은 시간 동안 그 사실을 잊을 수 있었다. 하지만 이내 크리스토퍼가 더 이상 이 세상에 없다는 것을 떠올리면 가슴이 찢어질 듯 아파오기 시작했다.

그로부터 몇 주 후, 외출했다 돌아오자마자 칩 맨이라는 사람의 연락을 받았다. 그는 커클린의 옛 건물을 복원하고 싶다며 내게 할 이야기가 있다고 했다.

그를 만나러 가기 위해 운전을 하는 내내 영문을 알 수 없었다. 지나칠 때마다 평화로운 기분과 즐거움을 주던 풍경도 황폐하고 추하게 보일 따름이었다. 사람들이 어떤 심정으로 '내 안의 나는 이미 죽었다'고 하는지 이해가 되었다.

나는 건물 앞에 차를 세웠다. 차에서 내리자 백발에 날카로운 푸른 눈의 남자가 성큼성큼 다가와 손을 내밀었다. 키가 크고 위엄이 있어 보였다. 나는 시선도 마주치지 않은 채 그 남자에게 건물 열쇠를 건넸다. "들어가보세요. 저는 그냥 여기 있을게요. 도저히 보고 있을 수가 없어서 그래요."

건물로 들어가는 칩의 뒷모습을 지켜보며 나는 생각했다. '잘 봐! 이게 바로 아이들을 위한 꿈의 종말이야.'

이윽고 밖으로 나온 칩이 내게 결연한 어조로 말했다. "1000달러를 드리겠습니다." 우리가 건물을 구입하고 수리하느라 들인 액수에 비하면 새 발의 피였다. 하지만 내가 뭘 어쩌겠는가? 건물을 철거하라고 시에 돈을 주는 것보다 그 돈이라도 버는 것이 더 낫지 않은가. 워낙 오랫동안 쪼들리며 살았던 터라 그 정도도 대단한 행운처럼 느껴졌다.

그런데 느닷없이 울음이 터졌다. 만난 지 고작 몇 분밖에 안 된 남자 앞에서, 그것도 길 한가운데서 눈물이 코끝을 타고 줄줄 흘렀다. 그러곤 나도 모르게 칩에게 그 건물에서 하고 싶었던 일들을 술술 털어놓기 시작했다. 나는 칩에게 남편과 내가 얼마나 오래전부터 내 아들 같은 자폐아들을 위한 레크리에이션 센터를 만들고 싶어 했는지는 물론 그 계획을 실현하기 위해 가진 돈을 몽땅 그 건물에 털어 넣었다는 이야기까지 했다. '제이콥의 집'이 자폐아들에게 안전한 장소가 되기를, 아이들이 있는 그대로의 모습을 간직할 수 있는 곳이 되기를 얼마나 바랐는지 모른다는 말도 했다. 최근엔 그 아이들 가운데 무척 특별했던 아이를 잃었다는 이야기까지 했다.

마침내 나는 눈물을 닦으며 말했다. "미안합니다. 요즘은 제 인생에서 그리 좋은 시기가 아닌 것 같네요."

칩은 나를 한참 동안 물끄러미 바라보았다. 그러더니 내 팔을 잡고 맞은편에 있는 또 다른 낡은 상가 건물로 데려갔다. 화재가 일어났던 건물로, 우리 집만큼이나 황폐했다.

"이 건물도 제 겁니다. 내가 여기에 농구 코트를 만들면 거기서 놀 아이들을 모아주실 수 있겠습니까?"

나는 코를 훌쩍이며 고개를 끄덕였다.

"네, 좋습니다. 그럼 이렇게 합시다. 제가 '제이콥의 집'을 짓도록 하죠."

칩은 성공한 사업가였다. 연달아 성공한 사업 수완을 발휘해 이번에는 커클린에 활력을 불어넣을 생각이었다. 한동안 그게 현실이라는 사실이 믿기지 않았다. 기도가 응답을 받은 것이 분명했다. 공사는 그해 봄에 당장 시작되었다.

3월에 마이클은 T-모바일이라는 곳에 재취업했다. 우리는 안도의 한숨을 내쉬었다. 이제 적어도 굶을 걱정은 하지 않아도 되었다. 그로부터 몇 달 후에는 우리가 제출한 건축업자의 견적을 매번 퇴짜 놓았던 보험 회사에서 옛 집의 손해 보상을 지급했다. 필요한 비용에는 턱없이 부족했다. 조정관이 평가한 금액으로는 바닥조차 제대로 수리할 수 없었다. 하지만 선택의 여지가 없었다. 어쨌든 그 일로 인해 적어도 상황이 제대로 된 방향으로 흘러가고 있다는 생각이 들었다.

하지만 그해 겨울은 아직도 우리에게 볼일이 남아 있었다. 우리가 고용한 건축업자들은 그렇게 적은 돈으로 일을 하려면 그 집에서 지내는 수밖에 없다고 고집을 피웠다. 그리고 어느새 무시무시한 개들까지 끌고 집을 차지해버렸다. 그래서 우리는 집 안에서 무슨 일이 벌어지고 있는지 확인할 수조차 없었다. 그들은 우리가 두 번에 걸쳐 지불한 돈과 집에서 떼어갈 수 있는 것을 죄다 훔쳐 도망쳤다. 가벼운 붙박이 장이며 문손잡이, 라디에이터 커버는 물론이고 파이프가 터졌을 때 쓸려간 것들 대신 사놓은 선반까지 죄다 사라졌다. 게다가 건축업자들은 차고에 불까지 지르고 종적을 감추었다.

그 무렵은 우리도 형편이 슬슬 풀리겠다는 생각이 막 들기 시작한 참이었다. 그러니 우리가 얼마나 정신적인 타격을 받았겠는가. 어느새 여름이 시작되었다. 기온이 올라가자 수해를 입은 집은 온통 곰팡이 천지가 되었다. 마이클과 나는 직접 작업을 하기로 했다. 로우스Lowe's(세계적인 주택 용품 유통업체) 카드로 제일 저렴한 자재들을 구입한 우리는 최선을 다해 집을 수리하기 시작했다. 마이클은 페이스북에 글을 올렸다. "도와주세요. 지금 당장 집을 수리해야 합니다. 뭐든 집을 고치는 기술이 있으신 분은 제발 손을 빌려주세요."

다음 주 토요일, 우리 집에 수백 명이 모여들었다. 대부분 내가 그동안 어린이집과 리틀 라이트, 스포츠단에서 보살핀 아이들의 부모였다. 마치 옛날의 헛간 준공식을 다시 보는 것만 같았다. 사람들은 연장과 지하실이나 차고에서 찾은 물건 중 우리가 쓸 만한 것을 모두 가져왔다. 선반, 전등, 페인트 등등. 친구를 데려온 사람들도 있었다. ("이 친구는 우리 옆집에 사는 알인데, 회반죽 작업을 해줄 거예요.") 사람들은 벽의 회반죽을 모두 제거하고 새 반죽을 발랐다. 새 카펫을 가져와 깔아준 사람도 있었다. 사람들이 모두 힘을 모아 우리 집을 새로 짓는 동안, 나는 울면서 그들에게 피자와 커피와 도넛을 일일이 나눠 주었다.

그로부터 두 달 후, 나는 레크리에이션 센터의 공사 진척 상황을 살펴보려고 커클린으로 차를 몰았다. 마침 근처 길에서 우연히 칩과 마주쳤다.

"공사가 어떻게 진행되고 있는지 보러 오셨군요, 크리스. 우리가 그곳에서 무엇을 찾았는지 믿어지지 않을 겁니다."

칩은 나에게 2층 건물의 작업 진척 상황을 보여주었다. 직접 보고 있으면서도 내 눈을 믿을 수가 없었다. 아래층으로 중앙이 푹 꺼진 채 간신히 걸려 있던 2층 전체가 완벽하게 복원되어 있었다. 정말 놀라웠다. 1년 반 동안 내가 그 건물의 주인이었다. 하지만 다시 돌아갈 수 있으리라고는 생각하지 않았다. 너무 무서웠다. 바닥을 걸어도 끄떡없다는 사실을 보여주려고 칩은 펄쩍펄쩍 뛰기까지 했다.

비록 훼손은 되었어도 건물에 쓰인 목재는 아주 오래되고 몹시 아름다웠다. 그래서 칩은 2층을 뜯어내지 않고 그대로 복원하기로 했다. 인부들을 고용해서 뒤틀린 부분을 찾아내 곧게 편 후 사포질을 해 예전의 아름다움을 되찾았다. 그런데 오래된 바닥의 광택제를 사포로 벗겨내자 무엇이 나왔는지 짐작하겠는가? 바로 페인트로 그린 선이었다. 그 방은 원래 농구 코트였다.

나는 너무 놀라 꼼짝도 할 수 없었다. 그 순간은 깃털로도 나를 넘어뜨릴 수 있었을 것이다. 칩은 그 선을 처음 본 순간 다리에 힘이 빠져 털썩 주저앉았다고 했다. "저 선들을 봤을 때 추호의 의심도 할 수 없더군요. 마치 어떤 계시 같았습니다. 내가 커클린에 아이들을 위해 레크리에이션 센터를 만들도록 예정되어 있었다는 계시 말입니다."

나는 길을 가로질러 맞은편 건물로 돌아가며 미소를 지었다. 겨울 내내 지었던 그 어떤 미소보다 환한 미소였다. 정말 무슨 계시 같았다. 크리스토퍼가 하늘에서 우리를 내려다보며 그곳에서 친구들이신 나게 놀면 좋겠다고 말하는 것 같았다.

굵은 글씨에 밑줄까지 치며

"치토스, 아니면 칩스?"

열 살짜리 소년은 지금 듣고 있는 전자기 물리학Electromagnetic Physics 강의에 얼마나 흠뻑 빠져 있든 휴식 시간에 엄마와 함께 무슨 과자를 먹을지 심각하게 고민할 수 있어서 좋다.

제이콥이 5학년이 되자 내가 그 애에게 자신 있게 대답해줄 수 있는 문제는 간식으로 먹을 과자를 정해주는 것 정도였다. 제이콥은 IUPUI에서 천문학 강의를 모두 들었다. 특히 펠 박사님의 강의를 비롯해 일부 강의는 수도 없이 재수강했다. 이제 더 앞으로 나아가야 할 때라는 사실을 깨달았을 즈음, 로드스 교수님이 제이콥에게 전자기 물리학 강의에 관심이 있는지 물었다.

제이콥은 관심이 있는 정도가 아니었다. 아예 매료되어 있었다. 하지만 나는 너무 당황스러웠다. 강의를 담당하는 마코스 베탕쿠르 교수님은 매주 그날 수업의 개요부터 먼저 강의했다. 그런 후 학생들을 소그룹으로 나누어 벽에 늘어선 화이트보드에 방정식을 풀도록 했다. 강의가 끝날 즈음 학생들은 다시 모여 마무리 강의를 들었다. 강의가 저녁 늦은 시간이라 학생들이 졸지 않도록 소그룹으로 나누는게 아닌가 싶었다. 아쉽게도 이런 방식은 내게 맞지 않았다. 교수님이 수업을 시작할 때 가장 기본적인 개념을 알려주었지만 도무지 알아먹을 수가 없었다. 하물며 방정식을 푸는 건 더 힘들었다. 나는 베탕쿠르 교수님께 양해를 구한 후 수업 시간에 참고서를 가져오기 시작했다. 그리고 얼마 지나지 않아 아예 수업을 포기했다. 제이콥은 기대감으로 한껏 들떠 있어 절대 함부로 행동하지 않으리라 자신할 수 있었다.

종강을 약 2주 앞두었을 때였다. 베탕쿠르 박사님이 내게 제이콥의 참여도가 점점 떨어지고 있다고 말했다. 예전처럼 강의에 집중하지 않았다. 방정식 풀이를 하는 시간에도 다른 학생들과 함께 화이트보드 근처에 서 있지 않았다. 대신 자기 자리에 앉아 책에 코를 파묻었다. 그런 와중에도 기회만 생기면 교수님께 질문을 퍼부었다. 분명히 제이콥은 강의 시간에 다루는 개념들 가운데 하나에 심취해 있었다. 하지만 더 이상 앞으로 나아가지 못했다. 제이콥의 질문은 모두 빛과 그 빛이 공간을 어떻게 이동하느냐에 대한 것이었다.

제이콥이 IUPUI의 교수님들로부터 얻는 구체적인 지식에(그리고 어쩌면 지루함에) 지치면 나는 탐구 분야를 더 넓혀주어야 했다. 이번에도 나는 어느새 전화기를 붙잡고 어처구니없는 부탁으로 제이콥을 변호했다. 나는 버클리의 캘리포니아 대학에 재직 중인 알렉세이 필리펜코 박사님과 힐로Hilo의 하와이 대학에 재직 중인 필립 바인더 박사님께 연락을 취했다. 두 번 다 이런 식으로 통화를 시작했다. "제발, 제발요, 교수님, 전화를 끊지 말아주세요. 실은 열 살인 제 아들이……."

나는 평소 이런 행동을 절대 하지 않는다는 사실을 알아주기 바란다. 내가 세계적인 수준의 천문학자들과 교류가 있을 턱이 없지 않은가. 하지만 나는 이런 유명한 석학들에게 어떻게든 내 이야기를 끝까지 하려고 기를 썼다. 마침내 제이콥의 교수님들조차 그 애의 질문에 대답을 해주지 못하는 때가 왔기 때문이다. 교수님들은 이제 제이콥의 친구이자 가장 든든한 후원자였다. 그들의 대답으로 일시적으로는 제이콥을 괴롭히는 의문이 해소되는 듯했다. 하지만 우리의 팩맨은 먹어치울 점dot이 점점 떨어지고 있었다.

2009년 초, 나는 IUPUI의 J. R. 러셀 박사님으로부터 전화를 한 통 받았다. 박사님은 내게 만나고 싶다는 의향을 전했다.

어린이집에서 특수 아동들을 보살피다 보면 외출할 때 대신 믿고 맡길 사람을 구하기가 여간 어렵지 않다. 어떤 아이들은 면역 반응에 심각한 문제가 있었다. 예를 들어 타이라는 꼬마가 있었는데, 관 급식Feeding Tube을 했기 때문에 보조 선생님은 관을 교환하는 훈련을 받아야 했다.

우리는 어린이집 외에도 교회에서 운영하는 '세이프 칠드런Safe Children' 프로그램을 통해 환경이 몹시 불우한 가정의 아이들도 맡았다.

일시적으로 고통을 겪고 있는 가정의 아이들을 무료로 맡아 돌보는 프로그램이었다. 우리는 수술을 받아야 할 싱글 맘의 어린 딸과 서브프라임 사태로 집을 잃었지만 아이들을 쉼터로 보내고 싶어 하지 않는 가정의 남매를 맡기로 했다.

위탁 양육은 마이클의 생각이었다. 우리는 마침내 옛집을 팔 수 있었다. 덕분에 경제적으로 다시 안정을 찾았다는 사실에 마이클은 무척 고마워했다. 그러니 아직 힘든 시기를 보내는 사람들을 도울 방법을 고민한 건 당연한 일이었다. 나는 남편의 의견에 전적으로 동의했다. 우리는 남에게 베푸는 것을 너무나 좋아했다. 위탁 부모가 되면 크고 아름다운 우리 집을 선하게 사용할 수 있을 것 같았다. 아이들을 집으로 데리고 오면서부터 나는 비로소 그 집에 살 권리를 온전히 손에 넣은 기분이 들었다. 게다가 마침내 거실을 어릴 때부터 꿈꿔왔던 소녀풍의 분홍색으로 칠할 수 있었다.

위탁 양육은 우리 모두에게 놀라운 경험이었다. 우리 아이들이 도움을 필요로 하는 사람한테 베푸는 게 어떤 것인지 배울 수 있다는 점에서 마이클과 내게 큰 의미가 있었다. 이런 새로운 맥락에서 내 아이들을 지켜보는 경험 또한 근사했다. 제이콥의 인내심, 웨슬리의 개방적이고 너그러운 마음, 이선의 상냥함과 평온함은 우리에게 더 이상 새로운 모습이 아니었다. 하지만 아이들이 얼마나 선선히 남에게 헌신하고, 그런 행동에서 얼마나 큰 즐거움을 느끼는지 볼 때마다 돈으로도 살 수 없는 큰 행복을 느꼈다.

우리가 보살폈던 아이들 가운데에는 그 애를 만나기 전에는 상상도 못할 정도로 가난한 집에서 자란 경우도 있었다. 어떤 사내아이는 우리 집에 오기 전까지 한 번도 실내 화장실을 써보지 못했다. 그 아이가 부엌의 미닫이문을 열고 뒷마당에서 볼일을 보았을 때, 우리 가족은 너무 놀라서 아무 말도 못했다. (하지만 그 아이는 사랑스러웠고, 금세 모두의 사랑을 받았다.)

이런 이유로 어린이집과 위탁 아동들을 함께 돌보다 보니 그 무렵에는 잠시 외출을 하려 해도 일정을 잔뜩 조정해야 했다. 하지만 러셀 박사님과 약속한 아침에는 재빨리 일정을 조정한 다음, 깨끗한 블라우스로 갈아입고 립글로스를 바른 후 곧장 대학으로 출발했다.

솔직히 말해서 처음에는 불안했다. 우리는 IUPUI의 강의를 무척 많이 들었다. 하지만 오직 교수님들의 개인적 호의에 기대 수업료를 단 한 푼도 내지 않았다. 교수님들은 제이콥이(나도 같이) 청강을 해도 개의치 않았다. 그런데 사실은 그 반대가 아니었을까. 누가 알겠는가? 어쨌든 한 가지 사실은 확실했다. 수업료를 내야 한다면 우리에겐 그럴 여유가 없었다. 얼마 전에 비해 형편이 나아지기는 했다. 하지만 여전히 갚아야 할 빚은 산더미였다. 이미 들은 강의는 고사하고 앞으로 들을 강의에도 수업료를 낼 방도가 없었다.

하지만 나는 원래 낙천적인 사람이다. 차를 몰고 절반 정도 갔을 때, 내 생각은 점점 더 희망적으로 변했다. '혹시 지난번 천문학 수업에 대해 칭찬을 해주시려는 것 아닐까?' 제이콥도 다른 학생들과 함께 시험을 본 터였다. '겨우 열 살짜리가 대학에서 3학점이나 땄으면 정말 대단한 일 아니야?'

자동차를 주차할 때는 이런 생각이 들었다. '무슨 소식이든 진짜 좋은 일 아니면, 진짜 나쁜 일이겠지.' 어느 쪽이든 나는 제이콥이 원하는 것을 손에 넣는 방법을 찾을 수 있을 거라고 확신했다.

알고 보니 러셀 박사님은 '인재 양성을 위한 특수 프로그램Special Programs for Academic Nurturing, SPAN'을 운영하고 있었다. 동료 교수들로부터 제이콥에 대한 이야기를 듣고 뛰어난 재능을 가진 고등학생들에게 대학 강의를 듣도록 하는 이 프로그램이 제이콥한테 딱 맞겠다는 생각이 들었다고 했다. "우리는 제이콥이 SPAN 프로그램을 이수한 후, 우리 대학에 지원했으면 합니다."

내가 완전히 말문이 막혀 멍하니 앞만 보고 있자 러셀 박사님은 다시 한 번 제안을 확실하게 전했다. 제이콥을 초등학교에서 데려와 대학에 보내는 문제를 함께 생각해보시겠습니까?

마음 한구석에서는 이게 다 장난일 거라는 생각이 들었다. 책장 뒤에서 누군가가 비디오카메라를 들고 튀어나온다 해도 전혀 놀라지 않을 것 같았다. 물론 초등학교가 제이콥에게 반드시 최선의 선택은 아니라고 확신한 적도 있었다. 어쩌다 보니 제이콥이 청강을 하게 된 것도 사실이었다. 하지만 나는 일종의 취미 정도로 여겼다. 아이들이 한때 발레나 체조나 축구를 진지하게 대하는 것과 전혀 다르지 않다고 생각했다. 내게 우리가 대학에서 보낸 시간은 단순히 시간을 때우는 방법에 지나지 않았다. 물론 그 방법이 범상치 않은 것은 사실이었지만 말이다.

"제이콥이 아직 열 살인 건 아시죠? 그렇죠?" 나는 이렇게 묻지 않을 수 없었다.

러셀 박사님은 웃음을 터뜨리며 대답했다. "네. 제이콥이 몇 살인지 아주 잘 알고 있습니다."

러셀 박사님이 지원 과정을 설명하는 동안 가슴이 두방망이질 쳤다. 지원할 의향이 있다면 그전에 처리해야 할 일이 몇 가지 있었다. 일단 제이콥은 현재의 학업 수준을 평가받기 위해 공식적인 시험을 몇 가지 치러야 했다. 제이콥이 특별한 도움 없이 강의 내내 앉아 있을 수 있다는 사실을 증명하는 문서도 마련해야 했다. 더불어 이미 강의를 들은 교수님들로부터 추천장도 받아야 했다.

러셀 박사님의 안내를 받으며 사무실을 나오는데 현기증이 일었다. 나는 양해를 구하고 문밖에 놓여 있는 의자에 잠시 앉았다. 이 이야기를 마이클에게 어떻게 전해야 할지 생각할 시간이 필요했다.

우리는 전에도 제이콥을 초등학교에 그만 보내는 문제에 대해 이야기를 나눈 적이 있었다. 아니, 내가 그 이야기를 꺼냈다는 말이 정확할 것이다. 제이콥이 지겨워하거나 퇴행 행동의 전조를 보일 때마다 나는 마이클에게 홈스쿨링을 받아보면 어떻겠냐는 이야기를 꺼냈다. 분명히 제이콥은 필요한 것을 제대로 받지 못했다. 그 아이에게 선택의 폭을 넓혀주는 것이 우리가 해야 할 일인 것 같았다. 밤을 새워 책을 읽으니 낮에 뭔가를 배우는 편이 제이콥에게 더 합당하지 않을까?

나는 어떤 일의 당위성을 절감하면 확실하게 밀어붙인다. 그런데 내가 결혼한 남자는 매사에 좋은 게 좋은 거라고 그냥 넘어가는 사람이 아니었다. 나는 주위에서 부부들이 지퍼 백을 무슨 종류로 살지 같은 일로 다투는 경우를 자주 보았다. 마이클과 나는 사소한 일로 다투는 법이 없다. 그렇다고 우리가 매사에 의견이 같다는 말은 아니다. 학교 문제에 관해서라면 마이클은 요지부동으로 자신의 뜻을 관철하는 사람이다. 남편은 자식들에게 자신이 어릴 때 꿈꿔왔던 어린 시절을 보내게 해줄 수 있다는 사실에 자부심을 느꼈다. 그러므로 제이콥을 자퇴시키고 홈스쿨링을 한다는 선택은 아예 그의 계획에 없었다. 더 구체적으로 말해서, 마이클은 제이콥이 친구 사귀는 능력을 제대로 익히지 못했다고 느꼈다. 그래서 제이콥은 초등학교를 계속 다녀야 하고, 그것으로 이야기는 끝이었다.

하지만 해가 바뀔수록 초등학교는 제이콥에게 이상적인 환경이 아니라는 사실이 확실해졌다. 그래도 마이클은 변화를 수용할 준비가 되어 있지 않았다. 아무래도 그 이야기를 다시 해야만 할 때가 된 것 같았다.

솔직히 나도 제이콥의 대학 진학을 완전히 받아들인 것은 아니었다. 박사님의 이야기를 듣고 무릎이 후들거린 것을 보면 나도 마이클과 같은 생각을 한 게 분명했다. 말도 안 되는 생각이었다. 단순히 집에서 공부하는 문제가 아니지 않은가. 열 살짜리 꼬마를 대학에 보내다니! 제이콥이 대학교를 다닌다는 생각이 너무나 터무니없게 느껴졌다. 우리가 사는 지역은 너나 할 것 없이 대학을 가는 분위기가 아니었다. 대부분 고등학교를 졸업하면 결혼을 했고, 대부분 지역의 공장이나 자동차 관련 산업에 종사했다. 마이클과 나는 대학을 나왔다.

하지만 우리 이웃들처럼 둘 다 서비스 분야에 종사하고 있지 않은가.

게다가 집으로 돌아가는 길에 신호등에 걸려 서 있는 동안, 노숙자 두 명이 고래고래 소리를 지르며 살벌하게 싸우는 모습을 보니 덜컥 겁이 났다. 대학까지 통학하는 길이 안전한지 미처 생각할 겨를조차 없었다. 강의가 없는 시간에 내 아들이 시내의 대학 캠퍼스를 혼자서 어슬렁거리게 내버려둘 수는 없었다.

그렇다 해도 대학에 보내고 싶은 마음을 완전히 버릴 수는 없었다. 아직은 제이콥에게 이 소식을 알릴 생각은 없었다. 보나마나 당장 가겠다고 나설 게 뻔했다. 어떤 방향이 제일 좋을지 일단 마이클과 내가 먼저 마음을 맞춰야 했다.

그날 하루 종일 마음이 갈팡질팡했다. 마침내 마이클이 퇴근했다. 우리는 포치에 나란히 앉아 담요를 덮었다. 그리고 아이들이 길 건너 놀이터에서 친구들과 노는 모습을 지켜보았다. 제이콥의 친구인 루크도 놀이터에 있었다. 루크는 미식축구를 하는 아이였다. 두 아이의 체격 차이를 보니 러셀 박사님의 제안이 얼마나 황당한지 더욱 실감 났다.

"정말 말도 안 되지?" 내가 마이클에게 말했다.

"당연하지. 그 사람들 제정신이 아니야. 열 살짜리 애가 왜 대학교엘 가."

나도 맞장구를 쳤다. "저 애를 봐. 심지어 평균적인 열 살짜리 애보다 덩치도 작잖아. 그런 애가 어떻게 대학엘 들어가겠어."

물론 덩치가 크고 작고는 중요한 문제가 아니었다. 문제는 사회적 발달 정도였다. 대학에 들어가서 어떻게 친구를 사귀겠는가? 또 지금 사귄 친구들은 어쩌고? 무엇보다 소중한 제이콥의 어린 시절은 어떻게 될까? 생각하면 할수록 이건 아니다 싶었다. 그랬다. 제이콥은 똑똑했다. 그렇다고 평범한 고등학교 생활을 포기할 수는 없지 않을까? 한 학년을 뛰어넘는 것과 무려 일곱 학년을 월반하는 것은 천지 차이였다.

웃기는 소리라고 할지 모르겠지만, 제이콥이 졸업 무도회에 갈 수 없다는 상상조차 용납할 수 없었다. 제이콥이 자신의 세계에 스스로를 가둘 경우, 나는 그 애가 자신을 사랑하고 지지해줄 사람, 즉 마이클과 내가 서로를 알아가는 것처럼 인생을 함께할 사람을 만나지 못할지도 모른다는 생각에 가장 가슴이 아팠다. 내 친구들을 보면 자폐증인 청소년들의 연애가 늘 쉬운 것만은 아니었다. (물론 자폐증이 아니어도 연애는 힘들다!) 제이콥이 고립을 깨고 밖으로 나왔을 때, 나는 그 애가 앞으로 연애를 하며 만족감을 얻게 되길 내심 바랐다. 특히 제이콥이 졸업 무도회에 참석하는 것에 대해서는 감상적일 정도로 애착을 갖고 있었다. 나는 제이콥과 제이콥의 파트너가 (특별히 준비한 드레스에 제이콥이 골라준 코르사주를 달고) 무도회로 출발하기 전 기념사진을 찍어주는 상상을 하곤 했다.

마이클은 제이콥을 초등학교에 계속 보내려는 마음을 바꾸지 않았다. 어떤 면에서는 나도 남편의 뜻에 찬성이었다. 하지만 제이콥이 책장에 몸을 구겨 넣는 모습이 뇌리에서 좀처럼 사라지지 않았다. 대학 수업이라면 아이를 책장에서 끌어낼 수 있었다. 나는 학교 친구들이 끙끙거리며 분수를 푸는 동안 제이콥이 연필을 돌리며 창밖만 내다보는 모습을 수없이 목격했다. 그렇게 지루해하는 모습과 천문학 강의가 끝날 즈음 펠 박사님과 갑론을박하는 활달한 모습을 비교하지 않을 수 없었다. 열 살에 대학 입학이라니, 분명 흔한 일은 아니었다. 하지만 제이콥은 여느 아이와 다르지 않은가.

마이클과 내가 완전히 다른 생각을 갖고 있다는 사실을 받아들이는 건 쉽지 않았다. 내가 아직도 온기가 남아 있는 세탁물을 개는 동안 제이콥은 옆에 앉아서 수학 공부를 하곤 했다. 그런 시간이 마이클보다 내게 훨씬 더 많아서 그의 의견을 선뜻 따를 수 없는 것은 아닌지 반추해보았다. 마이클은 제이콥이 대수학을 배우게 해달라고 사정할 때 곁에 없었다. 제이콥이 대학에서 교수님들의 입을 떡 벌어지게 할 때도 곁에 없었다. 나는 그런 모습들을 직접 보았기 때문에 내 아들을 과학자라고 생각했지만, 마이클에게는 그저 어린 아이일 뿐이었다.

외부의 도움을 받지 않으면 이 지옥에서 도저히 헤어날 수 없을 것 같았다. 제이콥의 능력에 대해 객관적인 평가를 받을 때가 온 것이다. 그래서 2009년 8월, 나는 신경심리학자인 칼 헤일 박사님에게 제이콥을 데려가 검사를 받게 했다.

검사를 그렇게 오랫동안 하는지 미처 몰랐다. 네 시간 반에 걸쳐 검사를 하는 내내 아무도 없는 대기실에 앉아 있었다. 가방에서 용케 찾아낸 잡지는 물론 가져간 책을 다 읽어도 검사는 끝나지 않았다.

대기실에 난 유일한 창문 밖을 보니, 저 멀리 두 블록 너머에 주유소가 보였다. 몇 시간 후, 나는 커피와 잡지를 사러 주유소로 갈까 말까 망설이며 연신 창밖을 바라보았다. 차마 나갈 수 없었다. 검사가 얼마나 오래 걸릴지 짐작조차 할 수 없었기 때문이다. 검사를 받고 나온 제이콥이 내가 없는 걸 보고 놀라는 것도 싫었다.

마침내 제이콥이 검사를 끝내고 나왔다. 제이콥은 대단한 시간을 보낸 표정을 짓고 있었다. 헤일 박사님은 공식적인 결과는 약 일주일 후에 통보해주겠지만, 검사 내내 아이를 인상 깊게 지켜보았다고 말해주었다. 제이콥의 점수는 월등했다. 특히 수학과 과학 점수가 매우 뛰어나다고 했다.

그러더니 헤일 박사님이 내게 묘한 질문을 했다. 내게 대기실에서 기다리는 시간이 어땠냐고 물은 것이다. 나는 의자에 쿠션을 더 대야 할 것 같다고 슬쩍 농담을 했다. 박사님의 태도는 진지했다. 박사님은 텅 빈 대기실에서 몇 시간 동안 기다리면서 어떤 기분이 들었는지 궁금하다고 거듭 물었다. 나는 결국 기다리는 내내 지겹고 불편해서 죽을 것만 같았다고 털어놓았다. 그때 박사님이 들려준 말에 나는 마음을 완전히 정했다. 절대 바꾸지 않을 결정이었다.

"이제 어머님도 제이콥이 5학년 교실에 앉아 있는 기분을 확실히 아셨겠군요. 제이콥이 일반 학교에 다니는 건 저 창문을 멍하니 바라보면서, 주유소로 커피 한 잔을 사러 가면 좋겠다고 간절히 바라는 것과 마찬가지예요. 일반 학교에 계속 다니게 하는 건 최악의 결정이 될 겁니다. 제이콥은 지금 뼛속까지 지겨워하고 있어요. 만약 계속 그곳에 둔다면, 저 애의 창의성은 남김없이 말라붙을 겁니다."

내가 대기실에서 멍하니 시간을 보낸 것처럼 제이콥도 학교에서 그럴 거라고 생각하니 말 그대로 무시무시했다. 헤일 박사님의 말이 옳다는 것을 나는 본능적으로 알 수 있었다. 나는 그렇게 기발한 방법으로 정곡을 찔러준 박사님께 앞으로도 계속 고마워할 것이다. 원래 그 대기실은 그렇게 살풍경한 곳이 아니었다. 그런데 내가 제이콥의 대학 진학 여부를 놓고 고민 중이라는 사실을 안 박사님이 우리가 도착하기 전에 잡지며 시간을 때울 만한 것들을 죄다 치워버렸던 것이다.

일주일쯤 후, 마침내 헤일 박사님의 보고서가 도착했다. 박사님이 권고하는 내용은 불을 보듯 뻔했다. 웩슬러Wechsler 지능 검사 결과 제이콥은 170점이 나왔다. 이 검사는 학업 수행 능력을 평가하는 것으로, 읽기와 철자 및 수학에서 광범위하게 측정한다. 평균은 90~109점, 우수는 110~124점, 영재는 125~130점이다. 그리고 150점이 넘으면 천재로 분류한다. 게다가 헤일 박사님은 수학적 연산 능력을 측정하는 수리 연산 점수에서 제이콥은 170점을 뛰어넘을 것이 분명하지만 일명 '천장 효과' 때문에 측정할 수 없을 뿐이라고 분석했다. 다시 말해서, 제이콥 또래의 아이에 대한 이 검사의 최고치가 170점이라는 것이었다.

헤일 박사님의 결론은 다음과 같았다. "제이콥이 이미 완벽하게 알고 있는 학업 내용을 무리하게 이수하게끔 하는 것은 최선이 아닐 것입니다. 게다가 제이콥은 교수 수준의 학업이 필요합니다. 다시 말해서, 수학은 현재 석사 이후 수준에 도달해 있습니다. 요컨대 제이콥의 수학 실력은 수학이나 물리학, 천문학, 천문물리학의 박사과정 수준입니다."

모든 것이 명확하게 판가름 났다. 이것은 내 의견이 아니라 전문가가 내린 객관적인 평가였다. 제이콥은 이미 대학생이었다. (사실 헤일 박사님의 평가를 보면, 제이콥을 곧장 대학원으로 보내라는 말씀인가 싶었다. 하지만 그때는 그렇게까지 깊게 생각할 계제가 아니었다.) 나는 심호흡을 한 번 하고 보고서를 마이클에게 보여주었다.

"제이콥한테 최선이 <u>아니다</u>. 굵은 글씨에 밑줄까지 쳐놓았네." 마이클은 눈썹을 치켜 올리며 소리 내어 읽었다. 나는 고개를 끄덕였다. 마이클은 연신 고개를 절레절레 저었지만 얼굴에는 체념의 표정이 역력했다. 헤일 박사님 덕분에 남편의 단단한 문에 금이 가기 시작했다는 사실을 직감할 수 있었다.

보고서를 받은 후, 우리는 비로소 제이콥에게 러셀 박사님의 제안에 대해 이야기해주었다. 짐작한 대로 제이콥의 얼굴이 불을 밝힌 크리스마스트리만큼 환하게 밝아졌다. 그러더니 이렇게 되물었다. "대학에 가도 돼요, 엄마? 가도 돼요?"

마이클은 진지하게 대화를 나눌 정도로 마음을 열었지만 아직 확신하지 못했다. 나는 제이콥을 대학에 일찍 보낸다고 장래의 기회를 망칠 리 없다고 설득했다. 오히려 장래가 더 밝아질 것이라고 했다. 제이콥은 동급생은 물론 초등학교에서 마련한 영재 프로그램에서도 친구들을 훨씬 앞섰다. 대학교에 들어가 낙제를 할 경우, 아무것도 배우지 못하거나 친구도 전혀 사귀지 못할 경우에는 다시 다른 아이들처럼 중학교에 들어가면 된다. 역설적이게도 제이콥이 어리다는 사실이 남편에게는 장점으로 보였다.

"나는 지금 너무 불안해. 눈앞이 캄캄하다고." 남편은 이렇게 투덜거렸다. 하지만 제이콥과 내가 SPAN을 통해 대학교에 입학할 준비를 해도 더 이상 반대하지 않았다.

❃

일곱 계단을 뛰어넘다

결정을 내리자 그때부터 모든 일이 순식간에 진행되었다. 제이콥이 그동안 얼마나 지겨웠을지, 우리가 부지불식간에 아이의 명석하고 활달하고 점점 성장하는 지성을 터무니없이 작은 틀 속에 가두려 했다는 사실을 깨닫자 대학만이 유일한 해결책인 것처럼 보였다.

마이클을 설득하는 것도 무척 힘들었지만 대학에 지원하는 것도 쉬운 일은 아니었다. 러셀 박사님은 제이콥이 기나긴 강의 시간 내내 말썽을 부리지 않고 잘 앉아 있을 수 있는지 궁금해했다. 제이콥은 2년 동안 청강을 했지만 한 번도 말썽을 일으키지 않았다. 하지만 그건 평소 내가 옆에 앉아 있었기 때문인지도 몰랐다. 제이콥은 이제 혼자서 강의 시간을 버텨내야 했다.

동네 고등학교의 선생님 가운데 우리 어린이집에 아이들을 맡긴 덕분에 인연을 맺은 분이 있었다. 그런 사정으로 그 선생님은 우리 아이들에 대해서도 잘 알았다. 나는 내가 안고 있는 문제를 그 선생님에게 털어놓았다. 그랬더니 선생님은 제이콥에게 자신의 수학 수업을 참관하도록 하면 어떻겠냐고 했다. 마침 그 수업은 미적분학 기말 시험을 앞두고 학생들에게 전체 내용을 복습해주는 시간이었다. 나는 잘될지 확신할 수 없었다. 얌전히 앉아 있기만 하는 거라면 제이콥도 자신이 있었다. 하지만 초등학교 5학년의 분수 이후 공식적으로 수학을 배운 적이 없었다. 게다가 인디애나 공립학교 체계 중 가장 어려운 수학 수업에서 한 학기 동안 배운 내용을 전부 다루는 시간이었다.

수업은 2주 후였다. 나는 이 수업에 대해 제이콥에게 말해주었다. "걱정하지 마. 미적분을 꼭 알아야 할 필요는 없어. 그냥 수업이 끝날 때까지 얌전히 앉아 있기만 하면 돼."

제이콥은 나를 빤히 보며 대답했다. "뭘 하는지도 모르는데 어떻게 가만히 앉아 있어요."

나는 한숨을 푹 쉬었다. 맞는 말이었다.

제이콥이 교과서가 있으면 좋겠다고 해서 당장 사주었다. 그러자 제이콥은 포치에 앉아 봄의 따사로운 햇살을 받으며 기하학과 대수학, 대수학 Ⅱ, 삼각법, 미적분학에서 쓰는 용어들을 공부하기 시작했다. 그 모든 것을 단 2주 만에 혼자 해치웠다. 나중에 알았지만 제이콥은 수학의 기본 규칙들을 이미 혼자서 깨우친 후였다. 덧셈 기호 없이도 더하기를 아는 것처럼 제이콥은 이미 미적분 체계를 스스로 익힌 터였다. 다만 다른 수학자들이 이해할 수 있도록 그 내용을 기록하는 방법을 몰랐을 뿐이다.

제이콥은 다른 학생들과 함께 본 미적분 기말 시험에서 만점을 받았다. 그뿐만 아니라 유일하게 보너스 점수 문제를 풀기까지 했다. 그 문제는 무척 어려웠기 때문에 선생님이 제이콥에게 앞으로 나와서 칠판에 풀어보라고 할 정도였다. 그날 제이콥을 데리러 갔더니 고등학생들이 감탄하는 눈빛으로 그 애를 에워싸고 있었다. 모두 제이콥보다 키가 훌쩍 큰 학생들이었다.

그 문제가 확실히 정리되자 이번에는 SPAN 지원 양식을 처리하기 위해 할 일이 많았다.

어느 날 저녁, 제이콥이 인디애나 대학 부속고등학교 사이트를 찾았다고 말했다. "AP Advanced Placement(고등학교에서 대학 학점을 미리 취득하는 방법) 미국사 수업을 수강하고 싶어요." 그리고 싶으면 그렇게 하라고 했다. 그랬더니 2주 후에는 또 다른 부탁을 했다. CLEP College-Level Examination Program 시험을 치를 수 있는 대학교에는 컴퓨터 테스트 센터가 있었다. CLEP란 내용을 이미 잘 알고 있는 과목의 경우 수업을 받느라 돈과 시간을 낭비할 필요 없이 학점을 미리 취득할 수 있게끔 하는 제도를 말한다. 제이콥은 인터넷 강의를 수강한 미국사 시험을 보고 싶어 했다.

그다음 주 주말, 우리는 대학교로 향했다. CLEP 사무실의 접수대 여직원이 무슨 용무로 왔는지 물었다. "우린 미국사 AP 시험을 보고 싶어서 왔어요."

"우리라고요?" 여직원은 예상치 못한 대답에 당황한 듯했다.

"정확히 말하면 제 아들요."

"어머님, 죄송합니다만, 아드님이 직접 이곳에 와서 신청서를 작성해야 합니다. 대신 하실 수는 없어요."

우린 둘 다 당혹스러운 표정으로 서로를 바라보았다. 그때 작은 목소리가 들렸다. "여기 와 있어요!"

여직원이 자리에서 벌떡 일어나 접수대 끝을 내려다보았다. 제이콥이 활짝 웃으며 손을 흔들었다. "어머나, 안녕!" 여직원이 인사를 했다.

제이콥은 학생증이나 운전면허증처럼 사진이 들어간 신분증이 없었다. ("도서관 대출증은 안 돼요?" 제이콥은 이렇게 물었다.) 그래서 여직원이 상사에게 말해 특별히 로그인 번호를 받을 수 있었다. 이어서 제이콥이 시험을 볼 수 있도록 시스템을 손보는 데 시간이 좀 걸렸다. 하지만 접수대 여직원은 제이콥 같은 꼬마가 나이 많은 대학생들과 함께 시험을 보려 한다는 사실에 좋은 인상을 받은 게 분명했다. 그래서 시험을 볼 수 있도록 조치를 취해준 것이다. 마우스를 딸깍거리며 문제를 푸는 내내 제이콥의 짧은 다리가 의자에서 대롱거리던 모습을 잊을 수가 없다. 시험을 끝내고 기다리는 동안 컴퓨터가 채점을 했다. 그날 아침, 제이콥은 미국사 시험을 확실하게 통과했다. CLEP 사무실의 직원들은 모두 제이콥이 태어날 때부터 알았던 것처럼 진심으로 환호했다.

이 사건으로 제이콥 안의 불길이 활활 타올랐다. 인터넷을 뒤져들을 수 있는 수업은 모두 들었다. 그리고 매주 시험을 볼 수 있는 대학교에 가고 싶다고 했다. 마침내 나는 제이콥과 이야기를 했다. CLEP는 과목당 응시료가 75달러나 했다. 전 과목을 다 보면 75달러 정도는 새 발의 피였다. 우리 집 형편에 일주일에 한 번씩 그런 시험을 볼 수는 없었다. 우리는 결국 2주일에 한 번씩 시험을 보기로 타협했다.

천문학 시험은 우스울 정도였다. 두 시간 동안 치르는 시험이었는데 제이콥은 단 15분 만에 모든 문제를 다 풀었다. 점수는 만점에 가까웠다. 그 무렵 이미 친구가 된 CLEP 사무실 직원들은 충격을 받을 정도로 놀랐다.

러셀 박사님의 체크리스트에 나온 항목들을 모두 해결한 후, 나는 고등학교의 미적분 선생님으로부터 제이콥이 수업을 얌전히 잘 들을 수 있다는 내용의 확인서를 비롯해 지능 검사 결과, 헤일 박사님의 평가서, 제이콥이 청강한 강의를 맡았던 교수님들의 추천서, CLEP 점수 등 공식적인 서류를 모두 제출했다. 몇 주 후, 제이콥은 합격 통지서를 받았다. 아이는 뛰어오를 듯 기뻐했다. 이윽고 러셀 박사님이 간단하게 환영 인사를 겸한 면접을 하기 위해 우리를 불렀다.

면담이 있던 날, 나는 제이콥에게 주차 미터기의 잔돈을 챙기라고 시켰다. 제이콥은 미터기에 동전 넣는 걸 좋아했기 때문이다. 제이콥은 너무 신이 난 나머지 잔돈을 잔뜩 챙겨 주머니에 집어넣었다. 그런데 제이콥이 러셀 박사님의 책상 앞에 앉자마자 주머니가 터져 동전이 죄다 바닥으로 떨어졌다. 제이콥은 동전을 다 주워서 주머니에 넣을 때까지 박사님을 거들떠보지도 않았다. 동전을 주워 자리에 다시 앉는가 싶더니, 다시 요란한 소리를 내며 동전이 바닥으로 흩어졌다. 제이콥은 고집스럽게도 바닥에 떨어진 동전을 야구 모자에 쓸어 담기 시작했다. 하지만 모자 뒤에 난 구멍으로 동전이 금세 다 흘러내렸다.

동전을 떨어뜨리면 줍고 다시 떨어뜨리면 줍는 일이 재앙처럼 끝도 없이 계속되었다. 아들의 입시 면접 자리가 아니었다면 나는 배꼽을 잡고 웃었을 것이다. 러셀 박사님은 제이콥에게 SPAN 로고를 새긴 야구 모자와 배낭을 주었다. 하지만 그것으로도 제이콥의 관심을 불러 모을 수는 없었다. 제이콥은 그때까지 교수실 곳곳에 떨어진 동전을 주우러 다니느라 여념이 없었다. 마침내 제이콥이 동전을 거의 다 주운 후에야 러셀 박사님은 배낭과 모자 그리고 벽에 붙일 수 있는 IUPUI 재규어 삼각기를 챙겨줄 수 있었다. 여전히 사방에 동전이 굴러다녔지만 SPAN 모자를 쓴 제이콥은 교수실을 나섰다.

면접은 완전히 재앙이었다. 러셀 박사님이 내 어깨 손을 얹을 때는 가슴이 철렁 내려앉았다.

"오늘 관찰해보니 첫 학기는 살살 시작하는 게 좋을 것 같습니다. 일단 3학점부터 시작하죠. 제이콥에게 사회적 기술도, 키도 다른 학생들을 따라잡을 기회를 주는 게 공평하겠군요."

초등학교마저 자퇴하고 나온 마당에 첫 학기 수업을 하나밖에 들을 수 없다는 소식은 충격 그 자체였다. 모든 게 다 내 탓이었다. 제이콥과 나는 새로운 상황에 대비해 늘 미리 연습을 한다. 하지만 어느 누가 주차 미터기에 넣을 동전으로 빵빵한 주머니가 터지는 상황까지 예측하겠는가. 제이콥도 몹시 실망했다. 약속의 땅을 찾았다고 생각했는데, 발도 들여놓을 수 없게 되었으니 그 마음인들 오죽했을까. 제이콥이 아직 어리다는 사실은 인정하지만, 그렇다고 수업을 제한하는 건 공평하지 않았다. 겉모습은 어리고 면접조차 제대로 해내지 못했다. 하지만 3개월 동안 키가 크면 얼마나 클 것이며, 다른 면에서도 얼마나 큰 변화를 거둘 수 있겠는가.

어떻든 제이콥은 유일하게 수강할 수 있는 다차원수학 입문 수업을 신청했다. 교과서를 처음 훑어보는 순간, 입이 떡 벌어졌다. 그 책에는 제이콥이 아장아장 걸어 다닐 때부터 흠뻑 빠졌던 기하학적 도형이 있었다. 대학 교재를 펼쳤는데, 당신의 어린 아이가 뭔가에 집착하게 된 사정을 비로소 깨닫는 경험은 참으로 비현실적인 일이다. 나는 제이콥이 만든 도형을 늘 레고 따위의 블록 장난감과 같은 부류로 간주했다. (제이콥은 블록 장난감으로 도형을 만들기도 했다.) 진공청소기에 빨려 들어가 입구를 막아버리거나 맨발로 밟으면 발을 다칠 수도 있는 우스꽝스러운 장난감 말이다.

제이콥은 세 번째 강의부터 스터디 그룹을 짜서 다른 학생들을 지도했다. 교수님은 자신이 토요일 오전마다 여는 고등학생 수학 클럽에도 제이콥이 나와주었으면 했다. 그 클럽은 수학 올림피아드 예비반이었다. 어느 토요일 아침, 나는 제이콥을 클럽으로 데려가 어떤 곳인지 보여주었다. 내심 함께 공부할 아이들을 만날 수 있겠거니 싶었다. 그런데 교수님이 내게 커피메이커 있는 곳과 교내 서점으로 가는 길을 가르쳐주며 내보내는 것 아닌가. 머릿속에서 경고음이 요란하게 울리기 시작했다. 다섯 시간이 흘렀다. 나는 이러다 제이콥이 매주 토요일마다 갑갑한 지하 강의실에서 수학 문제를 푸는 아이들과 함께 보내야 하는 것 아닌가 싶어 마음이 불편했다.

나는 우리 가족이 함께 보내는 주말을 정말 좋아한다. 온 가족이 밖으로 나가 컵케이크를 먹고 레크리에이션 센터나 집 맞은편 연못으로 놀러 간다. 오후에는 이웃집에서 바비큐 파티를 하는 날도 있다. 추워지면 서점에 가서 새 책을 산다. 그리고 카페로 가서 크림을 올린 핫 초콜릿을 마시며 방금 구입한 책을 읽는다. 아니면 집에서 쿠키를 굽고 친구들을 불러 보드게임을 하며 놀기도 한다. 제이콥이 초등학교를 자퇴하자 이런 시간이 더욱 중요하게 느껴졌다. 학교에서 만든 우정을 계속 이어나가는 것이 최우선 과제였다. 게다가 제이콥의 초등학생 친구들은 주말이면 실컷 놀 것 아닌가.

제이콥을 데리러 간 나는 다시는 여기에 못 올지도 모른다는 말을 하려고 마음을 다잡았다. 그런데 제이콥이 선수를 쳤다. 차에 올라타면서 이렇게 말한 것이다. "재미는 있지만 또 올 필요는 없을 것 같아요." 제이콥은 전날 밤에 수학 올림피아드 문제 샘플을 인터넷에서 찾아 새벽 2시까지 재미삼아 다 풀어버린 터였다. 제이콥에게는 문제라고도 할 수 없는 수준이었다. 제이콥은 올림피아드에 나가기 위해 열심히 노력하는 아이들로부터 일등 자리를 빼앗고 싶지 않았다. "형과 누나들은 정말 열심히 공부하고 있어요. 그러니 이건 공평하지 않아요."

그 순간 내 아들이 너무나 자랑스러웠다. 세계 수학계에서 가장 명예로운 상인 필즈 메달Fields Medal을 받은 것보다 더 자랑스러웠다. 제이콥은 자신이 이 세상에서 어떤 것을 가져야 하는지 잘 알고 있었다. 그 클럽의 우등생 자리는 자신의 것이 아니라는 사실도 말이다.

독창적인 이론

첫 학기에 3학점짜리 다차원수학 입문 수업만 수강하게 되자 제이콥은 느닷없이 시간이 남아돌았다. 마이클은 아직도 제이콥의 미래를 통째로 날려버릴지 모른다는 걱정에서 헤어 나오지 못한 상태였다. 웨슬리와 이선은 물론 동네 아이들이 모두 옷을 갈아입고 학교에 가기 위해 버스 정류장으로 향할 때, 제이콥과 나는 여전히 아침 식사 자리를 지키곤 했다. 그런 우릴 보고 남편은 내 약을 살살 올렸다. "지금 엄격하게 교육을 시키고 있네, 크리스." 그러곤 제이콥을 향해 이렇게 말했다. "책가방이며 공책은 안 챙겨도 되니, 제이콥?"

"마이클, 우린 지금 아침을 먹는 중이야. 밥 먹을 때 책가방 같은 건 필요 없다고." 내가 말했다.

"학교에 털이 복슬복슬한 개구리 슬리퍼를 신고 가는 사람이 어디 있어?" 마이클은 고개를 가로젓고 부엌을 나가면서 투덜거렸다.

나는 제이콥을 보며 물었다. "오늘은 뭘 할 거니?"

그러면 제이콥은 보통 이런 대답을 했다. "음, 초질량 블랙홀을 살펴볼까?"

나는 전혀 걱정하지 않았다. 물론 마이클도 제이콥이 머리를 잠시도 쉬지 않는다는 사실을 잘 알고 있었다. 동생들과 수영장에서 놀 때조차 제이콥은 유체역학에 대해 생각했다. 제이콥의 공부는 아이튠즈의 팟캐스트 동영상 시리즈인 아이튠즈 유iTunes U 덕분에 호랑이가 날개를 단 격이 되었다. 이 무료 강의를 통해 언어학에서 셰익스피어, 철학에 이르기까지 수백 개의 주제에 대해 스탠퍼드, 예일, 하버드, MIT, UC 버클리, 옥스퍼드 대학의 교수진이 하는 강의를 들을 수 있었다. 강의 주제에는 상대성과 특수 상대성, 끈 이론String Theory(만물의 최소 단위는 점 입자가 아니라 '진동하는 끈'이라는 물리학 이론), 양자역학도 있었다. 한마디로 천문학에 빠진 초등학교 자퇴생이 원하는 것은 다 있었다.

제이콥은 아이튠즈 유에 완전히 빠져들었다. 아침을 먹으면 곧장 컴퓨터부터 켰다. 마치 이렇게 말하는 것 같았다. 'IUPUI에 오지 말라고? 상관없어. 그럼 MIT로 가지 뭐.'

베탕쿠르 박사님의 강의 시간에 제이콥의 상상력을 사로잡았던 주제, 즉 빛이 어떻게 공간을 이동하느냐는 문제가 다시 떠올랐다. 제이콥은 이미 상대성과 특수 상대성에 대해 알고 있었다. 그러나 여러 강연을 들으며 자신의 연구를 보충했고, 예전보다 이 주제를 더 깊이 파고들 수 있었다. 지식을 향한 욕구는 거대한 엔진이 되어 더 많은 조사와 연구를 하고, 손에 잡히는 정보를 모조리 흡수하도록 제이콥을 이끌었다. 주어진 시간이 너무 소중해서 단 1초도 허비하기 싫은 것 같았다. 또다시 먹고, 씻고, 놀 때를 일부러 일러줘야 하는 날들이 이어졌다. 공부를 더 시키는 게 문제가 아니었다. 나는 아이를 쉬게 할 방법을 고민해야 했다.

제이콥은 무엇보다 자신이 배운 게 얼마나 흥미진진한지 남들에게도 알리고 싶어 했다. 내가 어린이집 아이들이 낮잠을 자는 동안 좋아하는 TV 프로그램을 보면서 부엌을 치우려고 하면 제이콥이 냉큼 들어와 TV를 차지하고 노트북과 연결했다. 그러곤 나를 소파로 끌고 가 그날 아침에 들은 강의를 보여주었다. "엄마와 함께하는 수학과 과학 이야기 시간이 돌아왔어요!" 제이콥은 이렇게 말했다.

"오, 안 돼. 제발 유기화학만은 안 돼. 유기화학 말고 다른 건 안 되겠니?" 나는 이렇게 사정했다. (그렇다고 끈 이론에 대해 잘 아는 것도 아니었지만.) 어떤 때는 동영상 강의에 완전히 빠져 내가 식기세척기에서 그릇을 정리하려고 몰래 자리를 비워도 알아차리지 못했다. 하지만 나는 거의 대부분 제이콥이 공책에 홀린 듯 뭔가를 휘갈기는 동안 골머리를 싸맨 채 그곳에 붙잡혀 있어야 했다.

나는 그런 일은 나를 고문하는 것과 마찬가지라며 제이콥에게 농담을 하곤 했다. 하지만 실은 그렇게 함께하는 시간이 내게는 몹시 소중했다. 나는 남을 가르치는 역할이 아이에게 얼마나 자연스러운지 알고 놀랐다. 제이콥은 자신의 작은 화이트보드 앞에서 배운 것을 내게 가르치는 걸 무엇보다 좋아했다. "엄마가 치즈버거라고 생각하고 설명을 해봐, 제이콥." 내가 이렇게 말하면 제이콥은 믿을 수 없을 정도로 복잡한 이론을 이해할 때까지 차근차근하면서도 명확하게 설명했다. 나는 공부에 전혀 재능이 없는 학생이었지만 제이콥은 무한한 인내심을 발휘했다. 가르치는 것이 얼마나 좋으면 그러겠는가.

그 무렵 우리 어린이집에는 노아라는 사내아이가 있었다. 그 애는 제이콥 덕분에 해가 뜨고 진다고 생각할 정도로 제이콥을 잘 따랐다. 노아는 제이콥 발치의 바닥이나 무릎에 앉아서 제이콥이 수학 공부하는 모습을 지켜보는 것을 이 세상에서 제일 좋아했다. 제이콥은 밥을 먹거나 씻는 것은 내가 제발 하라고 사정을 해야 할까 말까인데, 노아에게 둔각삼각형과 예각삼각형의 차이나 원주와 원의 지름을 재는 법 따위를 설명할 시간은 잘도 찾아냈다. 노아와 함께 있는 모습을 보면 왜 제이콥이 가르치는 걸 그렇게 좋아하는지 이해할 수 있었다. 탐구하는 주제에 대한 순수하고도 단순한 열정 때문이었다.

이렇게 생각하는 사람은 별로 많지 않겠지만, 제이콥은 이 세상에서 가장 아름다운 것은 수학과 과학이라고 진심으로 믿는다. 음악 애호가들은 크레셴도에 전율을 느낀다. 평생 동안 책을 사랑한 독서가는 완벽한 글귀를 보면 숨이 멎을 정도의 환희를 느낀다. 제이콥에게는 수학이 그런 존재다. 제이콥은 4차원정육면체와 하이퍼큐브Hypercube (10~1000개의 프로세서를 병렬로 작동시키는 컴퓨터의 구조)에 대한 꿈을 꾸는 소년이었다. 나는 숫자와 수의 개념이 제이콥에게는 친구나 다름없다는 사실을 서서히 깨달았다. 제이콥의 아이패드 비밀번호는 좋아하는 숫자와 공식으로 이뤄진 문자 27개였다. 비밀번호를 칠 때마다 친구들과 하이파이브를 하는 것 같았다. 나는 입버릇처럼 제이콥에게 말한다. "제이콥, 너는 절대 모르겠지만, 사람들은 수학을 무서워해. 엄마도 수학이 무서워." 아마도 이런 이유 때문에 제이콥은 자신이 '수학 공포증'이라고 부르는 증세를 보이는 사람을 만날 때마다 최선을 다해서 그 두려움을 없애주려고 애쓰는 것 아닐까. 제이콥은 내가 이전과 다른 방식으로 수학을 배운다면 자신처럼 수학을 좋아하게 될 것이라고 진심으로 믿는다.

내가 숫자 때문에 머리가 핑핑 돌 정도로 피곤해하면 제이콥은 개한테 이야기를 했다. 초등학교 자퇴라는 상황을 제이콥이 어떻게 받아들일지 알 수 없고, (내가 아니어도) 누군가가 늘 곁에 있을 것이라는 사실을 확신시켜주고 싶었기 때문에 나는 이고르라는 이름의 세인트 버나드 종 강아지를 구해주었다. 하필 그 종을 고른 덕분에 나는 생각지도 못한 상황과 맞닥뜨렸다. 이고르는 매일 쓰레기 처리기처럼 음식을 먹어치웠고, 쑥쑥 자라서 제이콥보다 덩치가 더 커졌다. 매일같이 엄청난 양의 털을 치워야 했다. "저 개는 어떻게 대머리가 안 되지?" 마이클은 진공청소기의 먼지 봉투를 비우면서 이런 농담을 하곤 했다. 비가 자주 오는 봄에는 부엌 바닥을 청소한 지 5분 만에 또 걸레질을 해야 했다.

이고르와 제이콥은 둘도 없는 친구가 되었다. 나는 제이콥이 수학 공부 하는 걸 좋아하는 부엌에서 붙박이 같은 존재로 그 거대한 개를 받아들였다. 이고르는 제이콥이 방정식에 대해 이야기를 늘어놓으면 고개를 갸우뚱한 채 영리한 표정으로 앉아 있곤 했다. 나는 이고르의 충성심과 애정이 너무나 고마워서 침을 질질 흘려도 개의치 않았다. 나니는 그런 모습을 보면 꼭 이런 농담을 했다. "이 집에서는 개도 천체물리학 공부를 하는구면." 이고르는 우리 가운데 그 누구보다 열중하는 것 같았다.

가르치는 일에 대한 제이콥의 애정에 나니는 특별히 놀라지 않았다. 천만다행으로 나니는 제이콥의 장황한 강의를 불쑥 끊고 핫 초콜릿을 마시게끔 할 수 있었다. "생각해봐. 저 애는 지금까지 줄곧 자신이 어떻게 생각하는지 사람들한테 설명을 해야 했어. 그거나 가르치는 거나 무슨 차이가 있겠어?"

나니의 말은 언제나 옳았다. 하지만 나는 제이콥이 가르치는 일에 열중하는 데에는 다른 이유도 있을 것이라고 짐작했다. 애초 대학을 찾게 된 것과 같은 이유, 즉 대화를 나누고 싶은 것이다. 대부분 사람들에게 수학은 외국어나 다름없다. 그런데 제이콥은 대화에 목말라했다. 그래서 주위 사람들에게 수학을 '말하기' 위해 수학 가르치는 해법을 떠올린 것 아닐까. 제이콥이 인터넷에서 다운받은 수많은 강의는 걷잡을 수 없는 배움의 욕구를 해소하는 데 도움이 되었다. 하지만 그렇게 배운 개념을 남에게 이해시킬 수 없다면, 그것에 대해 절대 이야기를 나눌 수 없을 것이다.

안타깝게도 제이콥에게는 나와 이고르밖에 없었다. 제이콥이 수학을 점점 더 깊이 파고들수록 우리가 함께하는 것보다 더 많은 대화가 필요하다는 사실이 명백해졌다. 어느 날 밤, 마이클과 나는 TV 채

널을 이리저리 돌리다 〈아이 엠 샘I am Sam〉이라는 영화를 보았다. 영화에서는 숀 펜Sean Penn이 샘이라는 이름의 발달 지체인으로, 정상인 다섯 살짜리 딸을 둔 아버지를 연기했다. 감동적인 장면이 많았다. 그중 딸이 샘에게 닥터 수스의 동화《녹색 달걀과 햄》을 읽어주는 장면이 있었다. 이때 두 사람은 지적으로 딸이 아버지를 앞선다는 사실을 깨닫는다. 그걸 보면서 마이클의 손을 어찌나 세게 쥐었던지 그 장면이 끝날 즈음에는 남편의 손바닥에 내 손자국이 선명할 정도였다. 그때 샘의 기분이 어땠을지 나는 잘 알 수 있었다. 자부심과 버림받은 기분이 뒤섞인, 좋으면서도 쓸쓸한 기이한 느낌이었을 것이다.

나는 제이콥과 그 애가 이룬 성과가 자랑스러웠다. 그래서 함께 있으면 늘 즐거웠다. 하지만 이제 제이콥과 내가 대화를 나눌 수 없는 상황이 다시 찾아왔다. 물론 이번에는 좋은 이유 때문이었다. 영특한 내 아들을 이 세상 그 누구와도 바꾸지 않을 테지만, 마음 한구석에서는 제이콥의 학문이 점점 빠르게 성장할수록 살짝 속는 듯한 기분도 들었다.

처음으로 친구 집에서 자고 오는 일이며, 운전을 배우고 첫 데이트를 하는 등 아이들이 독립하기 위한 단계를 하나씩 밟을 때마다 부모는 언젠가는 자식과 떨어질 마음의 준비를 해야 한다. 나는 이선과 웨슬리를 키우면서 그런 단계를 경험했다. 그러나 제이콥과는 그러지 못했다. 제이콥에게는 그 과정이 한번에 일어났다. 그래서 제이콥이 소파에 앉아 프린스턴이나 하버드 대학의 교수가 하는 강의에 열중하는 동안, 그 옆에 앉아 있는 일이 대단하게 느껴졌다. 그들이 토론하는 가장 기본적인 개념조차 이해할 수 없었지만, 아들의 곱슬머리를 쓰다듬으며 함께 있을 수 있었다. 대화에 낄 수는 없었지만 적어도 잠깐 동안이나마 제이콥의 엄마로 있을 수 있었다.

휴학이나 다름없던 첫 학기는 제이콥에게 지적인 면에서 실로 엄청난 성과를 거둔 시기였다. 제이콥은 오로지 호기심을 길잡이 삼아 원하는 것을 원하는 만큼 실컷 파고들었다. 마치 몇 년 동안 묶여 있던 고삐를 풀고 마침내 신 나게 경주에 나설 기회를 얻은 것 같았다.

"좀 살살해, 이 녀석아. 귀에서 김이 무럭무럭 나오잖아." 마이클은 이렇게 놀리곤 했다. 하지만 제이콥이 어떤 개념을 익히고 거기서 가지를 뻗어 새 개념을 익히면서 통찰에 통찰을 이어갈 때마다 아이의 신경이 발화하는 소리가 들리는 듯했다. 제이콥은 정말로 타오르는 것 같았다. 그래서 보거나 읽거나 배우는 것이 모두 그 애에겐 불쏘시개가 되었다.

제이콥의 아이디어는 대부분 이미 풀어서 증명된 방정식이었다. 개중에는 더러 독창적인 방정식도 있었다. 물론 이틀이나 사흘 후 오류가 드러나는 경우도 많았지만 말이다. 제이콥은 풀이 과정에서 실수했다고 짜증을 내거나 실망하는 법이 없었다. 너무 쉽게 단계를 뛰어넘다보니 약간의 차질 따위는 기억할 겨를도 없었다. 어쩌면 제이콥은 오직 자신만이 볼 수 있고 자신에게만 확실한 길을 따라가고 있는 것인지도 모른다.

이렇게 창조적인 상태만이 제이콥에게 중요한 현실이었다. 나머지 일상은 나중에 생각하면 되는 일 같았다. 제이콥은 맞은편 놀이터에서 놀다가도 느닷없이 전속력으로 집을 향해 달려왔다. 넘쳐흐르려는 방정식을 간신히 붙들 듯 말이다. 어느 날 저녁에는 밥을 먹다 말고 포크로 화이트보드를 찌르기도 했다. 쥐고 있던 포크를 마커펜으로 바꿀 여유도 없을 만큼 다급했던 것이다. 온갖 아이디어가 한순간에 격렬하게 찾아왔다. 그래서 나는 그런 아이디어를 기록할 수 있도록 어디나 들고 다닐 공책을 마련해주었다. 그래봐야 성공률은 제한적이었다. 한 가지 아이디어를 기록하고 있으면, 어김없이 다른 아이디어가 떠올라 사고의 방향을 완전히 다르게 틀었기 때문이다.

제이콥은 첫 학기에 그 어느 때보다 집중했다. 물론 언제나 그랬듯 그런 열의는 놀 때 느낄 수 있는 즐거움이랄까 흥분 같은 감정을 동반했다. 방정식을 풀 때 종이에 그걸 다 담을 수 없으면 집에 있는 모든 창문이 화이트보드로 변했다. 나는 종종 현관에 선 채 가만히 아이가 열중하는 모습을 지켜보곤 했다. 수식을 어찌나 빠르고 쉽게 적는지 다음 풀이 과정을 생각해서 쓴다기보다 누군가가 불러주는 대로 받아 적는 것 같았다. 유일한 걸림돌은 생각을 받아 적는 속도였다.

나는 크리스토퍼와 제이콥이 농구를 하던 모습이 떠올랐다. 두 아이는 몇 시간이고 신 나게 농구를 했다. 음료수를 마시거나 프레첼을 집어 먹을 때만 잠시 쉬었다. 두 아이가 던진 공은 어떤 때는 들어가고 어떤 때는 튕겨나갔다. 때로는 둘이 도란도란 이야기를 나누는 소리가 들리고, 때로는 공이 바닥에 통통 튀거나 스니커즈 밑창이 바닥에 찍찍 밀리는 소리만 들리기도 했다. 그런데 창문에 대고 수학 문제를 풀 때면 너무나 수월해 보였다. 편안하게 이완된 즐거움이랄까. 크리스토퍼가 죽은 후 처음으로 그런 모습을 본 것이다. 나니는 그런 제이콥을 보고 놀라며 이렇게 말했다. "지금 제이콥은 신이 나서 즐기고 있어."

어느 날 아침, 햇빛 잘 드는 작은 방에서 커피를 마시고 있었다. 그때 제이콥이 불쑥 들어오더니 탁자 위의 과일 접시는 거들떠보지도 않고 크루아상 하나를 집어 들고는 자리에 앉아 내 허벅지 위에 두 발을 올렸다.

"엄마, 제 말을 잘 들어보세요. 수학에 관한 이야기예요. 엄마가 잘 들으면 이해하실 때까지 제가 설명을 할게요. 제가 어떤 패턴을 찾았거든요."

제이콥은 불가사의할 정도로 패턴을 찾아내는 데 발군의 능력을 보였다. 제이콥을 가르친 교수님들은 그 애가 타고난 재능 가운데 이 능력을 성공의 열쇠로 드는 걸 주저하지 않았다.

그날 제이콥이 들려준 이야기는 정말 놀라웠다. 나는 제이콥이 무슨 공부를 하는지 전혀 몰랐다. 뭔가 중요한 것을 향해 조금씩 나아가고 있다는 것은 알고 있었다. 하지만 내가 생각하는 '뭔가 중요한 것'이란 눈이 핑핑 돌 것 같은 대학 물리학을 배우거나 열한 살짜리 꼬마로서는 상상도 못할 뛰어난 성과를 올리고 있다는 막연한 이미지일 뿐이다. 그런데 그 정도가 아니라는 사실이 밝혀졌다.

상대성 분야에서 제이콥이 발견한 이론은 우아할 정도로 단순했다.

나 같은 사람도 이해할 정도로 명료했다. 그리고 다른 한편으로는 놀라울 정도로 복잡했다. 제이콥의 이론이 옳다면 물리학에서 완전히 새로운 분야를 개척할 것이다. 과거 뉴턴과 라이프니츠가 미적분학을 만들어 수학에 혁명을 몰고 온 것처럼 말이다.

숨이 멎을 듯한 내 입에서 제일 먼저 튀어나온 말에 나조차도 놀랐다. "제이콥, 너무 아름답구나."

나를 보는 제이콥의 미소도 그에 못지않게 아름다웠다.

제이콥은 일종의 심상心象으로 시작했다. 그런데 이젠 자신이 보는 것을 설명할 수학적 표기법도 필요했다. 나는 수학이 정말 언어라는 사실을 서서히 깨달았다. 다시 말해서, 제이콥 같은 사람들의 눈에 보이는 것을 설명하는 방식이라고 생각했다. 제이콥은 이미 기초를 모두 닦았지만 이 복잡한 개념을 설명할 어휘를 습득하지 못했다.

공정을 기하기 위해 이 말은 해둬야 할 것 같다. 그 무렵 제이콥은 완전히 빠져 있었다. 예전에 내가 그토록 감탄했던 쾌활함이 자취를 감추었다. 마음의 눈으로 또렷하게 본 심상을 다른 과학자들도 알아볼 수 있도록 수학적 어휘로 바꾸는 작업에 매달렸기 때문이다. 제이콥은 시공간 모델과 공간 차원의 모델을 만들기 시작했다. 동시에 창문에 쓴 수식은 점점 길어졌다.

제이콥은 잠을 잊었다. 원래 올빼미형 인간이기는 했지만 그것과는 차원이 달랐다. 전혀 잠을 자지 않았다. 마이클이 아침에 깨우려고 방에 가보면 지난밤 여덟 시간 전에 두고 나온 모습 그대로 앉아 있곤 했다. "제이콥! 또 잠자는 걸 까먹은 거야?" 마이클은 이렇게 묻

곤 했다. 제이콥은 아침을 먹을 때나 차 안에서 그대로 곯아떨어졌
다. 하지만 밤이 되면 쌩쌩해져서 책을 읽고 수학을 연구했다.

　우리는 결국 제이콥을 소아과로 데려갔다. 병원에서도 걱정을 하
며 수면 테스트를 받아보자고 제안했다. 제이콥은 병원에서 하룻밤
을 보냈는데, 온몸에 전선과 튜브와 전극을 부착해야 했다. 그 결과
우리의 의심을 확인할 수 있었다. 제이콥은 잠을 자지 않았다. 그렇
다고 몸에 무슨 문제가 있는 것은 아니었다. 오로지 수학 생각에 잠
을 자는 것도 잊었던 것이다.

　결국 제이콥은 거대한 방정식에 매몰되어버린 꼴이 되었고 나는
그 사실이 걱정스럽기만 했다. 나는 문설주에 기댄 채 제이콥을 몰래
지켜보았다. 아이는 정신없이 창문에 수식을 휘갈겼다. 창문이 시시
각각 내가 이해할 수조차 없는 수학 기호로 빼곡하게 채워졌다. 그러
는 동안에도 창밖에서는 제이콥 또래 아이들이 건너편 공원에서 술
래잡기를 하거나 신 나게 그네를 타고 놀았다.

　제이콥은 방정식에 완전히 빠져버렸다. 혹시 뭔가에 막혀 오도 가
도 못하는 것은 아닌가 싶었다. 다음 단계로 넘어가기 위해 필요한
정보를 얻지 못했을 수도 있으니 말이다. 제이콥이 천착하는 주제에
대해 더 잘 아는 사람에게 상담을 해야 하는 것 아닐까. 어딘가에서
방향을 잘못 잡았다고 일깨워줄 수 있는 사람을 찾아봐야 하는 건 아
닐까. 방정식 따위가 어떻게 되든 나는 상관없었다. 내가 신경 쓰는
것은 방정식이 터무니없을 정도로 길고, 내 아이의 시간을 너무 많이
잡아먹는다는 사실뿐이었다. 하지만 일단 아이의 상태부터 바로잡아

야 창문에서 벗어나 공원으로 나갈 수 있을 것 같았다.

나는 제이콥에게 말했다. "제이콥, 이대로는 안 돼. 도움 받을 만한 곳을 알아보자. 네가 어디에서 막혔는지 알 만한 사람이 있을 거야."

그러자 제이콥은 무슨 말을 하는지 모르겠다는 듯 나를 빤히 바라보았다. "하지만 엄마, 나는 어딘가에서 막힌 게 아니에요. 내가 '틀렸다'는 걸 증명하는 중인걸요." 이게 바로 제이콥이 방정식 풀이에 열중한 이유였다. 제이콥은 방정식을 확인하고 또 확인하면서 자기 이론이 죄다 쓰레기라는 사실을 보여주는 결점이나 허점을 찾고 있던 것이다.

그래도 나는 포기하지 않았다. 제이콥이 또다시 반년을 쏟아붓기 전에 그 이론에 타당한 구석이 조금이라도 있다는 사실을 확인해야 했다. 결국 제이콥도 누군가에게 그 이론을 이야기해보면 도움이 될지 모른다는 사실을 받아들였다. 이내 상의하고 싶은 사람도 찾아냈다. 제이콥이 원한 사람은 뉴저지 주 프린스턴 대학 고급과학연구소Institute of Advanced Studies의 스콧 트레메인 박사님이었다. 이 연구소는 아인슈타인이 죽기 직전까지 강의를 한 곳으로도 유명했다. 나는 트레메인 박사님께 전화를 걸어 내 특별한 열한 살짜리 아들과 그 애가 연구 중인 이론에 대해 이야기했다. 나는 박사님의 시간을 절대 뺏고 싶지 않았다. 그래서 제이콥이 고심 중인 방정식을 한 번만이라도 보고, 어떤 면을 더 연구해야 하는지 말해주면 된다고 강조했다. 과학적 성과를 인정받고 싶어서가 아니라 제이콥의 자폐증을 걱정해서 전화했다는 말도 덧붙였다. 어떻게든 창문에서 아이를 떼어놓고 싶었다.

트레메인 박사님은 동영상을 메일로 보내주면 한번 보겠다고 대답했다. 그리고 전화를 끊기 전에 연구자가 셀 수 없이 많은 물리학 같은 분야에서도 독창적인 이론은 드물다고 했다. 그 말을 듣자 솔직히 가슴의 짐을 내려놓은 듯했다. 만약 누군가가 이미 연구한 분야라면 트레메인 박사님이 제이콥의 오류를 비교적 쉽게 지적해줄 수 있겠거니 싶었다.

우리는 제이콥의 이론에 정신이 팔려 있었기 때문에 대학에서 정식으로 치른 첫 번째 기말고사 결과를 받고 깜짝 놀랐다. 예상했던 대로 제이콥은 다차원수학에서 일등을 했다. 점수는 103점이었다. 이 점수에 놀란 사람은 마이클뿐이었다.

"제이콥이 대학 수학에서 A를 받았어, 크리스틴." 마이클은 내게 성적표를 흔들어 보이며 생각지도 못했다는 어조로 말했다. "이거 정말 믿을 수가 없군."

나는 애써 웃음을 참았다. "여보, 이건 새삼스러운 일이 아니야. 우리가 대학에서 지금까지 뭘 하고 있었다고 생각한 거야? 제이콥이 아무도 모르는 질문에 척척 대답하고, 스터디 그룹을 조직하고, 쪽지시험에 전부 만점을 받는다고 말했잖아."

"그래도 A잖아, 크리스. A 말이야! 대학 수학에서."

마이클은 어찌나 제이콥이 자랑스러운지 아는 사람들에게 전부 이메일을 보냈다. 페이스북에도 올렸다. 이제는 아침에 일어나 나와 제이콥이 식탁에 앉아 있으면 박수를 치며 이렇게 물었다. "파이팅 무스Fighting Moose의 집인 그 유명한 바넷 아카데미는 오늘 좀 어때?"

(이 이야기를 하게 될 줄은 몰랐는데, 이고르의 풀 네임은 이고르 폰 무젠플뤼펜Igor von Moosenflüfen이었다. 어엿하게 움라우트까지 붙어 있다.)

마이클의 놀라움에 나는 힘든 줄다리기 끝에 제이콥을 초등학교에서 자퇴시키기로 한 결정에 더 큰 자부심을 느꼈다. 남편과 나는 자기 의견이 강했지만 한 가지 원칙만은 공유했다. 요컨대 아이들에게 옳은 결정을 내리는 것이 무엇보다 중요하다고 믿었다. 우리는 자신의 의견을 고수한 채 팽팽하게 줄다리기를 하면서 제이콥을 위해 최선의 결정을 이끌어내려 애썼고, 결국 그런 결정에 도달했다. 나는 제이콥만큼 우리 자신도 자랑스러웠다.

대학에서의 첫 학기 성적은 더할 나위 없이 훌륭했지만, SPAN은 다음 학기에 들을 수 있는 학점을 6학점으로 제한했다. 일단 이 6학점부터 들어야 했다. 다시 말해, 제이콥이 오매불망하던 현대물리학은 수강할 수 없었다. 그 소식을 듣자 제이콥은 아무 말도 하지 않았다. 하지만 표정을 보니 실망한 기색이 역력했다. 마이클과 나는 제이콥이 터덜터덜 2층으로 올라가 제 방문을 조용히 닫는 모습을 지켜보기만 했다.

나는 마이클을 쳐다보며 말했다. "이건 말도 안 돼. 우리는 여기 지원 양식을 충족하기 위해 온갖 장애물을 다 뛰어넘었어. 제이콥이 시험에 멋지게 합격했는데 왜 이제 와서 안 된다는 거야? 단지 대학에 들어가고 싶어서 지금까지 애를 쓴 게 아니라고. 수업을 못 들으면 무슨 의미가 있어?"

이 문제를 골똘히 생각하다 보니 반짝하고 아이디어가 떠올랐다.

"대학생이 되어야 들을 수 있다면, 대학생이 되면 되잖아."

　일단 이런 생각이 들자 모든 상황을 간단하게 해결할 수 있는 방법 같았다. 여기에는 보너스도 있었다. 제이콥이 일반적인 방법으로 IUPUI에 입학하면 장학금을 받을 수 있을 것이다. 반면 SPAN 수업을 들으면 경제적인 지원을 전혀 받을 수 없었다. 주에서 대학생에게 제공하는 보조금을 받을 자격도 없었다. 다차원수학 한 과목을 받기 위해 지불해야 할 등록금과 교재 값만으로도 우리는 허리가 휘었다. 고작 한 과목이었는데도 말이다. 우리 형편이 좀 더 나았으면 좋겠다는 생각에 씁쓸했다. 하지만 현실적으로 열한 살짜리의 대학 입학을 위해 학자금을 미리 준비해놓는 사람이 얼마나 되겠는가?

　그렇게 해서 나는 진짜로 제이콥을 대학교에 보내기 위한 작업을 시작했다. 러셀 박사님께 제출할 때 모든 서류를 다 갖추기는 했다. 하지만 이번엔 제대로 해볼 생각이었다. 나 자신에게조차 이것은 단순히 내 의견이 아니라는 점을 명확히 하고 싶었다. 이를테면 아들이 그저 자랑스럽기만 한 엄마가 "우리 아들이 얼마나 똑똑한지 보세요"라고 말하는 것처럼 보이기 싫었다. 그 대신 내가 깨달은 것들이 모두 진실이라는 확고한 증거, 다시 말해 제이콥은 이미 대학 수준이며 그에 상응하는 교육을 받을 기회를 주지 않는 건 옳지 않은 결정이라는 증거를 차곡차곡 모으기 시작했다.

　나는 대학 입학처에서 무슨 서류를 원할지 종잡을 수 없었다. 그래서 온갖 것을 다 준비했다. 필요하겠다 싶은 게 생각나면 바로 실천에 옮겼다. 제이콥을 고지능자들의 국제단체인 멘사Mensa에 가입

시키기도 했다. (나니는 제이콥에게 온 우편물을 살펴보는 걸 좋아했는데, 우편물 중에는 멘사와 좀 더 배타적인 고지능자 단체인 인터텔Intertel에서 온 소식지도 있었다. 나니는 늘 이렇게 말했다. "장담하는데, 제이콥은 지금까지 내가 본 스팸 메일 가운데 가장 재미난 스팸 메일을 받고 있어.")

제이콥은 웨슬리를 데리고 종종 주말마다 지역 멘사 지부에 나가 그곳에서 진행 중인 프로젝트에 끼기도 했다. 한번은 어느 부부로부터 쓰러진 나무가 자신들의 땅과 그 땅에 인접한 자연 보호 지역 중 어디에 있는지 판정할 수 있도록 도와달라는 요청을 받았다. 자연보호관리단은 원래 정식 측량기사에게 측량 보고서를 받지만 이번에는 멘사 회원들의 결정을 받아들이기로 했다. 그래서 주말에 제이콥과 웨슬리를 비롯해 멘사 회원 몇 명이 직접 만든 나침반과 각도기를 챙겨 문제의 사유지를 측량하러 나갔다. 그 땅에는 숲이 울창한 골짜기도 있었다. [뛰어오르거나, 타고 오르거나, 라펠을 하거나, 패러세일링Parasailing (특수 낙하산을 갖추고 달리는 보트에 매달려 하늘로 날아오르는 스포츠)을 할 수 있는 곳을 왜 걸어가야 하는지 늘 이해할 수 없는 웨슬리는 완전 물 만난 물고기가 되었다.]

제이콥은 앞장서서 걸으며 일행을 인솔했다. 메모지에 공식을 써가며 방법을 모색했다. 제이콥의 지시에 따라 멘사 회원들은 줄로 해당 지역을 표시하고 영역 분쟁을 해결했다. 부부의 주장이 옳았다. 측량 결과 쓰러진 나무는 자연보호관리단의 책임이었다. 그들이 고작 열 살인 소년과 그 아이의 여덟 살짜리 동생이 이끈 사람들의 결정을 그대로 받아들였다니 신기했다.

그다음 주에는 웨슬리와 웨슬리의 친구를 데리고 아이스크림을 사러 갔다. 운전을 하고 있는데 웨슬리가 지난 주말의 일에 대해 친구한테 떠드는 소리가 들렸다. "우리 형이랑 내가 가끔 가서 도와줘야 하는 사람들이 있어." 나는 웃음이 나오는 걸 들키지 않으려고 슬그머니 고개를 돌렸다. 한번은 멘사 지부에서 내게 소식지에 실을 글을 부탁한 적이 있다. 그때 나는 놀이의 중요성에 대한 글을 썼는데, 멘사 사람들은 그 글을 보고 무척 놀랐다.

이윽고 트레메인 박사님으로부터 연락이 왔다. 박사님은 제이콥의 방정식을 검토한 후 제이콥이 살펴보아야 할 것들과 참고해야 할 도서 목록을 메일로 보내주었다. 그 내용을 보니 뭐가 뭔지 전혀 알 수 없었다. 박사님은 내게도 메일을 한 통 보냈다. 그 메일에서 박사님은 제이콥이 정말로 독창적인 이론을 연구 중이라며, 이 이론을 증명할 수 있다면 노벨상 후보도 될 수 있을 것이라고 했다. 그리고 최선을 다해 제이콥을 뒷바라지하라는 격려로 메일을 끝맺었다. 그만큼 제이콥의 연구가 과학의 발전에 중요하다고 확신했기 때문이다.

세계에서 가장 뛰어난 천체물리학자 가운데 한 명이 내 아들의 이론을 검토해준 것만으로도 대단했다. 그런데 그 타당성까지 확인해주었다. 이 일은 그 자체만으로도 '닭고기 수프'의 순간이 분명했다.

트레메인 박사님과 메일을 주고받은 직후 우리는 또 좋은 소식을 받았다. 제이콥이 정식으로 IUPUI의 신입생이 된 것이다. 게다가 총장 장학금의 수혜를 받아 등록금도 면제되었다.

제이콥은 대학생이 되었다. 이번에는 진짜였다.

5부

새 로 운
출 발 선 에
서 서

집을 떠나 새로운 집으로

"이건 안 될 거예요."

제이콥은 거실에 있었다. 옆에는 그날 아침 나와 함께 산 배낭이 놓여 있었다. 배낭은 대학 첫날 필요한 수학과 과학 교재들로 빵빵했다. 다 들어가지 않으면 어쩌나 살짝 걱정되었다. 물리학 교재를 봤는데 전화번호부 두 권을 합쳐놓은 두께였기 때문이다. 하지만 제이콥은 그 책들을 모두 배낭에 우겨넣었다. 이제 배낭을 들어줄 사람만 구하면 됐다.

제이콥은 그 애답게 배낭을 짊어지기 위해 지렛대의 받침목으로 뭐가 좋을지 계산하려 했다. 계산이고 뭐고 제이콥 혼자 힘으로는 배낭에 끈을 묶어 끌고 가는 게 최선인 것 같았다. 나도 큰 도움이 되지 않았기 때문에 마이클을 불러 제이콥의 등에 배낭을 올려달라고 했다. 몸무게가 고작 36킬로그램 남짓한 제이콥은 배낭에 짓눌려 잠시 휘청거리나 싶더니 마이클과 내가 지켜보는 앞에서 이내 균형을 잃고 소파 위로 쓰러지고 말았다.

남편과 나는 제이콥이 애쓰는 모습을 지켜보았다. 제이콥은 머리를 쿠션 사이에 박은 채 몸을 세우려고 버둥댔다. (이 말을 하지 않을 수 없는데, 제이콥은 살짝 연기를 하고 있었다.)

"제이콥 말이 맞아. 다른 방법을 찾아봐야겠어." 마이클이 생각에 잠긴 듯 말했다. 순간, 억눌린 듯한 고함 소리와 과장되게 버둥거리는 제이콥의 동작이 진짜로 변했다. 장난 칠 기회를 절대 지나치는 법 없는 웨슬리가 총알같이 모퉁이를 튀어나와 안 그래도 무거운 가방에 깔려 있는 제 형한테 몸을 날린 것이다.

근처에서 책을 보고 있던 이선은 그런 형들을 무시했다. 나도 다른 방법을 찾기로 하고, 남편의 얼굴에 입을 맞추며 말했다. "다른 방법이라고? 이건 어떨까?"

이런 사정으로 제이콥은 교내에서 유일하게 바퀴 달린 여행 가방을 끌고 강의실에 들어가는 학생이 되었다. 언젠가는 자라서 배낭을 메고 다닐 수 있을 것이다. 하지만 졸업 전에는 불가능해 보였다.

그런데 적당한 책가방을 구하는 문제는 열한 살짜리 꼬마가 시내의 캠퍼스에서 혼자 다녀야 하는 문제에 비하면 애들 장난이나 다름없었다. 나는 여름 내내 머리를 싸매고 이 문제를 고민했다.

제이콥은 자신에게 상식이 없다는 말을 종종 한다. 사실은 자폐증 때문에 자신을 제대로 돌볼 수 없다는 말이 더 맞을 것이다. (이 글을 쓰는 지금 인디애나에는 날씨가 우중충하고 진눈깨비까지 흩날리고 있다. 그런데 제이콥은 아침에 반바지와 슬리퍼 차림으로 2층에서 내려왔다. 나는 옷을 갈아입으라며 제이콥을 다시 방으로 올려 보냈다.) 제이콥은 공부는 잘할지 몰라도 세상을 사는 요령을 터득하려면 아직 멀었다. 우리가 사는 지역을 벗어나본 적도 없었다. 하지만 언론에서 다루기 전인 그때도 제이콥은 주위로부터 호기심 어린 시선을 필요 이상으로 많이 받았다. 낯선 사람들이 걸핏하면 말을 걸었다. 이런 형편이니 혼자 있으면 사람들의 관심을 점점 더 심하게 받을 게 불을 보듯 뻔했다. 결국 아이의 안전을 염려하지 않을 수 없었다.

우리는 이 문제에 대처하기 위해 최신 기술의 힘을 빌려 어느 정도 효과를 보았다. 제이콥에게 휴대폰을 사줌으로써 교실을 떠날 때 내게 전화를 걸 수 있도록 한 것이다. 다시 말해, 교내를 혼자 다닐 때도 나와 함께 걷는 것이나 마찬가지였다. 우리는 인터넷 채팅 프로그램인 아이채트iChat로 대화를 나누었다. 나는 늘 제이콥과 마주 보고 함께 있는 기분이었다. (점심을 먹으라고 잔소리할 수도 있었다.) 하지만 내 관점에서 보면 진짜 문제는 따로 있었다. 수업 없는 시간에 제이콥 혼자 있을 곳이 없었다.

수업이 하나밖에 없을 때는 마이클이나 내가 학교까지 태워다주고 교실까지 바래다줄 수 있었다. 그리고 수업이 끝날 때까지 근처에서 이메일에 답장을 쓰거나 책을 읽으며 시간을 때웠다. 하지만 정식 대학생이 되면 도저히 그렇게 할 수 없을 터였다. 수업과 공부 모임이 없는 시간에는 있을 곳이 없었다. 아무리 애를 써도 노숙자 두 명이 길모퉁이에서 드잡이를 하던 모습이 뇌리에서 지워지지 않았다. 밤에도 잠을 이루지 못한 채 온갖 불행한 경우를 상상하곤 했다. 나는 마이클에게 틈만 나면 이렇게 말했다. "대학은 19금 장소야."

제이콥이 열아홉 살이라면 온갖 치기 어린 행동도 서슴지 않으리라. 그 정도는 나도 짐작할 수 있다. 나도 순진한 엄마는 아니니까 말이다. 내가 좋아하든 싫어하든 제이콥도 언젠가는 질풍노도의 시기를 맞이할 것이다. 하지만 지금은 고작 열한 살이었다. 제이콥이 감정적으로 아무런 준비도 하지 못한 채 어떤 상황을 겪을지도 모른다는 사실 자체가 싫었다. 무엇보다 누군가가 제이콥을 괴롭히거나 해코지할까봐 너무 두려웠다.

어느 날 걱정으로 잠을 못 이루고 집 안을 서성이는데, 문득 이 문제 때문에 모든 게 엉망이 될 수도 있겠다는 생각이 들었다. 수업이 비는 시간에 있을 곳을 못 찾으면 집에서 공부할 수밖에 없었다.

그래서 나는 교내에서 적당한 곳을 찾아보기로 했다. 아늑한 구석방이든, 작은 라운지든, 공동 구역이든 제이콥이 안전하게 있을 수 있는 곳이면 충분했다. 숙제를 하든, 공부를 하든, 머리를 식히든 무얼 하든 마음 놓고 지낼 수 있는 곳이면 되었다. 하지만 알맞은 장소는 여름이 다 가도록 통 보이지 않았다. 불안이 슬그머니 머리를 쳐들었다. 포기할 수밖에 없다는 생각이 들 즈음, 마지막으로 교내를 한 번 더 둘러보기로 했다. 그때 도서관에서 근무하는 어느 여직원이 말을 걸었다.

"여기서 아주머니를 몇 번 봤어요. 혹시 뭘 찾고 계세요?"

나는 사정을 들려주었다. 그러자 그 여직원이 우등 대학Honors College에 대해 알려주었다. 우등 대학은 IUPUI에서 새로 개설한 곳으로, 가장 뛰어난 학생들의 독립적인 연구와 실전 경험을 최우선으로 여겼다. 프로그램의 취지를 들으니 제이콥에게 더할 나위 없이 안성맞춤이다 싶었다. 무엇보다 우등 대학은 전용 공간이 있었다. 도서관 지하 깊숙한 곳에 사무실이 여러 개 있고, 우등 대학 학생들만 특수 카드키로 출입할 수 있었다.

너무 좋아서 오히려 믿기지 않았다. 하지만 우등 대학을 직접 보고는 홀딱 반해버렸다. 학생들은 복도에 줄지어 있는 사무실을 들여다볼 수 있고, 행정 직원과 교원들은 밖을 내다볼 수 있었다. 학생들이 함께 숙제와 공부를 하고 즐길 수 있는 공간도 여기저기 마련되어 있었다. 학생들끼리 음식을 먹거나 쉴 수 있는 공간도 당연히 갖추었다. 라운지에는 최신 터치스크린을 활용한 스마트 보드를 설치했고, 주방에서는 핫 초콜릿을 원 없이 마실 수 있었다. 그곳은 싱크 탱크이자 학생 회관이자 온갖 편의시설을 다 갖춘 집 밖의 집이었다. 이 놀라운 곳의 중심에는 제인 러자르 박사님이 있었다. 우등 대학을 만든 학장이자 그곳에 상주하는 정신적 지주였다. 박사님은 이 프로그램을 최고로 만들기 위해 온 힘을 기울였다. 학생들은 그분을 러자르 학장님이 아니라 '제인'이라고 부른다. 어떤 이는 '제인 엄마'라고 부르기도 한다.

제인과 그녀가 학생들을 위해 만든 기적 같은 공간을 찾아낸 후 나는 엄마로서 비로소 마음이 놓였다. 그제야 제이콥의 등교를 크게 걱정하지 않아도 되었다. 나는 제이콥이 그곳에 처음 간 날부터 옳은 결정을 내렸다고 직감했다. 전화가 와서 받아보니 제인이었다. "제이콥이 이동했어요." 제이콥이 우등 대학에서 나갔다는 얘기였다.

제인은 제이콥을 잘 지켜보겠다고 약속했고 그 말을 지켰다. 단지 제이콥이 어리기 때문만은 아니었다. 나는 제인이 스무 살이나 먹은 대학생에게 점심을 건너뛴다고 혼내는 모습도 본 적이 있다.

제인은 학업과 관련해서도 제이콥을 돌봐준다. 졸업하려면 학점을 채워야 하는데, 제이콥은 단지 이런 목적만으로 하는 공부를 지겨워할지도 몰랐다. 예를 들어 제이콥은 1학년에 이수해야 할, 대수학에 기반을 둔 우등 물리 과정을 별로 반기지 않았다. 제이콥은 고전적이고 더 쉽고 덜 정밀한 뉴턴 물리학으로 문제를 푸는 것보다 양자물리학적 방법을 더 좋아했다. 다시 말해, 몇 페이지에 걸쳐 수식을 풀지만 훨씬 더 정확한 결과를 낼 수 있었다. 그래서 교수님이 다른 학생들을 위해 더 단순한 방식으로 문제를 풀라고 할 때까지는 양자물리학으로 문제를 풀었다. 제인은 제이콥이 그런 시간에는 안절부절못한다는 사실을 알고 있다. 그래서 제이콥을 따로 불러 수업 자료를 가지고 교실 밖에서 무엇을 할 수 있는지 물어보곤 한다.

제인은 제이콥이 정상적인 궤도를 따르지 않는다는 사실도 이해한다. 우등 대학은 어떻게 앞으로 나아갈지 규칙도, 정해진 가이드라인도 없다. 제 능력껏 한 발씩 나아가며 각자의 규칙을 만들 뿐이다. 그래서 제이콥이 석사급 물리학 강의에 관심을 보이자 제인은 아이를 위해 600레벨 강의를 들을 수 있도록 조치해주었다. 당연히 대학

신입생 신분에는 파격적인 일이었다. 하지만 제인은 다른 학생들을 믿듯 제이콥을 믿었다.

명문대를 비롯해 다른 대학들에서 제이콥에게 호의를 보이기 시작했다. 하지만 다른 곳에서는 제이콥과 우리 가족에게 잘 맞는 환경을 찾을 수 없었다. 동부의 아이비리그에서 제이콥을 데려가고 싶다는 제안을 들었을 때는 몹시 마음이 끌렸다. 무엇보다 경제적 지원이 가장 마음에 들었다. 물론 제이콥이 사용할 시설이며 교수진도 다른 곳과 비교할 수 없었다. 그곳의 대학들이야말로 세계 최고의 명문대이니 당연하다. 그러나 한 가지 문제가 있었다. 내게는 모든 이야기를 없던 걸로 할 만큼 중요한 문제였다. 제이콥이 동부의 대학교에 다니려면 기숙사에 들어가야 했다.

당치도 않은 일이라 어떻게 해야 할지 갈피를 잡을 수 없었다. 아마 내가 자란 환경 때문일 것이다. 아미시 교도들은 대대로 살아온 집조차 떠나지 않으니 말이다. 그런 집에서 내 자식을 키우고 그 자식이 커서 낳은 자식을 함께 키운다. 그렇게 내가 늙으면 이제 자식과 손자손녀들이 나를 돌봐준다. 나는 어머니나 여동생과 함께 살지는 않지만 하루에도 몇 번씩 이야기를 나눈다. 그러니 열한 살밖에 안 된 내 아들을 혼자 동부의 기숙사로 떠나보내는 것을 내가 선선히 받아들일 수 없는 건 당연했다.

"제이콥은 우리 가족의 일원이에요." 나는 이렇게 말했다. 하지만 입학 사정관은 의견을 굽히지 않았다. 우리 가족이 대학 근처로 이사를 온다면 환영할 일이지만, 그렇다 해도 제이콥은 다른 신입생들과 함께 기숙사에 머물러야 한다고 했다. 나는 제이콥에게 시선을 돌렸다. 아이는 이선의 아이스크림에서 브라우니 덩어리를 몰래 집어가는 중이었다. 나는 그 사정관에게 시간을 내줘서 고맙다고 인사했다. 정말 구미가 당기는 제안이었지만 우리로서는 받아들일 수 없었다.

언젠가는 우리도 이사를 가야 할지 모른다. 하지만 당분간은 인디애나를 떠날 수 없었다.

펠 박사님은 늘 이런 말씀을 했다. 수업 시간에 다른 학생들이 해치워야 할 강의를 들으러 왔다면 제이콥은 진짜 배우러 온 것이라고 말이다. 제이콥은 스펀지처럼 모든 것을 빨아들였다. 항상 더 많은 수학과 더 많은 천체물리학, 더 많은 개념을 받아들이고 싶어 안달을 했다. 우리는 종종 아이에게 제동을 걸었다. "잠깐만, 제이콥. 저녁부터 먹자." 하지만 나는 그 애가 제대로 하고 있는지, 혹은 우리가 그 애를 위해 제대로 하고 있는지 의문을 품지 않았다.

제이콥이 학교에서 혼자 지내야 하는 점에 대해서는 지금도 걱정을 말끔히 씻어내지 못했다. 하지만 제이콥을 아는 사람들이 무척 많아서 완전히 혼자라는 생각은 들지 않는다. 나도 요즘은 학교에 갈 일이 많다. 이선과 웨슬리도 SPAN에 들어갔기 때문이다. 제이콥은 졸업하려면 화학을 들어야 한다. 이선은 원하는 미생물학을 배우려면 화학을 필수 과목으로 이수해야만 한다. 웨슬리가 흠뻑 빠져 있는 기상학도 화학이 필수 과목이었다. 그래서 3형제가 화학 수업을 함께 듣고 있다. 셋이 나란히 수업을 듣는 모습도 재미있을 것이다. 내가 동생들과 함께 그곳에 없을 때면 제이콥은 자기가 학교 주위를 돌아다니는 중이라고 내게 전화를 건다.

나머지 시간에는 평범한 학창 시절을 보내고 있다. 적어도 제이콥에게는 평범한 생활이다. 작년에는 학생 회관에 치킨 샌드위치를 사러 갔다가 파이 데이Pi Day를 기념하는 어떤 대회에 엉겁결에 참가하기도 했다. (날짜는 3월 14일이었다. 파이 데이니까.) 원주율을 가장 길게 외우는 학생에게 파이 티셔츠를 주는 대회였다.

제이콥에게서 전화가 왔다. "대회에 나가볼래요. 원주율은 40번째 소수점까지 아니까."

"정말?" 또 한 차례 놀라움이 밀려왔다. "그렇다면 나가봐. 행운을 빈다. 그리고 점심 까먹지 마."

제이콥은 대회를 마치고 다시 전화를 걸었다. 내가 득달같이 물었다. "어떻게 됐니? 점심은 먹었니?"

"내가 앞으로도 외우고 뒤로도 외워서 주최 측이 80자리까지 외운 걸로 쳐줬어요."

제이콥은 그렇게 말하고 전화를 끊었다. 대회에 참가하느라 점심을 건너뛰었고(그나마 다행스럽게도 피클은 없었다) 샌드위치는 강의실로 가는 길에 먹었다.

그날 밤 나니가 우리 집에 차를 마시러 들렀다. 나니는 제이콥과 식탁에 나란히 앉았다. 나는 제이콥이 원주율을 앞뒤로 40자리까지 외워서 티셔츠를 상으로 받았다는 이야기를 해주었다.

"지금은 200자리까지 알아요." 제이콥이 불쑥 끼어들었다.

나는 깜짝 놀라 되물었다. "뭐라고? 언제 다 외웠어?"

파이 데이 주최 측은 참가자들에게 깨알 같은 크기로 원주율을 200자리까지 적은 작은 명함을 선물로 주었다. 그런데 고작 80자리로는 만족을 못한 제이콥이 강의실로 돌아가는 동안 200자리까지 다 외워버린 것이다. 앞뒤로 400자리를 말이다.

나니와 나는 제이콥이 한 손에는 바퀴 달린 가방을 질질 끌고, 다른 한 손으로는 치킨 샌드위치를 먹으며 원주율을 외우는 모습이 떠올라 웃음을 터뜨렸다.

다음 날, 우리는 진입로에서 나니와 마주쳤다. "안녕, 제이콥. 파이는 어때?"

"괜찮지만 더는 안 외웠어요. 엄마가 시간 낭비라고 해서요."

시간 낭비라서 시간 낭비라고 한 것이다. 제이콥은 영원히 끝도 없이 원주율을 외울 수 있었다. 하지만 그게 다 무슨 소용인가? 공감각 서번트 증후군인 대니얼 태밋Daniel Tammet은 원주율을 5만 자리까지 암기했다. 자폐증 자선 단체를 위한 기금 모금을 위해 원주율을 암송하기도 했다. 정말 대단한 일이었다. (암송을 다 하는 데만 다섯 시간이 넘게 걸렸다. 초콜릿을 먹어가며 간신히 끝을 냈다. 적어도 내가 알기로는 그랬다.) 하지만 이런 대니얼 태밋조차도 자신의 책에서 그 어떤 지적인 도전보다 사회적 불안감과 암송할 때 육체적으로 힘든 것을 다스리는 게 어렵다고 쓰지 않았던가.

나니는 제이콥에게서 얼굴을 돌리며 세상에서 제일 순진한 표정으로 되물었다. "뭐라고? 그게 무슨 바보 같은 소리야? 나는 체리 파이에 대해 물어본 거라고."

제이콥은 차에 오를 때까지 고개를 절레절레 흔들며 낄낄거렸다. 나니가 있는 한 제이콥이 맹한 아이가 될 일은 없을 것이다.

나도 따라 웃음을 터뜨렸다. 하지만 뭔가가 마음에 걸렸다. 캠퍼스까지 반쯤 갔을 때, 나는 백미러로 뒷좌석에 앉아 있는 제이콥을 보며 물었다. 아이는 아이패드로 신 나게 앵그리 버즈Angry Birds 게임을 하고 있었다.

"있잖니, 제이콥. 왜 원주율을 40자리까지만 외웠어?"

"그러지 않았어요. 200자리까지 외웠어요."

"아니 그전에. 왜 40자리까지 외웠니?"

"왜냐하면 소수점 39자리까지만 알면 관찰할 수 있는 우주의 원주를 수소 원자까지 측정할 수 있거든요. 나한테 정말 필요한 건 그것뿐이었어요."

행운의 동전

우등 대학에 대해 처음 받은 인상 중 하나는 제인의 기대감이었다. 무슨 말인고 하니, 제인은 자신의 학생들이 이 세상에서 의미 있는 세계 시민이 되기를 바랐다.

제이콥은 수학 연구실에서 개인 지도를 하는 것으로 나름의 봉사 활동을 했다. 개인 지도는 대학에 들어간 직후부터 시작했다. 제이콥이 과외를 해준 아이들은 대개 제이콥의 나이를 갖고 농담을 하다가도 모르는 것은 뭐든 끝까지 파고들었다. 우리 거실에서 처음 확인한 제이콥의 가르치는 재능이 비로소 활짝 피어난 것이다. 제이콥의 도움으로 다른 사람이 낯선 개념을 이해하고 이제 알겠다는 표정을 슬며시 지을 때마다 볼 수 있는 바로 그 재능 말이다.

제이콥을 보면 그랜드파 존이 떠오른다. 제이콥은 마치 전기를 빨아들이듯 수학과 과학 지식을 흡수했다. 그 애정이 어찌나 강렬하고 아름다운지 누구나 자기처럼 그 학문들을 좋아하길 바란다. 제이콥이 가장 공들여 가르친 학생들 가운데 한 명은(본인의 말을 빌리자면 상당히 절망적인 상황이었다) 무사히 미적분학 Ⅱ를 통과했다. 그날 그 학생과 제이콥은 비로소 마음의 짐을 내려놓은 듯 엉엉 울기까지 했다. 제이콥은 할아버지의 인내심도 물려받았다. "여유를 갖고 천천히 해봐요. 언젠가는 알게 될 거예요." 제이콥은 이렇게 가르치는 학생들을 격려한다. 그러고는 학생들이 새 문제를 끙끙대며 푸는 동안, 뒤에 앉아 과자를 우물거리며 그 모습을 지켜본다. 제이콥은 스터디 그룹도 여러 개 운영하고 있는데, 정원이 꽉 찬 것들도 있다. 제이콥이 서로 의지할 수 있는 공동체를 만드는 특별한 재능을 발휘하는 걸 볼 때도 나는 할아버지가 떠오른다. 혼자서는 아무것도 할 수 없다는 사실을 제이콥만큼 잘 아는 사람도 이 세상에 없는 듯싶다.

제인은 제이콥의 개인 지도 기술을 통해 제이콥이 수학을 어떻게 보는지 알 수 있다고 말했다. 제이콥은 자신이 가르치는 학생에게 어떤 해결책이 맞지 않는 것 같으면 다른 방법을 고안해낸다. 그것이 아니다 싶으면 또 다른 방법을 강구해내길 반복하다 마침내 딱 떨어지는 해결책을 찾아낸다. 제이콥의 명민함은 자명하다. 수학에 꽤 재능이 있는 사람도 어떤 문제를 해결하는 정확한 방법을 기껏해야 하나나 둘 정도 찾아내는 게 고작인 반면, 제이콥은 정답으로 가는 길 여러 개가 머릿속에서 한꺼번에 펑하고 솟아나는 것 같다. 가르치는 모습을 가만히 지켜보노라면 그 애가 즐거워한다는 걸 알 수 있다.

거꾸로 제이콥의 학생들은 땅콩버터를 숟가락으로 말끔하게 떠먹는 법 같은 것들을 가르쳐준다. (애들아, 고마워.)

솔직히 말하면, 제이콥을 대학에 보내려고 마음먹었을 때 대학생들과 제대로 된 우정을 나눌 수 있으리라 기대하지 않았다. 하지만 제인은 우등 대학의 학생들이라면 누구나 공동체를 이루어 학문적으로든 감정적으로든 서로에게 도움을 주길 바란다. 그리고 마침내 제이콥도 그 공동체의 중요한 일원이 되었다. 우리의 예상과 달리 나이 차이는 중요하지 않았다. 학생들은 제이콥을 '동생'처럼 대했는데, 나는 그 점이 무척 좋았다. 제이콥도 좋아했다. 집에서는 장남이라 동생 취급을 받는 게 신선한 경험이었다. 제인은 얼마 전 우등 대학의 주방에 들어갔다가 학생들이 제이콥에 대해 하는 이야기를 듣고 내게 전해주었다. 학생들은 제이콥이 졸업할 때까지 운전면허증을 딸 일은 없을 것 같다고 했다. 그러면서 졸업식 때 그 앨 서로 차에 태워주겠다며 옥신각신했다고 한다.

제인의 의도대로 다양한 전공을 하는 학생들이 모여 있어 수학과 물리학에 집착하는 제이콥도 많은 도움을 받았다. 우등 대학의 어느 문학 전공생은 제이콥에게 매들린 렝글Madeleine L'Engle의 《시간의 주름A Winkle in Time》이라는 뛰어난 청소년 소설을 알려주었다. 도서관 어디에서 그 책을 찾아 대출할 수 있는지도 가르쳐주었다. 그 여학생이 제이콥으로 하여금 정말 그 책을 읽도록 할지는 두고 볼 일이다. 자폐아들이 대개 그렇듯 제이콥은 소설을 잘 못 읽는다. 제이콥은 자신이 픽션을 읽는 것은 MS 워드 문서를 엑셀 문서로 옮기는 것과 비슷하다는 말을 하곤 한다.

제이콥은 우등 대학을 다니게 된 후로 우리에게 유머 감각도 보여 주었다. 나는 이 사실을 무엇보다 중요하게 생각한다. 나는 아들만 셋이고 어린이집까지도 운영하고 있다. 내게 유머 감각이 없다면 점심 시간까지도 버티지 못할 것이다. 지미 펄론 토크 쇼의 작가들도 수학 농담만 아니라면 이 아이들과 함께 일해도 괜찮을 것이다. 하지만 나는 제이콥의 새 친구들이 제이콥이 쓰고 있는 야구 모자를 벗겨 '엉뚱한' 방향으로 (제이콥에겐 뒤로 쓰는 게 바로 쓰는 것이다) 씌워주면서 왜 닭이 뫼비우스의 띠를 가로질러가는지(그래봐야 같은 면에 닿는데 말이다) 이야기하며 낄낄거리는 모습에 가슴이 따뜻해진다.

제이콥이 보여준 가장 큰 변화라면 역시 진짜 대화를 할 수 있게 되었다는 것이다. 이제는 오늘은 어땠냐는 질문에 하루 일과를 처음부터 끝까지 소상하게 전하지 않는다. 대신 친구인 너대니얼이 다른 친구인 트레이시를 골려줄 때 써먹은 농담을 들려준다. 아니면 다른 친구인 오웬이 미적분 쪽지 시험을 망치자 어떻게 했으며, 그 사실을 부모님께 들키면 어떻게 될 거라고 한 얘기를 미주알고주알 털어놓는다. 또 내게 어린이집은 어땠는지 물어보고 멍청한 금발 미인에 대한 농담도 던진다. 그런 농담을 하면 내가 째려본다는 걸 알기 때문이다. 제이콥이 마침내 학교에서 주고받는 토론에 낄 수 있게 된 덕분에 나도 여태 꿈꿔온 대화란 걸 나눌 수 있다.

웨슬리와 이선도 형의 변화로 좋은 점이 많다. 어느 날 오후였다. 우리는 TV를 시청하던 중 어느 채널에서 생방송으로 보내주는 클래식 자동차 경매 장면을 보게 되었다. 바로 그때였다. 난생처음 웨슬리가 우뚝 멈춰서 꼼짝도 하지 않았다. 나는 천상의 노랫가락이 들리는 것 같았다. TV에는 웨슬리가 꿈꿔온 차들이 모두 나왔다. 코르벳과 카마로, 〈전격 Z작전〉에 나왔던 수집용 차는 물론 웨슬리가 제일 좋아하는 마세라티까지 말이다. 그 경매가 인디애나폴리스에서 열리고 있다는 말을 듣자마자 아이들은 현관으로 뛰쳐나갔다. 신발 끈은 자동차 뒷좌석에 탄 다음 묶었다.

우리는 경매장에 들어가기 위해 '응찰자'로 등록했다. 은행 잔고가 고작 5200달러인 걸 생각하면 헛웃음이 나왔다. 하지만 아이들은 우리가 뭘 살 형편이 안 된다는 사실을 잘 알고 있었다. 그냥 보기만 하려고 간 것이다. 경매장으로 들어가자 아이들의 얼굴이 흥분으로 발그레 달아올랐다. 나조차도 대단한 광경이라고 인정하지 않을 수 없었다. 경매장에는 지금까지 살면서 들어본 자동차는 물론 듣도 보도 못한 차종도 엄청 많았다. 웨슬리는 우리를 끌고 다니며 차를 하나씩 살폈다. 휠 캡에 이르기까지 세세한 부분을 전부 돌아보았다. 차주들은 대부분 웨슬리에게 보닛 안까지 다 들여다볼 수 있게 해주었다. 그러는 동안 제이콥은 백과사전 같은 기억력을 발휘해 여러 차에 대한 정보를 들려주었다.

내가 자동차 경매를 보며 울 날이 올 줄은 정말 몰랐다. 하지만 세 아이가 함께 다니며 머리를 맞대고 신 나게 떠드는 모습을 보니 너무 감동적이었다. 특히 제이콥과 웨슬리가 마침내 공통의 화제를 찾은 것 같았다.

우리는 다음 날도, 그다음 날도 경매장을 찾았다. 마침내 경매인이 마지막으로 남은 자동차들을 팔기 시작했다. 우리는 올즈모빌이 3000달러에 팔리고, 폴크스바겐이 2500달러까지 올라가는 모습을 지켜보았다. 다음으로 청회색 닛산 Z가 붉은 카펫을 깐 플로어를 가로지르며 다가왔다. 이제 막 클래식 카로 분류된 연식이었다. 호가는 500달러부터 시작해 100달러씩 1000달러까지 올라갔다. 나는 웨슬리를 힐끗 쳐다보았다. 아이는 그 차에 넋이 나가 있었다. 마이클의 눈빛을 보니 역시 웨슬리를 본 것이 분명했다.

가격이 1500달러에 다다르자 경매인이 호가를 반복했다. 한 번…… 두 번……. 바로 그때 마이클이 웨슬리를 어깨에 태운 다음 우리의 응찰 카드를 번쩍 들게 했다. 경매인이 망치를 두드렸고, 마침내 닛산은 우리 차가 되었다. 마이클과 나는 마주 보며 씩 웃었다. '오버'하기는 했지만 둘째아들에게 이제 막 자동차를 사준 참이었다.

우리가 정신이 나간 걸까? 그럴지도 모른다. 경매장에 있던 딜러들은 모두 아빠 어깨 위에 올라간 어린 소년을 보며 미소를 지었다. 그들 모두 난생처음 자동차와 사랑에 빠진 순간의 기분을 떠올렸을 것이다. 물론 첫사랑인 차를 구입했을 때의 기분을 아는 사람은 별로 없겠지만 말이다! 그런데 웨슬리의 관심은 제 형의 반응에 온통 쏠려 있었다. 제이콥은 너무 좋아서 입이 귀에 걸려 있었다. 우리가 필요한 서류를 작성하는 내내 둘은 손을 꼭 붙잡고 놓지 않았다.

집에 도착하자 웨슬리는 곧장 2층으로 뛰어올라가 수집한 동전들을 바닥에 모두 쏟았다. "무슨 일이니?" 아이들 방으로 올라간 나는 문가에서 발길을 멈추고 물었다.

"행운의 동전을 찾고 있어요." 아이는 동전을 뒤지며 대답했다.

나는 웃음을 참을 수 없었다. 내 할아버지는 열세 명이나 되는 손자손녀들을 위해 늘 반짝거리는 25센트짜리 동전을 준비했다. 그리고 우리에게 늘 행운의 동전이 땅바닥에서 잠자고 있다고 말했다. (그때는 무슨 소리를 들든 다 믿었다. 하지만 지금 그 이야기를 생각해보면 행운의 동전들이 인디애나 촌구석에서 뭘 하고 있었을까 싶다.) 분수를 지나칠 때면 그랜드파 존은 우리에게 동전을 주었다. 그 동전을 분수에 던지며 소원을 빌라는 말도 잊지 않았다.

이젠 나도 내 아이들에게 동전을 주며 던져 넣으라고 한다. 제이콥은 한 번도 관심을 보인 적이 없다. 이선도 심드렁한 편이었다. 하지만 웨슬리는 처음부터 동전을 던지며 소원을 비는 일에 매우 진지했다. 웨슬리가 아주 어렸을 때, 치료를 받으러 가던 병원에도 분수가 있었다. 웨슬리는 종종 분수 앞에 서서 소원을 꼼꼼하게 빌고는 동전을 던져 넣었다. 더 자란 후로도 분수를 지날 때면 나는 웨슬리에게 소원을 빌 동전을 슬쩍 주었다.

방바닥에 쏟아놓은 동전 더미를 뒤지던 웨슬리는 마침내 행운의 동전을 찾았다. 아이는 동전을 문질러 닦아 윤을 내고 잠시 들여다보더니 다시 윤을 냈다. "정말 믿을 수가 없어요, 엄마. 오늘 내 소원이 이루어졌어요!"

줄곧 스피드 카를 갖고 싶었던 모양이라는 생각이 들자 나는 이렇게 놀리지 않을 수 없었다. "정말? 너 정말 닛산 Z를 가지고 싶다고 빌었던 거야?"

웨슬리는 잠시 어리둥절한 표정을 짓더니 고개를 가로저었다.

"아뇨. 닛산을 달라고 빈 적은 한 번도 없어요. 자동차를 갖고 싶다고 빈 적도 없고요. 제이콥 형이랑 자동차를 가지고 놀게 해달라고만 빌었어요."

추수감사절

마이클이 한 팔로 나를 감싸 안았다. 우리는 '제이콥의 집' 2층에 있는 작은 창문으로 밖을 내다보았다. 아래층은 체육관이었는데, 그곳에서 자폐아 마흔 명과 그들의 가족이 운동 경기를 하며 놀고 있었다.

"당신이 생각했던 대로야?" 내가 물었다.

"그 이상이지."

"나도 그래. 무슨 말로 표현할 수 있을지 모르겠어. 당신은 지금 어떤 기분이야?"

"추수감사절 같아. 뺄 것도 더할 것도 없이 딱 추수감사절이야." 남편이 대답했다.

2011년 1월, 나는 커클린 군의회 의장의 전화를 받았다. 의장님은 이틀 후로 예정된 '제이콥의 집' 개관을 기념하기 위해 리본 커팅식을 열고 싶다고 했다.

레크리에이션 센터는 아무리 좋게 말해도 완성되었다고 말하기 힘들었다. 무엇보다 가구가 단 한 점도 없었다. 나는 이틀 동안 차를 몰고 다니며 친구들에게서 쓸 만한 가구를 얻고 신용카드로 커다랗고 빨간 원형 소파도 샀다. 몇 년 전만 해도 우리가 자폐아들을 위한 운동 프로그램을 운영한다는 이유로 제대로 된 장소를 빌릴 수 있을지조차 확신할 수 없었다. 그런데 이제 어엿한 전용 공간이 생긴 것이다.

리본 커팅식은 아침에 열렸다. 리틀 라이트와 '자폐아를 위한 유소년 스포츠단'에 참여하는 많은 가족이 참석했다. 시장님이 연설을 했고, 마을의 여러 종교 지도자들이 함께 기도를 해주었다. 나는 약 스무 명의 아이들과 함께 리본을 잘랐다. 그리고 마이클과 손을 맞잡고 서서 10년 만에 마침내 실현한 꿈을 지켜보았다.

그날 오후, 우리는 주말마다 '제이콥의 집'이 어떤 분위기일지 살짝 엿볼 수 있었다. 앞쪽 방은 라운지인데, 그 건물을 가게로 쓰던 시절에 만든 커다란 창문들에서 빛이 쏟아져 들어왔다. 벽 한쪽에는 기증받은 오래된 마호가니 바를 설치했다. 바는 골동품인 코카콜라 거울로 마감을 했다. 그곳에서는 여러 활동에 충당할 기금을 마련하기 위해 사탕을 팔 예정이었다. '게임의 밤Game Night'에 사용할 구식 팝콘 기계도 들여놓았다. 사탕 가게 이미지를 이어가기 위해 화가를 고용해서 예전에 어린이집에서 했듯 알록달록한 젤리 빈으로 벽화를 만들었다. 맞은편 벽에는 커다란 붉은색 벨벳 소파를 놓았다.

사방에 실내 창이 있어 부모들이 곁에 붙어 있지 않아도 아이들을 지켜볼 수 있었다. (아이들도 마찬가지다.) 라운지에서 나오면 아이들이 비디오를 보거나 게임을 할 수 있는 작은 방이 있었다. 위층에는 서까래를 얹은 스터디 룸이 있었는데, 그곳에서 아이들이 책을 읽고 과외를 받을 수 있도록 큰 책상을 몇 개 놓았다. 사방에 푹신한 쿠션을 깐 작고 조용한 방 하나에는 몸을 파묻을 수 있는 커다란 빈백을 놓아두었다. 그 방의 조명은 은은하게 설치했다. 아이들이 지나치게 많은 자극을 받을 경우, 그곳에서 잠시 쉬며 흥분한 감각을 차분하게 다스릴 수 있도록 말이다.

한 달에 한 번 우리는 밖에 있는 농구 장비를 치우고 넓은 뒷벽을 스크린 삼아 영화를 본다. [영화 상영권을 사려면 많은 돈이 든다. 그래서 원하는 만큼 자주 영화를 보지는 못한다. 자폐증에 대한 인식을 개선하는 데 앞장선 템플 그랜딘 박사에 대한 HBO(미국의 대표적인 케이블 유료 영화 채널) 영화를 구입해 상영했을 때는 엄마들이 모두 눈물을 흘렸다.] 하고 싶은 일들이 여전히 많지만 우리는 아직 기금을 충분하게 모으지 못했다. 계단의 벽은 한동안 반만 녹색으로 칠하고 나머지는 밑칠만 한 상태로 놔두어야 했다. 대부분 기증받은 가구도 일부는 상태가 최상이 아니다. 하지만 한 달에 두 번씩 엄마들이 붉은 소파에 모여 두런두런 이야기를 나누는 동안, 팝콘 기계는 윙윙거리며 돌아가고 아이들은 뒷방에서 무술을 한다. 이곳은 내 평생의 꿈이다. 아무도 아이들에게 '할 수 없다'고 말하지 않고, 누군가를 '고치려고' 하지 않는 곳을 운영하는 게 바로 내 평생의 꿈이었다. 전국에 걸쳐 자폐아들이 안전하게 지낼 수 있는 공간을 만드는 것이 제이콥의 희망이다. 왜냐하면 우리 모두는 우리를 도와줄 다른 사람과 다른 가족, 즉 공동체가 필요하기 때문이다.

개관식 날, 나는 이런 미래를 엿보았다. 엄마들이 차를 마시며 병원 예약과 아이들이 싫어하는 음식에 대해 이야기를 나누는 동안, 아이들은 건물 구석구석을 탐험하며 돌아다녔다. 그러다 체육관에서 술래잡기 놀이를 했다. 아빠들은 우리가 구입한 부드럽고 말랑말랑한 공으로 아들들과 캐치볼을 했다.

〈프랭크포트 타임스〉라는 지역 신문사의 기자가 개막식에 참석했다. 그 기자는 제이콥은 물론 나와 마이클하고도 짧게 인터뷰를 했다. 작은 지역 신문들에서 이미 리틀 라이트와 우리 스포츠단에 대한 기사를 잔뜩 쓴 터였다. 우리는 이렇게 유명세를 얻어서 즐거웠다. 지역 주민들에게 자폐아들을 위한 자선 단체가 있다는 사실을 알려주고 싶었기 때문이다. 마침내 기사가 나왔는데, 시설에 대한 간략한 설명과 우리가 제공하는 서비스 등을 소개했다.

얼마 후, 우리는 〈인디애나폴리스 스타〉로부터 전화를 받았다. 그 기자가 어디서 제이콥에 대한 이야기를 들었는지 의아했다. 〈프랭크포트 타임스〉인지 커클린 군의회인지 아니면 다른 소식통이 있는지 모르지만, 그 기자는 만나서 이야기를 나눌 수 있는지 물었다. 우리는 당연히 좋다고 했다. 〈인디애나폴리스 스타〉가 우리에게 관심을 보이다니 흥분을 감출 수 없었다. 물론 우리 기사가 신문의 한참 뒤쪽 귀퉁이에 조그맣게 실린다 해도 괜찮았다. 기자가 집으로 왔을 때, 마침 마이클과 나는 회계사와 주택 재융자를 의논하느라 바빴다. 간단한 질문 몇 가지에 대답한 후, 나는 제이콥에게 바통을 넘겼다. 제이콥이라면 우리의 자선 사업을 잘 설명해줄 수 있을 것 같았다. 무엇보다 그 일에 대해 세세하게 다 알고 있었기 때문이다. 한편으로는 아이들이 그곳에서 어떤 종류의 활동을 하는지 아이한테 직접 듣는 것도 흥미로울 거라는 생각이 들었다.

"기자 아저씨한테 '가족과 함께하는 게임의 밤'에 대해서도 꼭 말씀드려." 나는 제이콥에게 단단히 이른 후, 나를 기다리고 있는 회계사와 마이클에게 돌아갔다. 10분이나 15분쯤 지났을까 현관문 닫히는 소리가 들렸다. 나중에 제이콥한테 물어보니 기자와 인터뷰를 잘했다고 대답했다. 하지만 둘이서 무슨 이야기를 했는지 굳이 물어보지는 않았다.

주말이 다가올 즈음이었다. 어린이집 문을 막 열었는데, 〈인디애나폴리스 스타〉의 기자가 다시 우리 집을 찾아왔다. 일요일판에 실을 제이콥의 사진을 몇 장 찍어도 되냐고 했다. 그날 밤에는 대럴드 트레퍼트 박사님이 내게 전화를 걸어 제이콥에 대해 〈인디애나폴리스 스타〉의 기자와 인터뷰를 해도 좋겠냐고 물었다. 트레퍼트 박사님은 집도, 직장도 모두 위스콘신에 있다. 나는 인디애나 주에서도 인구 800명밖에 안 되는 커클린에 생긴 자폐아 자선 단체에 대한 짧은 기사를 쓰기 위해 기자가 정말 열심이라며 내심 감탄했다.

일요일 아침, 우리는 신문을 사기 위해 일찍 일어났다. 정말 흥분

되었다. 우리 기사가 벼룩시장이나 공짜 고양이 분양 광고 틈바구니에 끼여 있다 해도 그건 대단한 사건이었다. 우리는 차를 타고 집에서 1킬로미터 넘게 떨어진 마트로 향했다. 주차장에 차를 세우고 내리는데, 근처에서 이런 소리가 들렸다. "저기 있다! 저기 있어!"

마이클과 나는 영문을 몰라 주위를 둘러보았다. 우리 마을은 유명 인사가 많은 곳이 아니다. 어쩌다 나스카NASCAR(미국의 대표적인 자동차 경주 대회)의 드라이버가 이곳을 지나가기라도 하면 난리법석이 나는 지역이다. 그런데 사람들이 죄다 제이콥을 가리키며 힐끔거리는 것 아닌가! 제이콥은 마침 이선이 좋아하는 케이티 페리Katy Perry의 노래를 엉터리로 부르며 반바지를 추어올리는 중이었다. 우리가 알아차리기도 전에 사람들이 제이콥을 둘러싸며 원주율을 외어보라고 했다.

〈인디애나폴리스 스타〉의 1면을 장식한 제이콥의 얼굴을 본 순간, 나는 경악을 금치 못했다. "이게 어떻게 된 일이야?" 도무지 이해할 수 없어 마이클에게 물었다. "사람들이 왜 제이콥한테 관심을 갖는 거지?"

제이콥이 특별한 아이라는 사실은 누구보다 내가 잘 알았다. 하지만 나는 그 애의 어머니다. 원래 어머니는 누구나 제 자식은 잘났다고 생각하는 법이다. 제이콥이 비범한 아이라는 사실은 알고 있었지만 〈인디애나폴리스 스타〉 1면에 실릴 정도라고 생각한 적은 없었다. 우리 친구들 역시 제이콥이 어떤 아이인지 잘 알았다. 하지만 그런 걸로 야단법석을 떠는 사람은 아무도 없었다. 제이콥이 신문 1면에 실리는 건 좀 과해 보였다.

집에 오니 전화통에 불이 나고 있었다. 우리 친구들은 물론 옛 초등학교 시절 선생님들과 제이콥을 잘 모르는 학부모들과도 통화를 했다. 모두에게서 전화가 왔다. 그동안 연락이 끊긴 사람들은 다들 제이콥이 어떻게 지내고 있는지 전혀 몰랐다. 예전 선생님 가운데 한 분은 우리가 이사를 해서 제이콥도 전학을 갔다고 생각했다. 그들과 통화를 하면서 제이콥에 대해 잘 모르는 사람들에게 그 애의 사연이 얼마나 별스럽게 보일지 조금은 알 것 같았다. 사람들은 대부분 믿어지지 않는다는 반응을 보였다. "정말 제이콥이 그걸 다 하고 있어요?"

오후가 되자 피곤이 급격히 몰려왔다. 우리가 지금껏 만난 사람들과 모두 연락을 한 것 같았다. 이 모든 일이 그 자체만으로도 대단한 사건이었던 '제이콥의 집' 개막식 직후 벌어졌다. 초저녁에는 AP 통신이 제이콥의 사연을 소개했으며, 이윽고 전 세계의 거의 모든 대형 언론이 제이콥의 이야기를 다루었다. 이튿날 아침 일어나보니 제이콥의 사연이 말 그대로 사방에 알려져 있었다.

그로부터 며칠 동안 벌어진 사건은 내 평생 한 번도 경험하지 못한 일들이었다. 아침 방송 프로그램이며 신문과 TV 방송국에서 모두 연락을 받았다. 전화를 받으면 라디오 진행자가 이렇게 말했다. "지금 방송에 나가고 계십니다!" 우리 동네는 평소에는 무척 조용하다. 새소리나 가끔 자전거를 타고 가다 친구를 소리쳐 부르는 아이들 목소리를 제외하면 늘 고요하다. 그런 곳에서 아침에 바깥이 시끄러워 잠을 깨다니 이게 보통 일인가.

"농담하지 마세요." 나는 아래층에서 마이클이 이렇게 말하는 소리를 들었다. 집 밖 잔디밭에는 기자들이 몰려와 진을 치고 있었다.

심지어 할리우드에서도 연락이 왔다. 급기야 전 세계에서 직장과 장학금을 주겠다는 제안을 받기에 이르렀다. 온갖 연구소와 싱크 탱크에서도 연락이 왔다. 그중에는 스티븐 울프럼Stephen Wolfram도 있었다. 매스매티카Mathematica 소프트웨어를 만들고 컴퓨터 검색 엔진인 울프럼알파WolframAlpha를 만든 바로 그 스티븐 울프럼 말이다. 얼마 후에는 한 친구가 내게 중국 신문을 보내주었다. 중국어로 빼곡한 그 신문에서 내가 유일하게 읽을 수 있었던 말은 "제이콥 바넷, 12세"뿐이었다.

우리는 집 밖을 나갈 수조차 없었다. 집 앞에는 "우리는 제이콥을 사랑해요!"라는 피켓을 든 소녀들이 몰려와 있었다. 우리가 어디에 있든 사람들이 다가와 제이콥에게 사인을 해달라고 하거나 사진을 같이 찍자고 했다. 던킨 도너츠든, 브런치 레스토랑이든, 마트든 어디에서나 그랬다. [웨슬리에 대해 한마디 하자면, 녀석은 언론이 대서특필하는 형의 유명세를 이용할 생각을 딱 한 번 했다. "(스케이트보드 선수이자 배우인) 토니 포크도 이제 우리를 만나주지 않을까?" 웨슬리는 희망에 찬 표정으로 이렇게 말했다.]

우리 어린이집의 어떤 원아를 꼬박 1년 동안 치료한 어떤 치료사는 제이콥이 문을 열어주자 십대 소녀처럼 환호성을 질렀다. 그렇게 어처구니없는 장면은 처음이었다. "선생님은 지난주에도 오셨잖아요. 지난주나 이번 주나 똑같아요." 내가 말했다.

다음 주에 우리는 원래 결혼식에 갈 예정이었다. 하지만 나는 가지 않기로 했다. 그때 결혼식에 갔더라면 하객의 관심을 신혼부부가 아니라 제이콥이 죄다 받았을 것이다.

제이콥에게 쏟아진 화려한 조명이 너무 부담스러웠다. 솔직히 몹시 불쾌했다. 기자들은 이야깃거리가 된다고 생각할 때 지독할 정도로 집요하다. 일부는 공격적으로 돌변한다. 우리 가족은 자선을 행할 때 대개 익명으로 한다. 기독교인의 방식에는 그 편이 더 합당하다고 믿기 때문이다. 그러니 갑자기 쏟아진 관심을 아무리 좋게 말해도 도저히 환영할 수 없었다. 나는 점점 무서워졌다. 사람들이 미친 것 같았다. 한번은 우리 집 지하실로 들어오려는 타블로이드 신문기자 두 명을 잡았다. 그들은 런던에서 온 기자들이었다. 그날 밤부터 나는 침실에 긴 의자를 들여놓고 제이콥을 거기에서 재우기 시작했다. 제이콥은 한 달간 거기서 잠을 잤다.

사람들이 제이콥에 대해 수군대는 말로부터 그 애를 지켜주기가 점점 더 힘들어졌다. 심지어 영국의 어떤 타블로이드는 제이콥이 완벽한 슈퍼 악당도 될 수 있다고 썼다. 그런 말에 제이콥은 몹시 상처를 받았다. "날 잘 알지도 못하면서 왜 저런 말을 해요? 엄마 아빠는 내가 다른 사람들을 절대 해치지 않는다는 걸 알죠? 그렇죠?" 제이콥은 우리에게 이렇게 물었다.

마침내 언론도 잠잠해졌다. 하지만 그 경험이 마이클과 나를 변화시킨 게 한 가지 있다. 오랫동안 우리는 우리 가족이 제이콥의 자폐증이 몰고 온 그림자 속에서 산다고 생각했다. 하지만 어느새 다른 관점을 갖게 되었다. 제이콥은 여전히 자폐증을 앓고 있다. 자폐증은 제이콥이 극복할 수 있는 문제가 아니다. 하지만 매일 극복해나가야 한다. 제이콥은 여전히 우리가 전혀 알아차리지 못하고 지나가는 온갖 것들에 매우 예민하게 반응한다. 이를테면 밝은 빛이나 전구에서 끊임없이 들리는 윙윙 소리, 발밑이 콘크리트 보도에서 타일 바닥으로 바뀌는 느낌 등 그 종류도 다양하다. 제이콥은 자신이 남과 다르다는 사실에 일종의 자부심을 느낀다. 그러므로 남과 다르다는 딱지를 뗄 기회가 생겨도 그걸 잡지는 않을 것이다. 하지만 언론이 소란을 피운 덕분에 제이콥과의 긴 여행에서 마이클과 나는 더 이상 자폐증에 휘둘리지 않을 거라는 사실을 깨달았다.

처음에는 그리고 한동안은 사람들이 왜 제이콥한테 그렇게 반응하는지 이해할 수 없었다. 이제는 그 이유를 알 것 같다. 어렸을 때는 여동생이 미술 신동이었고 마이클 같은 남자와 결혼해 제이콥과 웨슬리, 이선 같은 세 아들을 낳고 살다 보니 그런 재능이 얼마나 특별한 것인지 미처 실감하지 못했다. 〈인디애나폴리스 스타〉에 기사가 실리자마자 나는 트레퍼트 박사님과 이야기를 나눴다. 박사님은 영재에도 단계별로 차이가 있다는 설명을 해주었다. 즉, 영재에서 일반 영재, 높은 영재, 비범한 영재, 심원한 영재로 나뉜다는 것이다. 제이콥은 마지막 심원한 영재에 속한다. 미라카 그로스Miraca Gross가 쓴 《비범한 영재들Exceptionally Gifted Children》을 보면 심원한 영재는 100만 명 중 한 명도 안 된다. 제이콥 같은 영재는 극도로 희귀한 사례다.

제이콥에 대해 알게 된 사람들이 보이는 반응을 통해 나는 제이콥의 사연이 그렇게 많은 사람의 상상력을 사로잡은 이유를 밝힐 실마리를 잡을 수 있었다. 나니의 말이 정답이었다. "제이콥은 좋은 소식이야." 사람들은 제이콥에 대해 알게 된 순간 그 애가 뛰어난 재능으로 뭐든 좋은 일을 할 것이라고 생각했다. 미국 아동과 그 아이들의 형편없는 독해력, 높아지는 비만율, 학교에서의 총기 사용, TV에서 소개하는 청소년 미혼모에 대한 음울하고 무거운 기사들 가운데 제이콥이 있었다. 인디애나의 공립학교들은 예산 문제로 힘든 싸움을 벌이고 있으며 일부는 통학 버스마저 더 이상 운영하지 않는다. 이 나라에서는 아이들에 관한 소식치고 좋은 내용을 찾기 어렵다. 그런데 제이콥은 정말 좋은 소식이었다.

제이콥의 이야기는 미국의 이야기이기도 하다. 아이들의 형편없는 학력에 대한 기사는 언제나 똑같은 내용으로 끝을 맺는다. 미국은 곧 중국이나 인도를 비롯한 다른 나라에 밀릴 것인데, 이런 나라는 아이들의 수학과 과학 실력이 월등한 반면 미국은 희망이 없기 때문이라는 것이다. 이런 생각은 당연히 틀렸다. 하지만 이야기를 나눠본 사람들은 대부분 그런 기사처럼 미국이 절망적이라고 믿기 때문에 제이콥 같은 아이가 있다는 사실에 용기를 얻는다고 했다. 온 세상이 수학을 사랑하는 아이들로 넘친다면, 그것은 그것대로 행복할 것이다. 하지만 위키피디아에서 "제이콥 바넷, 미국 수학자"로 시작하는 제이콥의 페이지를 봤을 때 나는 감격했다.

마이클과 나는 제이콥한테 초자연적이거나 이 세상 것이 아닌 힘이 있는 게 아니라는 사실을 널리 알리는 것도 중요하다고 생각한다.

신비주의 치유자이자 영매인 에드거 케이시Edgar Cayce의 추종자 중에
는 제이콥이 케이시가 생전에 예언했던 그의 환생이라고 믿는 사람
도 있다. 토요일이면 제이콥이 신비로운 힘을 발휘하는 치유자라고
믿는 사람들로부터 전화가 온다. 이는 우리 집에서 토요일의 흔한 일
상이 되었다.

제이콥은 결코 초자연적인 힘을 발휘하는 능력자가 아니다. 맨해
튼의 사립학교 출신도 아니다. 제이콥은 인디애나 주의 옥수수 밭 근
처에 산다. 또래 아이들 사이에서 외모도 두드러지지 않는다. 평소에
는 다르게 행동하지도 않는다. 제이콥은 그저 야구 모자를 뒤로 쓰고
믿을 수 없는 일을 하는 얼빠진 듯한 사랑스러운 아이일 뿐이다. 평범
하기 짝이 없는 겉모습에 놀라운 지성이 감춰져 있는 것에 불과하다.

마이클과 나는 초자연적인 능력에 대한 오해를 조금이라도 불식
시키기 위해 CBS 방송국의 〈60분〉(미국의 심층 시사 보도 프로그램)에
출연하기로 결정했다. 처음 PD를 만났을 때는 솔직히 '환상 특급' 속
으로 들어간 기분이었다. "잠시 후면 어디서 환상 특급을 해설하는
성우 목소리가 들릴지도 몰라." 마이클이 문자로 이렇게 찍어 보여주
는 바람에 그만 웃음이 터지고 말았다. 하지만 PD와 이야기를 나누
는 동안 그들이 심사숙고해서 방송을 만들고 있다는 인상을 받았다.
이 사람들이라면 제이콥을 자연의 돌연변이로 보이게끔 만들지 않을
거라는 믿음도 생겼다. 게다가 자신의 아이가 자폐아라서 전문가로
부터 이런저런 일을 할 수 없을 거라는 진단을 받은 단 한 명의 엄마
에게라도 희망을 줄 수 있다면 그걸로 충분한 가치가 있다는 생각이

들었다.

집에서 〈60분〉을 촬영한다는 소식을 알려주면, 당신의 남편은 그동안 미뤄왔던 온갖 소소한 일거리를 단숨에 해치울 것이다. "제이콥 바넷, 네 밴더그래프Van de Graaff 발전기 때문에 몰리 세이퍼Morley Safer (〈60분〉의 사회자)가 감전되기라도 하면 혼날 줄 알아." 누군가가 내게 '당신은 10년 후 위층에 대고 이렇게 소리칠 것이다'라고 했다면 나는 무슨 대답을 했을지 모르겠다.

롤러코스터

〈인디애나폴리스 스타〉에 기사가 실린 후 우리는 곳곳에서 인터뷰 요청을 받았다. 대부분 제이콥과 이야기를 나누고 싶어 하는 학계 사람들이었다. 그중 내 관심을 끈 메일이 한 통 있었는데, 오하이오 주립대학에서 신동을 연구하는 어떤 박사님이 보낸 것이었다.

이 자리에서 솔직하게 밝히자면, 그 메일을 얼핏 봤을 때 나는 경악을 금할 수 없었다. 그도 그럴 것이 내 아이를 과학 연구에 이용하게 해달라는 내용이었기 때문이다. 말도 안 되는 생각이었다. 나는 그러고 싶은 생각이 눈곱만큼도 없었다. 그걸 본 마이클이 제이콥에게 농담을 했다. "우리가 과학에 너를 기부하려고 해."

그러자 제이콥은 심드렁하게 대답했다. "내가 죽으면 그때 가서 연구하라고 하세요."

하지만 조앤 루스사츠 박사님의 메일을 끝까지 다 읽자 내가 너무 성급하게 판단했다는 생각이 들었다. 무엇보다 박사님이 진행 중인 연구가 아주 매력적이었다. 루스사츠 박사님은 신동과 자폐아가 공통적으로 지닌 유전적 토대를 밝히는 연구를 하고 있었다. 제이콥도 그 주제에 이미 깊은 관심을 가지고 있었다. 이런 연구 성과를 바탕으로 특히 유전적인 문제 때문에 고통받는 수많은 사람에게 도움을 줄 수도 있기 때문이다.

게다가 루스사츠 박사님은 무척 인간적인 사람처럼 느껴졌다. 그런 분이라면 우리 제이콥을 미로 속의 쥐가 아닌 피와 살을 갖춘 사람으로 대해줄 것 같았다. 그녀의 유쾌한 기운과 연구를 향한 열정에 우리는 금세 매료되었다. 박사님은 우리를 오하이오로 초대했다.

그 무렵 마이클과 나는 잠시 집을 떠나는 게 결코 나쁘지 않을 거라고 생각했다. 취재진의 습격은 약간 잠잠해졌지만 여전히 매일같이 전화통은 불이 나고 밖에만 나가면 모르는 사람이 말을 걸었다. 상황도 상황이었지만 솔직히 시더 포인트Cedar Point의 입장권을 얻어주겠다는 박사님의 말씀이 결정타였다. 오하이오 주 샌더스키에 있는 시더 포인트는 탈것 종류가 무려 스물다섯 개나 되고 그중 열여섯 개가 롤러코스터인 무지막지하게 큰 놀이공원이다. 이런 놀이공원에 보내주겠다는 제안을 어떻게 모른 척하겠는가.

우리는 당장 차를 몰고 오하이오로 출발했다. 박사님은 이튿날 아침 우리가 묵고 있는 호텔로 와서 제이콥의 지능지수를 새로 측정했다. 검사를 진행하는 박사님의 태도를 보니 내 예감이 옳았다는 생각이 들었다. 마이클이 이선과 웨슬리를 풀장에 데려가 노는 동안, 제이콥은 자그마한 예쁜 정원이 내다보이는 조용한 선룸Sunroom 창가의 윙 체어Wing Chair(높은 등받이와 양쪽에 팔걸이가 있는 안락의자)에 편안하게 앉아 검사를 받기 시작했다. 제이콥 앞에는 머핀 쟁반이 놓여 있었다.

스탠퍼드-비네Stanford-Binet 지능지수 검사는 카테고리별로 오답을 내지 않는 한 검사를 계속 진행한다. 문제를 풀수록 난이도는 점점 높아져 마침내 각 인지 분야별로 한계치에 도달한다. 두 문제를 연속적으로 틀리면 바로 이 한계치에 도달했다는 뜻이다. 두 번째 오답이 바로 소리 없는 버저가 되어 검사자는 다음 카테고리로 넘어간다. 어떤 카테고리든 한계치에 가까운 수준까지 문제를 푸는 사람은 극히 드물고, 하물며 그런 카테고리가 하나 이상 되는 사람은 더더욱 드물다.

그런데 제이콥을 지켜보니 문제가 어려워질수록 더 재미있어했다. 가령, 루스사츠 박사님은 제이콥에게 무작위로 동물 이름 예순 개를 불러주었다. 제이콥은 정확히 같은 순서로 반복했다. 이어서 무작위로 동물들의 사진을 보여주었다. 이번에는 동물마다 상관없는 색깔이 붙어 있었다. (이를테면 얼룩말은 녹색, 호랑이는 보라색, 개는 파란색 같은 식이었다.) 이번에도 제이콥은 정확하게 반복했다. 그 후로 20분 동안 서로 관계없는 질문을 한 후, 박사님은 제이콥에게 좀 전에 본 동물들을 다시 말해보라고 했다. 제이콥은 이번에도 주저하지 않고 대답했다. 순서는 물론 짝을 지운 색깔도 완벽했다. 게다가 얼굴에는 환한 미소까지 짓고 있었다. 그때 박사님이 나를 돌아보며 말했다. "이렇게까지 한 적은 단 한 번도 없어요. 역사상 처음이에요."

제이콥은 분명 신 나게 검사에 응하고 있었다. 하지만 두 사람을 지켜보고 있자니 마음이 점점 불편해졌다. 난이도가 올라가 아예 헛웃음이 나오는 수준이 되자 나는 점점 더 압도되었다. 내 아들은 말할 것도 없고, 저런 질문에 대답할 수 있는 사람은 도대체 어떤 사람일까? 태양 가까이 날아가는 것처럼 숨이 멎을 듯 짜릿하면서 한편으론 무시무시한 느낌이 들었다. 물론 제이콥의 지능이 높다는 사실은 잘 알고 있었다. 열두 살짜리 아이가 모두 양자장quantum field 이론을 공부하는 것은 아니니까 말이다. 하지만 어쩌면 탁자 맞은편에 앉아 이 놀라운 광경을 난생처음 지켜보았기 때문에 그런 느낌이 들었는지도 모른다. 검사를 마치자 루스사츠 박사님은 눈물을 글썽이며 나를 돌아보았다. 나는 솔직히 그 모습에 불안해졌다.

제이콥의 점수는 최고 기록을 뛰어넘었다. 카테고리 하나에서 마지막 문제에 다다르는 사람은 극히 드물다. 루스사츠 박사님은 연구를 시작한 이래 그런 경우는 고작 몇 번에 불과하다고 했다. 게다가 제이콥처럼 여러 인지 분야에서 최고 기록을 낸 사람은 처음이라고 했다.

내 자식에 대해 내가 모르는 사실을 알려줄 수 있는 사람을 만나기란 쉽지 않다. 그 주말에 루스사츠 박사님 덕분에 나는 제이콥의 놀라운 지성과 그 지성이 어떻게 작동하는지 좀 더 잘 이해할 수 있었다. 이를테면 박사님은 제이콥이 작업 기억Working Memory 분야에서 최고 기록을 냈다고 알려줬다. 작업 기억이란 어떤 일을 해결하고자 할 때 그 과정을 순서대로 정리하고 처리할 수 있는 능력을 말한다. 우리는 대부분 전화번호를 몇 번 반복해서 말해야 머릿속으로 그것을 기억한다. 설령 잠시 동안일지라도 말이다. 그런데 제이콥은 그렇지 않다. 단지 열 자릿수 전화번호만 그런 것이 아니라 20페이지에 달하는 방정식도 마찬가지다. 게다가 우리 대부분은 전화를 건 후 그 번호를 그대로 잊어버리지만, 제이콥은 절대 잊어버리지 않는다. 나중에 그것을 떠올릴 때조차도 다시 기억을 되짚을 필요가 없다. 요컨대 일주일이나 한 달 심지어 1년이 지난 후에도 과거 머릿속에 집어넣은 정보를 꺼내기 위해 기억을 뒤지지 않는다. 어떤 자료든 보고, 읽고, 익힌 후에는 필요할 때면 언제든 머리에서 끄집어낼 수 있다.

그것이 제이콥이 원주율을 소수점 200자리까지 앞으로든 뒤로든 매번 술술 외울 수 있는 이유다. 제이콥은 200개나 되는 수열을 마음의 눈으로 본다. 그래서 우리가 숫자 두세 개를 기억하듯 그 많은 숫자를 다 기억한다.

이렇듯 가공할 만한 작업 기억은 신동들의 공통된 특징이다. 이 작업 기억의 일부 덕분에 신동은 그런 능력을 발휘할 수 있다. 루스 사츠 박사님은 신동은 일반인과 다른 부위의 뇌를 작업 기억으로 사용할 것이라고 추측한다. 이를테면 일반적으로 자전거를 타는 법처럼 한 번 배우면 절대 까먹지 않는 기억 저장소가 있다는 얘기다. 그렇기 때문에 신동은 고차원적 정보를 매우 안정적이고 확고하게 기억할 수 있다고 박사님은 확신한다. 요컨대 제이콥은 우리가 수영하는 법을 기억하듯 방정식을 기억하는 것이다.

이걸 다른 식으로 생각해보자. 보통 사람들이 숫자를 200개나 기억하는 건 무리다. 하지만 누군가가 그 숫자를 모두 종이에 적어주면 당신은 그 숫자를 바로든 거꾸로든 술술 말할 수 있을 것이다. 읽고 있으니 말이다. 제이콥이 긴 수열이나 60종이나 되는 동물, 복잡한 그래프 등을 술술 말할 수 있는 것은 이렇게 읽기 때문이다. 루스사츠 박사님이 내게 말해주었듯 제이콥한테 이 종이는 숫자 200개를 쓸 수 있는 크기가 아니라 미식축구 경기장이 들어갈 수 있을 정도의 크기다.

솔직히 말하면, 우리는 제이콥의 작업 기억이 얼마나 뛰어난지 알 길이 없다. 그것을 측정할 검사법이 존재하지 않기 때문이다. 다만 제이콥은 배운 것을 모두 기억할 수 있으며, 어떤 정보든 그것이 필요할 때면 즉시 머릿속에서 찾아낼 수 있다는 사실만큼은 확실하다. 누구든 공식지Formula Sheet가 필요하다. 물리학 교수님이라고 해도 예외는 아니다. 인터넷을 검색하면 수백 개도 더 올라와 있다. 그런 공식지를 한데 묶은 책자를 대학교 구내 서점에서 팔고 있다. 학생들은 어디에든 공식지를 들고 가라는 말을 듣는다. 시험 시간에도 마찬가지다. 이 세상 누구도 수학과 과학에서 고차원적인 문제를 풀기 위해 필요한 공식을 모두 암기할 수는 없다. 그런데 제이콥은 지금까지 이런 공식지를 단 한 장도 사용한 적이 없다.

제이콥의 작업 능력은 몇 가지 분야에서 탁월하지만 형편없는 분야도 있다. 이를테면 맛은 정확하게 기억할 수 있다. 모든 음식은 매번 맛을 되새김하는 것이기 때문이다. 어떤 장면의 물리적 특성을 즉

각 떠올릴 수도 있다. 특히 그 장면에 패턴이 있다면 더 잘 기억한다. 그래서 베스트 바이 마트 주차장에서 본 자동차의 휠 캡 디자인을 죄다 기억할 수 있는 것이다. 반면 일반인들이 기억을 되살리는 데 큰 도움을 주는 냄새는 잘 기억하지 못한다. 그리고 자폐아들이 보통 그러듯 대화와 다른 사람의 말을 기억하는 데 어려움을 겪는다.

루스사츠 박사님은 제이콥의 탁월한 시각-공간 감각에 대해서도 깊은 인상을 받았다. 이런 능력은 신동들 사이에서도 극히 드물기 때문이다. 제이콥은 뛰어난 작업 기억 덕분에 클래식 음악을 한 번만 듣고도 그대로 따라 연주할 수 있다. 또한 뛰어난 시각-공간 감각 덕분에 고작 네 살이었을 때 한두 번 본 지도를 기억해 시카고 시내의 길을 안내할 수 있었다. 이런 능력 때문에 얼마 전 웨슬리는 제 형한테 할 일을 못하게 하면서까지 같이 놀자고 했다. 내가 아이스캔디 스틱을 잔뜩 사줬더니 아이들은 그걸로 장난감 병정들을 위해 요새와 마을을 만들며 놀았다.

나는 웨슬리를 말리며 말했다. "꼭 형한테 그걸 만들라고 할 필요는 없잖아."

그러자 웨슬리는 눈에 잔뜩 힘을 주며 이렇게 대답했다. "엄마, 나는 워싱턴 D.C.를 지을 수 없잖아요."

실제로 우리가 뉴욕으로 가족 여행을 다녀온 후, 제이콥은 웨슬리에게 뉴욕을 완벽하게 재현한 모형을 만들어주었다. 그 모형에는 주요 랜드마크는 물론 도로망, 우리가 묵었던 곳까지 고스란히 들어 있었다. 워싱턴에 다녀온 뒤에는 아이스크림 막대를 활용해 작지만 완벽한 의회 의사당까지 갖춘 도시 모형을 만들었다. 제이콥은 웨슬리에게 하와이의 오아후 섬도 모형으로 만들어주었다. 마이클의 비디오 게임에 이 섬의 상세한 지도가 들어 있었기 때문이다. 웨슬리는 구글 맵스만 있으면 제이콥이 못 만드는 도시는 없을 거라고 말했다. "형은 내가 가고 싶은 곳은 어디든 다 만들 수 있어요."

막대로 만든 도시 모형은 차치하고 고도로 발달한 제이콥의 시각-공간 감각 능력은 고차원의 수학과 물리학을 할 수 있는 핵심 요소다. 루스사츠 박사님은 구체적으로 이렇게 정리해주었다. 즉 제이콥이 수많은 차원으로 "수학을 한다"고 할 때 그 핵심에는 바로 이런 감각이 있다고 말이다.

수학자들은 마젤란이 항해를 통해 증명하기 오래전부터 이미 지구가 평평하지 않다는 사실을 알았다. 이와 비슷하게 수학자들은 대개 비록 증명은 할 수 없지만 차원次元, Dimension이 우리가 인식하는 세가지보다 더 많다고 가정한다. 사람들은 대부분 세 가지 차원으로 생각하는 게 비교적 간단하다는 것을 알고 있다. 가령 사과의 이미지나 그 사과를 뒤집거나 빙빙 돌리는 모습을 우리는 어렵지 않게 떠올릴 수 있다. 개미라면 사과의 표면을 절대로 기어서 가로지를 수 없겠지만 우리는 그렇게 할 수 있다. 개미에게 사과라는 세계는 평평하다. 하지만 우리는 사과의 전체 모습을 시선에 담아 그 형태가 둥글다는 사실을 알 수 있다.

제이콥은 차원이 세 가지가 아니라 그보다 훨씬 더 많을 것이라는 의견에 동의한다. 그리고 여느 과학자는 물론 이 분야를 연구하는 사람들과 달리 다른 차원에서 사물이 어떻게 보이는지 개념화할 수 있다. 물론 제이콥도 다른 차원에서의 모습을 볼 수는 없다. 하지만 어마어마하게 복잡한 수학을 할 수 있다. 아울러 그 수학에서는 다른 차원을 적용할 수 있다. 그래서 자신의 시각-공간 감각을 통해 그런 수학이 의미하는 것을 완전하게 처리할 수 있다. 우리는 마음의 눈으로 사과를 볼 때 적용하는 규칙을 잘 알고 있다. 다시 말해, 사과를 반으로 자르거나, 옆으로 뒤집거나, 벽에 던져 으스러지면 어떻게 되는지 마음속에 그릴 수 있다. 이와 마찬가지로 제이콥은 말할 수 없이 복잡하고 다차원적인 형태에 적용하는 특징과 규칙을 정확하게 꿰뚫고 있다.

막강한 작업 기억과 고도로 발달한 시각-공간 감각, 물리적인 세부 사항에 유난히 관심을 쏟는 태도가 독특하게 결합한 덕분에 제이콥은 극소수 사람들만 가능한 고차원적 수학과 물리학을 탐구할 수 있다. 루스사츠 박사님의 말씀을 빌리면, 제이콥은 사람들 대부분이 인지적으로 이해할 수 있는 영역을 넘어서까지 볼 수 있다.

루스사츠 박사님 덕분에 예전부터 우리가 늘 신비롭게만 생각했던 그 밖의 수많은 의문도 풀렸다. 박사님은 제이콥이 아기였을 때 치료 도중 치료사 뒤쪽을 보고 있었던 게 단지 허공을 멍하니 응시한 것은 아니었을 거라고 설명해주었다. 그게 아니라 제이콥은 벽에 비친 빛과 그림자놀이에 정신을 완전히 집중했던 것이다. 크레용을 재배열하거나 벽에 비친 그림자를 시계 삼아 잠이 든 것도 지금까지 관심을 갖고 있는 여러 가지 주제에 이미 빠져 있었다는 뜻이다. 이를테면 빛과 물체가 공간에서 운동하는 현상을 설명하는 규칙, 다양한 차원의 공간, 시간 역할 놀이 등에 빠져 있었던 것이다. 미술가의 초기 작품을 보면 훗날 그를 거장의 반열에 오르게 한 주제와 그것에 천착하는 단초를 느낄 수 있다. 그것과 마찬가지로 제이콥은 지금 몹시 흥미를 품고 있는 주제에 대해 아기일 때부터 탐구를 시작했다.

루스사츠 박사님 덕분에 나는 제이콥의 흥밋거리가 얼마나 광범위한지 그리고 그것들이 제이콥을 얼마나 특별하게 만드는지 이해할 수 있었다. 가령 박사님은 제이콥의 방에는 화이트보드가 여덟 개나 있는데, 그 애가 각각의 화이트보드에 수학이나 물리학과 전혀 상관없는 분야를 하나씩 독창적으로 연구 중이라는 이야기를 듣고 웃음을 터뜨렸다. 과학자들은 대부분 자신의 연구 분야에서 특정한 주제를 골라 평생 그것을 탐구한다. 그런데 제이콥은 아무 날이고 일반 상대성 원리와 암흑 물질Dark Matter(우주에 존재하는 물질 중 아무런 빛도 내지 않는 것), 끈 이론, 양자장 이론, 생명물리학, 홀 효과, 감마선 폭발 같은 주제를 자유롭게 옮겨 다닌다.

그렇다면 당신은 이런 의문이 들 것이다. 어째서 제이콥의 뛰어난 재능에 내가 그토록 놀란 것일까? 사실 제이콥이 세 살 때 색깔 스펙트럼을 만들어놓은 크레용을 정리한 사람은 나였다. 일곱 살 때 딱 한 번 들은 곡을 완벽하게 연주하는 모습을 지켜본 사람도 나였다. 아홉 살 때 세계 최고의 물리학자 가운데 한 분에게 전화를 걸어 우리 애가 천체물리학 분야에서 독자적인 이론을 연구 중인지 봐달라고 한 사람도 나였다.

나는 이 질문의 해답을 구하기 위해 생각하고 또 생각해봤다. 물론 이유는 여러 가지가 있었다. 그러나 진짜 해답은 아마도 제이콥과 내 관계에 있는 것 같았다. 그랬다. 나는 제이콥을 열 살 때 대학에 보내고, 교수님들이 쩔쩔 맬 정도로 질문을 퍼붓는 모습을 지켜본 당사자였다. 한편으로는 빨래할 때가 되면 그 애 방 곳곳에 뒹구는 더러운 양말을 가져오라고 한 사람도 나였다. 물리학에 대해서는 모르는 게 없어도 신발 끈을 맸는지 잘 기억하지 못해 자포스Zappos(온라인 유통업체)에서 털 달린 크록스를 주문한 사람도 나였다. 내가 제이콥의 놀라운 능력에 사로잡힌 채 그저 자아도취에만 빠져 있었다면 어땠을까. 제이콥이 얼마나 특별한 아이인지 의식하기 시작했다면? 그랬다면 나는 좋은 엄마가 될 수 없었을 것이다.

결국 제이콥한테 좋아하는 일을 하게끔 해주고 어린 시절을 찾아주려고 애쓴 노력이 내게는 유일한 나침반이었다. 그 주말에 나는 루스사츠 박사님 덕분에 충격을 받았지만, 이제는 제이콥의 엄마로 되돌아가야 할 때라는 걸 알 수 있었다.

마침내 우리 다섯 식구는 시더 포인트로 놀러 갔다. 내가 핫도그와 음료수를 들고 있는 동안 아이들은 아빠와 함께 열여섯 개나 되는 롤러코스터를 다 탔다.

생애 첫 아르바이트

당신이 지금 캠프 지도자든 아이스크림을 팔고 있든 어릴 때 한 아르
바이트로 훗날 어른이 되어 어떤 책임을 지게 될지 가늠할 수 있을
것이다. 이런 신조를 바탕으로 나는 아이들은 여름 방학마다 알바를
해야 한다고 늘 생각했다. 제이콥은 마침 IUPUI의 양자물리학부에
서 유급 연구원으로 일하게 되었다.

〈인디애나폴리스 스타〉의 기사에서 나는 처음으로 제이콥이 하는
연구에 대해 접했다. 그리고 한 달 후 제이콥은 우편물을 하나 받았
는데, IUPUI 물리학부 연구 프로그램에서 정식으로 자리를 제안하
겠다는 내용이었다. 나는 연구를 하고 돈까지 받는다는 사실에 깜짝
놀랐다.

정말 좋은 기회였다. 하지만 제이콥이 해낼 수 있을지 자신이 없

었다. 어쨌든 중요한 한 걸음이라는 생각이 들었다. 제이콥은 막 1학년을 마쳤다. 제이콥이 더 큰 도전을 할 준비가 되었다는 대학 측의 심중은 확고했다. 게다가 교수님들도 제이콥에게 그런 기회를 주지 않으면 책임을 방기하는 것이라고 말했다. "책으로 하는 공부는 충분해. 너는 여기서 과학을 해야 한다." 제이콥의 물리학 교수인 존 로스 박사님은 이렇게 말했다. 하지만 혹시라도 세계 유수의 연구소들이 제이콥에게 적극적으로 구애를 한다는 사실에 자극을 받아 그런 제안을 한 것일지도 모른다는 생각을 떨칠 수 없었다.

나는 우리가 성급하게 고작 열두 살밖에 안 된 아이한테 너무 큰 부담을 주는 것은 아닌지 걱정했다. 게다가 아이를 여름 내내 컴퓨터 앞에 붙어 있게 하고 싶지 않았다. 제이콥이 자전거도 타고 친구들과 페인트볼도 하고 코에 주근깨가 잔뜩 생기도록 수영장에서 놀게 하고도 싶었다. 또래 아이들이 여름을 신 나게 즐기는 동안 수학 경진대회에 나가기 위해 공부만 하는 영재들이 떠올랐다. 지난 몇 년 동안 보았던 그 아이들의 모습이 망령처럼 나를 따라다녔다.

그런데 제이콥은 연구에 대한 부담을 전혀 느끼지 않았다. "엄마, 전부터 계속 하고 싶었던 거예요!" 이렇게 노래를 불러대니 진심임이 분명했다. 만약 승낙한다면 제이콥은 요게시 조글카 박사님과 함께 광섬유 같은 응집물질물리학을 연구하게 될 터였다. 이 주제는 빛이 공간을 이동하는 방법을 밝히는 연구이기도 하다. 이것이야말로 제이콥이 내내 천착한 주제였다. 나는 조글카 교수님을 잘 알았으므로 신뢰할 수 있었다. 제이콥도 대학의 제안에 어찌나 흥분했던지 날이 저물 즈음에는 도저히 안 된다는 말을 할 수가 없었다. 마이클이 말했다시피 제이콥은 연구를 하기 위해 태어난 아이였다. 이 세상이 어떻게 돌아가는지 궁금해 견딜 수 없는 아이였다. 우리는 이 세상에 우리가 알 수 없는 일이 있는 건 당연하다고 여기지만, 제이콥은 단 한 번도 그 사실을 고분고분하게 받아들이지 않았다. 게다가 해답을 찾지 못하면 머리를 쥐어뜯었다.

여름이 시작될 무렵, 학교는 연구 프로그램에 선발된 학생들을 로스쿨에서 열리는 모임에 초대했다. 로스쿨은 아름다운 건물에 있었다. 니스를 두껍게 바른 목재 패널과 대리석으로 마감을 했고, 그리스 조각상으로 사방을 장식했다. 무엇보다 먼저 그 자리에 모인 사람들의 전문가다운 모습에 시선이 갔다. 동급생들은 대개 제이콥보다 20센티미터나 더 크고 45킬로그램이나 더 나가지만 그래봤자 대학생일 뿐이었다. 다들 청바지에 야구 모자를 쓰고 있었다. 얼굴은 앳되고 여드름이 숭숭 나고 잘 씻고나 다니는지 의심스럽기까지 했다. 한마디로 애송이들이었다. 이와 대조적으로 연구원들은 가죽 서류 가방을 들고 전문가처럼 보이는 차분한 정장 차림이었다. 나는 동생들과 프리스비를 하며 놀던 제이콥을 막 데려온 참이었다. 당연히 제이콥은 우리가 유니폼이라고 부르는 차림을 하고 있었다. 다시 말해 야구 모자를 뒤로 쓰고 티셔츠에 반바지, 플립플롭(엄지발가락과 둘째 발가락 사이로 끈을 끼워 신는 샌들) 차림이었다. 게다가 나는 허리 앞부분에 리본이 하나 달린 꽃분홍색 선드레스를 입고 있었다. 옷차림 때문에 난감해하고 있는데 프로그램 책임자가 우리 쪽으로 다가오자 가슴이 철렁했다.

"제이콥의 어머님이시군요." 책임자가 나와 악수를 하며 말했다. "제이콥이 이번 프로그램에 참여하게 되어서 무척 기쁩니다. 제이콥이 대단한 일을 해낼 거라고 기대합니다." 나는 몰랐지만 그녀는 제이콥이 이 프로그램에 선발됨으로써 세계 기록을 깼다는 사실을 아는 것 같았다. 그날 제이콥은 세계 최연소 천체물리학 연구원 자리를 눈앞에 두고 있었다.

자리에 앉아 연사들의 연설이 시작되기를 기다리는데, 문득 내가 처음으로 여름에 했던 농장 아르바이트가 떠올랐다. 멕시코 이주 노동자들과 함께 드넓은 밭의 이랑을 오르락내리락하며 옥수수를 솎아내고 술을 뗀 다음 수분을 했다. 찌는 듯한 더위에 허리가 부러질 듯 힘들었다. 쉴 새 없이 흐르는 땀이 커다란 장화에 흥건히 고였다. 점심은 세미트레일러 뒤에 양동이를 엎어놓고 그 위에 앉아 샌드위치로 때웠다. 어찌나 더운지 공기가 파도처럼 일렁이며 하늘로 올라갔다. 농부들은 장난으로 우리 사물함에 죽은 쥐를 넣어놓았다. 처음에는 비명을 질러댔지만 이내 꾹 참았다. 비명을 지를수록 농부들만 좋아했기 때문이다.

나는 옥수숫대 사이를 돌아다니는 농장의 개들이 너무 무서웠다. 그러자 엄마가 개들을 쫓을 수 있도록 전기 장치를 사주었다. 잡지 뒤쪽에 나온 광고를 보고 구했는데, 그 광고를 제대로 읽지 않은 것 같았다. 왜냐하면 사납게 으르렁거리는 개들을 몰아내기는커녕 오히려 끌어들였기 때문이다. 무서워서 벌벌 떨며 픽업트럭의 짐칸에 숨어 있던 나는 농부 한 명이 장비를 빼앗아 구두 뒤축으로 박살을 낸 후에야 밖으로 나올 수 있었다.

다음 해 여름에는 웬디스에서 일했다. 피클이며 머스터드소스, 케첩, 기름이 흠뻑 들어간 고기 냄새가 어찌나 옷이며 머리카락에 진하게 배는지 온몸의 땀구멍에서 그 냄새가 솟아나는 것 같았다. 몇 달 동안 냄새가 가시지 않았다. 아무리 씻어도 개운하지 않았다. 그 일을 관두고 피자 가게로 옮길 때, 나는 상사에게 그 이유를 솔직하게 털어놓았다. "몸에서 나는 냄새를 다른 걸로 바꾸고 싶어요."

난생처음 여름 방학 때 한 내 아르바이트는 그런 것들이었다. 하지만 제이콥은 달랐다. 부모라면 자식이 더 잘나고 잘살기를 진심으로 바랄 것이다. 그래서 지금 나와 제이콥도 여기까지 온 것이다. 나로선 아들이 대견하다는 듯 웃으며 고개나 흔들면 될 일이었다.

프로그램 담당자는 자신이 연구를 처음 시작했을 때 경험한 감동적인 일화로 환영사를 시작했다. 다니던 대학에서 연구원으로 초빙한다는 편지를 받았는데, '봉급'이라는 문구가 있었다고 했다. 그녀의 아버지는 노동 계급이었는데, 자신의 딸이 공부를 하거나 생각을 하거나 글을 쓰는 대가로 누군가에게서 돈을 받을 수 있다는 사실을 상상조차 하지 못했다. 편지에 쓰인 금액을 딸이 거기에 참가하기 위해 내야 하는 돈이라고 철석같이 믿었다. 그래서 절대 허락해주지 않았다. 첫 봉급을 받던 날까지도 못된 장난 정도로 여겼다. 담당자는 회한에 잠긴 표정으로 그 이야기를 들려주었다. 나는 얼굴이 화끈거렸다. 선드레스를 입고 앉아 있으려니 마치 그녀의 아버지가 된 것 같왔다.

담당자는 이어서 멘토링 제도에 대해 설명했다. 그곳에 참석한 학부 연구원들은 모두 연상의 멘토와 짝을 이루었다. 멘토는 경험이 풍부하고 학부생인 연구원이 자기 분야에서 성공하기 위해 필요한 것들을 전해줄 수 있는 사람이어야 했다. 아울러 양쪽 모두 이런 관계를 매우 진지하게 받아들여야 했다. 제이콥의 멘토는 조글카 박사님이었다. 연구원들은 각자의 멘토와 일주일에 한 번 단독 면담을 해야 할 뿐만 아니라 정장을 입고 매주 열리는 만찬에도 참석해야 했다. 만찬에서는 전문성 개발이나 과학 윤리처럼 좀 더 포괄적인 주제에 대한 강연도 한다고 했다.

나는 사실 환영식이 얼마나 지겨울까 걱정했다. 그런데 어느새 눈물을 흘리고 있었다. 멘토를 배정해주다니 대학 측이 제이콥에게 최선을 다하는 것만 같았다. '우리가 너를 최대한 지원할 테니 너는 받고 싶은 지도를 실컷 누리도록 해.' 나는 이제 제이콥이 필요한 도움을 받을 수 있도록 놓아줄 때가 되었다고 생각했다.

제이콥은 그다지 감격한 것 같지 않았다. "정말요? 그럼 나도 정장을 입어야 해?"

정장이라고는 단 한 벌도 없었다. 정장을 입을 기회도 드물었지만 그때마다 짙은 색 바지와 깔끔한 스웨터로 대신했기 때문이다. 그래서 집으로 가는 길에 쇼핑몰에 있는 남성복 코너를 찾았다. 재단사가 입에 옷핀을 문 채 제이콥 발치에 무릎을 꿇고 치수를 재는 동안 슬리퍼에 양말도 신지 않아 꾀죄죄한 맨발이 드러났다.

"놀이터에서 프리스비를 하다가 와서 그래요." 나는 아이를 대신해 냉큼 변명했다. (제이콥은 그날 돈을 받았다. 그리고 내 앞에서 넥타이 매는 법도 연습해야 했다.) 재단사가 정장 양복을 왜 사느냐고 묻자 제이콥과 나는 서로를 멍하니 바라보았다. "여름에 결혼식에 갈 일이 있어서요." 나는 그렇게 대답했다. 그건 사실이었다. 게다가 그렇게 대답하면 구구절절 설명을 늘어놓을 필요도 없었다.

넥타이를 매고 옷핀으로 소매와 바짓단을 잡자 나는 뒤로 물러나 아들을 바라보았다. 제이콥은 근사했다. 완벽하지는 않았지만.

"제이콥, 모자를 벗어야지."

제이콥은 싫어했지만 결국 벗었다. 길게 자란 머리카락이 헝클어져 사방으로 뻗쳐 있었다. "머리도 잘라야겠다."

"싫어요, 엄마! 난 머리 안 자를 거예요. 과학자들은 다 이런 머리를 한단 말이에요!"

그 말을 듣는 순간 웃음이 터졌다. 영재든 아니든 제이콥은 여전히 내 아기였다.

아이에게 자전거를 가르친다고 하자. 처음에는 아이 곁에 나란히 붙어서 길을 왔다 갔다 할 것이다. 혼자 균형을 잡을 때까지 아이는 당신에게 자전거를 잡아달라고 한다. 아이는 때로는 넘어지기도 하지만 조금씩 익숙해진다. 그러다 손으로 잡아주지 않았는데도 놀라운 일이 벌어진다. 아이는 혼자 균형을 잡고 앞으로 나아간다.

그날 나는 난생처음 혼자 힘으로 자전거를 타는 소년을 보았다. 아이가 자전거를 타고 지평선 너머로 사라지는 모습을 이러지도 저러지도 못한 채 지켜보고만 있어야 하는 건 아닌지 늘 두려웠다. 하지만 제이콥은 놀랍게도 우리를 버려두고 떠나지 않았다. 앞으로도 떠나지 않을 것이다. 제이콥은 길모퉁이에서 우리를 기다리는 것도 마다하지 않는다. 우리를 태우기 위해 빙 둘러간다 해도 개의치 않는다. 제이콥은 대학에서 강의가 끝날 때마다 내게 돌아와 사람들이 한 재미있는 이야기와 교재에서 찾은 오류, 자신이 지지하거나 반박하는 새로운 아이디어에 대해 들려준다. 제이콥은 자신이 공부를 도와주는 아이들을 위해 돌아온다. 지금 제이콥은 수학 공포증이 있는 아이들을 위해 책을 쓰고 있다. 다른 사람, 특히 다른 아이들이 수학과 과학의 진짜 아름다움을 깨닫도록 도우려는 마음이 그만큼 열렬하기 때문이다. 제이콥은 우리 모두를 자신과 함께 데려가려 한다. 그게 바로 제이콥이 아름다운 이유다.

나는 다른 사람들을 믿고 제이콥을 맡기는 법을 배워야 했다. 무엇보다 제이콥의 이야기를 널리 알리는 법을 배워야 했다. 내게 이 책은 제이콥과 그 애가 지닌 재능을 온 세상에 널리 알리는 기회가 될 것이다.

축하 파티

그해 여름 제이콥은 정장을 입어야 한다는 사실에 엄청난 낭패감을 느꼈지만 어쨌든 연구만큼은 정말 즐겁게 했다. 게다가 신기하게도 자유 시간이 넘쳤다. 마치 매일같이 동네 친구들과 자전거를 타거나 동생들과 농구밖에 하지 않는 것처럼 보였다. 도무지 할 일이 많은 것 같지 않았다. 그 바람에 오히려 슬슬 걱정이 되기 시작했다.

그래서 제이콥에게 물어보면 조글카 박사님이 매주 과제를 내주는데, 벌써 다 했다고 대답하곤 했다. 아이가 책을 들고 있는 모습은 본 적이 없었다. 왜냐하면 학교에서 차를 타고 집으로 오는 45분 동안, 머릿속으로 문제를 풀 수 있었기 때문이다. 그런데 제이콥은 "이번 주는 예외"라고 대답했다. 그러곤 화요일로 예정된 미팅까지 주어진 시간 안에 가장 최근 받은 문제를 풀 수 없을 것 같다는 말을 덧붙였다.

나는 똑바로 박힌 직업윤리의 중요성에 대해 한바탕 강의를 시작했다. "제이콥, 너는 이제 '일'을 하고 있어. 그 일을 하고 돈도 받아. 그렇기 때문에 사람들은 뭐든 너한테 요구한 일은 네가 하리라고 믿고 있어. 이런 문제는 선택하고 말고 할 일이 아니야. 이번 주말에는 밖에서 놀지 말고 화요일까지 끝내야 할 과제를 다 하도록 해."

"못할 것 같아요." 제이콥이 대답했다. 그 말을 듣고 나는 살짝 충격을 받았다. 그도 그럴 것이 여태껏 제이콥은 수학 때문에 걱정하는 시늉조차 한 적이 없었기 때문이다.

"그렇다고 해도 최선을 다해야지. 어쨌든 시도는 해봐. 그리고 명심해. 도움을 구하는 건 절대 부끄러운 일이 아니야." 나는 이렇게 타일렀다.

"물어볼 사람이 없을 거예요, 엄마."

그리고 두 시간 후, 제이콥이 웨슬리와 깔깔거리며 집을 나서는 소리가 들렸다. 나는 2층 창문을 열고 아래를 보며 소리쳤다. "제이콥, 과제는 다 했니?"

"네, 엄마. 쓸 만한 걸 찾은 것 같아요."

"다행이다. 해결했다니 엄마도 기분이 좋네. 대견하다, 우리 아들."

물론 그때는 내가 얼마나 제이콥을 대견해해야 하는지 눈곱만큼도 알지 못했다.

제이콥은 다음 주 화요일 언제나 그랬듯 조글카 박사님과 미팅이 끝난 후 전화를 걸었다. 아이는 그 어느 때보다 들떠 있었다.

"엄마, 해냈어요. 내가 해냈다고요!"

"대단해! 끝까지 포기하지 않았다니 기쁘구나."

"아뇨, 엄마. 그런 말이 아니에요. 그 문제는 개방형 과제Open Problem였어요. 지금까지 아무도 푼 사람이 없는 수학 문제였다고요. 그런데 내가 풀었어요!"

내가 잘못 알았던 것이다. 평범한 수학 과제물이 아니었다. 전문 수학자조차 몇 달, 몇 년 심지어 몇십 년이 걸려 간신히 풀 수 있는 종류의 문제였던 것이다. 그런데 제이콥은 단 두 시간 만에 그 문제를 풀었다. 그것도 중간 중간 농구나 비디오 게임을 하면서 말이다. 일주일 전 직업윤리에 대해 일장 연설을 하면서 내가 멋도 모르고 꼭 끝내라고 한 문제가 그런 것인 줄 꿈에도 몰랐다.

그 과제를 완전히 푼 후, 제이콥의 여름 연구는 공식적으로 끝났다. 특히 개방형 문제를 해결해 멘토인 조글카 박사님의 연구는 물론 수학과 광섬유 기술에 엄청난 영향을 줄 수 있는 돌파구를 마련했다. 제이콥은 대학이 개최한 심포지엄에서 그 문제의 해결 방법에 대해 발표했다. 게다가 조글카 박사님과 함께 주요 저널에 투고할 논문을 쓰기 시작했다.

제이콥은 이런 경험이 처음이라 무척 흥분했다. 연구 논문 작성 방식을 정확히 배워서 제대로 쓰고야 말겠다는 의욕으로 충만했다. 나는 왜 그렇게까지 해야 하는지 잘 몰랐다. 그런데 알고 보니 논문이야말로 제이콥이 다른 과학자들과 제대로 소통할 수 있는 방법이었다. 다시 한 번 제이콥은 새로운 언어를 배우기 시작했다. 마침내 자신이 그렇게 좋아하는 것들에 대해 모두 이야기할 수 있는 언어를 말이다.

'평면 패리티-시간 대칭성 격자 구조에서의 최대 대칭성 붕괴의 기원'이라는 제목의 논문은 물리학 저널인 〈피지컬 리뷰 A〉에 게재 수락을 받았다. (제발 그 제목이 무슨 뜻인지는 묻지 마시라.) 제이콥의 이름도 교수님과 함께 나란히 실릴 예정이었다. 제이콥처럼 나이 어린 아이나 대학생을 떠나 학생 신분으로 그런 영예를 얻는 것은 좀처럼 없는 일이었다.

연구 내용을 발표하기 전날 오후, 제이콥은 마당에서 놀다 집으로 들어왔다. 나는 그날따라 일진이 좋지 않았다. 그런데 제이콥이 그 사실을 알아차렸다. 제이콥은 함박웃음을 지으며 내게 네 잎 클로버를 한 다발 건넸다. 무려 서른여덟 장이었다. 나는 어린이집 아이들을 데리고 네 잎 클로버를 더 찾으러 나갔다. 제이콥이 네 잎 클로버가 무더기로 자라는 곳을 찾아낸 줄 알았기 때문이다. 우리는 한 시간 동안 열심히 뒤졌지만 단 세 장을 찾았을 뿐이다.

나는 절로 웃음이 나왔다. 가끔 제이콥과 함께 있으면 물 위를 걷고 있으면서도 자신이 얼마나 놀라운 일을 하는지 조금도 모르는 사람을 보는 것 같다. 빤한 소리로 들릴지 모르겠지만, 이런 아이의 어머니여서 영광이다. 이 아이가 무엇을 보고 무슨 생각을 하는지는 물론 그 비범한 지성이 어떻게 돌아가는지 남들보다 더 잘 알 수 있는 입장이어서 영광이다. 나는 자폐증을 앓고 있는 내 아들이 오로지 자신만이 찾을 수 있는 네 잎 클로버 다발로 내 기운을 북돋아주는 방법을 안다는 사실이 경이로울 정도로 놀랍다.

사람들은 제이콥의 장래에 대해 종종 묻는다. 지금까지는 상황이 흘러가는 대로 그럭저럭 헤쳐왔다. 나는 제이콥이 이 세상에 과학으로 뛰어난 기여를 하리라 믿는다. 무엇보다 그 애가 꼭 그렇게 하고 싶어 하기 때문이다. 게다가 나는 제이콥이 목표를 포기하는 걸 한 번도 못 봤다. 지금껏 살아온 시간 대부분을 우주 뒤에서 모든 것을 관장하는 방정식을 이해하려고 애쓰지 않았던가.

나는 루스사츠 박사님으로부터 신동의 천재성이 금세 사라진다는 설은 사람들의 오해라는 말을 듣고 마음이 한결 가벼워졌다. 박사님은 벌써 14년째 신동들을 연구하고 있는데, 그 아이들은 하나같이 각자의 분야에서 성공을 이어나갔다. 제이콥은 뛰어난 사업가 자질을 지녔지만 돈이 동기가 아닌 가족의 내력을 물려받은 것 같다. 가령, 실리콘 밸리에서 러브콜을 보내도 제이콥은 전혀 관심을 보이지 않는다. 오히려 사람들에게 세상 돌아가는 이치를 설명하는 쪽을 훨씬 더 좋아한다. 다시 말해, 실용적이고 현실적인 문제를 해결할 방법을 찾아내 사람들을 돕고 싶어 한다. 그런 면에서 제이콥을 보면 내 할아버지가 떠오른다.

여름이 끝날 무렵, 제이콥은 연구 결과를 발표했다. 사람들은 제이콥을 둘러싼 채 온갖 질문을 퍼부었다. 지역 사회의 주요 기업가들이 다가와 악수를 청했다. 멀찍이 서서 아들을 지켜보고 있는데 마이클이 내 손을 꼭 쥐었다. 맞잡은 두 손을 보고 있으려니 문득 스테파니 웨스트콧과 처음으로 충격적인 평가를 진행할 때도 이렇게 마이클의 손을 단단히 잡았던 기억이 났다. 바로 제이콥이 자폐 판정을 받은 날이었다. 우리는 그날부터 길고도 긴 여행을 해왔다.

제이콥은 다른 연구원 및 교수님들과 함께 단체 사진을 찍었다. 〈60분〉에서도 촬영을 나왔다. 모든 과정을 무사히 끝낸 기념으로 IUPUI 캠퍼스 센터에서는 대리석과 유리로 꾸민 으리으리한 홀에서 기념식을 열었다. 그러나 나는 제이콥이 깜짝 놀랄 만한 것을 준비했다. 우리는 이렇게 세련된 분위기를 인디애나식의 즐거움으로 응수할 계획이었다.

그해 여름의 어느 날 밤이었다. 가족 모두가 좋아하는 〈탤러데가 나이트Talladega Night〉라는 영화를 보고 있는데 나니가 놀러왔다. 이 영화에는 경주용 자동차 드라이버인 리키 보비(주인공을 윌 페럴이 맡았으니 대충 그림이 그려질 것이다)가 애플비즈 레스토랑에서 말 그대로 쫓겨나는 장면이 나온다. 그 장면을 보니 예전에 어린이집에서 일했던 헤더가 제이콥과 떠들던 농담이 문득 떠올랐다. 제이콥이 언젠가 큰 상을 타게 될 것이며, 상을 타자 내가 너무 신이 나서 그 애를 레스토랑에서 쫓아낼 것이라고 한 농담 말이다. 이 이야기를 들려주자 나니는 나를 말똥말똥 쳐다보았다. 나도 나니를 빤히 바라보았다. 바로 그때 좋은 생각이 반짝하고 떠올랐다.

완벽했다. 평범한 아이는 하얀 테이블보가 깔린 화려한 레스토랑에서 샴페인으로 성공을 축하하지 않는다. 그 애가 얼마나 대단한 성공을 거뒀는지는 상관없다. 평범한 아이는 친구들과 하이파이브를 하고 핫윙을 배가 터지게 먹는다. 그래서 우리도 그 애 친구들과 밖에서 즐거운 시간을 보낼 작정이었다. 친구들이 제이콥을 축하해주고 싶으면 루트비어Root Beer 음료수를 들어 올릴 수 있도록 말이다.

나는 우리 집 근처에 있는 애플비즈로 가서 그곳 지배인에게 이야기를 했다. 사정을 모두 들려준 후, 그 사람과 함께 제이콥이 기분 좋게 놀랄 말한 계획을 하나 짰다.

마이클과 내가 제이콥의 발표를 참관하는 동안, 어린이집은 나니가 대신 봐주었다. 그러는 한편 나니는 이선과 웨슬리를 나스카에 출전한 선수들처럼 분장을 시켰다. 한마디로 탤러데가 스타일로 말이다. 아이들은 몸에 지울 수 있는 문신을 그려 넣고 "제이콥 형, 끝내줘!"라고 쓴 찢어진 티셔츠를 입었다. 나니는 두 아이에게 두건까지 씌워주었다.

우리가 애플비즈로 제이콥을 데리고 들어가자 모두 바넷 스타일로 축하하기 위해 그 자리에 와 있었다. 리틀 라이트의 친구들, 제이콥이 어릴 때 어린이집에 다녔던 친구들, 초등학교 친구들도 모두 와주었다. 나는 아무리 많은 문제를 해결하더라도 제이콥이 기억하길 바랐다. 오래전 제이콥과 어린이집 아이들에게 산타 썰매를 끄는 사슴 옷을 입혔던 때의 그 애 모습을 기억하는 사람들이 늘 있을 거라는 사실을 말이다.

정말 대단한 밤이었다. 우리는 제이콥이 연구 발표를 하기 위해 만든 포스터를 펼쳤다. 그러자 제이콥은 (대부분 쉬운 표현으로) 무엇을 알게 되었는지 설명해주었다. 그리고 엄청나게 큰 햄버거를 먹고 디저트로 아이스크림까지 해치웠다. 모두가 제이콥에 대한 이야기를 들고 싶어 했기 때문에 우리는 늦게까지 그곳에 머물렀다.

밤이 끝나갈 무렵, 우리 모두는 웃고 박수 치고 레스토랑이 떠나가라 소리치며 리키 보비 스타일의 제이콥을 축하해주었다. 마침내 '삥 차여 쫓겨날' 시간이 되자 웨이트리스들이 와서는 아이를 번쩍 들어 어깨 위로 올렸다. 그러고는 입이 찢어져라 웃고 있는 제이콥을 애플비즈에서 쫓아냈다.

"그 애는 원하는 건 뭐든 될 수 있습니다."

〈인디애나폴리스 스타〉의 기자가 내 아들이 그 재능으로 무엇을 할 수 있겠냐고 묻자 제이콥의 물리학 스승인 로스 박사님은 이렇게 대답했다. 인터뷰 기사에서 그 부분을 읽는데 온몸에 전율이 일었다. 그 답변이야말로 우리가 이렇게 먼 길을 열심히 걸어온 증거였다. 글조차 배우지 못할 거라던 특수교육 선생님들로부터 아이가 지닌 무한한 잠재력을 꿰뚫어본 대학의 물리학 교수님에게 닿기까지 말이다. 무한한 잠재력이야말로 내 아들의 선생님들이 그 애에게 정해주고자 했던 일종의 최고 한계였다. 무엇보다 교사와 부모들이 모든 아이에게 정해주고자 하는 최고 한계이기도 하다. 나아가 우리 모두가 자신에게 정해주고자 하는 최고 한계이기도 하다.

나는 제이콥의 사연이 모든 아이들에게 상징적인 이야기가 되리라는 믿음으로 이 책을 썼다. 제이콥의 재능은 특별하다. 하지만 제이콥의 이야기는 누구나 자신이 품고 있는 특별한 모습을 찾아낼 수 있다는 가능성을 보여준다. 어쩌면 이 이야기로 인해 언젠가는 '천재'들이 흔한 존재가 될 가능성이 열릴지도 모른다. 물론 자폐아가 모두 신동이라는 얘기는 아니다. 평범한 아이들도 마찬가지다. 하지만 아이들의 타고난 불꽃을 더 크게 일도록 해주면 그 불꽃은 분명 당신이 상상했던 것보다 훨씬 더 높은 곳에 도달하는 법을 알려줄 것이다.

아이가 자기만의 길을 찾을 것이라고 무조건 믿기란 쉽지 않다. 하물며 어린이는 정해진 틀에 맞춰 키워야 한다는 전문가들의 조언을 매일같이 접하는 세상에서는 더욱 그렇다. 부모라면 아이들에게 최고의 기회를 주고 싶을 것이다. 그렇기 때문에 부모가 생각하는 '옳은' 방향으로 밀어붙이지 않으면 어쩐지 책임을 다하지 않는 것 같은 느낌이 든다. 부모 입장에서는 아이의 열정이 자신들이 짜놓은 성공 계획표에 잘 맞지 않을 때 절벽에서 뛰어내리는 것 같은 기분이 들지도 모른다. 나도 그랬다. 하지만 아이들이 훨훨 날아오르기 위해서는 믿음을 가지고 훌쩍 뛰어내릴 때도 있어야 한다.

말을 하거나 글을 배울 수 없을 거라는 진단을 받은 아이가 이렇게 높이까지 날아올랐다. 그렇다면 이런 장애가 없는 아이들은 얼마나 더 대단한 것을 이룩할 수 있을지 상상해보라. 날개를 활짝 펼치라고 격려해주면 그 아이들이 얼마나 높이 솟아오를 수 있을지 상상해보라. 아이들은 아마 지평선을 넘어 무모하기 짝이 없어 보이던 목표마저도 가뿐하게 넘어서지 않을까. 우리의 이야기가 널리 퍼져 언젠가는 그런 일이 일어나기를 진심으로 기원한다.

옮긴이의 글

자식을 낳아봐야 부모 마음을 안다고 합니다. 저는 아이를 낳기 전에 이런 말을 들으면 그저 머리로만 이해를 했습니다. 부모가 아니라 어떤 입장이든 내가 그 처지가 되지 않으면 알 수 없는 건 당연한 일이 아니냐고 반문을 했죠. 그런데 엄마가 되니 '부모 마음'이라는 짧은 말 안에 얼마나 복잡한 감정과 큰 사랑이 담겨 있는지 조금 알 것 같습니다. 그리고 이 책을 작업한 뒤로 '부모 마음'이라는 말을 할 때는 한 번 더 생각하게 되었습니다. 크리스틴 바넷이라는 대단한 엄마를 알게 된 후로는 말이죠.

제이콥은 태어났을 때부터 남달랐습니다. 언제나 방실방실 웃는 얼굴로 주위를 환하게 밝히는 태양 같은 아기였습니다. 또래 아기들이 고질라처럼 어기적거리고 손놀림도 정교하지 못할 때 제이콥은 놀랍도록 정교하게 장난감 자동차를 늘어세우고 말도 더 빨랐습니다. 이랬던 아이가 언제부터인가 자신만의 세계에 빠져들어 엄마와 눈도 마주치지 않게 되었습니다. 주위에서 자폐를 의심하는 목소리가 들렸죠. 바넷 부부도 더 이상 그 가능성을 부정할 수 없게 되자 결국 검사를 받습니다. 그리고 부부의 악몽은 현실이 됩니다. 제이콥이 자폐증이라는 진단을 받은 겁니다. 그것도 중증이었습니다. 그런데 지능지수만은 매우 높았습니다. 머리가 아무리 좋아도 이 사회에서 제대로 생활해나갈 수 없다면 무슨 소용이 있을까요. 다른 사람과 사랑하며 정을 나누고 기쁠 때 기뻐하고 슬플 때 슬퍼할 수 없다면 아인슈타인을 뛰어넘는 천재라 한들 무슨 소용이 있을까요. 이렇게 생각한 바넷 부부는 제이콥이 정상적인 생활을 할 수 있도록 갖은 노력을 기울이기 시작합니다. 부부가 어떤 심정으로 어떤 노력을 했는지 여기서 언급할 필요는 없을 것입니다. 게다가 정말로 중요한 것은 그런 게 아니기도 합니다.

크리스틴 바넷은 자폐증이 심해지면서 자신만의 세계로 빠져드는 제이콥을 그 세계에서 끌어내기 위해 죽을힘을 다하는 한편 어린 시절 꿈이었던 어린이집도 열심히 운영했습니다. 크리스틴은 어떤 아이를 만나든 그 아이에게 깃든 '불꽃(spark, 이 책의 원제이기도 함)'을 보려고 했습니다. 한 아이의 엄마이자 어린이집 원장님인 크리스틴 바넷의 교육 철학을 한번 들여다볼까요?

아이들은 누구나 '불꽃'을 품고 있다. 하지만 '불꽃'을 아무에게나 보여주지 않는다. 자신에게 그런 것이 있는지조차 모르니까. 그러니 부모는 아이가 품고 있는 '불꽃'이 빛나는 순간을 놓치지 않도록 잘 지켜보아야 한다. '불꽃'을 확인했다면 그때부터는 활활 타오르는 불길이 될 수 있도록 연료를 제공해주어야 한다. 그것이 바로 부모를 비롯해 우리 어른들이 해야 할 일이다.

얼핏 보면 너무나 당연한 말 아닙니까? 아이들이 품은 재능을 찾아내 잘 키우겠다는 생각을 해보지 않은 부모가 어디 있겠습니까. 하지만 어떻게 '불꽃'을 찾아낼 거냐고 물어보면 말문이 턱 막히고 맙니다. 아이의 숨겨진 재능을 어떻게 찾을 수 있을까요? 아이에겐 도대체 어떤 재능이 숨겨져 있을까요? 과연 재능이 있기나 할까요? 이런 질문에 크리스틴 바넷은 이렇게 대답할 겁니다. "믿고 지켜봐주세요." 불꽃을 불길로 만드는 크리스틴만의 연료는 바로 '믿음'입니다.

크리스틴의 교육 철학은 '믿고 지켜보는 것'입니다. 거창한 교구를 쓰는 것도 아니고 유명한 전문가를 강사로 초빙해 수업하는 것도 아닙니다. 아이들이 마음껏 놀 수 있는 자리를 마련해줄 뿐입니다. 심지어 크리스틴이 쓴 교구는 재활용품에 남들이 내다버린 종이 상자가 전부였습니다. 그런데 이런 교육 철학이 제이콥처럼 자폐를 앓고 있는 아이들을 변화시켰습니다. 크리스틴의 어린이집은 오후에 원아들이 모두 집으로 돌아가고 나면 이른바 특수교육이 필요한 아이들을 위한 교실로 변합니다. 교육 목표는 단 하나, 아이들이 특수교육 시설이 아니라 일반 유치원과 학교에 들어가 어울릴 수 있도록 만드는 것입니다. 단지 믿고 기다려준 크리스틴 덕분에 전문가들로부터 말을 하지 못할 것이라는 진단을 받은 아이가 엄마에게 "사랑해요"라는 말을 하고, 평생 부모의 보살핌을 받으며 아무것도 하지 못할 거라는 진단을 받은 아이가 동네 마트에 제빵사로 취직하게 됩니다. 말그대로 기적이 일어난 겁니다.

크리스틴 바넷에게는 '아들을 천재로 키운 엄마'라는 수식어가 붙어 있을 겁니다. 누구라도 천재 자녀를 둔 엄마라고 하면 한 번 더 돌아보게 되는 게 인지상정이겠죠. 저도 처음에는 '천재 아들의 엄마'라는 소개를 듣고 귀가 솔깃했습니다. 저 역시 아들이 있는지라 자식을 천재로 키우는 방법이 있다면 꼭 좀 배우고 싶었습니다. 하지만책을 읽을수록 중요한 것은 그게 아니라는 사실을 뼈저리게 느꼈습니다. 자식을 사랑하는 크리스틴의 마음은 남들과 다르지 않을 것입니다. 자식을 사랑하는 마음이 천재의 엄마라고 더 대단하고 평범한아이의 엄마라고 덜할 리 있겠습니까. 하지만 아이를 사랑하는 크리스틴의 방법은 남달랐습니다. 모두가 포기하라는 아이를 끝까지 믿을 사람이 얼마나 될까요? 아무리 부모라도 끝이 보이지 않는 깜깜한 터널에 갇힌 상황이라면 아이를 그대로 포기하고 싶지 않을까요. 그렇게 포기하는 부모를 비난할 자격이 과연 우리에게 있을까요.

번역 작업을 하면서 내용에 몰입하다 보면 온갖 감정을 다 겪게됩니다. 그런데 이 책을 작업하는 내내 저는 마음이 무거웠습니다. 자신의 몸이 산산이 부서지는 줄도 모르고 자식에게 헌신하는 크리스틴을 보면서 마음이 무거웠습니다. 자폐아를 키우느라 가정이 무너지고 삶이 망가지는 부모들을 보면서 마음이 무거웠습니다. 새로운 삶을 살게 된 가족들을 보면서 이런 보살핌과 이해를 받지 못한 채 힘들게 지내는 가족이 얼마나 많을지 마음이 무거웠습니다. 그렇기에 《제이쿱, 안녕?》이 반갑고 고맙습니다. 이 책을 읽고 아이의 불꽃을 찾아내는 부모가 한 명이라도 더 생겼으면 좋겠습니다. 이 책을 읽고 아직 포기하기에는 이르다고 생각하는 자폐아의 부모가 한 명이라도 더 생겼으면 좋겠습니다. 제가 상상조차 할 수 없을 만큼 힘든 길이겠지만 아이를 믿고 자신을 믿고 다시 용기를 내는 부모가 한 명이라도 더 생겼으면 좋겠습니다. 그렇게 이 세상이 나아지는 데 저의 보잘것없는 번역이 조금이라도 도움이 된다면 참 좋겠습니다.

2014년 1월

이경아

옮긴이 이경아

한국외국어대학교 러시아어과와 동 대학 통역번역대학원 한노과를 졸업했다. 현재 한국외국어대학교 통역번역대학원에서 강의하면서 전문번역가로 활동 중이다. 옮긴 책으로는 《맛있는 살인사건》《플로리다 귀부인 살인사건》《일하는 뇌》《직관》《클린트 이스트우드 : 영화의 심장을 겨누고 인생을 말하다》《생존력》《붉은 머리 가문의 비극》《오시리스의 눈》등이 있다.

제이콥, 안녕?

1판 1쇄 인쇄 2014년 2월 7일
1판 1쇄 발행 2014년 2월 14일

지은이 크리스틴 바넷
옮긴이 이경아

발행인 양원석
총편집인 이헌상
편집장 송명주
책임편집 권은정
교정교열 이형진
전산편집 김미선
해외저작권 황지현, 지소연
제작 문태일, 김수진
영업마케팅 김경만, 정재만, 곽희은, 임충진, 김민수, 장현기, 송기현,
　　　　　　우지연, 임우열, 정미진, 윤선미, 이선미, 최경민

펴낸 곳 ㈜알에이치코리아
주소 서울특별시 금천구 가산디지털2로 53, 20층 (가산동, 한라시그마밸리)
편집문의 02-6443-8854 **구입문의** 02-6443-8838
홈페이지 http://rhk.co.kr
등록 2004년 1월 15일 제2-3726호

ISBN 978-89-255-5220-0 (03840)

RHK 는 랜덤하우스코리아의 새 이름입니다.